Hans-Joachim Heilmann
Linus, der Wundarzt von Freiburg

Hans-Joachim Heilmann

Linus

der Wundarzt von Freiburg

Historischer Roman
aus der Zeit des Bauernkriegs

SCHILLINGER VERLAG · FREIBURG

1. Auflage 2004 · ISBN 3-89155-290-4
Gesamtherstellung: Schillinger Verlag Freiburg i. Br.

Wichtige Personen der Handlung

Linus,
Wundarzt und Kräuterhändler aus Freiburg

*

Lucas,
ein 16-jähriger Junge aus Stühlingen

*

Claus Rehar,
Gerber aus Freiburg und Freund von Linus

*

Martha,
eine alte Frau

*

Diepold und Agatha Träger,
Müllerehepaar aus St. Peter

*

Bastian und Anna,
Bauernehepaar aus Eschbach

*

Pater Conrad,
Franziskanermönch

*

Jacobus Werner und sein Sohn Jörg,
Tuchhändler

*

Barbara,
Magd des Tuchhändlers

„Wem es gelingt
das Gelesene gleichzeitig auf der
Bühne seiner Fantasie zu erleben,
für den wird ein Buch zum Traum!“

Kapitel 1

Völlig durchfroren wachte Lucas auf. Er zitterte am ganzen Leib, so sehr hatte sich die Kälte in ihm eingenistet.

Die Decke, die er sich als einzigen Schutz über den Körper gezogen hatte, war bereits durchnässt. Allem Anschein nach musste es schon längere Zeit geregnet haben, denn auch der Boden fühlte sich feucht und glitschig an.

Am liebsten wäre Lucas einfach liegen geblieben. Aus Erfahrung wusste er jedoch, dass er sich nach einem trockenen Unterschlupf umschauen musste. Nur langsam und mit unbeschreiblicher Mühe kam er auf die Beine.

Lucas kramte in seinem klammen Leinenbeutel herum und schleuderte ihn dann enttäuscht und voller Zorn auf den Boden. Schon kurz darauf durchsuchte er ihn erneut, obwohl er genau wusste, dass er keinen einzigen Krümel Brot, absolut nichts Essbares darin mehr vorfinden würde.

Mit der hohlen Hand schöpfte er Wasser aus einer Pfütze und schlürfte es gierig in sich hinein. In seiner Verzweiflung suchte er den Waldboden ab, entdeckte einen Pilz und steckte ein Stück davon in den Mund. Sofort spuckte er es wieder aus, weil der widerliche, bittere Geschmack Zweifel in ihm hervorrief, es könne sich um einen ungenießbaren oder gar giftigen Pilz handeln.

„Friss ihn ganz auf, du Feigling!“ Lucas schluchzte, er war den Tränen nahe. „Dann könntest du deinem Leben ein Ende setzen. Wie soll es denn weitergehen?“

Seine Stimme wurde zunehmend lauter und er brüllte seinen entsetzlichen Kummer in den Wald hinein. „Herr, wenn du mich liebst, dann lass mich doch endlich verrecken! Erlöse mich von diesem Elend, bitte, bitte, bitte!“

Unzählige Male wiederholte er das letzte Wort, bis sein wütendes Schreien zu einem jämmerlichen Betteln verkommen war.

Verzweifelt stopfte Lucas seine Decke in den Beutel und humpelte ziellos zwischen den Bäumen hindurch. Sehnlichst wünschte er sich in diesem Augenblick erneut den Tod, doch er wusste, dass es vorläufig ein Traum bleiben würde. Den Mut sich selbst das Leben zu nehmen, den besaß er nicht. Er gehörte nicht zu den Helden und musste sich eingestehen, diesen Schritt nicht fertig zu bringen, obwohl er den Verwalter des Grafen fast umgebracht hatte.

„Der ist selbst schuld! Jawohl, Martin ist selbst daran Schuld! Er hat mir so lange zugesetzt, bis ich mir nicht mehr zu helfen wusste. Warum hat er mich so schikaniert, obwohl ich mir nichts, absolut nichts vorzuwerfen hatte? Es war, als hätte eine fremde Hand in diesem Moment meine eigene geführt.“

Lucas ballte die Fäuste. Wie ein böser Dämon verfolgte den Jungen, was sich in der Burgscheune abgespielt hatte.

*

Lange, endlos wirkende drei Tage waren inzwischen verstrichen. Der Regen hatte aufgehört und die Sonne verdrängte mehr und mehr die Wolken vom Himmel.

Lucas ließ sich an einer Anhöhe am Waldrand nieder und blickte hinunter ins Tal. Er konnte von hier oben einige strohgedeckte Hütten ausmachen. Der Rauch suchte sich seinen

Weg durch die Giebellöcher ins Freie. Waren die Bewohner auch arm, trotzdem beneidete er die Leute zutiefst, die sich jetzt mit einer Schüssel warmen Brei oder einem Krug Milch stärken konnten.

Sein Körper war inzwischen ausgezehrt und Lucas fühlte eine so bohrende Leere in seinem Bauch, dass ihm richtig schwindelig wurde. Deshalb suchte er die Sträucher am Waldrand nach Beeren ab und wurde tatsächlich fündig. Zumindest der gröbste Hunger war somit gestillt. Dann hielt er auf der Wiese nach Gräsern Ausschau, an denen sich Samen gebildet hatten, und kaute gierig darauf herum.

Er konnte sein Glück kaum fassen, als er im Gras unter einem Obstbaum einige Sommeräpfel entdeckte. Etliche davon waren angefault, viele aber auch noch genießbar. Eine Frucht nach der anderen verschlang der Junge heißhungrig, bis er keinen Bissen mehr herunterbrachte. Einige weitere verstaute er als Vorrat in seinem Leinenbeutel.

„In irgendeiner Stadt, wo mich niemand kennt, werde ich eine neue Bleibe als Knecht finden", sprach Lucas in Gedanken und freute sich über die Tatsache, dass er wieder Mut gefasst hatte und innerlich nicht mehr diese quälende Verzweiflung verspürte.

*

Lucas war an diesem Morgen noch nicht lange unterwegs, als eine Stadt in der Ferne auftauchte. Von der Anhöhe aus konnte er beobachten, wie etliche Leute schwer bepackt auf den Ort zuströmten oder einen Handkarren hinter sich herzogen. Die Ochsengespanne kamen auf dem morastigen Boden nur langsam voran.

Lucas versteckte sich nicht mehr, sondern eilte hinunter ins Tal und schloss sich den Menschen einfach an.

„Du bist aber nicht aus dem Münstertal", bemerkte eine

alte Frau, die bereits eine ganze Weile neben ihm herlief, so, als würde sie zu ihm gehören.

„Nein, ich bin fremd hier“, erwiderte Lucas verunsichert und erfand eine Ausrede. „Ich bin auf dem Weg nach ... Freiburg, weil ich für meinen Herrn dort etwas erledigen soll.“

Gebeugt von der Last auf ihrem Rücken und von dem Weidenkorb mit drei verschnürten Hühnern in ihrer Hand hatte sie zu tun, vorwärts zu kommen.

„Ich will auf den Markt nach Staufen. Hoffentlich findet sich jemand, der mir einen guten Preis für die Hühner bezahlt, weil ich das Geld dringend brauche. Mein Mann ist krank und hat sein Lager seit Tagen nicht verlassen. Was soll aus mir werden, wenn er stirbt? Irgendwie müssen wir diese schweren Zeiten überstehen!“

Zu gerne hätte der Junge auch von seinem Kummer erzählt und ihr gesagt, dass er nicht einmal ein Dach über dem Kopf hatte und nicht wusste, ob er die nächsten Wochen überhaupt überleben würde.

*

Immer näher kamen sie der Stadt, die von einer hohen Mauer mit wehrhaften Türmen umschlossen war. Eine Burg überragte alle anderen Gebäude. Sie schien durch ihre erhöhte Lage allen Ankömmlingen Respekt abtrotzen zu wollen.

Zwei Wachen musterten Lucas und die Alte genau und durchsuchten anschließend deren Gepäck. Die Frau musste einen Pfennig Zoll für die Hühner entrichten und zeigte sich darüber recht ungehalten. Ihr blieb aber nichts anderes übrig als die geforderte Abgabe zu leisten, wollte sie das Stadttor passieren.

„Kannst du deiner Mutter nicht helfen?“, fuhr einer der Wachen Lucas an, als die Alte ihren Korb gerade wieder aufnehmen wollte. Der Mann hielt ihn dem Jungen hin.

Kaum hatten sie einige Schritte stadteinwärts zurückgelegt, riss die Alte Lucas den Korb aus der Hand.

„Ich halte mein Hab und Gut lieber selbst fest“, meinte sie mit einem zweideutigen Lächeln. „Man kann nie wissen, mit wem man es zu tun hat!“

Nachdem sie ein Stück gelaufen waren, öffnete sich plötzlich die enge Gasse und ein großer, geräumiger Platz, übersät mit Menschen, Karren und Verkaufsständen, lag vor ihnen.

Zimmerleute waren gerade damit beschäftigt, das Dachgebälk auf einem riesigen, neuen Gebäude neben dem Marktplatz aufzurichten. Zwei Männer standen ganz oben auf dem First und schlugen Eisennägel in die Hölzer. Vor Staunen konnte Lucas seinen Blick nicht lösen und blieb daher einen Moment stehen.

„Hier entsteht ein Palast für eine der wohlhabenden Händlerfamilien“, erklärte die Alte. „Ja, die Stadtherren und die Kaufleute sind sehr selbstbewusst geworden und wollen das auch allen Leuten zeigen. Allem Anschein nach wollen sie genauso prächtige Räume bewohnen wie die Herren von Staufen auf der Burg.“

„Und der Graf“, Lucas deutete in Richtung des Burgbergs, „der lässt das zu?“

Ein spöttisches Lächeln huschte über das faltige, von der Sonne verbrannte Gesicht des alten Weibes.

„Einerseits ist das dem Schlossherrn sicherlich nicht recht, doch andererseits hat er gegen die Zolleinnahmen und andere Abgaben bestimmt nichts einzuwenden. Auch wir Bauern im Münstertal werden immer mehr ausgesaugt von diesen habgierigen Räubern.“

*

Die Bauern und Händler, die Lucas vor den Toren der Stadt beobachtet hatte, boten ihre Waren an. Alles versuchten sie hier zu tauschen oder in bare Münze zu verwandeln.

Besser gekleidete Frauen und vornehme Herren konnte Lucas beobachten, wie sie ein Gespräch mit den Bauern und Händlern begannen, auf bestimmte Waren zeigten und anschließend das Feilschen anfingen. In den Gesichtern konnte der Junge deutlich ablesen, ob sie sich handelseinig geworden waren oder nicht. Auch der Frau mit den Hühnern huschte ein zufriedenes Schmunzeln übers Gesicht, als ein Mann eines ihrer Tiere davontrug. Lucas gönnte ihr den Erfolg.

Er schlenderte über den Markt und konnte sich an vielen Dingen gar nicht satt sehen. Besonders zog ihn der Stand mit den Backwaren an. Schon der Duft, der hier in der Luft lag, ließ ihm das Wasser im Mund zusammenlaufen. Von daheim kannte Lucas nur schwarzes Brot. Zu ganz besonderen Anlässen hatte Mutter auch einmal einen Kuchen gebacken. Bei dem Bäckermeister hier auf dem Markt konnte man feinste Backwaren, mit Honig überzogen, weißes Brot und vieles mehr bestaunen.

Lucas war so unvorstellbar hungrig, dass er diesen Verlockungen nicht widerstehen konnte und die wenigen Pfennige, die er besaß, aus seinem Beutel hervorkramte. Er erstand ein großes Stück Kuchen, bei dem die Rosinen wie Augen aus dem goldgelben Teig schauten. Er setzte sich auf die Treppe vor ein Fachwerkhaus und schlang den Leckerbissen wie ein ausgehungertes Tier in sich hinein.

Kapitel 2

Ganz in der Nähe fiel dem Jungen ein Mann auf, weil der besonders laut seine Dienste als Heiler anpries. Eine stattliche Menschenmenge hatte sich um seinen Karren versammelt. Lucas erhob sich und mischte sich ebenfalls unter die Neugierigen.

„Das ist ja Linus!“, murmelte er erfreut, als er das unverwechselbare Gesicht des Mannes mit dem stoppeligen Bart und den dichten schulterlangen Haaren sah. Meist baumelten sie allerdings zottelig und strähnig vom Kopf. Er gab allem Anschein nach nicht viel auf sein Äußeres. „Jawohl, das ist der Wundarzt und Kräuterhändler Linus Cramer.“

Schon als kleiner Junge hatte sich Lucas immer unglaublich gerne in der Nähe des Heilkundigen aufgehalten, wenn der wieder einmal auf dem Marktplatz in Stühlingen Halt gemacht hatte.

Linus genoss es für gewöhnlich geradezu, die ungeteilte Aufmerksamkeit der heranströmenden Menschen ganz allein auf sich zu ziehen. Die Leute mochten Linus, weil er es wie kein anderer verstand, sie mit seinen Scherzen und mit kleinen Kunststücken zu unterhalten. Man nahm diesem alten Mann nahezu nichts übel.

Linus war nicht nur ein allseits geachteter Heilkundiger, sondern verstand auch erstaunlich viel von Heilkräutern. Die konnte man ebenfalls bei diesem geschäftstüchtigen Mann käuflich erwerben.

Viele Marktbesucher wandten sich an Linus, wenn jemand in ihren Familien erkrankt war, und suchten bei ihm Hilfe. Gegen entsprechende Bezahlung steckte er ihnen dann allerlei Salben, Kräutermischungen und kleine Tonflaschen zu, in denen sich seine selbst hergestellte Medizin befand. Auch bei Knochenbrüchen und anderen Leiden war er stets mit Rat und Tat zur Stelle.

*

Stolz zeigte Linus den Leuten auf dem Markt in Staufen gerade ein kleines Kästchen und genoss es sichtlich, damit Staunen bei ihnen hervorzurufen.

„Jemand wie ich kommt in der Welt herum“, sprach er gönnerhaft. „Überall hat man jetzt diese fortschrittlichen Uhren, die einem immer und überall die Zeit anzeigen. Der Fortschritt lässt sich nicht aufhalten.“

Ein Herr trat an den Stand des Wundarztes. Er musste sehr angesehen sein, denn alle Leute verneigten sich vor ihm und selbst Linus unterbrach kurz seinen Vortrag, um ihm mit einem flüchtigen Nicken seine Ehrerbietung zu erweisen.

„Ihr übertreibt!“, bemängelte der vornehme Herr. „Ihr wollt den ahnungslosen Leuten eine Sonnenuhr aufschwatzen, obwohl Ihr genau wisst, dass sie nur die Zeit anzeigen kann, wenn die Sonne auch tatsächlich scheint.“

„Nur wenn die Sonne scheint? Wer ein reines Gewissen hat, in dessen Herzen scheint die Sonne immer, Herr Hemmerlin!“, konterte Linus spöttisch.

Die Schaulustigen brachen in lautes Lachen aus.

„Linus lässt sich nicht so einfach den Schneid abkaufen!“, dachte Lucas voller Bewunderung.

„In Nürnberg baut ein Mann Uhren, die im Inneren richtige Metallräder und sogar einen Zeiger haben, so wie unsere Kirchturmuhr“, wusste der Herr weiter zu berichten und lenkte die Aufmerksamkeit dadurch auf sich. „Ihr dagegen mit Eurer wertlosen Sonnenuhr!“

Zornesröte stieg Linus wegen dieser abfälligen Bemerkung ins Gesicht.

„Das ist mir wohl bekannt, Herr Hemmerlin!“, antwortete er barsch. „Allerdings bauen sie ihre Uhren nicht für kleine Leute wie unsereins, sondern nur für diejenigen, die den geschundenen Bauern und Handwerkern das Geld aus der Tasche ziehen.“

„Das hast du trefflich ausgesprochen, Linus!“, meinte ein ärmlich gekleideter Mann unter den Zuschauern. „Wenn ich so einfach mein Geld verdienen würde, könnte ich mir auch eine eiserne Räderuhr von einem Meister in Freiburg oder in Basel bauen lassen.“

Beifälliges Raunen ging durch die Menge und einige applaudierten sogar verhalten, bis Herr Hemmerlin Linus lauthals anbrüllte:

„Ihr solltet Eure Zunge besser in Zaum halten! Solche Beleidigungen werde ich nicht dulden! Habt Ihr überhaupt die Erlaubnis mit Uhren zu handeln? Seid Ihr neuerdings auch Uhrenhändler? Als Marktaufseher ist es meine Pflicht für Ordnung zu sorgen und ich bin mir ziemlich sicher, dass Ihr nur vier Pfennige Marktgebühr entrichtet habt, so wie es sich für einen ehrlichen Wundarzt gehört. Als Uhrenhändler müsstet Ihr einige Pfennige drauflegen!

Ihr führt nicht nur freche Reden, sondern seid dazu auch noch ein Betrüger. Seht zu, dass Ihr auf der Stelle den Markt verlasst! Sollte ich Euch beim Schlag der nächsten Stunde hier noch sehen, werde ich Euch ins Burgverlies werfen lassen. Dort könnt Ihr einige Zeit über Eure unverschämten Reden nachdenken!“ Herr Hemmerlin wandte sich den umstehenden Leuten zu. „Und ihr, habt ihr nichts anderes zu tun, als herumzustehen und die Zeit zu vertrödeln?"

Hastig strömte die Menge auseinander und der Aufseher setzte seinen Rundgang über den Markt fort.

„Verzeiht mir, Herr Hemmerlin!", rief ihm Linus einlenkend nach. „Ich wollte Euch nicht beleidigen! Treibt mich bitte nicht aus der Stadt, weil ich . . . !"

„In einer Viertelstunde, und ich meine es ernst, möchte ich Euch hier nicht mehr sehen, Linus Cramer!", antwortete Hemmerlin mit hämischem Grinsen. „Ihr könnt Euch auf mein Wort verlassen!"

*

Auf der Stelle raffte Linus seine Sachen zusammen und fing an, sie auf seinem zweirädrigen Karren zu verstauen. Unzählige kleine Krüge und Töpfe aus Ton, sowie eine größere Anzahl von Glasfläschchen mussten in Holzkisten verpackt werden. Da Linus es ungewöhnlich eilig hatte und er Lucas Leid tat, ging der Junge ihm zur Hand.

„So ein eingebildeter Hammel!", fluchte Linus aufbegehrend und konnte sich kaum beruhigen. „Mein ganzes Geschäft hat er mir wieder einmal vermiest, der Dreckskerl, nur weil ich eine einzige Uhr verkaufen wollte. Erst vor wenigen Tagen habe ich die Sonnenuhr einem anderen Händler in Freiburg günstig abgeluchst. Sicherlich hätte ich sie heute irgendeinem Marktbesucher aufgeschwatzt, wenn der Wachhund des Burgherrn nicht aufgetaucht wäre. Kürzlich hat er mir schon einmal ein Geschäft verdorben, absichtlich!"

„Und selbst versteht er keinerlei Kritik, nicht wahr?", fügte Lucas mitfühlend hinzu und Linus schaute den Jungen so verblüfft an, als hätte er ihn die ganze Zeit nicht wahrgenommen.

„Warum hilfst du mir?", fauchte der Wundarzt den Jungen an. „Ich komme allein zurecht!"

„Weil man Euch zu Unrecht vom Markt vertreibt! Außerdem kenne ich Euch, Linus. Ab und zu kommt Ihr auch zu uns nach Stühlingen."

„Du bist aus Stühlingen?", fragte Linus sichtlich überrascht und tat so, als wäre das etwas Außergewöhnliches. „Was willst du denn hier auf dem Markt von Staufen?"

Einige Male setzte Lucas an, um ihm eine vernünftige Antwort zu geben, doch es kam nur wirres Gestammel über seine Lippen.

„Schon gut! Ist ja schon gut!", fuhr Meister Cramer den Jungen erneut an. „Du brauchst es mir nicht zu sagen, wenn du nicht willst!"

„Warum seid Ihr so ungehalten?", stieß Lucas hervor. „Ich kenne Euch ganz anders. Ich, ich habe kein Zuhause mehr. Man hat mich aus dem Wutachtal vertrieben, so wie man Euch jetzt aus der Stadt jagt."

Ruckartig unterbrach Linus seine Arbeit, ließ seinen Blick eine Weile auf Lucas verharren und machte den Eindruck, als würde er nachdenken.

„Nein, nein!", sprach er dann ungerührt und schüttelte energisch den Kopf. „Ich brauche niemanden. Ich habe genug damit zu tun mich selbst durchzuschlagen."

Noch eifriger als zuvor half Lucas ihm beim Verladen der Kisten und griff dabei den Gedanken auf, den Linus eben selbst geäußert hatte. Sofort hätte der Junge eingewilligt, wenn Linus ihm angeboten hätte, ihn zu begleiten. Vielleicht hätte er sich als Gehilfe nützlich machen, die Kräuter für die verschiedensten Arzneien sammeln und Linus beim Verkauf auf den Märkten helfen können.

„Kann ich nicht doch . . . wenigstens für einige Tage bei Euch bleiben? Ihr werdet es nicht bereuen und ich werde Euch auch zur Hand gehen, wo immer ich kann."

Erneut schien Linus einen kurzen Moment zu überlegen. „Du würdest es nicht lange bei mir aushalten. Ich habe unglaublich viele Marotten an mir und war die meiste Zeit meines Lebens ein Eigenbrötler. Schon nach einer Woche, ach was, vielleicht würdest du mich schon nach ein oder zwei Tagen verfluchen und zum Teufel wünschen. Außerdem, ruck zuck sind die schönen und warmen Monate vorbei und der Winter steht wieder vor der Tür. Dann ziehe ich nur selten durch die Gegend, sondern krieche bei einem Müller in der Nähe von St. Peter unter. Glaubst du etwa, der wird sich freuen, wenn ich noch jemanden anschleppe? Sieh zu, wie du dich selbst durchschlägst!"

Nein, Linus Cramer wollte sich allem Anschein nach nicht umstimmen lassen, und irgendwie hatte der Junge sogar Verständnis dafür.

„Warum hat man dich aus deiner Heimat verjagt?", wollte Linus plötzlich wissen. „Hast du etwas geklaut oder sonst etwas angestellt?"

Was sollte Lucas ihm antworten? Sollte er ihm die Wahrheit sagen? Sollte er ihm tatsächlich erzählen, dass er aus dem Burghof in Stühlingen getürmt war? Was würde geschehen, wenn Linus seine Ehrlichkeit missbrauchte und dem Amtmann davon berichtete? Nein, er konnte und durfte ihm sein Geheimnis nicht anvertrauen.

Verärgert, weil Lucas ihm keine Antwort gegeben hatte, nahm Linus die Zügel in die Hand und dirigierte sein abgemagertes Pferd durch die Menschenmenge auf das Stadttor zu. Da das Tier nicht recht laufen wollte, redete er ihm gut zu und führte es am Zaumzeug weiter.

Kapitel 3

Ein alter, gebeugter Mann humpelte so schnell es seine Beine zuließen an Lucas vorbei.

„Meister Cramer, Meister Cramer!“, rief er Linus nach. „Warum brecht Ihr denn schon auf? Ich brauche dringend Eure Hilfe.“

Linus brachte sein Gefährt noch einmal zum Stehen. Die beiden Männer steckten die Köpfe zusammen und tuschelten sich etwas zu. Linus blickte sich um, und als er sich unbeobachtet fühlte, drückte er dem Alten verstohlen ein kleines Tonfläschchen in die Hand. Ebenso unauffällig erfolgte anschließend die Bezahlung und der Alte tauchte umgehend wieder in der Menschenmenge unter.

Schon wenige Momente später kam es am Stadttor zu einer heftigen Auseinandersetzung zwischen Linus und den beiden Wachen.

„Ich habe bereits meine Marktabgabe entrichtet, als ich durch das andere Tor in die Stadt gekommen bin!“, konnte man Linus schimpfen hören.

„Der Marktaufseher hat ausdrücklich angeordnet, wir sollten Euch beim Verlassen der Stadt weitere zwei Pfennige abnehmen, weil Ihr auch mit Uhren handelt“, erwiderte eine der Wachen. „*Wir* haben schließlich die Marktordnung von Staufen nicht gemacht.“

Nach einem erneuten lautstarken Wortwechsel kam Linus sehr widerwillig der Aufforderung der Torwachen nach und entrichtete fluchend die verlangte Gebühr.

„Noch ein Wort und wir werden Herrn Hemmerlin oder den Burgherrn selbst holen!", drohte einer der Männer. „Ihr wisst genau, was Euch dann erwartet! Warum sind viele der Händler so friedlich, mit anderen dagegen gibt es immer und immer wieder die gleichen Schwierigkeiten?"

*

Misslaunig zog der Wundarzt sein Pferd hinter sich her, blieb jedoch schon wenige Schritte nach dem Stadttor erneut für einen Augenblick stehen. Verzweifelt wühlte Linus in einer Kiste auf seinem Wagen herum, konnte aber das, was er suchte, anscheinend nicht finden.

„Hast du vielleicht einen Bissen für mein Pferd?", fragte er Lucas, da der nur ein paar Schritte von ihm entfernt stand. Seine Stimme klang Gott sei Dank wesentlich freundlicher als bei der vorausgegangenen Unterhaltung.

Lucas schüttelte den Kopf.

„Ich trage kein Heu durch die Gegend, Meister Linus, weil ich kein Pferd bin. Könnte ich mich von Heu und Gras ernähren, müsste ich jetzt keinen Hunger leiden."

Die Erklärung des Jungen schien Linus zu gefallen, weil er ihm das erste Mal zulächelte.

„Doch!", rief Lucas mit einem Mal erfreut. „Ich habe doch etwas für Euer Pferd."

Er kramte einige Äpfel heraus, die er am Morgen in seinen Leinensack gesteckt hatte, und reichte sie Linus.

„Und was wirst du essen, wenn mein Grauer die Äpfel verschlungen hat?"

Lucas zuckte mit den Schultern.

Linus nahm sein Messer in die Hand, schnitt damit einen

der Äpfel in der Mitte durch und entfernte das Kerngehäuse. Anschließend füllte er aus einem Krug eine dickflüssige Masse hinein, klappte den Apfel wieder zusammen und steckte ihn dem Pferd ins Maul.

„Mein Freund ist krank", erklärte Linus. „Fast zwölf Jahre hat er brav den Karren durch die Lande gezogen, doch seit einigen Wochen kann er nicht mehr. Richtig traurig macht mich das!" Er strich dem Pferd über die Mähne. „Oft war er der Einzige, der mir unterwegs geduldig zugehört und mich niemals im Stich gelassen hat."

„Habt Ihr Eurem Pferd eine Medizin gegeben, Meister Linus?"

„Ja, sie kräftigt den Körper und verhindert hoffentlich, dass er Schmerzen leiden muss." Der Wundarzt deutete auf die unwahrscheinlich dicken Kniegelenke des Pferdes. „Du siehst, wie angeschwollen und entzündet sie sind. Mein Grauer ist jetzt alt und ich bin fast der Meinung, er wird es nicht mehr lange machen."

Linus steckte dem Pferd einen weiteren Apfel ins Maul und zog es dann behutsam hinter sich her. Er tat zwar so, als würde er den Jungen nicht im Geringsten beachten, doch Lucas konnte deutlich erkennen, wie Linus ab und zu zur Seite blickte und dabei nach ihm schielte.

*

Eine ganze Weile steuerte Linus das Gefährt an einem Bach entlang, bis das Pferd immer langsamer wurde und schließlich stehen blieb. Meister Cramer zeigte sich seinem treuen Gefährten gegenüber sehr einfühlsam. Er trieb ihn nicht mit Gewalt an, wie es mit Sicherheit manch anderer an seiner Stelle getan hätte, sondern redete verständnisvoll auf den Grauen ein.

Dann winkte er Lucas zu sich heran und hielt ihn an, einen Eimer Wasser für das Tier aus dem Bach zu holen, was der bereitwillig tat.

Ohne sich mit Pferden sonderlich gut auszukennen, bemerkte der Junge sofort, dass es dem Grauen schwer fiel, seinen Kopf nach unten zu senken, um an das Wasser zu gelangen. Immer wieder knickten seine Kniegelenke ein, er taumelte zur Seite und konnte seinen Körper mit einem ruckartigen Schritt nach außen gerade noch abfangen.

„Ihr solltet ihn nicht länger eingespannt vor dem Karren lassen! Ich sehe es dem Grauen an, wie er sich abquält."

Ohne dem Jungen eine Antwort zu geben befreite Linus das Pferd von seinem Geschirr und zog es hinter den Wagen, um es dort an einem Querholz festzubinden. Danach ging er wieder nach vorne an die Stelle, die der Graue zuvor eingenommen hatte, hob die zwei Rundhölzer des Karrens an und warf Lucas einen unmissverständlichen Blick zu.

„Hattest du dich nicht angeboten mir zu helfen? Also, worauf wartest du?"

Sofort schleuderte Lucas seinen Sack auf den Wagen, eilte nach hinten und schob auf ein Zeichen von Linus hin so kräftig er konnte.

Weit kamen sie allerdings nicht, da der Graue schon nach wenigen hundert Schritten neben dem Jungen zusammensackte und den Karren dadurch ruckartig zum Stillstand brachte.

„Meister Linus, schnell! Ich glaube es geht mit ihm zu Ende."

Auf der Stelle stürzte der herbei und löste das Seil, mit dem er den Grauen am Wagen angebunden hatte. Erstaunlich ruhig und bewegungslos lag das Pferd am Boden und nur am gelegentlichen Zucken der Augen konnte man erkennen, dass es noch am Leben war.

„Geh nach vorne!", forderte Linus den Jungen fast drohend auf. „Das ist nichts für dich!"

Nachdenklich und gleichzeitig entschlossen nahm Linus sein Messer in die Hand.

Als Lucas seiner Aufforderung nicht auf der Stelle nachkam, fuhr Linus ihn erneut grimmig an:

„Hast du mich nicht verstanden? Du sollst nach vorne gehen! Verschwinde!“

Lucas stellte sich in einiger Entfernung so vor den Wagen, dass er unter dem Karren hindurch das Geschehen mitverfolgen konnte, ohne von Linus gesehen werden zu können.

Meister Linus strich seinem Grauen noch mehrmals liebevoll über die Mähne und den Nacken. Dann setzte er ihm das Messer an die Kehle und zog es ruckartig quer durch den Hals. Eine Unmenge Blut schoss aus der klaffenden Wunde. Das Pferd riss noch einmal den Kopf nach oben, als wolle es unter allen Umständen auf seine Beine springen, zuckte zweimal kurz und dann fiel der Kopf deutlich hörbar wie ein Stein auf den Boden.

Lucas eilte zu Linus, obwohl er damit rechnen musste, von ihm erneut mit barschen Worten weggetrieben zu werden. Das Gegenteil war jedoch der Fall. Der Wundarzt kniete neben dem Pferd und wirkte, als hätte er eine unglaublich schwere Arbeit hinter sich gebracht.

„Vielleicht wirst du es nicht verstehen“, murmelte er verstört, nachdem Lucas einige Zeit wie versteinert neben ihm gestanden hatte. „Der Graue war wie ein Freund zu mir. Deshalb, verstehst du, deshalb musste ich es tun und ihn von seinen Qualen erlösen.“

Noch lange kauerte Linus reglos am Boden neben seinem toten Gefährten und schien sich mit dessen Verlust nicht abfinden zu können. Erst dann zerrten sie den toten Körper hinter ein Gebüsch und Linus untersuchte sorgfältig die Kniegelenke, als könne das dem Tier im Nachhinein noch helfen.

Mit dem Messer schnitt er an den rundlichen Gelenken das Fell auf und klappte es beiseite. Seine ganze Aufmerksamkeit galt dem, was er im Innern vorfand. Unzählige Male bewegte er den Unterlauf des Tieres und achtete genau darauf, wie sich das Kniegelenk knirschend hin und her schob.

Kapitel 4

„Ihr seid wohl nicht bei Sinnen?“, vernahmen sie plötzlich eine recht ungehaltene Stimme in ihrer Nähe. „Weil ich die große Blutlache auf dem Weg da vorne gesehen habe, dachte ich schon, man hätte jemanden überfallen und auf brutale Weise ermordet!“

Ein edel gekleideter Herr mit einem gefütterten Wollmantel, aufwändig bestickten Beinlingen und wadenhohen Lederstiefeln stand neben dem Gebüsch und beobachtet Linus bei seinen ungewöhnlichen Untersuchungen.

Linus warf ihm einen eigenwilligen Blick zu.

„Wie meint Ihr das? Wieso soll ich von Sinnen sein?“

„Auch ein Pferd ist ein Geschöpf Gottes und Ihr solltet Euer schändliches Tun auf der Stelle beenden!“, antwortete der Fremde angewidert.

„Warum? Das Pferd war lange Jahre mein treuer Begleiter, ja, es war wie ein Freund“, erwiderte Linus ruhig. „Ich möchte herausfinden, wieso die Kniegelenke ihren Dienst nicht mehr tun wollten und warum sie so sehr angeschwollen sind. Es muss, ich bin mir völlig sicher, es muss dafür einen erklärbaren Grund geben.“

„Ihr seht nicht aus, als wäret Ihr ein Physicus, der sein Wissen an einer Universität erworben hat, sondern macht auf mich eher den Eindruck als wäret Ihr ein Scharlatan und würdet Spaß am Zerstückeln Eures Pferdes haben", schnaubte der Herr vorwurfsvoll. „Zahlreiche Krankheiten kann man weder bei Menschen noch bei Tieren heilen, sondern höchstens Zuflucht im Gebet und in einer christlichen Lebensführung suchen."

„Ich widerspreche Euch nur ungern, mein Herr", antwortete Meister Linus selbstsicher, „aber Ihr habt in diesem Punkt mit Sicherheit Unrecht. Was nutzt es einem Schwerkranken, wenn er nur auf Gott vertraut? Vielleicht, ich betone es, vielleicht hat sein Leiden einen ganz bestimmten Grund und man könnte ihm helfen, wenn man die Ursache herausfinden würde."

„Ihr lästert Gott!", empörte sich der Fremde. „Wollt Ihr etwa die heilbringende Wirkung eines Gebets anzweifeln?"

„Nein, das habe ich nie behauptet! Ihr solltet versuchen mir besser zuzuhören und nicht einfach irgendwelche unsinnigen Folgerungen ziehen! Ein Arzt oder ein Heilkundiger kann einem kranken Geschöpf manchmal helfen und seine Schmerzen lindern. Das ist eine Tatsache, die von einem vernünftigen Menschen nicht bestritten werden kann. Mit einem Gebet werdet Ihr vergeblich versuchen Schmerzen zu lindern."

„Wie ich bereits sagte, lästert Ihr Gott und macht Euch über die Kirche lustig!", griff der Fremde Linus erneut an.

„Nein, noch immer habt Ihr nicht begriffen, was ich Euch sagen wollte", erwiderte Linus spöttisch und tat so, als müsse er einem kleinen Kind einen komplizierten Zusammenhang näher bringen. „Ich werde Euch ein Beispiel nennen: Wenn sich unter einem Zahn verunreinigte Säfte angesammelt haben, dann wird alles Beten den pochenden Schmerz nicht beseitigen. Erst wenn man den Zahn herausreißt und der Eiter entfernt werden kann, werden die Qualen nachlassen.

Ihr seht, der Schmerz, den der Körper bei Krankheit ertragen muss, wird in manchen Fällen durch geeignete Maßnahmen verringert.

Auch das Gebet, da gebe ich Euch Recht, kann wie eine Medizin oder wie die Behandlung durch einen Arzt wirken. Es beseitigt allerdings nicht die Schmerzen des Körpers, sondern, wie soll ich es sagen, sondern spendet unserer Seele Trost und trägt auf eine ganz andere Weise dazu bei, dass es dem Kranken besser geht.“

Mit einer übertriebenen Geste winkte Linus den Fremden zu sich heran.

„Hier seht Ihr einen weiteren Beweis, was ich Euch damit sagen will“, fuhr er fort, als der Herr neben ihm stand und angeekelt auf das tote Pferd blickte. „Zwischen den beiden Knochen des Kniegelenks befindet sich normalerweise eine weiche Scheibe, die verhindert, dass die beiden Knochen direkt aufeinander scheuern. Bei meinem Pferd ist diese Scheibe nahezu verschwunden und nach außen gerutscht. Weil die Knochen ohne diesen Schutz auskommen mussten, hat sich das ganze Gelenk entzündet und mein Grauer hat sicherlich bei jedem Schritt quälende Schmerzen verspürt.“

Linus blickte den Mann mit einem breiten Grinsen an.

„Und, was sagt Ihr jetzt? Hätte es meinem Pferd geholfen, wenn ich gebetet hätte? Noch kurz vor seinem erlösenden Tod habe ich ihn gestreichelt und ihm Mut zugesprochen. Es war für meinen Grauen so etwas wie ein Gebet, da bin ich mir sicher.“

„Ein Teil Eurer Erklärung mag zutreffend sein“, äußerte der Fremde noch immer entrüstet, „doch manches daran ist mit Sicherheit Gottesfrevel. Es ist unglaublich, welche wirren Gedanken sich in Eurem kranken Kopf breit machen.“

Ohne einen Gruß drehte sich der Mann um und eilte kopfschüttelnd davon. Er bestieg sein Pferd und suchte das Weite.

*

Da Linus wortlos zum Wagen lief, nahm Lucas an, er habe sich endgültig von seinem Grauen verabschiedet und sie würden jetzt ihren Weg fortsetzen. Der Junge trottete hinter ihm her. Doch Lucas Vermutung sollte sich schnell als Irrtum erweisen. Linus holte von seinem Karren eine Harke und eine Schaufel und gab dem Jungen ein Zeichen ihm erneut zum toten Pferd zu folgen.

„Was wollt Ihr denn mit dem Werkzeug?", fragte er Meister Linus, obwohl Lucas natürlich etwas Schreckliches ahnte.

„Glaubst du etwa ich lasse ihn einfach da liegen, damit sich die Füchse und die Wölfe den Bauch voll schlagen können?" Seine Antwort war eindeutig und verhieß nichts Gutes. „Wir werden den Grauen begraben. Du hast doch gehört, dass der feine Herr gesagt hat, auch ein Pferd sei ein Geschöpf Gottes. Ja, da hat er tatsächlich Recht und deshalb hat mein Grauer auch einen Anspruch darauf, wie ein Geschöpf Gottes beerdigt zu werden.

Bevor du mir hilfst, solltest du erst mal deinen Namen nennen! Ich weiß bis jetzt nicht einmal, mit wem ich es zu tun habe. Vielleicht schlägst du mich mit der Schaufel nieder und raubst mich aus."

Linus musste über seine eigenen Worte schallend lachen, wogegen dem Jungen bei seiner Bemerkung der Schreck in die Glieder fuhr. Trotzdem versuchte Lucas ihm umgehend eine Antwort zu geben, um nicht wieder wie auf dem Marktplatz den Unwillen des Wundarztes auf sich zu ziehen.

Da er Linus allerdings noch nicht so recht einzuschätzen wusste und sich auch darüber nicht im Klaren war, inwieweit er im trauen konnte, nannte er einen falschen Namen.

„Ich bin Johannes Melzer und komme, wie Ihr bereits wisst, aus der Gegend von Stühlingen."

Erschrocken und völlig überrascht fuhr Lucas zusammen, als Linus von einem Augenblick zum anderen auf ihn zustürmte und ihm mit der Hand knallend auf die Backe schlug. Blitzschnell trat der Junge einige Schritte zurück, hielt seine Arme vors Gesicht und suchte sich so vor weiteren Schlägen zu schützen. Doch Linus machte zu seiner Überraschung gar nicht den Eindruck, als wolle er Lucas eine weitere Ohrfeige verabreichen.

„Wenn du eine Weile bei mir bleiben willst, dann solltest du mich nicht belügen, Lucas Steffer!“

Lucas war entsetzt und wäre in diesem Augenblick am liebsten weggerannt. Woher wusste der Wundarzt eigentlich seinen Namen?

Linus tat so, als wäre nichts geschehen, drückte dem Jungen die Schaufel in die Hand und fing selbst sofort an den Boden neben dem toten Pferd mit der Harke zu lockern.

*

Unwahrscheinlich lange dauerte es, bis sie sich Schicht für Schicht in die Tiefe vorgearbeitet hatten. Seinen Durst konnte Lucas ab und zu am Bach löschen, doch sein Hunger machte sich immer bohrender in ihm bemerkbar. Kein Laut des Jammerns kam allerdings über seine Lippen, denn er wollte Linus beweisen, dass er ein tüchtiger Kerl war und der Meister ihm auch harte Arbeit zumuten konnte.

Als sie den Gaul endlich unter die Erde geschafft hatten und auf den Wagen zuliefen, wurde Lucas schlagartig klar, dass ihn erneut eine kräftezehrende Arbeit erwartete.

Zu seiner Erleichterung kramte Linus Speck und Brot aus einer Holzkiste hervor und bot dem Jungen freigiebig davon an. Lucas ließ sich das nicht entgehen und schlug sich den Bauch ordentlich voll. Erst nach einer längeren Pause gab ihm Linus zu verstehen, dass es Zeit zum Aufbruch sei.

Anfänglich fiel es dem Jungen gar nicht so schwer, den Karren zusammen mit Linus in gleichmäßiger Bewegung zu halten, doch mit der Zeit schwanden seine Kräfte. Um sich zu schonen, stemmte Lucas sich nicht mehr so unermüdlich wie bisher gegen den Wagen, sondern tat nur so, als würde er sein Letztes geben.

Linus dagegen hatte sich das Zaumzeug um die Brust und über die Schulter gelegt und zerrte den Karren wie ein leibhaftiger Ochse vorwärts.

So einfach, wie Lucas sich das vorgestellt hatte, ließ sich Linus allerdings nicht hinters Licht führen. Nach einer Weile brachte er den Wagen zum Stehen und drehte sich um.

„So, Lucas, du hast dich jetzt lange genug ausgeruht. Komm nach vorne!“

Linus legte ihm das Zaumzeug um, wie er es bei sich vorher getan hatte. Lucas trabte los, drehte sich aber ab und zu um, weil er sehen wollte, was Linus tat. Ganz bequem hielt der sich am Wagen fest und Lucas konnte ihm deutlich anmerken, dass er sich kaum bemühte, ihm zu helfen.

Kapitel 5

Als endlich ein Dorf vor ihnen auftauchte, warf der Junge Linus einen erleichterten Blick zu.

„Du freust dich zu früh, Lucas! Die Hälfte haben wir fast geschafft. Das hier ist Wittnau. Wir müssen weiter bis kurz vor Freiburg.“

Glücklicherweise hatte Linus erkannt, dass Lucas am Ende seiner Kräfte angelangt war, und schob jetzt von hinten so gut er konnte.

Die Dämmerung setzte bereits ein, als sie eine kleine Siedlung mit verstreut liegenden Hütten am Waldrand erreichten. Sie überquerten einen Holzsteg und folgten wiederum dem Lauf eines kleineren Baches. Dann steuerten sie auf ein Gehöft zu und neue Hoffnung keimte in Lucas auf, dass sie ihr Ziel endlich erreicht hatten.

„Gleich haben wir es geschafft!“, vertröstete ihn Linus ein weiteres Mal, als sie auch diesen Hof unbeachtet liegen ließen. „Das nächste Haus, ich verspreche es dir, das nächste Haus, das du auftauchen siehst, ist es.“

Weiter ging es also, zum Entsetzen von Lucas leicht bergan, immer am Bach entlang, der sich aus einem Tal herausschlängelte. Hinter dem nächsten Hügel tauchte eine bescheidene Hütte auf, und Lucas war sich eigentlich sicher, Linus würde erneut irgendwelche Ausreden und Ausflüchte finden, um ihn weiter bei der Stange zu halten.

„Na, habe ich es nicht gesagt!“, sprach Linus jedoch zum Glück und noch einmal nahmen sie all ihre Kräfte zusammen, um den Karren auf dem morastigen Weg vorwärts zu bringen.

Ein aus Stangen und Ruten geflochtener Zaun umschloss das Anwesen. Keuchend und nach Luft ringend standen beide einige Zeit vor dem Hoftor.

„Du wartest hier einen Moment! Verstanden?“, ordnete Linus dann an und näherte sich langsam und bedächtig der Hüttentür.

Arme Leute wohnten hier, das konnte Lucas auf den ersten Blick ausmachen. Die Außenwände der kleinen Behausung wiesen nur ein paar winzige Fensterchen auf, an manchen Stellen war der Lehm aus der Flechtwand gebrochen und auch das Stroh auf dem Dach hätte dringend eine ordnende Hand vertragen können.

*

„Martha!“, stieß Linus verhalten hervor, wartete einen Moment ab und wiederholte dann sein Rufen etwas lauter: „Martha, bist du daheim? Ich bin’s, Linus.“

Nichts tat sich anfänglich und deshalb trat Meister Cramer jetzt direkt vor die Tür und klopfte einige Male vorsichtig an. Die Tür bewegte sich, Lucas konnte es trotz der fortgeschrittenen Dunkelheit deutlich erkennen.

Eine alte Frau lugte durch den Spalt und als sie Linus erblickte schob sie die Tür der Hütte ganz auf. Aus dem faltigen und von vielen Jahren gezeichneten Gesicht wich die Besorgnis über den abendlichen Besucher und es strahlte von einem Augenblick zum anderen Wärme und überschwängliche Freude aus.

„Linus, dass du mich wieder einmal besuchst“, stammelte die alte Frau und humpelte, auf einen Stecken gestützt, ein paar kleine Schrittchen auf den Mann zu, der ihr allem Anschein nach den trostlosen Abend versüßt hatte.

Meister Linus umarmte sie sogar kurz und führte sie dann zurück in die Hütte. Er warf Lucas noch einen Blick zu und schloss die Tür hinter sich.

Es dauerte eine geraume Zeit, bis sich Linus wieder zeigte und auf Lucas zukam. Der hatte sich schon Sorgen gemacht, weil er schließlich nicht wusste, warum er die ganze Zeit in einigem Abstand vor der Hütte warten sollte.

„Wir schieben den Wagen da drüben unter den Baum“, teilte Linus dem Jungen mit. „Heute Nacht werden wir nämlich hier bleiben.“

Schnell hatten sie den Karren unter den Baum geschafft und Lucas glaubte endlich sich von der anstrengenden Plackerei ausruhen zu können, doch schon ließ Linus die nächste Anordnung verlauten:

„Die Holzkisten wirst du alle ins Haus bringen, nicht dass sich in der Nacht jemand daran zu schaffen macht!“

Ohne Widerrede tat Lucas, was man ihn geheißen hatte, und schleppte eine Kiste nach der anderen in die Hütte. Die alte Frau stand die ganze Zeit in der Tür und lächelte den Jungen jedes Mal an, wenn er an ihr vorüberging.

Ihre eingefallenen Wangen erzählten von einem harten und entbehrungsreichen Leben. Mit ihren großen Augen lugte sie unter einer schäbigen Haube hervor. Einige grau-weiße Strähnen baumelten vor ihrem Gesicht. Sie schob sie sich mit ihrer knorrigen Hand hinters Ohr.

„Du hast mir all die Jahre verschwiegen, dass du einen so großen Sohn hast“, bemerkte sie wenig später und kicherte. „Du brauchst dich doch deswegen nicht zu schämen!“

„Gott bewahre!“, schnaubte Linus. „Das hätte mir gerade noch gefehlt! Wie soll ich mich denn um einen Jungen kümmern, wenn ich oftmals selbst nicht weiß, wo ich unterkriechen kann?“

Trotz dieser Antwort legte sich ein zufriedenes Lächeln auf Marthas Gesicht und ließ die tiefen Falten noch deutlicher hervortreten.

„Du hättest es mir ruhig sagen können, Linus!“, antwortete sie dann und beharrte auf ihrer Vermutung. „Es ist keine Schande, nein! Jedes Kind ist ein Geschenk Gottes.“

*

Die Alte schleppte ihre gesamten Vorräte herbei und breitete sie so verführerisch vor dem Jungen aus, als wolle sie ihm, wie auf einem Markt, die Leckerbissen zum Verkauf anbieten.

„Ich sehe es dir doch an, Junge, dass du mit deinen Augen längst einen Teil des Specks und der Blutwurst verschlungen hast“, bemerkte sie warmherzig. „Bist recht ausgehungert, wie?“

Lucas nickte, sah die Frau dabei aber nicht an, weil seine Augen sich tatsächlich nicht von den duftenden Dingen, die ihm den Speichel im Mund zusammentrieben, trennen wollten.

Kaum hatte Linus im Schein der Kerze mit seinem Messer ein paar Scheiben von dem schwarzen Brot und von dem Speck abgeschnitten, schon stürzte sich der Junge gierig darauf.

Während sich die beiden anderen am Tisch allerhand zu erzählen wussten, galt Lucas Aufmerksamkeit einzig und allein dem Essen.

„Hast du nun genug in dich hineingestopft?“, fragte Meister Linus ziemlich verärgert, so als würde er sich für den Heißhunger des Jungen schämen. „Du nutzt die Gastfreundschaft reichlich aus.“

„Ich wollte nicht . . .“, suchte sich der Junge zu rechtfertigen, doch die Alte unterbrach ihn und kam ihm zu Hilfe.

„So lass ihn doch, du alter Nörgler! Er hat sich heute ganz schön plagen müssen mit *deinem* Karren.“

Lucas war endlich satt, kein Bissen passte mehr in seinen Bauch. Die Alte trug die kümmerlichen Reste weg und schob sie unter ihren Strohsack.

„Martha, was machst du denn für einen Blödsinn?“, sprach Linus liebevoll und nahm ihr die Sachen aus der Hand. „Schinken und Brot gehören da nicht hin.“

Die Alte blickte Linus mit großen Augen an, als hätte sie ihn gar nicht verstanden. Sie zog ihre Lippen in den zahnlosen Mund und wirkte verlegen wie ein kleines Kind, das man soeben gescholten hat.

„Ich bewahre alle meine Schätze unter dem Strohsack auf“, stammelte sie schließlich, bückte sich mühevoll und zog ein Leinentuch aus dem Stroh hervor. „Hier nimm, mein Junge! Das habe ich für dich aufgehoben. Ich bin alt und brauche kein Geld mehr.“

Linus schlug das Tuch auf, faltete es jedoch gleich wieder zusammen und steckte es zurück unter die Matratze.

„Behalt es, Martha!“, teilte er der Alten mit. „Ich kann für mich selbst sorgen und du würdest es vielleicht schon in Kürze bereuen, es verschenkt zu haben.“

*

„Sie ist Eure Mutter, nicht wahr?“, flüsterte Lucas, als Martha einen Moment die Hütte verlassen hatte, und blickte Herrn Cramer fragend an.

Der dachte nicht daran, dem Jungen eine Antwort zu geben, wischte sein fettiges Messer ab und steckte es in den Stiefelschaft.

„Martha ist verwirrt“, äußerte er stattdessen, gähnte ausgiebig und reckte sich. „Es wird nun Zeit, dass wir uns aufs Ohr hauen!“

Die Alte, die soeben die Stube wieder betreten hatte, humpelte quer durch den Raum und schob einen Bretterverschlag auf.

„Ihr könnt nebenan im Stall schlafen. Noch im letzten Jahr hatte ich zwei Ziegen“, teilte sie stolz mit, dann verfiel sie jedoch schnell in einen eher wehleidigen Ton. „Jetzt bin ich zu alt, um Futter herbeizuschaffen und sie durch die Gegend zu treiben.“

Lucas holte seine Decke herbei, schlang sie sich um den Körper und legte sich auf das Stroh. Alle Ereignisse, die er an diesem Tag erlebt hatte, gingen ihm noch einmal durch den Kopf. Er fühlte in diesem Moment eine tiefe Zufriedenheit, dass er Linus zufällig getroffen hatte.

„Danke, vergelt's Gott!“, hauchte der Junge halblaut in die Dunkelheit.

Linus reagierte erst nicht, weil er bereits zu schlafen schien.

„Du wunderst dich, warum ich dich kenne und über dich Bescheid wusste, wie?“, kam dann doch eine Antwort. „Ich war vor einigen Tagen noch in Stühlingen unterwegs und habe dort erfahren, dass man dich sucht. Die Beschreibung, jawohl, die Beschreibung passt haargenau auf dich, da besteht für mich keinerlei Zweifel.“

Linus schwieg und der Jungen spürte trotz der Dunkelheit den fragenden Blick des Meisters auf sich gerichtet.

„Mach endlich dein Maul auf und sage die Wahrheit, wenn du ein paar Tage bei mir bleiben willst! Oder soll ich es aus dir herausprügeln?“

„Ja, Ihr habt Recht! Sie suchen mich, weil ich einfach abgehauen bin“, stammelte Lucas und gab jetzt bereitwillig Auskunft. „Meine Mutter; Gott hab sie selig, ist im letzten Herbst und mein Vater erst vor wenigen Wochen gestorben.“

„Die Pest, wie, wahrscheinlich die Pest oder der Aussatz!“

„Nein, die Pest kann es nicht gewesen sein, Meister Linus. Auch in Stühlingen werden bei den ersten Anzeichen dieser schrecklichen Seuche sofort Maßnahmen vom Stadtmedicus ergriffen. Wenn der ‚Schwarze Tod' auftritt, dann gerät die ganze Bevölkerung in Panik. Sie schrubben die befallenen Häuser mit Seifenlauge und räuchern sie mit Kamille und Weihrauch aus. Die Bewohner der infizierten Hütten werden eingesperrt und der Schmied muss schwere Schlösser und Ketten anbringen, damit ja keiner heraus kann."

„Es ist nicht verwunderlich, wenn die Leute vor dieser schrecklichen Krankheit erschaudern und um ihr Leben bangen", pflichtete Linus bei. „Millionen haben durch diese Geisel der Menschheit ihr Leben verloren. Die Maßnahmen, die ergriffen werden, sind allerdings recht fraglich."

„Warum?"

„Na, weil es nicht genügt, Weihrauch und Kamille zu verbrennen, Bier, Wein und Obstschnaps zu verbieten, sich die Haut mit Weinessig oder Rosenwasser einzureiben und den Männern zu untersagen, sich nachts zu ihren Weibern ins Bett zu legen, um ihnen beizuwohnen", entgegnete Linus und gähnte laut. „Man müsste alle Energie aufwenden, um endlich herauszufinden, warum diese Seuche immer und immer wieder auftritt."

„Kann man überhaupt ...", wollte Lucas zu einer neuen Frage ansetzen, doch Linus fiel ihm ins Wort.

„Genug jetzt davon! Du wolltest mir erzählen, warum du abgehauen bist. Mach zu, wir wollen nicht die ganze Nacht nur schwätzen!"

„Ich stand plötzlich allein da und der Graf von Lupfen ließ mir durch seinen Verwalter mitteilen, dass er das Land, das schon mein Vater und mein Urgroßvater im Wutachtal bewirtschaftet haben, einem anderen Bauern überlassen wolle. Der Verwalter ist nicht gut auf meinen Vater zu sprechen gewesen und hat ihn schikaniert, wo immer er konnte, weil Vater ihn einmal einen Menschenschinder genannt hat."

„Und warum hat er ihn so beschimpft, dein Vater? Das muss doch einen Grund haben, oder?"

„Martin, der Verwalter des Grafen, ist wirklich ein Menschenschinder", fauchte Lucas. „Da muss ich meinem Vater noch heute Recht geben und ihn wegen seines Mutes bewundern." Die Stimme des Jungen bebte mit einem Mal. „Wegen der schlechten Ernte im letzten Jahr und wegen der Abgabe, die nach dem Tod meiner Mutter fällig war, konnte Vater an Fastnacht die fälligen Hühner nicht in den Burghof liefern." Lucas musste eine kleine Pause einlegen, weil ihn die Erinnerungen an diese schrecklichen Tage wieder eingeholt hatten.

„Und, was geschah dann?"

„Ihr könnt Euch sicherlich denken, Meister Cramer, dass die Herren von der Burg Hohenlupfen keine Ruhe gegeben haben und der Verwalter meinen Vater immer wieder aufsuchte. Er hat ihn gedemütigt und ihm durch seine schmählichen Beschimpfungen die letzte Ehre aus dem Leib gerissen. Versteht Ihr, was ich meine?"

Linus brummte nur zustimmend.

„Martin, dieser Dreckhund, trägt mit Schuld daran, dass Vater gestorben ist. Die schwersten Fronarbeiten hat er ihm aufgebürdet und ihn immer wieder bei der Jagd als Treiber eingeteilt, obwohl ich ihn mehrmals angefleht hatte, ihm das Leben nicht zur Hölle zu machen."

„Dein Bitten hat den Verwalter wenig beeindruckt, oder?"

„Wenn er wenigstens ein kleines bisschen Menschlichkeit gezeigt hätte", schluchzte Lucas und unterbrach einen Moment seine Rede, weil ihn ein Weinkrampf daran hinderte. „Sie haben Vater wie einen Verbrecher abgeholt und ihn einige Tage in den Gefängnisturm der Burg gesteckt. Dort, in dem feuchten Verlies, hat er sich dann den Husten geholt und sich davon nicht mehr erholt.

Einige Wochen hat mich der Verwalter geschont und ich glaubte schon, es hätte sich letztendlich doch zu einem besseren Menschen gewandelt, doch schnell musste ich mir meinen Irrtum eingestehen. Eines Morgens erschien er mit einem neuen Pächter und nahm mir mein Zuhause. Ich wurde angewiesen, mich auf dem Burghof als Knecht zu verdingen. Ich bin ein Leibeigener des Grafen und hatte keine Wahl."

„Und dann hat dieser Martin die Wut, die er die ganze Zeit deinen Vater spüren ließ, an dir ausgelassen, nicht wahr?"

„Ihr kennt Euch mit Menschen aus, Meister Linus! Er hat mich absichtlich und mit einer inneren Freude vor den anderen gedemütigt und gepiesackt. Immer wieder hat er mir die Schulden meines Vaters vorgehalten und mir vor allen anderen Knechten die Hand entgegengestreckt.

‚Wann willst du mir denn endlich die Hühner geben, die dein Vater dem Grafen noch schuldet? Oder bist du genau so ein fauler Hund wie es dein Vater gewesen ist, dieser Lump', äußerte er einmal und ich schwor mir, ja, ich schwor mir bei allem, was mir heilig ist, ihm diese widerwärtigen Worte irgendwann heimzuzahlen."

„So sind sie, die feinen Herren und ihre Helfer, die sie auf die kleinen Leute hetzen!", erwiderte Linus verständnisvoll. „Sie kennen keine Gnade, es sei denn mit sich selbst.

Hast du es getan? Hast du deinen Schwur wahr gemacht und musstest deshalb abhauen?"

„Ja, ich habe es getan", antwortete Lucas und irgendwie fühlte er sich geradezu erleichtert, dass er mit jemandem darüber sprechen konnte. „Irgendwann spät am Abend trieb sich Martin noch in der Scheune herum. Ich hatte ihn oft genug heimlich beobachtet, wie er sich dort verstohlen einen Leinenbeutel mit Getreide füllte und ihn unter seinem Gewand verschwinden ließ.

Als er hastig aus der Scheune laufen wollte, stellte ich mich ihm in den Weg. Ich drohte ihm, dem Grafen von seinen Diebstählen zu berichten.

Martin hatte jedoch erneut nur Spott und Hohn für mich übrig. In meinem unbändigen Zorn griff ich nach einem Knüppel und schlug wie ein Besessener auf ihn ein. Damit war mein Schicksal besiegelt. Ich raffte einige Dinge zusammen und rannte auf der Stelle weg, einfach weg."

„Ich glaube dir, Lucas, und in einem Punkt muss ich dir sogar Recht geben. Du solltest dich ab heute wirklich Melzer nennen, Lucas Melzer, jawohl! Weiß Gott, wozu es noch einmal gut sein wird! Und jetzt stehst du wirklich allein da?"

Lucas antwortete nicht gleich, sondern wischte sich erneut mit dem Ärmel die Tränen aus dem Gesicht.

„Nicht ganz, Meister Linus. Ich habe ja Euch."

„Schlaf jetzt!", raunte Linus noch. „Morgen wirst du deine Kräfte brauchen."

Lucas fühlte sich innerlich aufgekratzt und konnte deshalb nicht gleich einschlafen. Noch etliches hätte er sich gerne von der Seele geredet und fing noch einmal an:

„Schade, dass ich Euch damals noch nicht so gut kannte, wie ich es heute tue. Vielleicht hättet Ihr meinem Vater und meiner Mutter geholfen. Ich besitze kein Geld, doch irgendwann hätte ich Euch für Eure Mühen belohnt. Helft Ihr auch armen Leuten, die sich eigentlich keinen Bader oder Wundarzt leisten können?"

Lucas bekam keine Antwort, sondern vernahm das gleichmäßige Schnaufen seines Nachbarn. Meister Linus war bereits eingeschlafen.

Kapitel 6

„Lucas, steh auf! Wir haben es eilig und müssen uns fertig machen", raunte Linus am nächsten Morgen und wischte sich mehrmals mit den Händen übers Gesicht. „Wenn wir erst gegen Mittag in Freiburg eintreffen, dann brauchen wir gar nicht aufzubrechen. Los, steh jetzt auf!"

Lucas sprang auf die Beine, denn er freute sich auf Freiburg. Alles, was er über diese Stadt wusste, hatte er gelegentlich auf dem Stühlinger Markt aufgeschnappt. Nach seinen Vorstellungen musste Freiburg riesig sein.

Nach dem Frühstück, das aus Haferbrei und einem Stück Graubrot bestand, trieb Linus den Jungen an. Gott sei Dank half der Meister beim Herausschleppen der Kisten mit.

Die ersten Sonnenstrahlen blitzten soeben hinter den Bergen hervor, als sie den Karren in Bewegung setzten. Die Alte tippelte noch einmal auf den Jungen zu und drückte ihm ein Stück Brot in die Hand.

„Sorge dafür, dass mich mein Sohn Linus wieder einmal besucht!", flüsterte sie und löste mit dieser Bemerkung, die Linus mitbekommen hatte, bei ihm einen Wutanfall aus. Er stürzte auf sie zu und Lucas hatte den Eindruck, als würde er die betagte Frau jeden Augenblick schlagen.

„Haben wir nicht ausdrücklich und unzählige Male besprochen, dass du zu keinem ein Wort darüber sagen sollst?

Willst du mich unbedingt ins Unglück stürzen mit deinem unbedachten Geschwätz?"

„Verzeih mir, Linus, verzeih mir bitte!", jammerte die Alte und schlug aus Bestürzung die Hände vors Gesicht. „Es ist mir so herausgerutscht. Das liegt an meinem Alter, Linus. Ich bin manchmal so verwirrt im Kopf."

Drohend wandte sich Linus jetzt auch dem Jungen zu.

„Grün und blau schlag ich dich, wenn du dieses Geheimnis nicht für dich behältst! Hast du mich verstanden?"

Lucas nickte zwar auf der Stelle, weil er am Tag zuvor schon einmal die kräftige Hand von Meister Linus zu spüren bekommen hatte, wusste aber gar nicht, warum der sich so aufregte und ihn so wütend anschnaubte.

Ohne ein weiteres Wort mit der Frau zu wechseln nahm Linus die Deichsel wieder in die Hand und zog den Wagen hinter sich her.

„Wenn Ihr es so wollt, dann werde ich bestimmt nichts und niemandem davon erzählen! Ihr habt mein Wort darauf!", rief Lucas kurz darauf nach vorne. „Eure Mutter, äh, die alte Frau hat es bestimmt nicht bös gemeint. Das kann man ihr wirklich nicht zum Vorwurf machen."

„Hm, mag schon sein!", knurrte Linus trotzig, dann wurde sein Ton aber wieder verträglich. „Es hat seinen Grund und sie weiß, warum niemand davon erfahren darf. Es geht außerdem auch niemanden etwas an."

*

Zum Glück war es nicht weit bis nach Freiburg und auch der Weg verlief ziemlich eben, so dass sich Lucas und Linus nicht wie am Tag zuvor mit dem Holzkarren zu sehr abrackern mussten.

Als sie sich dem Stadttor näherten, stieg die Spannung bei Lucas mit jedem Schritt an. Etliche Wagen und eine Menge

Leute zu Fuß reihten sich in eine Schlange ein und warteten geduldig, bis sie endlich bis zu den Torwachen vorgedrungen waren und nach einer gründlichen Untersuchung in die Stadt hinein durften.

Lucas erhaschte einen kurzen Blick ins Innere und erblickte höchstens zweihundert Schritte entfernt ein weiteres Tor.

„Ich hatte mir Freiburg viel größer vorgestellt", stieß er enttäuscht hervor. „Die Stadt hat ja einen kleineren Durchmesser als unser Stühlingen. Schaut, Meister Linus, da vorne am anderen Tor ist Freiburg zu Ende."

Einige Leute in der Nähe, die die Worte von Lucas beiläufig aufgeschnappt hatten, warfen ihm einen eher mitleidigen Blick zu. Linus zog den Jungen zur Seite.

„Kannst du nicht einmal dein vorlautes Mundwerk halten? Musst du immer alles herausplärren wie ein kleines Kind?", sprach er und wurde dann noch leiser, aber auch ernster. „Man glaubt geradezu, du bist nicht ganz richtig im Kopf. Alle Leute, die hier warten, wissen inzwischen, dass du aus Stühlingen kommst, du dummer Kerl."

„Wieso?", versuchte Lucas den Tadel vehement von sich zu weisen.

„Unser Stühlingen! Verstehst du nicht?" Linus wurde richtig ungehalten. „Du krakelst Dinge durch die Gegend, die dich deinen Kopf kosten können."

Es traf Lucas schwer, dass er sich so unbedacht verhalten hatte. Er musste allem Anschein nach mit seinen sechzehn Jahren tatsächlich sein Mundwerk besser im Zaum halten. Schnell erkannte er auch, dass beim zweiten Stadttor Freiburg bei weitem nicht zu Ende war.

„Das erste Tor nennt man das Schneckentor, weil es in die Schneckenvorstadt führt. Hier am Gewerbebach, einem Nebenarm der Dreisam, haben sich zahlreiche Handwerker niedergelassen. Erst wenn man das zweite, das Martinstor hinter sich gelassen hat, befindet man sich in der eigentlichen Stadt“, wusste Linus zu erklären. „Du musst wissen, Freiburg wurde vor 400 Jahren von den Herzögen von Zähringen gegründet und man hat versucht, möglichst viele Handwerker und Kaufleute hierher zu locken, so dass irgendwann die Fläche innerhalb der Stadtmauer zu klein wurde. Im Süden, im Norden und im Westen entstanden ausgedehnte Vorstädte, die man dann auch im Laufe der Zeit mit wehrhaften Türmen, Mauern und Gräben gesichert hat.“

Lucas staunte, als sie den Karren auf einer gepflasterten Straße immer weiter in die Stadt schoben. So viele Menschen wie an diesem Tag hatte er nie zuvor in seinem Leben gesehen. Kein Wort brachte er hervor, sondern war vollauf damit beschäftigt, seine Augen über all das gleiten zu lassen, was an Neuem auf ihn einströmte. Meister Linus dagegen schien wenig beeindruckt.

Die vielen Wagen, das geschäftige Winken und Rufen der Fuhrleute, die unglaublich prächtigen, mehrstöckigen Häuser, die teilweise vornehm gekleideten Damen und Herren, für Lucas war alles überwältigend.

*

Nachdem sie ein Stück stadteinwärts gefahren waren, lenkte Linus den Karren in eine Gasse. Nach wenigen Schritten öffnete sich die Straße und mündete in einen großen Platz.

Eine riesige Kirche zog jetzt den Blick des Jungen an. Besonders begeisterte ihn der Turm. Nicht nur seine Höhe war ungeheuerlich, sondern er war so feingliedrig und aufgelockert gestaltet, dass er richtig zerbrechlich wirkte.

Bauern luden fassweise eingelegtes Kraut, Säcke mit Getreide, Krüge voller Honig, Käse, Sauermilch und andere Nahrungsmittel ab. Alles, was sie erübrigen konnten, hatten sie hierher gekarrt und fingen sogleich an, ihre Ware mit großem Geschrei und übertriebenen Gesten anzupreisen.

Besonders jetzt im späten Frühjahr wurden auch jede Menge kleiner Gänse und Enten, Hühner, Tauben und anderes Federvieh feilgeboten. Auch kleine Ziegen, Lämmer, Kälber und Schweine, die meisten von ihnen mit Stricken so verschnürt, dass sie sich kaum regen konnten, zogen die Käufer an. Um diese Jahreszeit fanden die Jungtiere reißenden Absatz. Selbst Handwerker und Kaufleute hielten sich einige Haustiere, fütterten sie über den Sommer möglichst heraus und schlachteten sie kurz vor Einbruch des Winters.

Ganze Schweine und Ochsenkeulen hingen hinter den Fleischbänken und wurden von Gesellen mit flinker Hand in kleine Stücke zerlegt.

Die kostbarsten und begehrtesten Güter hatten allerdings die fahrenden Händler anzubieten. Die feinen Stoffe und Spitzen, die erlesenen Gewürze und Spezereien aus fernen Ländern ließen die Augen der Betrachter groß werden.

Wohlhabende Leute, denen es vergönnt war hier einzukaufen, wurden wie Herrschaften behandelt.

An manchen Ständen duftete es so köstlich, dass Lucas das Wasser im Mund zusammenlief. Auf einem Markt wie dem Freiburger konnte man alles kaufen, was das Herz begehrte, wenn man das nötige Geld dazu besaß.

*

Auch Linus konnte sich nicht länger gedulden. Er entrichtete seine Marktgebühr und baute dann hastig seinen Stand auf.

„Du hast jetzt genug herumgeglotzt, Lucas! Hilf mir endlich, meine Waren auszupacken!“

Noch während Linus kleine Gefäße, Fläschchen und irdene Schälchen aus verschiedenen Kisten kramte, mischte er sich ebenfalls stimmgewaltig in das Marktgeschrei ein.

„Ich weiß, dass etliche von Euch es gar nicht erwarten konnten, bis ich wieder hierher nach Freiburg komme. Meine Kräutermischungen, meine Heilpflanzen sind einzigartig."

Die ersten Leute näherten sich seinem Stand und begafften die vielen kleinen Behältnisse und Leinensäckchen. Manche nahmen sie sogar in die Hand und rochen prüfend daran.

„Womit kann ich Euch denn dienen?", sprach Linus eine Frau direkt an. „Ich weiß, Ihr wollt es nicht zugeben, dass Ihr manchmal ein Zerren und ein Reißen in Euren Gelenken spürt."

„Woher wisst Ihr?", stammelte die Frau.

„Wir sind nicht mehr die Jüngsten, gnädige Dame", flüsterte ihr Linus vertraulich zu. „Wir müssen für unsere Gesundheit etwas tun, wenn wir noch ein paar Lenze auf dieser schönen Erde verweilen wollen."

„Das liegt allein in Gottes Hand und auch Ihr und Euere Kräuter können dagegen nichts ausrichten!", erwiderte sie schroff, verließ dann aber doch nach einiger Zeit mit einem Beutelchen und einem Fläschchen den Stand.

Linus wusste sich und seine Waren bestens zu verkaufen und viele seiner Kunden kannten ihn auch. Wenn allerdings eine Stadtwache oder ein Marktaufseher in die Nähe seines Standes kam, dann merkte der Junge dem Meister an, dass er irgendwie nervös und recht kleinlaut wurde.

Warum der ansonsten selbstsichere Linus das hier in Freiburg so an sich hatte, verstand Lucas nicht. Er kannte ihn ganz anders. Vielleicht war es ihm nicht erlaubt als fahrender Wundarzt, als Heilkundiger auf dem hiesigen Markt tätig zu sein. Lucas wusste, dass unter den Händlern und Handwerkern strenge Regeln und Gesetze herrschten und durch die Verantwortlichen in der Stadt auch unnachgiebig kontrolliert wurden.

„Wieso werdet Ihr so unsicher, Meister Linus, wenn die Aufseher in Eure Nähe kommen?"

Linus reagierte anfänglich nicht. Erst als Lucas seine Frage abermals wiederholte, zischte er:

„Eines kann ich an dir nicht ausstehen, Lucas. Du fragst zu viel. Habe ich dir nicht vorhin erst gesagt, du sollst dich etwas zurückhalten? Viele Dinge, die mich betreffen, gehen dich nichts an! Hast du das endlich verstanden?“

Kapitel 7

Ein Mann torkelte wie benommen auf Linus zu. Er hielt sich ein Leinentuch an die Backe und hatte, sein gequälter Gesichtsausdruck machte das deutlich, allem Anschein nach mit fürchterlichen Schmerzen zu kämpfen.

„Helft mir, helft mir schnell, sonst werde ich verrückt!", flehte er kaum verständlich Linus an und zog das Tuch weg. „Ihr seid doch Wundarzt und versteht Euer Handwerk, nicht wahr? Ich spüre ein Pochen im ganzen Kopf und selbst die geringste Bewegung meines Mundes oder meiner Zunge löst heftige Schmerzen aus."

„Natürlich verstehe ich mein Handwerk. Hätte ich nach der Stadtverordnung sonst eine Erlaubnis, meine Dienste hier auf dem Markt anzubieten?", antwortete Linus und begutachtete fachmännisch die immense Schwellung, die das Gesicht des Mannes völlig entstellte. „Das sieht aber gar nicht gut aus, mein Freund! Eure Backe ist ja dick wie ein Apfel. Macht den Mund ein Stückchen auf, damit ich hineingucken kann!" Meister Linus zog ein bedenkliches Gesicht. „Den vereiterten Zahn muss ich Euch ziehen und die verunreinigten Säfte aus der Wunde holen, sonst werdet Ihr vor Schmerzen in wenigen Stunden wahnsinnig."

Linus setzte den Mann auf einen Schemel, kramte seine Instrumente aus einem Lederbeutel hervor und stellte einige

Fläschchen bereit. Anschließend nahm er mit einer Pinzette ein kleines Wollknäuel, tauchte es in eine Flüssigkeit und betupfte die schmerzende Stelle im Mund. Der Patient presste die Augenlider zusammen und ballte völlig verkrampft seine Hände zu Fäusten.

Kurz darauf spürte er den kühlen Metallgegenstand an der Innenseite der Backe und stieß einen lauten Schrei aus, als Linus sich hinter ihn stellte und mit einem Arm seinen Kopf fest umklammerte. Gleichzeitig zerrte und drehte er an dem Zahn.

Noch hatte der Gepeinigte seinen Mund nicht geschlossen und seine Augen nur einen Spalt geöffnet, da fuchtelte Linus mit seiner Zange, die den blutigen Zahn umfasste, schon vor seinem Gesicht herum.

„Da haben wir den Übeltäter“, sprach er erfreut.

Doch die Tortur war für den Mann noch nicht überstanden.

„Ich muss Euch noch einmal weh tun und die Verunreinigung unter dem Zahn heraustupfen“, teilte Linus mit.

Lucas sah dem armen Kerl an, wie benommen er auf dem Schemel hockte und wohl oder übel alles über sich ergehen ließ.

Nach Beendigung der Behandlung trat allem Anschein nach nur langsam eine gewisse Linderung der Schmerzen ein. Linus drückte dem Jungen einen Krug in die Hand und schickte ihn zum Brunnen.

„Das kühle Wasser wird Euch gut tun“, sprach Meister Cramer und legte mitfühlend seine Hand auf die Schulter des Patienten. „Ich weiß, welch ungeheure Schmerzen vereiterte Zähne hervorrufen können.“

Lucas betreute den Fremden noch einige Zeit. Der bezahlte dann für die Behandlung, bedankte sich und lief, noch immer schwankend, davon.

*

„Lucas, du kannst eine Besorgung für mich machen! Laufe hinunter in die Schneckenvorstadt, da wo wir vorhin waren, und frage nach Meister Claus Rehar. Er soll dir einige Lederbeutelchen mitgeben! Sag ihm einen Gruß von Linus! Er weiß dann Bescheid."

„Und wenn ich mich in diesem Gewirr von Straßen, Gassen und Plätzen nicht zurecht finde?"

Linus beschrieb dem Jungen den Weg und drückte ihm eine Münze in die Hand.

Trotzdem gelang es Lucas nicht auf Anhieb, das Anwesen von Meister Claus ausfindig zu machen. Es dauerte einige Zeit, bis er sich am Gewerbebach endlich zum richtigen Haus durchgefragt hatte.

Ein unangenehmer Geruch stieg Lucas in die Nase, als er in den Hof trat. Er kannte den beißenden Gestank aus Stühlingen, denn auch dort gab es etliche Gerbereien.

Ein Lehrjunge walkte gerade die Tierhäute in einem bauchigen Holzfass. Ein anderer schabte mit einer Klinge die Haare von einem Fell und hängte die Häute zum Trocknen über eine quer über den Hof gespannte Leine.

„Wo finde ich Meister Rehar?", fragte Lucas und begab sich nach einem Handzeichen eines Lehrjungen in das Haus.

„Gott zum Gruß, Meister Rehar!", rief er in den Raum. „Linus Cramer schickt mich zu Euch."

Schon tauchte Herr Rehar in der Tür seiner Werkstatt auf.

„Was sagst du? Meister Linus ist auch wieder einmal in der Stadt?"

Lucas bejahte die Frage und trug sofort vor, warum ihn Linus hierher geschickt hatte.

„Ich habe zur Zeit keine fertigen Ledersäckchen, das tut mir wirklich leid. Sag deinem Herrn, er soll gegen Nachmittag vorbeischauen, bis dahin sind sie fertig!"

Unverrichteter Dinge verließ Lucas die Gerberei und machte sich umgehend auf den Rückweg, weil er es auf dem Markt viel interessanter fand.

Entsetzt blickte er sich um, als er am Münsterplatz ankam.

„Habt Ihr Linus, Linus Cramer, den Wundarzt, gesehen?", fragte er einen Händler, der die ganze Zeit neben dem Stand von Linus seinen Geschäften nachgegangen war.

„Kaum hattest du den Markt verlassen, da hat dein Meister alles zusammengeräumt und ist mitsamt seinem Karren verschwunden. Linus hatte es ausgesprochen eilig, mehr weiß ich auch nicht. Nein, ich kann dir leider nicht helfen!"

*

Mit leeren Händen und unsagbar enttäuscht trottete Lucas über den Marktplatz, durch Straßen und Gassen, um nach Linus zu suchen, doch leider ohne jeden Erfolg.

„Wirklich gelungen, wie du mich abgeschüttelt hast, wie eine lästige Wanze!", schimpfte er verbittert. „Nicht einmal den Mut hast du gehabt, du Feigling, mir deine Absicht ins Gesicht zu sagen!"

Lucas setzte sich auf eine Treppenstufe und sein nachdenklicher Blick, in dem Staunen und Neid gleichzeitig verschmolzen, wanderte über die prächtigen Häuser am Rathausplatz.

„Hast du nichts anderes zu tun als hier im Weg herumzuhocken und dumm durch die Gegend zu glotzen?", fuhr ihn ein Handwerksgeselle an, der mit einem Arm voller Bretter hinter Lucas stand und die Treppe nicht passieren konnte.

Lucas zuckte zusammen. Sofort erhob er sich und gab die Treppe frei.

Er lief zu der Kapelle gegenüber vom Rathaus, zog seine Kappe vom Kopf und schob das schwere Tor auf. Lucas kniete sich in eine Bank. Tränen standen ihm in den Augen, als er an seine Mutter und seinen Vater dachte.

„Ich bräuchte euch zur Zeit so dringend“, schluchzte Lucas. „Wieso musstet ihr so früh sterben? Wieso hat das der Herrgott zugelassen? Und jetzt, Mutter, jetzt stehe ich allein da. Meister Linus will auch nichts mehr von mir wissen. Er hat sich einfach davongeschlichen.“

Der Junge verstummte, als ein Franziskanermönch gemächlich durch den Mittelgang schritt.

„Gelobt sei Jesus Christus, Hochwürden!“, grüßte Lucas ihn mit gebotener Ehrerbietung.

„Das ist löblich, dass du ein Gebet für das Seelenheil deiner Eltern sprichst und ihnen sozusagen einen Besuch abstattest, wie ich soeben hören konnte“, entgegnete der Pater und neigte sein Haupt, um ebenfalls ein Ave Maria halblaut vor sich hin zu brabbeln.

„Es ist ungerecht, dass sie sterben mussten und mich allein zurückgelassen haben. Vielleicht hätte ihnen ein Bader, ein Wundarzt oder ein studierter Physicus helfen können“, stieß Lucas aufbegehrend hervor, als der Mönch sein Gebet mit einem Segen beendet hatte.

„Was nützt mein Gebet! Nichts, gar nichts!“

Der Junge erschrak einen Moment über seine eigenen, unbedachten Worte. Noch immer empfand er aber über diese Tatsache eine solche Wut, dass er nicht umhin konnte, eine weitere Bemerkung loszuwerden:

„Wenn vornehme Herren auch nur leicht hüsteln, dann halten sich gleich mehrere Ärzte bereit, um ihnen zu helfen. Die einfachen Bauern und die kleinen Leute dagegen können sich keinen Arzt in ihre Hütten holen. Sie müssen ihr Los geduldig auf sich nehmen und verr . . .“

Lucas verschluckte die letzten Silben und fuhr erneut zusammen. Er hatte eigentlich erwartet, mit seinen vorlauten Reden Empörung bei dem Franziskaner hervorzurufen, doch dieser machte durch ein kurzes Nicken geradezu den Eindruck, als brächte er Verständnis für die Wut des Jungen auf.

„Gegen die Vorsehung und den Willen Gottes sind wir machtlos, das musst auch du noch lernen, mein Junge!“, erwiderte der Geistliche besänftigend und setzte seinen Weg fort.

*

Als Lucas wieder vor der Kapelle stand, beobachtete er nicht ohne gewisse Missgunst einige gut gekleidete Burschen, die allem Anschein nach einem Schulgebäude zustrebten.

Sie stammten für gewöhnlich aus wohlhabenden Bürgerfamilien oder aus den Wirtschaftshöfen der Adeligen. Für sie war es eine Selbstverständlichkeit, ja es gehörte geradezu zum guten Ton, dass sie ihre Söhne in Lateinschulen schickten.

Die Gerber und Bäcker, die Häfner, Schuster und Büttner der Stadt konnten ihren Söhnen das normalerweise nicht bieten, ganz zu schweigen von den Tagelöhnern, Hirten und Bauern. Sie mussten wie Lucas tagein tagaus schuften, damit die Familien ein bescheidenes Auskommen hatten. Nicht einmal das Schulgeld, das von den Eltern zu entrichten war, hätten sie aufbringen können.

„Vielleicht wäre ich ja auch zu dumm, um Lesen und Schreiben, Rechnen und Latein zu lernen“, murmelte Lucas, als müsste er eine Rechtfertigung dafür finden, dass er es nicht so gut hatte wie manche seiner Altersgenossen.

Kapitel 8

Als Lucas zurück zum Marktplatz kam, wurde es an einem Stand mit einem Mal ziemlich laut.

Ein Mann kam wutschnaubend aus einem Gebäude geeilt und brüllte so laut, dass sich seine Stimme nahezu überschlug. Lucas lief, wie einige andere Marktbesucher auch, neugierig auf die Menschenmenge zu, um sich zu vergewissern, weshalb es dort Streit gegeben hatte.

„Jedem ehrbaren Christenmenschen ist bekannt, dass ihr Juden lügt, wenn ihr das Maul aufmacht!", erregte sich der Mann und schubste einen völlig verschüchterten Juden vor sich her. „Du weißt genau, dass es euch verboten ist, ein Handwerk zu betreiben, so will es die Zunftordnung." Der Wütende streckte dem Juden jetzt ein Stück Leinen direkt vor die Nase. „Mit Sicherheit hast du den Stoff von deinen Leuten weben lassen, Nathan. Ihr seid doch für eure Heimlichkeiten und für eure Gaunereien bekannt. Wir Leinenweber haben euch schon lange in Verdacht und jetzt endlich auf frischer Tat ertappt."

Der Jude hielt schützend die Arme vor seinen Kopf, weil der Leineweber ihm den Stofflappen ins Gesicht schlug.

„Wir haben das Leinen nicht selbst gewebt", mischte sich der Sohn des Juden, der etwa sechzehn, also so alt wie Lucas war, jetzt ein und stellte sich entschlossen vor seinen Vater.

„Bei unserem Gott Jahwe, ich, Salomon, kann bezeugen und beschwören, dass mein Vater einen ganzen Ballen davon einem Händler auf dem Markt von Villingen abgekauft hat."

„Bei Jahwe? Glaubst du etwa, du kannst mich mit einem Schwur auf deinen Götzengott beeindrucken, Salomon?" Der Weber ließ nicht locker, schob den Jungen unsanft beiseite und versetzte seinem Vater mit der Faust einen Schlag auf den Brustkorb, so dass seine typische Kopfbedeckung, die alle Juden tragen mussten, auf den Boden fiel. „Außerdem kann jeder leicht behaupten, er habe seine Waren bei einem Händler in Villingen gekauft. Komm mit! Wir werden den Schultheiß und die Zunftmeister aufsuchen, die sollen eine Entscheidung treffen."

Schon kamen einige Zwischenrufe aus den Reihen der umstehenden Leute:

„Ist es nicht genug, dass ihr Juden für euer ausgeliehenes Geld Wucherzinsen nehmt? Wollt ihr jetzt auch noch die ehrbaren Handwerker der Stadt Freiburg ruinieren und ihnen ihre Arbeit und ihr Brot wegnehmen?", rief einer vorlaut und ein anderer fügte abfällig hinzu: „Schade, dass der Rat von Freiburg euch das Betreten der Stadt nicht völlig verbietet. Nach der Ratsverordnung dürft ihr euch nicht in der Stadt niederlassen und man hat euch außerdem den Aufenthalt in Privathäusern untersagt. Warum, so frage ich mich, lässt man euch dann überhaupt noch Handel treiben in Freiburg? Im Elsass haben sie die Juden aus den meisten Städten ganz hinausgeworfen und wir Freiburger, wir sollten ihrem Beispiel folgen!"

Ein zustimmendes Getöse und Rufen machte sich unter etlichen Leuten breit, die diese Bemerkung gehört hatten.

Ein vornehm gekleideter Herr kam in Begleitung von Salomon mit weit ausgreifenden Schritten auf die Streitenden zu.

„Lasst sofort Nathan los!", wandte sich der Herr scharf an den Freiburger Leineweber und bedachte auch die umstehenden Leute mit einem grimmigen Blick. „Nathan und sein Sohn Salomon stehen unter meinem Schutz. Ihr habt kein Recht sie zu bedrohen und Euch als Richter aufzuspielen. Sie wohnen schließlich nicht in der Stadt, sondern auf meinem Gutshof außerhalb der Stadtmauer. Sie halten sich folglich an die Gesetze."

„Ihr nehmt doch die Juden nur bei Euch auf und bietet ihnen Euren Schutz an, weil Ihr von ihnen hohe Abgaben kassiert", rief einer aus der Menge. „Ihr solltet Euch schämen, wo sie doch unseren Herrgott hingerichtet und ihn ans Kreuz geschlagen haben."

„Muss ich erst die Stadtwachen holen, damit Ihr zur Vernunft kommt?", entgegnete der Herr, fasste Nathan und dessen Sohn Salomon am Arm und führte sie in die nächste Seitengasse.

*

Oft gab es Auseinandersetzungen zwischen den Juden und den Christen, das hatte Lucas etliche Male auch in Stühlingen erlebt. Viele Christen warfen den Juden schlimme Dinge vor. Man sagte ihnen unter vorgehaltener Hand nach, ihrem Gott Jahwe Kinder zu opfern, Hostien geschändet zu haben und vieles mehr.

Auch äußerlich unterschieden sich die Juden deutlich von den übrigen Bewohnern. Meist waren sie schwarz gekleidet, hatten einen Hut auf und diese dünnen in sich gedrehten Zöpfe baumelten über die Ohren. Man schrieb den jüdischen Männern vor einen gelben Fleck oder einen gelben Ring am Gewand zu tragen, die Frauen waren leicht an den gelben Bändern am Schleier zu erkennen.

Dass sie tatsächlich den Heiland Jesus Christus umgebracht hatten, war für Lucas unbestritten, denn schließlich stand das in der Bibel.

Den schlimmsten Vorwurf, den man diesen verhassten Juden machte, war, dass sie mit Absicht immer wieder die Brunnen vergifteten, um die Pest und andere Seuchen unter der Bevölkerung zu verbreiten und den Christen zu schaden. Auch in Stühlingen war das Wasser der Stadtbrunnen schon einige Male ungenießbar geworden und für viele Bewohner lag die Vermutung auf der Hand, dass auch hier die Juden ihre Finger im Spiel gehabt hatten.

Immer wieder flammte der Hass gegen diese so anders gearteten Menschen auf. Auch aus anderen Orten drangen ab und zu Nachrichten bis auf die Märkte vor, dass man Juden vertrieben oder sogar umgebracht hatte.

Auf der anderen Seite, so hatte Lucas von seinem Vater erfahren, liehen sich die Christen Geld bei den geschäftstüchtigen Juden.

„Warum tun das die Christen?", wollte Lucas damals wissen. „Manche Kaufleute sind sehr vermögend. Sie könnten ihren christlichen Kollegen doch helfen."

„Die Bibel verbietet uns das", hatte Vater erklärt. „Wir Christen dürfen kein Geld ausleihen und Zins dafür nehmen. Es wäre eine Sünde. Die Juden dagegen haben das Recht dazu. Ihre Gesetze erlauben es ihnen."

„Und warum nehmen die Adeligen und andere angesehene Familien Juden in ihren Höfen auf?", hatte Lucas weiter gefragt, weil er es nicht verstehen konnte. „Mögen sie die Juden etwa?"

„Sie mögen sie nicht mehr und nicht weniger als andere Christen, trotzdem siedeln sie die Juden in ihren Höfen an und sichern ihnen Schutz zu. Für dieses Wohnrecht und diesen Schutz müssen die Juden alljährlich hohe Abgaben an ihren Herren leisten.

Selbst der Bischof von Konstanz ist nicht traurig darüber, dass sich zahlreiche Juden in seinem Bistum niedergelassen haben und als Gegenleistung dafür kräftig zur Kasse gebeten werden. Sie müssen bezahlen, weil sie ohne die Erlaubnis ihrer Herren nicht einfach wegziehen dürfen. Auch wenn sich die Juden außerhalb der Stadt bewegen, müssen sie eine Schutzgebühr entrichten."

*

Lucas verdrängte seine Gedanken und setzte seinen Rundgang fort. Überall hielt er nach Linus Ausschau. Selbst in ein geräumiges Kaufhaus wagte er sich.

Ein Wirt, dessen Schänke sich direkt am Marktplatz befand, hatte alle Hände voll zu tun. An Markttagen wie heute war seine Gaststube gut besucht. Viele Händler und Handwerker, die zufriedenstellende Geschäfte abgeschlossen hatten, ließen sich einen Krug Bier oder sogar einen Humpen Wein schmecken.

Das Wasser lief Lucas im Mund zusammen, als der Wirt einigen Männer das Essen brachte. Sie konnten sich Blut- und Leberwurst mit dampfendem Kraut leisten, verzehrten Kohl oder Rüben in Speck und Schmalz gegart, selbst Schweinsköpfe und -pfoten, Dachs und Igel wurden angeboten.

Schon der Duft war für Lucas überwältigend und ein Traum wäre für ihn in Erfüllung gegangen, wenn er einmal in einem Wirtshaus seinen Hunger hätte stillen können.

„Vielleicht kann ich mich nützlich machen und mir ein paar Pfennige verdienen", brummte der Junge und seine eigene Idee gefiel ihm.

Lucas blickte sich um und suchte sein erstes Opfer aus, einen alten gebeugten Greis, der mit einem schweren Korb auf dem Rücken keuchend an dem Jungen vorüberlief und sichtlich mit dem Gewicht zu kämpfen hatte.

„Ich helfe Euch. Ich trage Euch den Korb, wohin Ihr wollt," sprach Lucas ihn freundlich an und fügte halblaut hinzu: „Für einen geringen Lohn, natürlich.“

„Kümmere dich um deinen eigenen Kram!“, erwiderte der Alte und winkte energisch ab. „Ich bin von Kindesbeinen an harte Arbeit gewöhnt.“

Einige Zeit später ergab sich eine neue Gelegenheit. Eine einfach gekleidete Frau schleppte gleich zwei Weidenkörbe und musste sie nach wenigen Schritten immer wieder abstellen, weil sie sich bei ihren Einhäufen sichtlich übernommen hatte.

„Gegen einen kleinen Lohn bringe ich Euch die beiden Körbe nach Hause“, bot Lucas ihr höflich an.

„Einverstanden! Die Schlepperei geht mir sowieso auf die Nerven.“

Sie stellte die Körbe vor dem Jungen ab und lief weiter. Lucas folgte ihr in gebührendem Abstand.

Während sich die Frau alle erdenkliche Mühe gab, wie eine feine Dame dahinzutippeln, was ihr wegen ihrer Körperfülle allerdings nur mäßig gelang, musste Lucas die schweren Körbe tragen, deren Gewicht er anfänglich unterschätzt hatte.

Nach einiger Zeit hatte er zu tun der Frau durch mehrere Gassen der Stadt zu folgen und hätte sie am liebsten um eine kleine Verschnaufpause gebeten. Lucas wollte sich aber keine Schwäche anmerken lassen.

Erleichtert atmete er auf, als die Frau endlich eine kleine Steintreppe zu einem ansehnlichen Haus hinaufstieg und dem Jungen sogar die Tür aufhielt.

Kaum hatte Lucas die Körbe in die Küche gebracht und dort abgestellt, schon zog die Frau ihn am Arm hinter sich her in den Hof.

„Du wolltest dir doch etwas verdienen, nicht wahr?“, fragte sie mit spitzem und herrischem Ton und schob sich einige Strähnen ihres Haars hinter die Ohren. „Da du es nicht eilig zu haben scheinst und die Zeit sowieso vertrödeltst, kannst du mir behilflich sein.“

„Das tue ich gerne, gnädige Frau!“, erwiderte Lucas unterwürfig, weil er sich von der Hausherrin eine ordentliche Entlohnung versprach.

„Dort drüben aus dem Schuppen bringst du Holz an die Feuerstelle in der Küche!“, kommandierte sie ihn und war schon im Gehen bedacht. „Ach ja, ein Scheit wirst du mit einer Axt zerkleinern, damit meine Magd das Feuer leichter entfachen kann! Oder besser, mache gleich mehrere Scheite klein, dann hat sie in den nächsten Tagen genügend Kleinholz zum Anschüren. Wasser kannst du auch am Stadtbrunnen holen!“

Lucas blickte sie mit fragenden Augen an und deshalb beschrieb sie ihm den Weg zum nächsten Brunnen.

*

Mehrere Stunden war der Junge beschäftigt, denn nach und nach fielen der Hausherrin immer neue Dinge ein, die sie Lucas gebieterisch und streng auftrug.

Gott sei Dank reichte sie ihm gegen Mittag wenigstens ein Stück Brot und eine Scheibe geräucherten Speck, was Lucas auf dem Weg zum Brunnen gierig in sich hineinschlang. Auf dem Rückweg fieberte er dem Augenblick entgegen, wenn die Frau ihn für seine Arbeit bezahlen und ihm einige Pfennige in die Hand zählen würde.

Lucas hatte soeben den letzten Zuber Wasser in der Küche abgestellt, als ihm die Frau mit einem freundlichen Lächeln bedachte.

„Ich danke dir für deine Hilfe! Deinen Lohn, das Mittagessen, hast du ja bereits erhalten und verzehrt.“

Mit großen Augen stierte Lucas die Frau an. Er traute seinen Ohren nicht, was er soeben gehört hatte und versuchte seinen Unmut auf freundliche, aber bestimmte Art zum Ausdruck zu bringen.

„Das soll der ganze Lohn gewesen sein? Ich habe keine Eltern mehr und muss für mich selber sorgen. Deswegen habe ich versucht, mir ein paar Pfennige zu verdienen.“ Er machte eine Pause und senkte seinen Blick. „Ich habe schrecklichen Hunger, gnädige Frau! Gebt mir wenigstens noch etwas zu essen!“

Entschieden und unmissverständlich schüttelte sie den Kopf.

Ein vornehm gekleideter Mann, sicherlich der Herr des Hauses, betrat die Küche. Bei seinem Anblick war die Frau von einem Moment zum anderen wie verwandelt. Sie ließ sich mit einem lauten Stöhnen auf dem Schemel nieder und schnaufte tief.

„Ich habe Eurem Weib einige Arbeiten abgenommen und ihr geholfen“, beteuerte Lucas, als müsse er sich für seine Anwesenheit entschuldigen. Dann richtete der Junge sein Augenmerk wieder auf die Frau.

„Eine Plackerei!“, murrte sie. „Zu zweit schuften wir die ganze Zeit, um das Wasser, das Feuerholz und all die anderen Dinge hierher zu schaffen.“

„Ach Agnes, kannst du mir mal zwei Pfennige aus deiner Kammer holen und sie mir leihen?“, erwiderte der Herr und bedachte sie mit einem überaus freundlichen Lächeln. „Ich weiß, dass du ab und zu ein paar Pfennige beiseite legst.“

Ohne weiter nachzufragen lief sein Weib davon und kehrte schon kurz darauf in die Küche zurück. Bereitwillig übergab sie die beiden Münzen ihrem Mann, der sie wiederum sofort an Lucas weiterreichte.

„Das hast du dir verdient, mein Junge“, sprach er, „weil du den Korb vom Markt, das Holz aus dem Schuppen und das Wasser vom Brunnen allein hierher getragen hast, wie ich deutlich und mit eigenen Augen beobachten konnte. Folglich hast du auch den Lohn für diese Arbeit verdient und nicht meine Magd. Wie ich sie kenne, hat sie dich für deine Schufterei bestimmt nicht bezahlt, oder?"

Mit unfassbarer Geschwindigkeit schoss der Frau die Röte ins Gesicht, wobei Lucas nicht beurteilen konnte, ob Zorn oder Scham der Grund dafür war.

Der Herr verschwand in der Stube. Sofort streckte die Magd dem Jungen fordernd die Hand entgegen und wollte gerade etwas sagen, als sich die Stubentür noch einmal öffnete.

„Und wage es nicht, dem Jungen seinen verdienten Lohn wieder wegzunehmen!", brachte der Mann mit einem spöttischen Lächeln noch hervor.

Freudestrahlend verließ Lucas kurz darauf das Haus und warf noch einmal einen Blick auf die beiden Münzen.

„Einen halben Laib Brot kann man dafür kaufen", jubelte er und lief vor Übermut tänzelnd zum Markt zurück.

Kapitel 9

Die beiden Pfennige wechselten schnell ihren Besitzer. Lucas wollte sich anfänglich dafür am Bäckerstand eigentlich einen mit Honig bestrichenen Krapfen kaufen, entschied sich dann aber doch für zwei Brotfladen, die er sich für den Abend aufheben wollte.

Etliche Male musste er mit sich kämpfen, weil er immer wieder in die Versuchung kam, sie an Ort und Stelle zu verzehren. Er blieb jedoch hart gegen sich und empfand es wie einen Sieg.

Auf dem Markt hatte das geschäftige Treiben nachgelassen. Viele Händler und Bauern räumten ihre restlichen Waren zusammen und machten sich auf den Heimweg.

Am Nachmittag irrte Lucas erneut in der Stadt herum. Er wollte sich einfach nicht damit abfinden, dass Linus ihn auf so gemeine Art in Stich gelassen hatte.

Die verschiedenen Gassen hatten sogar Namen. Handwerker mit dem gleichen Beruf wohnten immer eng beisammen. Lucas lief durch eine Schustergasse, eine Färbergasse und eine Büttnergasse.

In einem anderen Straßenzug waren die Tischler und wieder in einem anderen Teil die Bäckermeister angesiedelt. Manchmal blieb er stehen und schaute in die Innenhöfe, um die Handwerker bei ihrer Arbeit zu beobachten.

*

Mit einem Mal befand sich Lucas in einer besonders schmutzigen Gasse. Es stank so sehr, dass er sich die Nase zuhielt. Einige in Lumpen gehüllte, völlig verwahrloste Menschen, saßen auf dem Boden herum. Es schien ihnen nichts auszumachen, mitten im Dreck zu hocken.

Der Junge wollte schon kehrt machen und sich entfernen, da ihm irgendwie unheimlich wurde. Er beschloss dann jedoch, möglichst schnell weiterzugehen und die Gestalten am Gassenrand nicht zu beachten.

Als er sich den Leuten näherte, erhoben sich zwei von ihnen mühsam und humpelten auf ihn zu.

„Na, mein Junge, sicherlich hast du etwas Essbares bei dir. Gib uns etwas davon ab!", stammelte der eine und streckte Lucas fordernd und unmissverständlich die Hand entgegen.

Da die beiden direkt vor ihm standen, konnte er jetzt erst das Ausmaß ihres Elends genauer wahrnehmen. Der eine hatte nur ein Bein, das andere war durch einen Stock ersetzt, der an den Stumpf gebunden war. Tiefe Narben entstellten das Gesicht des zweiten Mannes und sein eines Auge stierte leblos an dem Jungen vorbei.

„Ich, ich habe selbst Hunger", stotterte Lucas völlig verängstigt. „Ich muss selbst betteln, um satt zu werden."

Er hatte seine Worte noch nicht ganz ausgesprochen, da befühlte eine alte Frau, die sich inzwischen von hinten angeschlichen hatte, seinen Rücken.

Ruckartig fuhr Lucas herum. Die Alte war im Gesicht und an den Händen vollkommen verdreckt. Ihre Kleider hingen wie Lumpen an ihrem ausgemergelten Körper. Ihr Kopf war übersät von blutunterlaufenen, kahlen Flecken und nur vereinzelt baumelten einige verklebte Haarbüschel bis auf die Schulter.

„Auf mich wirkst du nicht, als müsstest du dir dein Brot auf der Straße erbetteln“, krächzte sie und zog ihre Lippen über die zahnlosen Kiefer in den Mund.

Lucas war sich sicher, dass sie sich jeden Moment zu dritt auf ihn stürzen würden, um ihm seine beiden Brote, die er unter seinem Gewand versteckt hatte, zu entreißen. Ein besonders großer Verlust wäre das für ihn gewesen.

Blitzschnell drehte er sich um und suchte so flink er konnte das Weite. Dabei stieß er die Frau versehendlich zu Boden. Lucas vernahm noch lautes Schimpfen und glaubte sogar das Hallen von Schritten hinter sich zu hören. Er rannte, als wäre der leibhaftig Teufel hinter ihm her, zurück zum Marktplatz und setzte sich an den Brunnen.

„Zum Schlafen muss ich mir einen Unterschlupf suchen. Ich kann mich nicht wie ein Bettler einfach irgendwo in ein Eck legen. Ich könnte kein Auge schließen vor Angst. Ob ich einfach zurück zur Mutter von Linus laufen soll?“ Lucas überlegte und verwarf seine Idee. „Nein, womöglich treffe ich dort Linus, der mit mir nichts mehr zu tun haben will.“

Lucas holte die beiden Brotfladen unter seinem Gewand hervor und biss hinein.

*

Ein Karren näherte sich langsam dem Platz. Ein Mann zog ihn ganz alleine. Lucas traute seinen Augen nicht, als er Linus vor dem Wagen erkannte.

„Gott sei Dank bist du noch da!“, schnaufte Linus und stöhnte. „Es ist eine Schinderei, wenn man kein Pferd mehr hat und selbst sein Hab und Gut durch die Gegend zerren muss.“

„Wo wart Ihr denn, Meister Linus? Warum seid Ihr einfach abgehauen? Ihr wolltet mich sicherlich loswerden.“

„Ein Notfall! Ich wurde zu einem Kranken gerufen und

konnte nicht warten, bis du wieder aufgetaucht bist. Ich wusste, du würdest hier auf mich warten, ich war mir sicher“, erklärte er. „Leider konnte ich für den Schwerkranken nichts mehr tun. Noch bevor ich eintraf, ist er gestorben.“

Angeekelt verzog Lucas urplötzlich sein Gesicht.

„Sind die Flecken an Eurem Ärmel etwa Blut? Blut von einem Menschen?“

Linus warf einen Blick auf seinen Ärmel, trat dann hastig an den Brunnen und benetzte die handgroßen Flecken mit Wasser. Wie ein Irrer rubbelte und rieb er, bis er die Blutspuren entfernt hatte.

„War das Menschenblut? Habt Ihr nicht soeben selbst gesagt, dass der Kranke bereits tot war bei Eurem Eintreffen?“, erkundigte sich Lucas erneut und verursachte mit seinen Fragen einen Tobsuchtsanfall bei Meister Linus.

„Halt dein vorlautes Maul und mische dich nicht ununterbrochen in meine Angelegenheiten ein! Wenn du das nicht kapierst, dann nimm deinen Kram und verschwinde!“

Linus war außer sich und brauchte einige Zeit, um sich zu beruhigen. Erst dann kramte auch er ein paar Bissen aus einer Kiste hervor und setzte sich einige Schritte von Lucas entfernt an den Brunnen. Längere Zeit wechselten sie kein Wort.

„Was hast du während meiner Abwesenheit getrieben?“

Erleichtert über den versöhnlichen Tonfall von Linus erzählte der Junge, wie er überall verzweifelt nach ihm gesucht hatte und wie er an die Fladen gekommen war.

„Warst du auch bei Meister Rehar und hast die Ledersäckchen geholt?“

„Ihr sollt selbst vorbeikommen, Meister Linus! Gegen Nachmittag hat er sie fertig.“

*

Von einem Augenblick zum anderen stürmten einige vornehm gekleidete Herren auf den Münsterplatz. Mehrere berittene Stadtknechte begleiteten sie.

„Geht nach Hause! Der Rat der Stadt hat beschlossen, dass sich nirgends Leute zusammenrotten dürfen“, brüllte einer der Männer drohend über den Platz.

Linus lief auf die Männer zu.

„Was veranlasst Euch dazu, meine Herren, die Bevölkerung wie Gefangene zu behandeln?“, erkundigte er sich und handelte sich umgehend einen strafenden Blick der Männer ein. „Ich bin Bürger dieser Stadt und habe Euch nur um eine Auskunft gebeten.“

„Eine schreckliche und äußerst beunruhigende Nachricht hat uns gegen Mittag erreicht“, gab einer der Männer dann doch Auskunft. „In Stühlingen, wo Graf Sigmund von Lupfen residiert, hat es einen Aufstand gegeben. Hunderte von Bauern haben sich zusammengerottet und sind zur Burg Hohenlupfen gezogen, um irgendwelche Rechte einzufordern.“

„Unglaublich, es ist unglaublich, was sich diese ungebildeten Landstrolche herausnehmen“, schimpfte einer der Herren. „Letzten Monat, im Mai, haben sich auch Bauern in der Schweiz und in Franken, im Bambergischen, erhoben und sich in Massen vor den Burgen und den Klöstern versammelt. Wie soll das enden, wenn die kleinen Leute gegen ihre Herren aufbegehren und sich Flausen in den Kopf setzen?“

„Und in Stühlingen, was ist dort geschehen?“, fragte Linus.

„Es war vielleicht etwas ungeschickt von der Gräfin, die Bauern ausgerechnet jetzt Ende Juni von den Feldern zu holen, wo sie doch ihr Heu einbringen wollten“, gab einer der Männer Auskunft. „Aber steht es den Untertanen deswegen gleich zu, unverschämte Forderungen zu stellen? Sie beklagen sich, dass die Frondienste und die Abgaben laufend zunehmen und dass man ihnen das Jagen und das Fischen verbietet. Außerdem sind sie nicht damit einverstanden, dass man ihnen Holz aus den Wäldern nur gegen Bezahlung zugesteht und der Graf die Felder und Wiesen, die früher allen in der Gemeinde zur Nutzung dienten, neuen Pächtern übergeben hat."

„Und?", entgegnete Linus seinem Vorredner mit halb zugekniffenen Augen. „Wie steht Ihr dazu?"

„Ich verstehe Eure Frage nicht!", antwortete der Mann und durchbohrte Linus geradezu mit seinem tadelnden Blick.

„Haben die Bauern in allen Punkten Unrecht?", machte Linus einen neuen Versuch. „Sind sie den Grundherren nicht tatsächlich mit Haut und Haar, auf Gedeih und Verderb ausgeliefert?"

„Seht zu, dass Ihr das Weite sucht", fuhr ihn einer der Ratsherren an, „sonst werdet Ihr schneller unsere Meinung herausfinden als Euch lieb ist!"

Glücklicherweise war Linus schlau genug, diese klar ausgesprochene Warnung ernst zu nehmen, lief mit Lucas zum Wagen und machte sich auf der Stelle davon. Die Stadtwachen hatten die anderen Leute längst vom Platz vertrieben.

Lucas wusste anfangs nicht so recht, ob er sich freuen sollte oder nicht.

„Wenn ich jetzt in Stühlingen wäre, würde ich mich auch den aufbegehrenden Bauern anschließen!", sprach er und alle Wut gegen den Grafen von Lupfen stieg mit einem Mal wieder in ihm auf. „Hoffentlich können sie etwas bewirken oder wird es gar einen Krieg geben, Meister Linus?"

Der ließ sich mit der Antwort Zeit und blieb sogar einen Augenblick stehen. Seinem Gesicht sah Lucas an, dass er angestrengt nachgrübelte.

„Ich weiß es nicht, Lucas. Ich kann dir deine Frage nicht beantworten. Die Geschichte sagt uns allerdings, dass die kleinen Leute bisher immer den Kürzeren gezogen haben."

Kapitel 10

Linus und Lucas schoben den Karren in die Gerberau und suchten Meister Rehar auf. Auffallend freundlich fiel die Begrüßung zwischen beiden aus.

„Dass du es wieder einmal wagst, hierher auf den Markt zu kommen“, äußerte der Gerber sichtlich erfreut über den Besuch von Linus.

Bevor Linus ihm antwortete, warf er einen flüchtigen Blick auf Lucas und wandte sich dann erneut an Meister Rehar:

„Du hast doch nichts dagegen, dass wir in deiner Scheune übernachten, oder?“

„Wie könnte ich dir diesen Freundschaftsdienst versagen, Linus!“

„Steh nicht länger hier herum, Lucas, und mach lange Ohren, sondern sieh zu, dass du endlich die Kisten in den Schuppen schaffst!“, ordnete Linus an und zog den Gerber am Ärmel in ein abgelegenes Eck an der Hofmauer.

„Hast du schon gehört, was sich in Stühlingen zugetragen hat?“, verstand Lucas noch, doch dann machte er sich wohl oder übel an die Arbeit, obwohl ihn das Gespräch brennend interessiert hätte.

So schnell es ihm möglich war, schleppte er die Kisten in die Scheune und stapelte sie dort übereinander, dann lief er unbemerkt zum Misthaufen und huschte in den Bretterverschlag. Er musste zwar keiner Notdurft nachgehen, sondern hatte den Abort aufgesucht, weil er sich ganz in der Nähe der beiden Männer befand. Mucksmäuschenstill verhielt sich Lucas und lauschte.

„Sie werden nicht so ohne weiteres aufgeben und ich bin nach wie vor der Meinung, dass sie Recht haben. Lange genug waren die Untertanen der Willkür ihrer Herren ausgesetzt", stieß der Gerber halblaut hervor. „Es gärt und brodelt schon lange. Denke nur an Fritz Joß aus Untergrombach! Vor zehn Jahren hat er in Lehen vor den Toren Freiburgs bereits an die zweitausend Anhänger um sich versammelt und die himmelschreienden Ungerechtigkeiten angeprangert. Sogar der Pfarrer von Lehen, Hans Schwartz, schloss sich damals dem Aufstand an."

„Aber ohne jeden Erfolg! Fritz Joß und seine Anhänger konnten absolut nichts ausrichten."

„Das weiß ich, Linus, das weiß ich! Auch sein zweiter Versuch, vier Jahre später, als Fritz erneut im Elsass auftauchte und im Nu eine Menge Gleichgesinnte um sich geschart hatte, war durch einen Verrat aus den eigenen Reihen zum Scheitern verurteilt."

„Weißt du, wer jetzt die Aufständischen eigentlich anführt, Claus?"

„Hans Müller aus Bulgenbach, ein Söldner und ehemaliger Leibeigener des Klosters St. Blasien", wusste Meister Rehar zu berichten. „Ihm laufen die Bauern zu Hunderten zu."

„Der Auslöser für das Aufbegehren der Bauern dürfte Martin Luther gewesen sein, oder?", fragte Linus nach.

„Natürlich stärken die neuen Lehren von Luther den Bauern den Rücken. Luther vertritt die Meinung, dass wir kleinen Leute zu Unrecht so geschunden und unterdrückt werden. Nirgends in der Bibel, so behauptet er, könne man auch nur den geringsten Hinweis darauf finden, dass das Gottes Wille sei."

„Er ist ein Held, Martin Luther ist ein wahrer Held!", bemerkte Linus anerkennend.

„Nur finden seine Ideen und seine Vorstellungen wenig Verbreitung bei uns, Linus. Der österreichische Erzherzog Ferdinand ist sich mit dem Rat der Stadt darin einig, das nach Möglichkeit zu verhindern. Im letzten Jahr wurden alle Häuser in Freiburg durchsucht und alle angeblich ketzerischen Schriften auf dem Münsterplatz verbrannt."

„Bücher kann man verbrennen, Claus, einer Überzeugung, die im Kopf geschrieben steht, wird man mit Flammen nichts anhaben können."

„Du hast leicht reden, Linus. Drei Wochen haben sie mich damals in den Gefängnisturm geworfen."

„Sie haben dich eingesperrt? Warum?"

„Du weißt doch, dass ich gerne mal einen Krug Bier mehr trinke als ich eigentlich vertrage. Im Wirtshaus bin ich dann auf den Tisch gestiegen und habe lauthals meine Meinung zu der Bücherverbrennung herauskrakelt. Es war dumm und unbedacht von mir, ich weiß!"

„Ja, so sind sie, Claus! Sie sind schnell zur Hand, die Herren der Stadt und ihre Handlanger, wenn es einer wagt und eine andere Meinung äußert als ihnen angenehm ist."

„Lass uns jetzt von etwas anderem, von etwas Erfreulichem reden! Was macht dein Studium, na, du weißt schon, die Medizin?", erkundigte sich Rehar und sprach dann besonders geheimnisvoll weiter: „Hast du inzwischen Fortschritte gemacht? Hast du tatsächlich Untersuchungen an . . ."

Gerne hätte Lucas den Rest des Gesprächs belauscht, doch in diesem Moment schob jemand einen Holzkarren über den Hof und es war für ihn unmöglich noch etwas zu verstehen.

Plötzlich vernahm der Junge lautes Rufen von Linus:

„Lucas, bist du mittlerweile im Schuppen eingeschlafen?"

Der Junge muckste sich nicht, gab keine Antwort, sondern schlüpfte erst aus seinem Versteck, als er durch einen Ritz in der Bretterwand Linus und Claus ins Haus gehen sah.

*

Während Lucas am nächsten Morgen in der Gerberwerkstatt helfen musste, liefen Meister Linus und Meister Claus in die Stadt.

Der Geselle und die beiden Lehrjungen waren von der Anwesenheit Lucas nicht gerade angetan. Sie merkten, dass er sich ab und zu die Nase zuhielt und ein entsprechend angeekeltes Gesicht zog.

„Das ist nichts für verwöhnte Kerle wie dich!", äußerte der Geselle daraufhin. „Mit der Zeit wirst aber auch du dich daran gewöhnen."

„Ihr glaubt doch nicht etwa, ich werde länger als unbedingt nötig hier bei Meister Rehar arbeiten", erwiderte Lucas ein wenig überheblich und handelte sich dafür etliche Beschimpfungen ein.

Bereits am frühen Vormittag kehrten Linus und Claus zurück. Sie hatten ein Pferd gekauft.

„Ein schöner Brauner!", bemerkte Lucas bewundernd. „Ihr habt Euch ein schönes Pferd gekauft, Meister Rehar."

„Das ist nicht seins", ereiferte sich Linus übertrieben heftig, „sondern wird *meinen* Wagen in Zukunft ziehen."

Sichtlich stolz war Meister Linus über seine Neuerwerbung und strich dem Braunen sanft über den Hals.

Den ganzen restlichen Tag musste der Junge an dem Bottich zubringen, der mit Kuhpisse gefüllt war, und die Häute darin einweichen. Der Geselle hatte Lucas absichtlich diese stinkende Tätigkeit zugeteilt, sein schadenfrohes Lächeln verriet ihn. Lucas war heilfroh, als es endlich Abend wurde und die Arbeit beendet war.

*

„Morgen früh wirst du mich auf den Markt begleiten, Lucas!“, verkündete Linus, als sie sich in den Schuppen zum Schlafen legten.

Der Junge war erleichtert, weil er sich nicht erneut der Willkür des Gesellen ausgeliefert sah.

Einige Zeit sprachen Linus und Lucas auch noch über die Unruhen in Stühlingen.

„Habt Ihr etwas Neues über die Aufstände in Erfahrung bringen können, Meister?“

„Nein, es gibt kaum etwas Wesentliches zu berichten und ich habe den Eindruck, der Rat der Stadt sucht sogar zu verhindern, dass die Bewohner Freiburgs viel darüber erfahren. Allerdings machen sich manche Bürger auch berechtigte Sorgen, weil der Rat heute einige Leute verhaften ließ und andere aus der Stadt gewiesen hat.“

„Warum?“

„Man wirft ihnen vor, sie würden die Schriften Luthers, die der Rat für ketzerisch hält, verbreiten und sich für seine Lehre stark machen“, erzählte Linus weiter.

„Und, ist er ein Ketzer, dieser Luther?“

Ausführlich und vehement verteidigte Linus die Ansichten Martin Luthers.

„Es ist eine Torheit und ein unglaubliches Unrecht“, schimpfte Linus verbittert, „dass der Rat einige Professoren der Universität, wie die Gelehrten Philipp Engelbrecht und Johann Lonitzer, aus der Stadt ekeln will. Andere bedeutende Männer, wie der Rechtsgelehrte Doctorus Johann Sichard, haben bereits angekündigt, Freiburg freiwillig zu verlassen.

Sind der Bürgermeister und der Stadtrat etwa verrückt geworden? Haben sie ihren Verstand völlig verloren?“

„Wie meint Ihr das, Meister?“

„Du musst wissen, Lucas, die Bürger dieser Stadt haben

sich im Jahre 1368 auch gegen ihren Herren, den Grafen Egino von Freiburg, aufgelehnt und sich von ihm losgekauft. Die Stadtbewohner haben damals ebenso für ihre Freiheit gekämpft, wie es die Bauern heute tun.

Um 1460 herum wurde dann die Universität gegründet, ein Zeichen von Freiheit, von Freiheit des Denkens und des Geistes. Und, was ist aus diesem Ideal geworden?" Linus machte eine Pause, bevor er seine Rede fortsetzte: „Behandeln und bevormunden die Räte ihre Bürger nicht ähnlich wie die Grundherren ihre Leibeigenen. Wer anders denkt als sie, den treiben sie aus der Stadt."

Noch einige Zeit ereiferte sich Linus über diese Tatsache. Lucas erfuhr ganz nebenbei, dass Linus seine Prüfung als Wundarzt hier in Freiburg abgelegt hatte und der Zunft angehörte. Und Lucas wusste jetzt auch eindeutig, auf welcher Seite Meister Linus stand, was er sich von der neuen Lehre Luthers erhoffte.

*

Nachts schreckte Lucas auf seinem Lager hoch. Er vernahm einige aufgebrachte Männerstimmen im Hof. Sofort lief er zum Scheunentor, um nachzusehen, was draußen vor sich ging. Wirklich, ein paar Stadtwachen standen vor dem Haus des Gerbermeisters. Kräftig schlug einer mit der Faust gegen die Haustür.

„Bist du verrückt geworden? Warum machst du solchen Lärm?", hörte Lucas Meister Linus hinter sich schimpfen.

„Psst, seid still!", fuhr ihm Lucas geradezu über den Mund. „Stadtwachen wollen zu Meister Rehar."

„Mitten in der Nacht?", brummte Linus ungläubig und erhob sich ebenfalls. „Das bedeutet nichts Gutes!"

„Claus Rehar, kommt auf der Stelle heraus!", hörte man jetzt drohend von draußen und erneut trommelte jemand mit der Faust gegen die Tür, um seinen Worten Nachdruck zu verleihen. „Man erwartet Euch in der Gerichtslaube."

Es dauerte noch eine Weile, bis der Riegel zur Seite und die Tür endlich geöffnet wurde.

„Was wollt Ihr denn von meinem Mann?", versuchte Frau Rehar in Erfahrung zu bringen. „Da muss eine Verwechslung vorliegen. Außerdem ist er nicht zu Hause."

Eine der Wachen schupste die Frau grob beiseite und alle drei Männer stürmten gleichzeitig ins Haus.

„Wenn er sich nicht freiwillig stellt, dann sehen wir uns gezwungen, ihn gewaltsam aus dem Bett zu scheuchen."

„Er ist nicht da!", rief die Frau abermals, konnte die Männer damit aber nicht beeindrucken.

Alle Bewohner des Hauses waren inzwischen wach und wurden in den Hof getrieben. Frau Rehar hatte zu tun, ihre beiden weinenden Buben, die sich ängstlich an ihre Mutter drückten, zu beruhigen.

Lucas und Linus zuckten gleichzeitig zusammen, weil sie hinter sich ein Geräusch wahrgenommen hatten.

„Claus, warum bist du denn hier in der Scheune?", stotterte Linus leise und zeigte sich recht überrascht.

„Sie suchen mich! Ich scheine nichts dazuzulernen, Linus. Gestern Abend, ich war noch im Wirtshaus *Zum rauen Mann*. Das Bier hat mir wieder einmal zu gut geschmeckt und mir die Zunge gelöst. Ich wollte es nicht, aber es ist mir halt so herausgerutscht."

„Na, sag schon! Was denn?"

„Ich habe mich mit einem anderen Gast, allem Anschein nach ein angesehener Kaufmann, gestritten und ihm offen ins Gesicht gesagt, dass man auch in Freiburg endlich ehrlich über die neue Religion und über die Schriften Luthers reden solle. Vieles von dem, was er fordert, sei völlig richtig!"

„Kein Wunder, mein Freund! Wenn sie dich erwischen, wirst du nicht mehr mit drei Wochen davonkommen. Sie werden dich vor ein Gericht stellen und hart bestrafen", sprach Linus. „Eine verrückte Welt!"

„Ja, und deshalb muss ich unbedingt weg aus Freiburg, weil sie mich überall suchen. Bestimmt sind längst alle Wachmänner alarmiert und halten nach mir Ausschau. Ich bin gefangen wie in einer Mausefalle, weil ich mich auf keinen Fall hier in der Stadt mehr blicken lassen kann."

„Dann werden sie uns womöglich alle verhaften und uns vor Gericht . . . ", folgerte Lucas bestürzt.

„Der Bach, der Gewerbebach hinter dem Haus!", würgte Linus die Worte des Jungen ab. „Könntest du nicht . . ."

„Überall sind Wachen in der Stadt verteilt und sie würden mich sofort im Wasser entdecken", fiel ihm Claus ins Wort.

„Du wirst einen Strohhalm in den Mund nehmen und dich unter Wasser bis zur Stadtmauer treiben lassen", verteidigte Linus seine Idee.

„Red nicht so einen Quatsch! Da, wo der Bach unter der Mauer durchfließt, ist ein Gitter angebracht. Oder, nein, zur Zeit nicht, weil sie es in den nächsten Tagen erneuern wollen. Das alte war an einigen Stellen durchgerostet."

Wieder waren laute Stimmen im Hof auszumachen.

„Also dann, hau ab!", drängte ihn Linus.

Unverzüglich suchte Meister Claus den Boden nach einem geeigneten Strohhalm ab und rannte zum hinteren Ende der Scheune.

Linus nahm ein aufgewickeltes Seil von der Schuppenwand, verknotete es an einem Balken und warf das Knäuel durch eine enge Luke, die Claus in der Zwischenzeit aufgerissen hatte. Er kletterte hindurch und wandte sich noch einmal Linus zu:

„Wo und wann sehen wir uns wieder?"

„Morgen bei meiner Mutter. Du weißt Bescheid, oder?"

Meister Rehar nickte und ließ sich am Seil nach unten in den Bach gleiten.

Blitzschnell zog Lucas den Strick zurück in die Scheune und konnte sich gerade noch auf sein Lager flüchten, als das Scheunentor schon aufgestoßen wurde. Eine Fackel erhellte den Raum.

„Hier, hier liegt jemand! Ich glaube der Ketzer hat sich im Schuppen versteckt", brüllte eine der Wachen.

Linus tat so, als würde er soeben erst aus einem tiefen Schlaf erwachen und wischte sich mit den Händen über die Augen, während Lucas völlig verängstigt auf seinem Strohlager saß.

Schon stürzten sich die Männer auf Linus und Lucas, zerrten sie gewaltsam auf die Beine und legten ihnen Fesseln an.

„Was geht hier eigentlich vor sich?", fragte Linus und tat immer noch völlig verschlafen. „Seit wann werden unschuldige Bürger dieser Stadt mitten in der Nacht überfallen und in Fesseln gelegt?"

„Halt den Mund!", war die ganze Antwort, die Linus zu hören bekam.

„Bindet sie wieder los!", ordnete der Wachmann, der anscheinend das Sagen hatte, an und betrachtete intensiv die Gesichter von Linus und Lucas. „Keiner von beiden ist Claus Rehar. Wir haben uns geirrt."

„Trotzdem sollen sie uns sagen, was sie hier verloren haben", wandte der Angesprochene ein.

„Es geht Euch zwar nichts an", fuhr ihm Linus über den Mund, „doch dafür gibt es eine ganz einfache Erklärung! Wir haben Häute hierher gebracht, und weil es so spät war, haben wir Frau Rehar gebeten, uns im Schuppen übernachten zu lassen."

Noch etliche Fragen mussten Linus und Lucas über sich ergehen lassen, doch dann entfernten sich die drei Wachen zum Glück und es kehrte wieder Ruhe auf dem Hof ein.

*

Das Weib von Meister Rehar schloss kurz die Augen und bekreuzigte sich, als Linus die Zügel auf den Rücken des Braunen sausen ließ und dadurch das Pferdegespann ins Rollen brachte.

„Vergesst es nicht, Linus!“, flehte sie Meister Cramer noch einmal an. „Sagt meinem Mann, er soll sich in Sicherheit bringen und vorläufig die Stadt meiden.“

„Macht Euch keine Sorgen!“, erwiderte Linus. „Ich werde ihm all das, was Ihr mir vorhin anvertraut habt, mitteilen. Ihr habt mein Wort darauf!“

Linus und Lucas gehörten zu den Ersten, die das Stadttor passieren durften. Meister Linus hatte aus Sicherheitsgründen allerdings nicht den Weg durchs Martinstor und durchs Schneckentor gewählt, sondern absichtlich einen Umweg in Kauf genommen und die Stadt im Norden verlassen.

Lucas wollte, wie es so seine Angewohnheit war, daraufhin eine neugierige Frage stellen, doch Linus kam ihm mit einer Erklärung zuvor:

„Ich traue zur Zeit niemandem! Womöglich heften sie sich an unsere Fersen und verfolgen uns heimlich, weil sie glauben, wir würden sie direkt zu Claus Rehar führen. Deshalb der Umweg!“

„Sie können ja nicht wissen, dass sie es mit einem durchtriebenen Kerl wie Euch zu tun haben, der sich nicht so einfach aufs Glatteis führen lässt“, bemerkte Lucas und Linus antwortete mit einem verschmitzten Lächeln.

Als sie die Stadt in einem Halbkreis umfahren und das Kartäuserkloster erreicht hatten, steuerte Linus den Karren an der Dreisam entlang. Erst kurz vor Ebnet überquerten sie einen Holzsteg und fuhren auf abgelegenen Wegen in Richtung Günterstal und von dort nach Horben.

*

Wieder strahlte das Gesicht der alten Frau überschwängliche Freude aus, als sie Linus und Lucas sah.

Sie steckte in einem unansehnlichen Kleid aus grauer Wolle und hatte sich ein schwarzes, löchriges Schultertuch übergeworfen.

„Erst schaust du jahrelang kein einziges Mal bei mir vorbei, und dann kannst du dich scheinbar gar nicht mehr von mir trennen, wie?“, begrüßte sie Linus und schenkte auch dem Jungen ein Lächeln.

„War jemand hier? Hat sich jemand bei dir gemeldet?“, war das Erste, was Linus in Erfahrung bringen wollte.

Sie schüttelte den Kopf und grinste. „Wen erwartest du denn? Hast du es dir doch anders überlegt und willst mir dein Weib vorstellen, die Mutter des Jungen?“

„Ich erwarte einen Mann“, erwiderte Meister Linus barsch und sein skeptischer Blick verriet, dass er sich um Claus Rehar Sorgen machte.

Je weiter der Tag fortschritt, desto aufgeregter und gereizter wurde Linus. Erst als er bei Einbruch der Dunkelheit ein zaghaftes Klopfen von draußen vernahm, hellte sich seine trübe Stimmung von einem zum anderen Augenblick auf. Hastig stürzte er hinaus.

„Du hast es also geschafft! Du hast es tatsächlich geschafft!“, empfing Linus den Ankömmling und umarmte ihn flüchtig. „Stinken tust du allerdings, als hättest du dich im Mist gewälzt.“

„Der Bach in der Gerberau ist eine Kloake“, erwiderte Claus verlegen. „Ich hatte schließlich keine andere Wahl. Lieber stinke ich und mein Kopf sitzt noch auf meinem Hals als umgekehrt.“

„Recht so!“, freute sich Linus und führte Claus in die Hütte hinein.

„Kannst du mir eine Decke und ein paar frische Kleider besorgen?“, fragte Rehar. „Ich werde nämlich auf keinen Fall zurück nach Freiburg gehen.“

„Du glaubst an einen Sieg der Bauern. Du glaubst, dass sie diesmal mehr Glück haben“, stellte Linus fest. „Du bist ganz der Alte geblieben und lässt dich nicht unterkriegen.“

„Ich werde nach Stühlingen gehen und mich den Bauern anschließen“, verkündete Claus stolz und entschlossen. „Wir müssen zusammenhalten, jawohl, und unsere Sache verteidigen!“

Bevor sie weiterredeten, schickte Linus seine Mutter und den Jungen unter einem Vorwand hinaus vor die Hütte.

Kapitel 11

Gleich am nächsten Morgen brach Claus Rehar auf. Er hatte seine Meinung tatsächlich nicht geändert und war von seinem Vorhaben völlig überzeugt.

Einen Moment überlegte auch Lucas, ob er nicht mitkommen sollte, doch er musste sich schnell eingestehen, dass er den Mut dazu nicht aufbrachte.

„Wenn du wieder einmal nach Freiburg kommst, dann lass meinem Weib und meinen beiden Kindern einen Gruß von mir zukommen!“, sprach der Gerbermeister noch. „Irgendwann, ich bin mir sicher, werde ich zurückkommen in eine freie Stadt, die sich nicht länger und ausschließlich dem Willen des Rates zu beugen hat, sondern in dem die Bürger, die Bauern und auch die einfachen Leute das Sagen haben. Vor Gott seien alle Menschen gleich, sagt Luther und es wird höchste Zeit, dass wir das den Herrschenden klar machen.“

Linus stattete seinen Freund mit allerlei Dingen wie Kleider, ein Paar Lederstiefel und Proviant aus. Selbst einige Münzen steckte er ihm zu.

Noch einige Zeit standen Linus und Claus beisammen und tuschelten geheimnisvoll miteinander, ohne dass Martha oder Lucas auch nur ein Wort davon mitbekamen, dann verschwand der Gerbermeister.

Auch Linus und Lucas machten sich auf den Weg. Die Alte weinte beim Abschied.

„Pass auf dich auf, Linus!“ Sie zeichnete ihm ein Kreuz auf die Stirn. „Und kümmere dich um den Jungen! Versprich es mir!“

Linus begnügte sich mit einem knappen Nicken, während Lucas die alte Frau kurz umarmte, weil sie sich so freundlich für ihn eingesetzt hatte.

*

„Wo wollen wir eigentlich hin und was habt Ihr für Pläne?“, fragte Lucas, als sie sich den Ausläufern des Schwarzwaldes näherten.

„So genau kann ich dir das jetzt noch nicht sagen, Lucas, weil ich es selbst nicht weiß. Auf keinen Fall möchte ich zurück nach Freiburg. Wie du gestern nämlich am eigenen Leib erfahren konntest, sitzt dem Stadtrat die Angst im Nacken, es könnte auch in ihrer Stadt zu Aufständen und Unruhen kommen.“

„Vor wem müssen sie sich denn fürchten, Meister Linus? Die Freiburger sind doch ungebunden und haben nur den Erzherzog Ferdinand aus Österreich als Herren über sich, wie Ihr mir selbst erzählt habt.“

„Das ist richtig! Der Erzherzog lebt in Österreich, aber auch bei uns im Breisgau hat er seine Männer sitzen. Von Ensisheim im Elsass kontrollieren sie das Territorium und halten ihre Augen und Ohren offen, damit ihnen nichts entgeht.“

„Und vor denen fürchten sich die Herren des Rats“, folgerte der Junge.

„Nein, mit den Vertretern des Erzherzogs kommen sie gut aus, Lucas. Sie haben Angst vor den Rebleuten in Freiburg und befürchten, von ihnen könnten Unruhen ausgehen. Ihnen gestehen die Stadtherren nämlich nicht dieselben Rechte zu wie den anderen Bürgern. Sie halten die Weinbergbauern für gewöhnliche Landarbeiter, für verachtenswerte Bauern. Die Rebleute haben sich zwar auch seit Alters her in einer Zunft zusammengeschlossen, doch die anderen elf Zünfte blicken hochmütig und herablassend auf sie hernieder.

Denke auch an die vielen kleinen Handwerker und die einfachen Gesellen! Ihnen traut man auch nicht über den Weg und will sie nicht im Rat mitreden lassen. Die adeligen Herren, die Großgrundbesitzer und die zahlreichen Patrizierfamilien wollen allein das Schicksal der Stadt bestimmen. Das ist seit jeher in Freiburg . . ."

„Das mag ja alles richtig sein, was Ihr sagt, Meister Linus! Und trotzdem kann ich mir nicht erklären, warum die Stadtherren sich bedroht fühlen. Die Proteste der Bauern gelten doch nicht ihnen."

„Da täuscht du dich ganz gewaltig, Lucas. Freiburg ist auch ein Lehnsherr so wie der Graf von Lupfen in Stühlingen. Ausgedehnte Ländereien und zahlreiche Wirtschaftshöfe kann die Stadt im Dreisamtal und im Schwarzwald ihr Eigen nennen. Wo sich ihnen die Möglichkeit bietet, greifen sie zu und vergrößern ihren Besitz."

„Und sie verlangen von ihren Pächtern ebenso hohe Abgaben und genauso harten Frondienst wie die Herren auf den Burgen? Dann sind die Ratsherren von Freiburg ja um keinen Deut besser als der Graf von Lupfen."

Linus übergab dem Jungen die Zügel. Er drehte sich nach hinten, kramte in seinen Kisten herum und zog ein vergilbtes Blatt Papier heraus, das er dem Jungen dann hinhielt.

„Habt Ihr das Bild selbst gemalt?", erkundigte sich Lucas. „Was soll es denn darstellen?"

„Das ist eine Landkarte vom südlichen Teil des Schwarzwaldes. Schon vor Jahren habe ich sie von einem Druck, den der Kartenmacher Martin Waldseemüller aus Freiburg geschaffen hat, abgezeichnet. Nur die bedeutenden Orte habe ich darauf festgehalten.“

Ausführlich erklärte Linus dem Jungen die Karte, zeigte ihm die Besitzungen Freiburgs, die Lage der verschiedenen Klöster und die wichtigsten Handelswege.

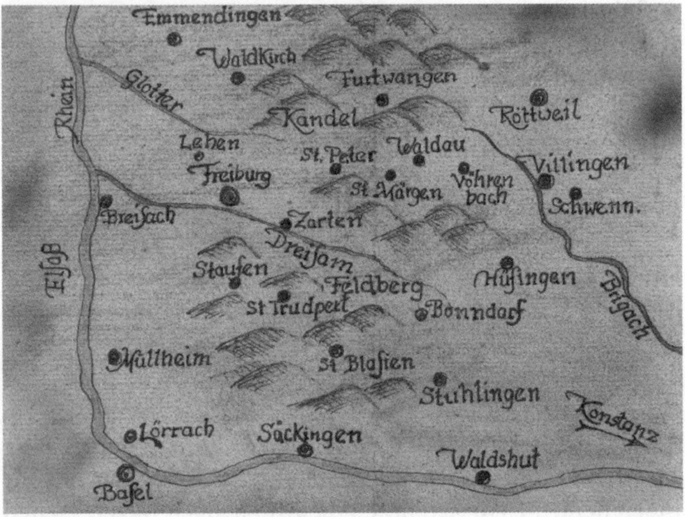

„Es ist erstaunlich, was Ihr aus diesem Gekritzel alles herauslesen könnt. Und ich dachte zuerst, es wäre die Zeichnung eines kleinen Kindes, weil die Berge so seltsame Formen haben“, bemerkte Lucas.

Verärgert nahm Linus das Blatt und steckte es zurück in eine Kiste.

*

Gegen Mittag erreichten sie Eschbach. Nach einer kurzen Pause setzten sie ihren Weg an dem gleichnamigen Bach entlang fort.

Am Ende des Tales hatte der Braune schwer zu schaffen, weil die Steigung erheblich zunahm. Sie liefen beide neben dem Holzkarren her, trotzdem musste Linus seinem Pferd ab und zu eine kleine Verschnaufpause gönnen.

Als sie einige Zeit bergan gestapft waren, tauchte plötzlich ein mächtiger Kirchturm auf.

„Was ist das für eine Kirche?“, erkundigte sich Lucas, bekam jedoch nicht gleich eine Antwort.

„Das hast du dir selbst zuzuschreiben!“, schnaubte Linus. „Ich werde dir nichts mehr erklären, weil du mich sonst mit deinen abfälligen Bemerkungen wieder beleidigst.“

„Das wollte ich nicht! Verzeiht mir!“

Als sie näher kamen und sich das Staunen von Lucas noch mehrte, ließ sich Linus schnell umstimmen. Ausführlich erzählte er dem Jungen über den Benediktinerkonvent St. Peter.

„Dem Abt und seinen Mönchen gehört tatsächlich das ganze Land, so weit wir blicken können?“ Lucas konnte es kaum fassen.

„So ist es! Alle Höfe, die du weit und breit sehen kannst, sind dem Kloster gegenüber zu Abgaben verpflichtet und müssen Frondienste leisten. Das Land haben die Zähringer 1093 dem Kloster geschenkt und sogar Papst Urban hat sich für die Mönche stark gemacht und ihnen Unabhängigkeit zugesichert.

Der Segen Gottes ruhte allerdings nicht immer auf diesen Mauern. Zweimal seit seinem Bestehen wurde das Kloster Opfer einer Feuersbrunst und die Untertanen von St. Peter mussten schwer schuften, um es wieder aufzubauen. Kostbare Schätze, wie die Bibliothek und andere Aufzeichnungen von unschätzbarem Wert sind damals unwiederbringlich ein Raub der Flammen geworden. Ein herber Verlust für die Mönche!“

„Ihr kennt Euch wohl überall aus, Meister Linus, wie?“

„Überall nicht!“, schränkte der ein. „Diese Gegend ist mir aber besonders vertraut, weil ich mehrmals im Jahr hierher komme und den letzten Winter ganz in der Nähe in einer Mühle verbracht habe. Deshalb weiß ich so gut Bescheid.“

Eine Kolonne schwer beladener Wagen kam ihnen vom Kloster her entgegen. Berittene Soldaten begleiteten den Zug. Die Ladungen waren zwar mit Tüchern abgedeckt, und trotzdem gelang es Lucas und Linus einige Blicke zu erhaschen. Kostbare Bilder und reich verzierte Truhen waren darunter verborgen. Meister Linus zog ein nachdenkliches Gesicht.

„Langsam mache ich mir Sorgen! Der Abt, so sieht es zumindest aus, lässt die kostbarsten Sachen aus dem Kloster nach Freiburg in sein Stadthaus bringen. Ein schlechtes Zeichen, denn allem Anschein nach traut man selbst auf den abgelegenen Höhen des Schwarzwaldes dem trügerischen Frieden nicht mehr.“

*

Weiter führte sie der Weg, vorbei an etlichen Lehnshöfen, hinein ins Obere Ibental. Die Bauern arbeiteten auf den Feldern, trieben Vieh über die Weiden und gingen verschiedenen anderen Tätigkeiten nach.

Nicht im Geringsten erweckten sie bei Lucas den Eindruck, als wären sie aufsässige Leute. Möglicherweise, so dachte er sich, hatten sie von den Unruhen in Stühlingen noch gar nichts erfahren.

Wenn jemand vorbeikam oder in der Nähe der Höfe seiner Arbeit nachging, dann sprach Linus die Leute in seiner ihm eigenen Art an:

„Na, Bauer, sind dein Weib und deine Kinder wohlauf? Ich bin Wundarzt und handle auch mit Heilkräutern. Ihr solltet die günstige Gelegenheit nutzen, wo ich gerade hier vorbeikomme!“

Die meisten winkten ab oder machten eine eindeutige Bemerkung:

„Glaubt Ihr etwa, ich verdiene mein Brot so leicht, dass ich mir einen Bader oder einen Wundarzt leisten kann? Wir haben keine Wahl, sondern müssen auch bei Krankheit selbst für uns sorgen."

Am Ende des Tales fuhren sie durch einen Hof. Sie beobachteten eine junge Frau, die recht ungeschickt mit einer Axt Holz spaltete. So sehr sie sich auch bemühte, sie war dieser harten Arbeit körperlich nicht gewachsen. Wieder pries Linus seine Heilkünste an.

„Schert Euch fort!", schrie ihn die Frau ohne Vorwarnung an. „Für so einen Scharlatan wie Euch habe ich erst vor zwei Wochen eine Menge Geld sinnlos vergeudet."

„Ist eines Eurer Kinder krank?", versuchte Linus die Frau unbeeindruckt auszufragen. „Ich bin wirklich ein Wundarzt und könnte ihm vielleicht helfen."

„Wir haben noch keine Kinder", entgegnete sie unter Tränen. „Meinen Mann hat eine heimtückische Krankheit befallen und er wird den Sommer bestimmt nicht überleben, wenn es mit ihm weiter so schlecht steht."

„Lasst mich ihn wenigstens einmal untersuchen! Ich werde Euch dafür nichts in Rechnung stellen."

Misstrauisch beäugte sie Meister Linus und winkte ihn dann schließlich hinter sich her in die Hütte.

Ganz behutsam schob die Frau im Innern der schlichten Behausung eine Tür auf.

„Hans", flüsterte sie, „ein Wundarzt ist an unserem Hof vorübergekommen und möchte . . ."

„Ich will keinen von diesen Quacksalbern sehen!", kam eine brummige Stimme von drinnen. „Man kann mir nicht helfen. Er soll verschwinden!"

„Er will dich nur mal anschauen und verlangt auch nichts dafür!", versuchte sie ihren Mann umzustimmen.

Linus fasste sich ein Herz und trat einfach in die düstere Kammer ein.

„Ihr macht es Eurem Weib nicht leicht. Sie will Euch nur helfen und auch mir und meinem Ruf tut Ihr unrecht, wenn Ihr mich als Quacksalber beschimpft."

Ein ausgemergelter und blasser Mann blickte Linus und Lucas an.

„Seit wann seid Ihr denn krank? Ich will Euch nichts Böses tun und bin nicht hier, um Euch auf unehrliche Weise um Euer Geld zu bringen", suchte Linus mit betont freundlichen Worten das Vertrauen des kranken Mannes zu gewinnen.

„Seit Wochen geht es mit mir bergab und ich fühle mich von Tag zu Tag schlechter. Ich kann an mir aber keinerlei Wunde und nichts entdecken, was die Ursache für mein Leiden sein könnte. Mein Bauch, die Schmerzen in meinem Bauch lassen mich nicht schlafen und immer wieder suchen mich heftige Krämpfe heim."

Vorsichtig schlug Meister Linus die Decke zur Seite und schon befühlten seine Finger den Brustkorb und den Bauch des Kranken.

„Ja, hier an der Stelle tut es weh!", stöhnte der Mann und verzog sein Gesicht vor Schmerzen.

Erneut wurde die Umgebung des Magens betastet.

„Es ist schade, dass ich nicht hineinschauen kann", bemerkte Linus nachdenklich. „Dann könnte ich eher eine Diagnose stellen."

„Diagnose?", wiederholte die Frau entsetzt und schob Linus ein Stückchen von ihrem Mann weg.

„Das bedeutet, ich könnte Euch genauer sagen, wodurch die Schmerzen verursacht werden", erklärte Linus.

„Bitte helft mir!", flehte der Bauer urplötzlich. „Erst im letzten Jahr hat uns das Kloster das Gut am Kapfen überlassen und wenn ich sterben muss, was wird dann aus meinem Weib Maria?"

„Ich werde versuchen, was in meiner Macht steht“, machte ihm Meister Linus Mut.

„Komm mit!“, wandte er sich an Lucas und ging gedankenversunken hinaus auf den Hof.

„Er hat starke, krampfartige Magenschmerzen . . . sein Zustand verschlechterte sich im Laufe der Zeit . . . seine Gesichtsfarbe, nein, das bedeutet nichts Gutes!“, murmelte Linus vor sich hin.

Er kramte ein dickes Buch aus einer Kiste und blätterte versunken darin herum, schüttelte dann aber den Kopf und schlug es wieder zu.

„Bring mir diese beiden Kisten in die Stube!“, wies er den Jungen an und lief zurück ins Haus.

Lucas und die Frau wurden aus dem Zimmer geschickt.

*

Es dauerte einige Zeit, bis auch Linus mit zwei Gläsern in der Hand wieder im Hof auftauchte.

Neugierig stellte sich der Junge hinter ihn und beobachtete genau, was Meister Linus tat.

„Ist das etwa Pippi und . . .?“, fragte Lucas angewidert.

„Aus allen Stoffen, die der Körper ausscheidet, kann man Rückschlüsse auf den Gesundheitszustand oder auf etwaige Krankheiten ziehen. Die Urin- und die Kotbeschauung gehören zu den grundlegenden Untersuchungsmethoden der modernen Medizin. Verstehst du?“, sprach Linus und sofort galt seine ungeteilte Aufmerksamkeit wieder dem Inhalt der beiden Gläser.

Etliche Male hielt er die gelbe Brühe gegen das Licht und starrte wie gebannt darauf. Dann stocherte er im Stuhlgang herum und roch sogar daran.

„Er ist recht dünnflüssig“, redete Linus wieder mit sich selbst, „aber das kann nicht die Ursache für die Schmerzen sein. Getreidekörner und . . . verschiedene Beeren hat der Kranke zu sich genommen."

Die Zeit verstrich, und obwohl Linus sich alle Mühe gab, kam er dem Rätsel nicht auf die Schliche. Die Enttäuschung bei Maria und Hans war groß, als Linus sie wissen ließ, er könne nichts für den Bauern tun.

„Ein Aderlass, würde das meinem Mann nicht helfen?", schlug die Bäuerin unter Tränen vor und wischte sich mit der fleckigen Schürze übers Gesicht.

„Das würde ihn noch mehr schwächen. Nein, ich werde ihn nicht zur Ader lassen, auch wenn das viele meiner Kollegen für ein Allheilmittel halten."

Unverrichteter Dinge und geknickt verließen Linus und Lucas den Hof. Der Junge konnte beobachten, wie Maria sich auf eine Holzbank fallen ließ, die Hände vors Gesicht schlug und bitterlich zu weinen begann. Linus und Lucas wechselten kein Wort, so betroffen waren sie beide.

Auch als kurz darauf ein neues, beeindruckendes Kloster vor ihnen auftauchte, konnte sich der Junge nicht dazu durchringen, irgendwelche Fragen zu stellen, wie er es ansonsten mit Sicherheit getan hätte.

*

Wie von einer Tarantel gestochen zerrte Linus aus heiterem Himmel an den Zügeln und veranlasste dadurch das Pferd zum Wenden.

„Wir fahren zurück zum Kapfenhof! Den Urin und den Stuhl des Bauern muss ich mir unbedingt noch einmal genau vornehmen."

Maria staunte nicht schlecht, als sie den Karren erneut in den Hof rumpeln hörte. Mit dem Arm strich sie sich über die Augen und steckte sich hastig die dunkelblonden Strähnen, die vor ihrem Gesicht herumbaumelten, unter die schmutzige Haube.

„Was habt Ihr Eurem Mann denn zu essen gegeben?“, wollte Linus ohne Umschweife von ihr wissen.

„Was essen arme Bauersleute schon? Haferbrei und Brot, Gemüse, Milch, Ziegenkäse . . .“

„Und Beeren!“, unterbrach sie Linus. „Ich bin mir vollkommen sicher, dass er auch Beeren zu sich genommen hat.“

„Jawohl, ich habe am Kapfenberg Beeren gesammelt und meinem Mann einen Brei daraus gekocht, damit er schnell wieder auf die Beine kommt.“

„Welche Beeren?“, fragte Linus nach und stieg vom Wagen. „Ich muss genau wissen, welche Beeren Ihr gesammelt habt.“

„Blaubeeren und Preiselbeeren.“

„Und Ihr seid Euch wirklich sicher, dass Ihr aus Versehen keine anderen erwischt habt? Ganz sicher?“

Meister Linus blickte sie fragend an.

„Nein nein, ich habe nur Blaubeeren und Preiselbeeren gepflückt.“

„Kommt mit und zeigt mir die Stellen, wo Ihr sie gesammelt habt!“, drängte sie Linus.

Sie liefen zum Waldrand. Maria warf Linus ein paarmal einen verängstigten Blick zu, weil in ihr anscheinend eine schreckliche Ahnung aufkeimte.

„Hier, seht her!“ Die Bäuerin blieb stehen und deutete auf einige Büsche am Waldboden.

„Das da sind Blaubeeren und an dem Busch da drüben hängen Preiselbeeren“, stellte Linus fest. „Habt Ihr etwa auch die roten Früchte der Convallaria, also die vom Maiglöckchen gesammelt, die ich hier ebenfalls sehen kann?“

„Kann man sie etwa nicht essen? Sind sie womöglich …?“ Es schnürte Maria die Kehle zu.

„Einige wenige können einem Menschen nichts anhaben,

doch wenn man sie über Tage zu sich nimmt, dann wird der Körper mehr und mehr vergiftet", versicherte Linus und ein zufriedenes Lächeln huschte gleichzeitig über sein Gesicht.

„Es ist unglaublich", stammelte Lucas. „Ihr habt wirklich eine Dagnuse gefunden."

„Diagnose", verbesserte ihn Linus schmunzelnd.

„Euch beiden scheint es richtig Spaß zu machen, dass mein Mann wegen meiner Unachtsamkeit sterben muss", brüllte Maria wutschnaubend.

„Macht Euch keine Sorgen! Wenn die Beeren der Grund sind, dann wird Euer Mann noch einmal davonkommen."

„Tatsächlich?" Die Frau sprach wieder in einem versöhnlichen Ton. „Habt Ihr eine Medizin gegen Vergiftungen?"

„Und zwar eine ganz billige!", betonte Linus. „Flößt Eurem Mann so viel Wasser und Dünnbier ein, dass er keinen Schluck mehr herunterbringt! Die Flüssigkeit wird die Giftstoffe aus seinem Körper schwemmen. Und, lasst bitte die giftigen Beeren weg!"

Eiligen Schrittes liefen sie zurück zum Hof. Linus stürzte schon aufs Haus zu, aber Maria hielt ihn am Ärmel zurück.

„Meister, kommt nicht mit herein! Bitte! Ich möchte nicht, dass mein Mann von meiner Dummheit erfährt, sonst macht er mir sicherlich Vorwürfe. Bitte, verratet nichts!"

„Das wird wohl das Beste sein!" Linus nickte.

„Ich kann Euch auch nicht bezahlen, weil ich keinen Pfennig besitze", brachte Maria verschämt hervor. „Wenn Ihr wieder einmal durch die Gegend kommt, dann könnt Ihr Euch einen Schinken abholen. Ich schwöre bei Gott, dem Allmächtigen, dass ich Euch einen schenken werde."

Linus war einverstanden. Schnell verließen sie den Hof. Die Bäuerin strahlte voller Hoffnung, füllte einen Krug mit Wasser und trug ihn eilig in die Hütte.

Kapitel 12

Obwohl die Dämmerung bereits anbrach, konnten Linus und Lucas deutlich das Schlagen von Äxten aus dem nahen Wald vernehmen.

„Da ich weit und breit keine Absteige erblicke, Lucas, werden wir die Holzfäller fragen, ob sie nicht ein Plätzchen in ihrer Hütte für uns haben." Schon lenkte Linus seinen Karren auf den Wald zu.

„Bald habt ihr es geschafft!", sprach Meister Cramer einige Männer an und brachte seinen Karren auf einer Waldlichtung zum Stehen.

Zahllose frisch gefällte Bäume lagen kreuz und quer auf dem Boden herum.

„Ihr habt leicht reden, Herr!", erwiderte einer von ihnen spöttisch. „Ihr sitzt bequem auf einem Wagen und lasst Euch von einem Pferd durch die Gegend ziehen, während wir uns Baum um Baum, Schritt für Schritt vorwärts kämpfen. Wahrscheinlich werden wir die Früchte unserer Arbeit nicht mehr genießen."

„Ich weiß, wie schwer es ist, den Wald zu roden und wie lange es dauert, bis man endlich das erste Korn ernten kann", erwiderte Linus verständnisvoll.

„Meist sind es erst die Kinder, die auf dem Schweiß ihrer Väter ein bescheidenes Dasein führen können", entgegnete ein Mann und hockte sich erschöpft auf einen Baumstamm.

„Und dennoch sollten wir froh sein, dass uns der Abt von St. Peter das Land überlassen hat", bemerkte ein junger Bursch. „Wir müssen durchhalten, Vater, und dürfen die Hoffnung nicht aufgeben!"

„Hast du es heute Nachmittag nicht selbst erlebt, Hannes, wie trügerisch diese Hoffnung sein kann?", fuhr der Mann seinen Sohn an. „Seit zwei Jahren lebt Michel nun schon hier in dieser Wildnis und er hat sich die ganze Zeit abgerackert. Den letzten Winter hat er mit seinem Weib und seinem kleinen Sohn nur mit Ach und Krach überstanden. Und jetzt? Es war alles umsonst!"

„Was ist denn passiert, was war denn heute Nachmittag mit diesem Michel?", fragte Linus nach.

„Ich darf gar nicht daran denken, an den armen Kerl!", erzählte der Mann weiter und verzog sein Gesicht dabei. „Michel ist die Axt an einem Baum abgeprallt und hat sich unglücklicherweise in sein Bein gebohrt. Das Schreien hättet Ihr hören sollen."

„Und, wo ist er jetzt? Ist er verblutet oder . . .?", suchte Linus in Erfahrung zu bringen.

„Wir haben ihn zu seinem Weib geschafft und ihm das Bein verbunden. Viel mehr konnten wir für ihn nicht tun." Dem Mann, der das gesagt hatte, standen die Tränen in den Augen. „Er ist nicht der erste, der sein Leben verliert, weil er für sich und die Seinen dem Wald ein paar Felder abtrotzen wollte."

„Bringt mich bitte auf der Stelle zu Michel! Ich bin Wundarzt und will mir die Verletzung mal genauer anschauen. Vielleicht kann ich für den Mann etwas tun."

„Ihr seid tatsächlich ein Mann, der etwas von der Kunst des Heilens versteht?", fragte jemand voller Argwohn. „Ihr wisst, dass es unter den Badern und den Wundärzten etliche gibt, die keine Ahnung vom Heilen haben, sondern den

Leuten nur einen Firlefanz vorgaukeln und ihnen den letzten Pfennig aus der Tasche ziehen?“

„Ich gehöre nicht zu den Betrügern, die leichtfertig Menschenleben aufs Spiel setzen!“, entgegnete Linus spitzzüngig.

Hannes bot sich sofort an Linus zu dem Verletzten zu bringen. Er stieg auf den Karren.

„Den Weg da vorne, der ins Tal führt, den müssen wir nehmen!“, sprach er und deutete in die entsprechende Richtung. „Bitte beeilt Euch, Meister, in Kürze ist es dunkel! Womöglich kommt sowieso jede Hilfe für Michel zu spät.“

Mit lauten Rufen und heftigen Zügelschlägen trieb Linus seinen Braunen den Hang hinunter, bis eine kleine Kapelle und einige Hütten vor ihnen auftauchten.

*

„Dort drüben neben der Kapelle, das ist die Hütte von Michel“, erklärte Hannes.

Kaum hatten sie die Gebäude erreicht, sprangen Linus und Hannes vom Wagen und stürzten ins Haus. Lucas band den Braunen fest und folgte den beiden.

„Wie geht es deinem Mann, Elsa?“, erkundigte sich Hannes bei einer Frau, die mit verquollenen Augen vor ihnen in der Stubentür stand. Ein etwa dreijähriger Junge drängte sich verängstigt eng an seine Mutter. „Ich habe einen Wundarzt mitgebracht. Er will mal nach Michel schauen und vielleicht, Gott steh uns bei, vielleicht kann er ihm ja helfen.“

Elsa reagierte anfangs nicht. Wie angewurzelt stand sie da und brach erneut in Tränen aus. Durch das Weinen seiner Mutter verunsichert, plärrte auch ihr Sohn los.

Linus wusste, dass Eile geboten war, schob die Frau und das Kind sanft zur Seite und lief quer durch die Hütte zu einem Strohlager. Ein Mann, leblos und blass, lag dort.

„Bringt mir eine Fackel oder eine Lampe, schnell!“, stieß

Linus hervor. „Ich brauche dringend ein Licht, wenn ich ihn untersuchen will."

Noch immer stand Elsa neben der Tür und rührte sich nicht vom Fleck.

„Es ist sowieso zu spät!", schrie sie sich urplötzlich ihren Schmerz von der Seele. „Seit Stunden liegt Michel da, als wäre er bereits tot."

Meister Linus beugte sich über den Verletzten und hielt seine Augen ganz nahe an seine Nase. Gleichzeitig befühlte er mit seinen Fingern den Hals.

„Nein, er ist nicht tot! Er atmet noch! Bringt endlich eine Fackel, damit ich meine Arbeit tun kann!"

Meister Linus wollte etwas zu Lucas sagen, unterbrach seine Rede aber und rannte selbst vor die Hütte, um eine Kiste zu holen. Nach seiner Rückkehr stellte er die Kiste scheppernd auf den Boden und drückte Lucas eine Talglampe in die Hand.

„Zünd sie am Feuer dort drüben an!", sprach er und schupste den Jungen zur Kochstelle. „Wir dürfen keine Zeit verlieren!"

Meister Linus schlug das Leinentuch zur Seite und machte sich auf der Stelle daran, die blutdurchdrängte Binde am Unterschenkel zu entfernen. Lucas stand inzwischen neben dem Lager und hielt das brennende Licht in der Hand.

„Komm näher her!", herrschte ihn Linus an. „So wie du die Lampe hältst, kann ich nichts sehen."

Der Junge tat, was ihn Meister Linus geheißen hatte und er brachte sogar Verständnis für dessen Grobheit und Ungeduld auf, denn allem Anschein nach musste schnell etwas geschehen, wollte man das Leben von Michel noch retten.

Eine tiefe, klaffende Wunde, mindestens so lang wie eine Handfläche, kam zum Vorschein und Lucas musste seine Augen einen Moment abwenden, weil er den Blick anfänglich nicht ertragen konnte.

„Er wird sein Bein verlieren“, murmelte Linus nachdenklich. „Wenn er Glück hat, wird er *nur* sein Bein verlieren.“

„Und was wird aus mir und seinem Sohn?“ Elsa setzte sich auf einen Schemel, warf sich mit dem Oberkörper auf den Tisch und schluchzte. „Was haben wir verbrochen, dass der Herrgott uns so bestraft?“

Linus ließ sich dadurch nicht ablenken. Mit beiden Händen tastete er mehrmals den gesamten Unterschenkel ab. Anschließend stand er wieder da und sein Blick verharrte konzentriert auf der Wunde, aus der unentwegt das Blut floss und einen riesigen Fleck auf dem Lager verursachte.

„Der Knochen ist von der Klinge zwar angeschlagen, aber nicht durchtrennt“, redete er erneut mit sich selbst. „Ich werde es versuchen.“

Er wühlte in seiner Kiste herum, nahm ein Leinensäckchen heraus und kramte eine Nadel daraus hervor. Mit einer Zange hielt er sie einige Zeit in die Glut an der Kochstelle, bis sie glühte. Erst als sie abgekühlt war, schlang er einen Faden durch die Öse und schnaufte tief durch.

„Ich will die Wunde zusammennähen“, erklärte er Lucas in ruhigem Ton. „Dann wird sich, so hoffe ich, die Blutung beruhigen und das Fleisch kann zusammenwachsen.“

Lucas brachte kein Wort heraus und auch Hannes, der ebenfalls neben dem Lager stand, schwieg beharrlich.

Als Linus mit einer Hand die beiden Wundränder zusammendrückte und die Nadel ins Fleisch bohrte, stöhnte Michel laut auf und bewegte sein Bein.

„Haltet ihn fest! Haltet das Bein richtig fest!“ Linus wirkte nervös. „Wenn er sich bewegt, kann ich die Wunde unmöglich nähen.“

Hannes umfasste den Oberschenkel und stemmte sich mit seinem ganzen Körpergewicht darauf. Ohne sich von dem Stöhnen des Verwundeten beeindrucken zu lassen, setzte Linus einen Stich neben den anderen und verknotete am

Schluss die beiden Enden des Fadens. Erst dann wandte er sich Michel zu und legte ihm die Hand auf die Stirn:

„Wir haben es geschafft! Ihr habt Euch tapfer geschlagen!“

Bevor er einen Verband anlegte, träufelte Linus noch eine Flüssigkeit auf die Wunde.

Jetzt endlich wirkte Linus wieder normal und die Spannung löste sich in ihm.

„Können wir heute Nacht hier bleiben?“, fragte er Elsa, die inzwischen ans Lager ihres Mannes gekommen war. „Ich möchte da sein, wenn Michel zu sich kommt, und außerdem muss ich mir die Wunde morgen in der Frühe noch einmal anschauen.“

Elsa nickte.

„Natürlich könnt Ihr das! Schließlich habt Ihr meinem Mann das Leben gerettet“, sprach die Frau und blickte Linus fragend an.

„Seid nicht zu vorschnell mit Euren Aussagen!“, betonte Linus. „Noch liegt sein Leben in der Hand Gottes. Wenn er allerdings die Nacht überlebt, dann steht es wahrscheinlich nicht schlecht um ihn.“

Auch Hannes bot sich an, über Nacht hier zu bleiben. Er lief nur noch einmal kurz weg, um seiner Familie Bescheid zu sagen.

Der kleine Junge war vor Erschöpfung längst auf seinem Lager eingenickt. Elsa schleppte alles, was sie an Essbarem im Haus hatte, herbei und bewirtete ihre Gäste.

Unzählige Male erhob sich Linus während des Nachtmahls von seinem Schemel, lief zu Michel und fühlte seinen Puls.

„Mit jeder Stunde, die er übersteht, dürfen wir mehr hoffen“, machte Linus Elsa Mut.

*

Unruhig wurde die Nacht in der engen Hütte, weil Linus etliche Male seine Lampe entzündete und sich zum Bett von Michel begab.

„Es sieht gut aus!“, begrüßte er Lucas sehr zeitig am Morgen. „Michel atmet gleichmäßig und er hat auch Gott sei Dank kein Fieber.“

Einige Bauern aus Waldau fanden sich vor der Hütte ein, weil sie sich nach dem Zustand von Michel erkundigen wollten. Sie waren erfreut darüber, was Elsa und Linus ihnen Erfreuliches zu berichten wussten.

„Könnt Ihr im Laufe des Tages mal hinauf zum Rotenhof kommen?“, fragte einer der Männer Linus. „Seit einigen Wochen kränkelt mein Sohn. Bitte, Meister, behandelt ihn und gebt ihm eine Medizin! Unsere Hütte liegt dort oben an der Widiwander Höhe.“ Er deutete auf einen Berg.

Im Handumdrehen hatte sich Meister Linus das Vertrauen der Bauern erobert, die hier in dieser abgelegenen Au wahrscheinlich nur selten die Möglichkeit hatten, einen Wundarzt oder einen Bader um ihre Dienste zu bitten.

Zu Recht konnte Meister Linus stolz auf die anerkennenden und bewundernden Worte sein, die man ihm gegenüber glaubhaft äußerte.

Fanden sie Zeit, dann durchstreiften Linus und sein Begleiter die Gegend und sammelten die unterschiedlichsten Blüten, Kräuter und Wurzeln. Nach der Rückkehr wurde vor der Hütte eine Leine gespannt und die Pflanzenteile, zu Sträußchen zusammengebunden, zum Trocknen aufgehängt.

Nahezu eine Woche brachten Linus und der Junge in Waldau zu. Unglaubliche Fortschritte machte die Genesung von Michel und er konnte sein Bein sogar wieder vorsichtig bewegen. Am letzten Tag schnitt Linus mit einem feinen Messerchen die Fäden durch und zog sie mit einer Pinzette heraus.

„Als Ihr das Bein das erste Mal gesehen habt, hattet Ihr wenig Hoffnung, stimmt's?", fragte Lucas. „Wie habt Ihr das gemeint, als Ihr sagtet, Michel würde sein Bein verlieren?"

„Wäre der Knochen zertrümmert gewesen, hätte ich ihm den Unterschenkel abnehmen müssen."

„Abnehmen?"

„Unterhalb des Knies hätte ich das Bein abgesägt", erklärte Linus.

„Mit einer richtigen Säge?", entfuhr es Lucas bestürzt.

„Jawohl, mit einer richtigen Säge!"

Kapitel 13

Zahlreiche Fernhändler und Kaufleute waren mit ihren schwer beladenen Pferdewagen unterwegs. Andere trieben unentwegt ihre Ochsengespanne an, um zügig vorwärts zu kommen und sich mit den Rössern messen zu können.

Wie Linus dem Jungen erzählte, befanden sie sich auf einem der Haupthandelswege, der über die Höhen des Schwarzwaldes führte und die Rheinebene mit so bedeutenden Städten wie Villingen, Rottweil, Ulm und Augsburg verband.

Seit Stunden regnete es, deshalb suchten Linus und Lucas bereits am frühen Abend eine Unterkunft in einem Wirtshaus auf.

„Euch treibt wohl das Sauwetter in meine Schänke?“, fragte der Wirt, als die beiden völlig durchnässt vor ihm standen. „Bei schönem Wetter würdet Ihr mit Sicherheit im Freien nächtigen.“

„Wir möchten eine Kammer haben für eine Nacht“, antwortete Linus selbstsicher. „Ihr seht, der Regen beschert Euch ein gutes Geschäft.“

„Die Sprüche kenne ich zur Genüge! Erst heute Morgen hat sich wieder einer davongeschlichen, ohne zu bezahlen. Ihr seid Euch darüber im Klaren, dass Ihr bei mir nicht für

Gottes Lohn essen und trinken könnt, sondern die Kosten für Eure Kammer und für Eure Zeche noch heute Abend begleichen müsst."

„Es dürfte einem ehrlichen Wundarzt und Heilkundigen nicht schwer fallen, für seine Unterkunft zu bezahlen", erwiderte Linus mit Stolz in der Stimme. „Selbstverständlich werde ich für die Kosten aufkommen."

Der Wirt stellte keine weiteren Fragen, sondern wies Linus und seinem Begleiter eine Kammer zu. Linus zahlte auf der Stelle den geforderten Preis. Das Pferd wurde in einen Stall hinter der Schänke geführt und der Wagen in der angrenzenden Scheune untergestellt.

Drei Kisten musste Lucas in die Kammer bringen, weil Linus sie auf keinen Fall über Nacht auf dem Karren belassen wollte, obwohl ihm der Knecht mehrmals versichert hatte, er würde alle abgestellten Wagen der Gäste persönlich bewachen und das Tor sorgfältig verschließen.

„Meister Linus tut so, als würde sich pures Gold in seinen Holzkisten befinden!", maulte Lucas vor sich hin, als er den Auftrag seines Meisters ausführte und die enge Stiege nach oben stapfte. „Hätte der ganze Kram über Nacht nicht auf dem Wagen bleiben können?"

*

Linus öffnete die Tür zur Wirtsstube, schob Lucas hinein und setzte sich an einen Tisch.

„Soll ich auch hier bleiben?", fragte Lucas verunsichert. „Ich besitze keinen Pfennig, das wisst Ihr doch, oder? Ihr habt schon die Übernachtung für mich übernommen, das ist wirklich freundlich und sehr großzügig von Euch."

„Mach dir darüber keine Gedanken! Vorläufig brauchst du dir um Geld keine Sorgen zu machen. Ich habe noch einige Ersparnisse und die reichen sicher für einige Zeit.

Außerdem werden wir in Kürze auf Märkte gehen und dort etwas dazuverdienen."

Linus bestellte beim Wirt einen Krug Dünnbier und für beide eine deftige Brotzeit.

Weitere Gäste strömten in die Stube und setzten sich, nachdem sie Linus mit einem Nicken begrüßt hatten, an den Nebentisch.

„Jörg, hol uns auch einen Krug Bier beim Wirt!", sprach der Ältere der beiden. „Ich hab einen unbeschreiblichen Durst."

Der junge Mann erhob sich wieder und lief zur Theke.

„Lasst es Euch schmecken!", wünschte der Mann am Nachbartisch, als der Wirt das Essen vor Linus und Lucas abstellte. „Seid Ihr aus der Gegend?"

„Wir kommen aus Freiburg. Ich bin Wundarzt und handle auch mit Heilkräutern. Ich ziehe mit meinem Helfer durch die Gegend und versuche das Leid der Kranken zu lindern."

„So, aus Freiburg!", stellte der Mann erfreut fest. „Ich war mit meinem Sohn dort auf dem Markt. Ich bin Kaufmann, Tuchhändler aus Villingen. Eine ganze Wagenladung mit Tuchballen aus meinen Webereien haben wir dorthin geschafft."

„Wenn Ihr Euer Tuch bis nach Freiburg liefert, dann seid Ihr sicherlich ein bekannter und vermögender Mann, wie?", wollte Linus gleich in Erfahrung bringen.

„Mein Vater ist einer der tüchtigsten Tuchhändler weit und breit. Es besitzt sogar eigene Webereien", antwortete der junge Mann, der mit einem Krug an den Tisch zurückkehrte, voller Stolz. „Bestimmt habt Ihr seinen Namen schon einmal gehört: Jacobus Werner."

„Wäret Ihr aus Freiburg, dann würde ich Euch mit Sicherheit kennen, aber die Villinger Bürger, nein, die sind mir persönlich nicht bekannt", musste Linus eingestehen.

„Und das ist mein Sohn Jörg, der in meiner Werkstatt

arbeitet und hoffentlich meinen Betrieb eines Tages übernimmt.

Hans, mein zweiter Sohn ist auch Kaufmann. Ihn hat es jedoch nach Rottweil verschlagen. Und Bartholomäus, mein Jüngster, ist ebenfalls in meine Fußstapfen getreten. Er hält sich zur Zeit in Italien auf. Ich selbst habe ihn dorthin geschickt, damit er in einer Niederlassung meines Freundes Erfahrung sammeln kann."

„Ihr könnt Eurem Sohn also eine Ausbildung in Italien ermöglichen", erwiderte Linus mit ungespielter Bewunderung.

„Was bleibt einem heute anderes übrig? Der Handel in Europa nimmt stetig zu und man muss auf der Hut sein, damit man den Anschluss nicht verpasst.

Die Baumwolle, aus der wir unser Tuch weben, stammt aus Ägypten und sie wird nun einmal mit den Schiffen nach Venedig, Genua, Pisa und in die vielen anderen bedeutenden Häfen Italiens gebracht. Wir dürfen nicht schlafen, weil wir uns sonst völlig von den Fuggern in Augsburg und den Medici in Florenz abhängig machen. Natürlich würden sie gerne den Zwischenhandel alleine betreiben und den Verdienst einstreichen, doch wir wissen uns zu behaupten."

„Das ist eine große Ehre für mich, einen so bekannten und geschäftstüchtigen Mann wie Euch einmal persönlich kennen zu lernen, Meister Werner. Setzt Euch doch an unseren Tisch, da lässt es sich besser plaudern!"

*

Der Kaufmann und sein Sohn kamen der freundlichen Aufforderung nach und ließen sich am Tisch von Lucas und Linus nieder.

„Ja, meine Leute und ich kommen weit herum im Land", setzte Herr Werner gleich das Gespräch fort. „Bis nach Franken, nach Bamberg und Würzburg fahren meine Handelswagen und selbst die Reichsstadt Nürnberg ist vor mir nicht mehr sicher, wenn Ihr versteht, wie ich das meine."

„Respekt! Mein aufrichtiger Respekt!", ließ Linus verlauten und prostete seinem Gegenüber zu.

„Die guten Zeiten scheinen aber endgültig vorüber zu sein", stellte der Kaufmann dann nüchtern fest. „Gestern, kurz bevor wir von Freiburg aufbrachen, habe ich verschiedene Händler und Kaufleute auf dem dortigen Markt gesprochen. Ihr müsst wissen, dass ich mich sehr häufig auf den Märkten herumtreibe, weil man da alle Neuigkeiten erfahren kann, die von Wichtigkeit sind.

Die weit gereisten Fernhandelskaufleute in Freiburg, und sie müssen es ja wissen, haben mir berichtet, dass sich die Unruhen in der Bevölkerung ausweiten. Nicht nur hier im südlichen Schwarzwald und zum Bodensee hin brodelt es, nein, auch in der Schweiz, im Elsass und neuerdings sogar in Franken und in Thüringen rotten sich die Bauern zusammen und begehren gegen ihre Herren auf."

„Franken und Thüringen, sind das kleine Städte wie Stühlingen?", warf Lucas schüchtern ein.

„Von wegen kleine Städte", berichtigte Jörg die falsche Vorstellung von Lucas. „Diese Gebiete sind so groß wie der gesamte Schwarzwald."

Lucas hätte gerne noch weitere Fragen gestellt, doch er zog es vor, aufmerksam zuzuhören, um sich nicht erneut vor den anderen lächerlich zu machen.

„Wollen wir das Beste hoffen und unseren Herrgott inständig darum bitten, dass wir das Jahr 1524 als ein Friedliches in unserer Erinnerung behalten können!", sprach Kaufmann Werner, legte dann aber seine Stirn sorgenvoll in Falten, als würde er seiner eigenen Aussage nicht trauen. „Den Aufständischen schließen sich neuerdings auch Handwerker, Gesellen, Knechte und sogar Tagelöhner an. Mir ist zu

Ohren gekommen, dass der Anführer der Schwarzwaldbauern, Hans Müller, mit etlichen Städten und mit den Österreichern in Schaffhausen verhandelt.

Gebe Gott, dass sie alle zur Vernunft kommen und unser Land nicht erneut in Not und Elend stürzen! Seuchen und andere Schicksalsschläge haben bereits genug Menschenleben gefordert. Vor fünf Jahren, 1519, wurde ungefähr ein Drittel der Bevölkerung Villingens von der Pest dahingerafft.

Damals habe ich mir gewünscht, ich hätte niemals das Licht der Welt erblickt, weil ich meine beiden Eltern über Nacht verlor. Ja, hoffentlich kommen sie zur Vernunft!"

„Wie meint Ihr Eure Bemerkung, dass alle zur Vernunft kommen sollten?", fragte Linus vorsichtig nach, weil er noch nicht herausgefunden hatte, ob Herr Werner die Unruhen verurteilte oder ob er gar Verständnis dafür aufbrachte.

„Ich würde mir wünschen, dass sich die Lehnsherren, die Bischöfe, die Vertreter der mächtigen Städte und die Bauern irgendwo treffen und miteinander reden. Es sollte doch unter Menschen möglich sein, aufeinander zuzugehen und miteinander zu verhandeln", entrüstete sich der Tuchhändler geradezu. „Nicht jeder kann alle seine Forderungen durchsetzen, das dürfte jedem halbwegs vernünftigen Menschen einleuchten.

Die Landbesitzer dürfen die Bauern und die Leibeigenen nicht länger wie Sklaven im Alten Rom behandeln! Aber auch die Bauern müssen gewisse Abgaben leisten und können sich nicht von heute auf morgen aller ihrer Pflichten entledigen! Die Bischöfe, die Priester und Ordensleute sollten sich wieder um ein christliches Leben bemühen und nicht nur nach weltlicher Macht gieren!

Versteht Ihr, wie ich es meine?"

„Ihr seid ein angesehener und feiner Herr. Steht Ihr etwa auf der Seite der kleinen Leute, auf der Seite der Bauern?", verlangte Linus flüsternd zu wissen.

„Ich kann nicht anders! Mein Gewissen gebietet mir das", erwiderte der Kaufmann und sah Linus dabei eindringlich an. „Luther sagt, wir seien *alle* vor Gott gleich! Hat er in gewisser Hinsicht nicht Recht? Besitze ich, weil ich ein Handwerker und ein Kaufmann bin, im Vergleich zu einem Grafen weniger Würde und weniger Anrecht als Mensch behandelt zu werden? Kann ich dann folglich meinen Gesellen dieses Recht absprechen?

Und wie steht Ihr dazu, Herr . . .?"

„Entschuldigt meine Nachlässigkeit, weil ich mich noch nicht vorgestellt habe. Ich heiße Linus Cramer und bin nicht so wohlhabend wie Ihr. Ich bin Wundarzt und handle mit Heilkräutern.

Zurück zu Eurer Frage. Ich teile, und ich meine es ernst, ich teile in jedem Punkt Eure Meinung. Auch ich hoffe auf eine friedliche Lösung, weil ich jede Gewalt verurteile. Aber, ich hege ernsthafte Bedenken. Wer sich mit der Geschichte beschäftigt, hat auch die Abgründe menschlichen Daseins erfahren."

Noch lange saßen die Männer an diesem Abend beisammen und tauschten verhohlen ihre Meinungen aus. Auch Linus war seit den Vorfällen in Freiburg vorsichtiger geworden.

Erstaunlich fand Lucas die Einstellung von Tuchhändler Werner, der allem Anschein nach weit über die Grenzen Villingens hinaus bekannt war und sicherlich zu den angesehensten Familien der Stadt zählte. Machte er sich nicht sein eigenes Geschäft kaputt, wenn er sich so kritisch äußerte? Oder waren die Stadtväter in Villingen anders als die von Freiburg?

Kapitel 14

Am nächsten Morgen brachen Linus und Lucas recht zeitig auf. Im Laufe des Tages kamen sie durch etliche kleine Dörfer und abgelegene Weiler. Vereinzelt tauchten auch Hütten in der Nähe frisch angelegter Rodungen auf. Das schlichte Äußere ließ auf die Armut der Bewohner schließen.

Wenn sie auf Menschen trafen, dann brachte Linus sein Gespann zum Stehen und bot wie gewohnt seine Dienste an.

So ergab es sich, dass Linus zu verschiedenen Kranken gebracht wurde, um ihnen zu helfen. Bei sehr schweren Krankheiten, die nahezu keine Hoffnung auf Heilung versprachen, war Linus allerdings vorsichtig. Er riet den Leuten lieber, einen Physicus aus der Stadt zu holen.

Der Weg führte sie weiter an einem Wald entlang, als Linus und Lucas urplötzlich den verzweifelten und angsterfüllten Schrei eines Mannes vernahmen. Auf der Stelle brachte Linus den Karren zum Stehen und zog seinen Dolch aus dem rechten Stiefel. Lucas folgte seinem Beispiel und hielt ebenfalls sein Messer in der Hand.

„Komm mit!“, flüsterte Linus und stieg vom Wagen. „Irgendetwas ist hier nicht in Ordnung!“

Wieder war ein lauter Schrei aus dem Wald zu hören und

anschließend weitere Männerstimmen, die aber eher gedämpft klangen.

Ohne lange zu zögern rannten Linus und Lucas in den Wald hinein und suchten Deckung hinter einem dichten Gebüsch. Aufmerksam ließen sie ihre Augen durch die Umgebung schweifen und robbten dann teilweise auf allen Vieren vorwärts.

„Da vorne, siehst du, da vorne steht ein Wagen mit zwei Rössern auf der Lichtung", murmelte Linus und deutete in die entsprechende Richtung. „Allem Anschein nach handelt es sich um einen Überfall."

Lucas wurde recht flau in der Magengegend und er wäre am liebsten auf der Stelle zurück zum Karren gekrochen, doch er durfte Linus jetzt auf keinen Fall in Stich lassen.

„Hat es denn überhaupt einen Sinn, dass wir uns da einmischen?", raunte der Junge Linus zu und hoffte insgeheim, auch dieser würde einen Rückzieher machen.

„Eine törichte Frage!", erwiderte der verständnislos und ohne Umschweife. „Diesen Strauchdieben muss doch jemand das Handwerk legen! Wir können nicht vor jeder Gefahr davonlaufen und uns aus allem heraushalten. Es ist unsere Pflicht Leuten in Not und in Bedrängnis beizustehen!"

*

Als sich beide bis auf etwa dreißig Schritte vorgearbeitet hatten und erneut Schutz hinter einem Gebüsch fanden, suchte Linus den Boden nach einem faustgroßen Stein ab.

„Das ist der Tuchhändler Werner, den zwei Männer vom Wagen zerren", entfuhr es Lucas mit gepresster Stimme. Er hob seinen Kopf etwas, um einen besseren Überblick zu haben. „Und auf dem Boden, wirklich, auf dem Boden liegt sein Sohn, der Jörg."

Mit einem Ruck stand Linus auf den Beinen, zielte sorgfältig und schleuderte den Stein mit aller Kraft auf die beiden Pferde vor der Kutsche. Erschrocken zuckte eines der Pferde, das von dem Geschoss in die Flanke getroffen war, zusammen und kurz darauf hetzten die Rösser mit riesigen Sprüngen davon.

„Komm!“, zischte Linus und rannte auf die Männer zu, die zum Glück mit dem Rücken zu ihnen standen und verdutzt den Pferden nachblickten.

Das laute Geräusch, das durch das davon donnernde Gespann verursacht wurde, übertönte das Knacken und Rascheln der Schritte von Linus und Lucas.

Ein kurzer Wink und eine eindeutige Geste von Linus genügten, um Lucas klarzumachen, welchen Mann er sich vornehmen sollte.

„Eine falsche Bewegung und Ihr werdet das Gras von unten wachsen sehen“, versicherte Linus, als sie den Männern gleichzeitig ihre Messer von hinten an die Gurgel pressten.

Einer der Strauchdiebe schlug Lucas sofort den Ellenbogen so brutal in die Magengegend, dass dieser sein Messer zur Seite zog und sich vor Schmerzen krümmte.

Auch Linus, der die gefährliche Situation erkannt hatte und dem Jungen zu Hilfe kommen wollte, machte in diesem Moment einen verhängnisvollen Fehler und senkte seinen Dolch. Die beiden Männer nutzten die Gelegenheit und rannten wie gehetzte Tiere davon.

„So ein verdammter Mist!“, fluchte Linus und knallte wutschnaubend seine Waffe auf den Waldboden. „Wir Trottel haben uns übertölpeln lassen.“

Der Kaufmann aus Villingen beugte sich über seinen Sohn, nahm dessen Kopf behutsam in die Hände und betrachtete sich die Wunde über dem Ohr.

„Hol unseren Karren her!“, wies Linus Lucas an und als dieser nicht augenblicklich reagierte, brüllte er: „Na mach schon! Hol den Wagen her!“

„Lasst mich das machen, Herr Werner. Ihr seid ein erfolgreicher Tuchhändler, doch davon verstehe ich wahrscheinlich mehr als Ihr."

„Das werde ich wohl oder übel schlecht abstreiten können, Herr Cramer."

Lucas näherte sich mit dem Karren. Er zog das Pferd hinter sich her.

*

Der Verwundete am Boden regte sich.

„Was ist geschehen?", flüsterte er und schaute seinen Vater mit weit aufgerissenen Augen an. „Was, was ist eigentlich los?"

„Wir wurden überfallen, Jörg", erklärte Herr Werner in beruhigendem Ton. „Man hat dich vom Kutschbock gezerrt und mit einem Knüppel niedergeschlagen. Zum Glück kam gerade der Wundarzt, der gestern mit uns am Tisch saß, vorbei und ist uns zu Hilfe geeilt."

Linus kümmerte sich sofort um den Verletzten. Er schnitt ihm die Haare in unmittelbarer Nähe der Wunde am Hinterkopf ab.

„Ich muss sie entfernen", erklärte er nebenbei, „weil sie sonst zu einer Entzündung führen können."

Anschließend betupfte er die Wunde mit einer Flüssigkeit, legte einige getrocknete Blätter darauf und wickelte einen Leinenstreifen mehrmals um den Kopf.

„Ihr hattet Glück. In ein paar Tagen ist die Wunde verheilt und wird keinen Dachschaden bei Euch hinterlassen", lachte Linus und half Jörg auf die Beine.

„Wir sind Euch zu Dank verpflichtet, Meister Cramer", sprach der Kaufmann und reichte Linus die Hand.

„Ich werde Eure Kutsche holen", bot sich Lucas an und lief davon.

Die Rösser hatten sich beruhigt und standen auf einer Wiese neben dem Waldrand.

„Meine Hochachtung, Ihr versteht tatsächlich eine ganze Menge von der Heilkunst!“, äußerte der Kaufmann erleichtert.

„Kein Wunder! Mein Leben lang beschäftige ich mich damit und habe im Laufe der Jahre einige Erfahrung gesammelt.“

Lucas tauchte mit der Kutsche und den Pferden auf.

„Ich möchte Euch noch einmal danken“, richtete Herr Werner das Wort an Lucas und Linus. „Wer weiß, wie der Überfall verlaufen wäre, wenn Ihr nicht aufgetaucht wäret und Euch um uns gekümmert hättet. Die beiden Männer, die uns überfallen haben, sind meinem Sohn Jörg und mir schon gestern aufgefallen, weil sie sich lange in unserer Nähe herumgetrieben haben und uns sogar zeitweise gefolgt sind.“

„Wundert Euch das?“, bemerkte Linus. „Zwei gut gekleidete Herren sind mit einem Handelswagen und zwei kostbaren Pferden unterwegs. Die Gauner ahnten sicherlich, dass Ihr nicht zum Zeitvertreib durch die Lande fahrt, sondern Waren irgendwohin geschafft habt. Weil jeder rechtschaffene Kaufmann aber den Lohn für seine Mühe in barer Münze mit nach Hause nimmt, haben sie Euch hier im Wald aufgelauert.“

„Man kann heutzutage nicht vorsichtig genug sein. Immer mehr Gesindel treibt sich herum und macht die Straßen unsicher. Selbst am helllichten Tag überfallen sie die Reisenden, unglaublich!“, empörte sich der Händler.

Abgesehen von seinen Kopfschmerzen ging es Jörg wieder gut. Sein Vater legte ihm eine Decke um die Schultern und half ihm auf den Wagen. Er selbst setzte sich auf den Kutschbock.

„Wenn Ihr mal nach Villingen kommt, dann schaut bei mir vorbei!“, sprach er noch. „Ich wohne in der Webergasse unweit des Franziskanerklosters. Ihr seid herzlich eingeladen.“

Kaufmann Werner nahm die Zügel in die Hand und schlug sie kurz auf den Rücken der Pferde. Als er das Gespann auf dem engen Waldweg gewendet hatte, steuerte er zurück auf die Landstraße.

„Kommt mal nach Villingen in die Webergasse! Mein Sohn und ich, wir würden uns freuen."

*

„Das wäre nicht schlecht, Meister Linus! Gerne würde ich mir Villingen einmal anschauen. Es muss eine reiche Stadt sein, wenn Männer wie der Tuchhändler dort wohnen und sogar Handel mit Italien treiben, oder?"

„Du würdest Augen machen, Lucas, wenn du all die schönen Gebäude sehen könntest und das herrliche Münster", schwärmte Linus dem Jungen vor. „Villingen ist etwa zur gleichen Zeit wie Freiburg zur Stadt erhoben worden. Unter den Zähringern und den Fürstenbergern blühte die Reichsstadt auf. Villingen hat meiner Meinung nach auch einen unrühmlichen Schandfleck in seiner Vergangenheit. Vor etwa vierzig Jahren haben sie zahlreiche Frauen der Hexerei bezichtigt und wie in einem Wahn auf dem Scheiterhaufen verbrannt."

Lucas erschauderte bei den Bildern, die er in diesem Moment vor seinem geistigen Auge sah und lenkte Meister Linus schnell von diesem Thema ab.

Kapitel 15

Für einige Tage genossen Lucas und Linus die Freiheit der Landstraße und zogen mit ihrem Pferdegespann durch die Gegend bei Löffingen, Hüfingen und Bräunlingen. Sie übernachteten in Gasthöfen, krochen einmal aber auch bei einem Bauern unter, dem Linus vorher durch seine Heilkunst einen Dienst erwiesen hatte und sich so seiner Dankbarkeit gewiss sein konnte.

Während Lucas dem Bauern im Stall half, fühlte sich Linus ungestört und unbeobachtet. Es entging dem Jungen jedoch nicht, dass der Meister in seinen Kisten herumkramte, ein ganzes Bündel Blätter entnahm und aufmerksam in ihnen herumblätterte. Auch leere Blätter und Schreibzeug hatte er sich zurechtgelegt, fertigte Skizzen an und kritzelte endlos lange auf dem Papier herum.

Wenn Lucas zu nahe kam, schob er die einzelnen Seiten in größter Eile zusammen oder deckte sie mit einem leeren Blatt ab.

„Ich könnte das, was Ihr aufgeschrieben habt, sowieso nicht lesen“, sprach der Junge und war über die Tatsache, dass Linus Geheimnisse vor ihm hatte, recht verunsichert.

„Das würde dich auch absolut nichts angehen und brächte dir höchstens eine Tracht Prügel ein! Wage es nicht, niemals, in meinen Sachen herumzuschnüffeln!", erwiderte Linus gereizt und schickte Lucas weg.

Abgesehen von kleineren Zwistigkeiten kamen sie gut miteinander aus und führten ein recht erträgliches Leben. Besonders Lucas war zufrieden mit dem Los, das er gezogen hatte. Er kannte sich inzwischen gut mit den verschiedenen Heilpflanzen und deren Wirkung aus und wurde von Linus sogar immer wieder angehalten, ihm aufmerksam zuzuschauen und einfache Verbände anzulegen.

*

Erst als der Frühherbst mit unglaublicher Strenge das ganze Land in Besitz nahm, machten sich Lucas und Linus Gedanken, ob es nicht klüger wäre, sich für einige Tage einen Unterschlupf zu suchen.

„Es ist schade, dass wir nicht zurück zu Eurer Mutter gehen können." Lucas hoffte Linus einen eindeutigen Hinweis auf seinen heimlichen Wunsch gegeben zu haben. „Bei ihr habe ich mich sehr wohl gefühlt."

„Vergiss es und tue so, als wärest du niemals dort gewesen!", wies der ihn jedoch schroff zurecht.

„Aber, irgendwo müssen wir unterkriechen. Wir können nicht bei Wind und Wetter auf der Landstraße herumlungern. Sollten wir vielleicht über die Berge ziehen und in Italien den Herbst und den Winter verbringen. Ich würde auch gerne einmal die Städte und die Häfen, von denen Herr Werner erzählt hat, kennen lernen."

„Oh, Lucas, du hast noch so wenig Ahnung vom Leben!", stellte Linus mit breitem Grinsen fest. „Wir bräuchten zwei oder drei Wochen, bis wir Mailand erreicht hätten. Außerdem kann man um diese Zeit manche Pässe in den Alpen mit einem Wagen nicht mehr befahren. In etlichen Gegenden regnet es viel häufiger als hier und an manchen Stellen liegt sogar schon Schnee um diese Jahreszeit. Außerdem kämen wir nicht umhin, Gebiete zu durchqueren, in denen die Bauernaufstände in vollem Gange sind. Es wäre sehr gefährlich.“

„Gefährlich? Kommt es womöglich zu einem großen, zu einem richtigen Krieg, der sich auf den ganzen Schwarzwald ausweitet?“

„Möglich ist das schon, Lucas. Du hast ja selbst gehört, wie schnell sich das Feuer ausbreitet.“

„Und was haltet Ihr davon, Meister Linus, wenn wir nach Villingen fahren und uns an den Tuchhändler Werner wenden? Er hat uns schließlich eingeladen. Wären wir nicht gekommen und hätten ihnen geholfen, wer weiß, was ihnen zugestoßen wäre. Sie verdanken uns möglicherweise ihr Leben.“

„Vor allem *du* hast den beiden das Leben gerettet“, entgegnete Linus spöttisch. „Hast du schon in jungen Jahren das Gedächtnis eines Greises, weil du dich nicht mehr erinnern kannst, wer damals bei der ersten Gefahr kehrt machen und davonlaufen wollte.

Außerdem, wir sind doch keine Bettler! Wir können den Tuchhändler mal besuchen, aber ich werde ihn auf keinen Fall um eine Unterkunft bitten. Trotzdem, Villingen wäre nicht schlecht! Dort wird es sicherlich keine Unruhen geben. Der Rat der Stadt wird das zu verhindern wissen.“

„Das ist einerseits gut, Meister Linus, doch andererseits bleibt dann auch in Stühlingen, in meiner Heimat, alles wie es bisher war, wie es immer war. Ich wünsche mir so sehr, dass die Aufstände zum Erfolg führen und die Bauern sich durchsetzen. Dann bleibt auch dem Grafen Sigmund von Lupfen nichts anderes übrig, als seinen Untergebenen etwas mehr Freiheiten einzuräumen. Seid Ihr nicht derselben Meinung, Meister Linus?“

„Doch, natürlich, darin sind wir uns einig. Aber, ich bin

weit über fünfzig und ein alter Mann. Ich möchte nicht unbedingt hineingezogen werden in die Auseinandersetzungen."

„Wer möchte das schon?", räumte Lucas ein. „Ich fürchte mich auch davor. Gleichzeitig fühle ich mich als Feigling, weil andere ihren Kopf hinhalten sollen, damit es unsereins eines Tages besser geht, das hoffe ich zumindest."

*

Als das Wetter sich zunehmend verschlechterte und tagelang ein Regenguss dem andern folgte, beschlossen Linus und Lucas, sich umgehend auf den Weg nach Villingen zu machen.

Lucas war unvorstellbar beeindruckt, als sie sich von Pfaffenweiler her der Stadt näherten. Zahllose Kirchen und ansehnliche Bürgerhäuser reckten ihre steilen Dächer in den Himmel. Das riesige Münster überragte das gesamte Häusermeer.

„Beuten die Stadtherren in Villingen die Bauern der Umgebung auch aus, so wie in Freiburg?", fragte Lucas lautstark.

Linus stieß dem Jungen seinen Ellenbogen unsanft in die Rippen. „Halt dein vorlautes Maul! Jede Menge Soldaten sind hier auf der Landstraße unterwegs. Willst du etwa, dass sie dich in Gewahrsam nehmen, noch bevor wir die Stadt überhaupt erreicht haben?"

Lange Schlangen von Fuhrwerken bildeten sich vor dem Stadttor und auch die Menschen, die zu Fuß unterwegs waren, kamen nur wenig schneller ins Innere. Auffallend viele Männer bewachten das Tor und durchsuchten jeden Passanten aufs Gründlichste.

„Ihr sollt absteigen! Oder habt Ihr mich nicht verstanden?", fuhr ein Wachmann einen Kutscher an, der mit einem schwer beladenen Wagen vor ihm stand. „Glaubt Ihr etwa, Ihr könnt unbesehen in die Stadt einfahren? Hans Stark, unser Bürgermeister, hat strikte Anweisungen erlassen, dass jeder, jawohl, jeder einer strengen Kontrolle unterzogen werden soll.“

Schon eilten zwei weitere Uniformierte herbei und der Mann, der es allem Anschein nach recht eilig hatte, fügte sich in sein Schicksal.

Peinlich genau durchwühlten die Wachen seine Fracht und gaben den Weg erst frei, als sie sich wirklich davon überzeugt hatten, dass der Händler nur Tuchballen und Felle geladen hatte.

*

Herablassend winkte ein Posten Linus zu sich und der setzte mit einem leichten Zügelschlag auf den Rücken des Braunen seinen Karren in Bewegung.

„Was wollt Ihr beiden denn in Villingen?“, fragte der Torwächter. „Und was habt Ihr auf Eurem Karren?“

„Ich bin Wundarzt und Kräuterhändler und auf dem Weg zum Markt“, erwiderte Linus kleinlaut. Kein barsches Wort und keine vorlaute oder gar spöttische Bemerkung kam über die Lippen von Meister Linus. So kannte ihn Lucas eigentlich gar nicht.

„Dann steigt mal ab und entfernt das Fell, damit wir uns selbst davon überzeugen können, was Ihr alles auf Eurem Wagen mit Euch führt.“

Linus und Lucas kamen der Aufforderung ohne Zögern nach und schlugen das Kuhfell zur Seite. Die Wachen durchsuchten die Kisten und alles, was die beiden bei sich hatten, ganz genau. Linus konnte kaum mit ansehen, wie grob sie in seinen Sachen herumwühlten und welche Unordnung sie darin hinterließen.

„Und was steht da drin?“, verlangte ein Posten zu wissen und hielt ein dickes Buch in seinen Händen. „Es ist nicht erlaubt, irgendwelche ketzerischen Schriften in die Stadt zu bringen! Das dürfte Euch sicherlich bekannt sein."

„Das Buch brauche ich, weil darin alle Heilpflanzen abgebildet und beschrieben sind", erklärte Linus und wollte dem Mann das Herbarium aus den Händen nehmen. Der warf es aber geringschätzig zurück in die Holzkiste, aus der er es entnommen hatte.

Zornesröte überzog das Gesicht von Meister Linus und jetzt war der Punkt gekommen, an dem er nicht mehr länger an sich halten konnte.

„Wenn Ihr glaubt, ich würde mir von Euch alles gefallen lassen, dann seid Ihr auf einem Holzweg!", fuhr er den Wachposten an.

„Werdet nicht frech!", kam prompt die Antwort. „Wir werden Euch gleich zeigen, welche Folgen es haben kann, wenn man das Maul zu weit aufreißt!"

„Mein Freund, der Kaufmann Jacobus Werner, ein angesehener Mann, wird dabei auch ein Wörtchen mitzureden haben!", schimpfte Linus wutschnaubend. „Darauf könnt Ihr Euch verlassen!"

Es war kaum zu glauben, wie schnell sich der Ton der Wachen änderte. Sie waren plötzlich freundlich und kramten nur noch behutsam in den weiteren Sachen herum. Selbst als einer einige Messer in Händen hielt, warf er Linus nur einen kurzen Blick zu, stellte aber keinerlei Fragen.

„Nichts für ungut, wir tun doch nur unsere Pflicht", rief der Posten Linus nach, als der das Gefährt wieder in Bewegung setzte und durch das Riettor steuerte.

„Ihr seid ein vorzüglicher Komödiant", flüsterte Lucas kopfschüttelnd, „bringt uns aber eines Tages um Kopf und Kragen. Wie könnt Ihr es wagen, solche Lügen in die Welt zu setzen und die Wachen so an der Nase herumzuführen?"

„Manchmal müssen wir kleinen Leute uns eben auch wehren, Lucas, sonst machen andere mit einem, was sie wollen.

Kommt ein adeliger Herr oder ein Freund des Konstanzer Bischofs ans Tor, dann verneigen sich die Stadtknechte und fallen fast auf die Knie vor ihm. Haben wir nicht auch das Recht wie Menschen behandelt zu werden?“

Kapitel 16

„Wo wollen wir eigentlich heute Nacht schlafen, Meister Linus? Es wird nicht mehr lange dauern, bis die Dämmerung einsetzt. Wir sollten uns erkundigen, wo die Webergasse ist und das Haus von Meister Werner ausfindig machen! Wir wollten ihn doch sowieso besuchen, oder nicht?“

„Nein, nein! Den Tuchhändler wollen wir nicht gleich überfallen, wo wir doch erst heute in seine Heimatstadt gekommen sind“, vertröstete Linus den Jungen. „Wir werden schon irgendwo einen Unterschlupf für die Nacht finden. Gedulde dich!“

Wenige Schritte nach dem Stadttor machten sie an einem Brunnen Halt. Linus stieg ab, füllte einen Ledereimer mit Wasser und tränkte seinen Braunen.

Einige armselige und zerlumpte Gestalten trieben sich hier herum. Unter ihnen waren sogar verwahrloste Kinder, Behinderte und andere Darbende, die die vorübergehenden Leute um eine mildtätige Gabe anbettelten.

Eine in Lumpen gehüllte Frau, die sich auf einen Stock stützte, tastete sich an einer Hauswand entlang. Sie hatte ihr Augenlicht verloren.

„Siehst du da vorne die beiden Mönche?“, sprach Linus und deutete auf zwei Patres, die aus einem Tor traten. „Das sind Barfüßer.“

„Barfüßer?“, wiederholte Lucas verwundert. „Ein komischer Name.“

„Das sind Franziskaner! Man nennt sie so, weil sie nach der Ordensregel des Heiligen Franz von Assisi in völliger Armut leben wollen. In warmen Jahreszeiten ziehen sie sich nicht einmal Schuhe an die Füße. Verstehst du jetzt, Lucas, warum man sie ‚Barfüßer‘ nennt?

Ich bewundere diese Kerle, weil sie wirklich noch nach dem Wort der Heiligen Schrift leben. Sie kümmern sich um die Menschen, mit denen sonst niemand etwas zu tun haben will: Gebrechliche und Kranke, Krüppel und Obdachlose, ausgesetzte und verwaiste Kinder.“

Als die Bettler vor dem Kloster die Mönche bemerkten, strömten sie augenblicklich zusammen und umringten die beiden Männer. In der Hoffnung, etwas abzubekommen, streckten sie den Ordensleuten die Arme entgegen.

Aus einem Leinensack holten die Franziskaner Brot, Käse und allerlei andere Nahrungsmittel und verteilten sie unter die ausgehungerten Gestalten.

Auch ein gut gekleideter Herr, der gerade vorüberkam, fühlte sich an seine Christenpflicht erinnert, ein Almosen zu geben. Er öffnete seinen Lederbeutel am Gürtel und drückte der blinden Frau eine Münze in die Hand.

„Betet für mich und für mein Seelenheil!“, forderte er die Frau auf, die wegen ihrer Erblindung nichts von dem Brot abbekommen hatte, sondern sich immer noch an der Mauer vorwärts tastete.

„Vergelt’s Gott!“, sprach sie und befühlte die Münze, um ihren Wert abschätzen zu können. „Vergelt’s Gott!“

Die Mönche hatten ihr Brot verteilt und waren gerade im Begriff, sich ins Kloster zurückzuziehen.

*

„Vielleicht sollten wir die Patres mal fragen, ob sie einen Schlafplatz für uns haben“, meinte Linus und lief ihnen eilig hinterher. „Gott zum Gruß! Ich möchte Euch um eine Unterkunft für die Nacht bitten. Wir sind neu in der Stadt und wissen nicht, wo wir uns sonst hinwenden sollen.“

Einer der Mönche musterte Linus einige Zeit.

„Wir gehören nicht zu den reichen Klöstern, wie Ihr sicherlich wisst, und sind auf Almosen angewiesen. Ansonsten könnten wir uns nicht um die Armen und Siechenden der Stadt kümmern, was wir für unsere Christenpflicht halten.“

„Daran soll es nicht scheitern!“, erwiderte Linus.

Der Mönch schob das große Eichentor auf und Linus winkte dem Jungen zu. Lucas verstand sofort und zog den Braunen hinter sich her in den Innenhof des Klosters.

Meister Linus nahm seinen Lederbeutel zur Hand und reichte dem Mönch großzügig mehrere Münzen, was diesen zu einem dankbaren Lächeln veranlasste.

Der Pater führte die Besucher über den Klosterhof in eine enge und dunkle Kammer. Zwei dick gefüllte Strohsäcke, ein kleiner Tisch mit einer Bank und sogar ein Kamin befanden sich im Innern.

„Euer Pferd könnt Ihr meinetwegen im Klosterstall abstellen“, teilte der Mönch mit, „Den Wagen lasst Ihr im Hof stehen, denn zum Unterstellen haben wir keine Möglichkeit. Ihr müsst ihn aber gut abdecken“, er warf einen prüfenden Blick zum Himmel, „weil es wieder nach Regen aussieht.“

„Macht Euch darüber keine Gedanken!“, erwiderte Linus zufrieden. „Wir sind froh und dankbar, dass wir bei diesem Wetter ein Dach über dem Kopf haben.“

Linus wandte sich dem Jungen zu.

„Die Kisten mit den Heilkräutern tragen wir nachher in die Schlafkammer.“

„Aha, Ihr handelt mit Heilkräutern und seid sicherlich ein Bader oder Wundarzt?“, erkundigte sich der Mönch.

Linus nickte.

„Männer wie Euch wird man in Zukunft mehr denn je brauchen. Es sei denn, unser Herrgott verhindert, dass es zu einem Krieg kommt."

„Gibt es Neuigkeiten, die mir entgangen sind?", wollte Linus auf der Stelle von dem Franziskaner wissen.

„Der Bauernführer Müller hat die Verhandlungen in Schaffhausen abgebrochen und zieht nordwärts."

„Woher wisst Ihr das?"

„Ein Mitbruder, der heute im Kloster angekommen ist, hat uns das berichtet. Immer mehr Bauern aus St. Blasien, aus der Grafschaft Fürstenberg und aus anderen Gegenden schließen sich ihrem Führer an. Selbst aus dem Brigachtal vor den Toren Villingens hört man von ersten Unruhen. Ängstliche Menschen flüchten bereits in die Städte."

„Dann braucht Ihr sicherlich den Platz hier in der Unterkunft selbst. Gleich morgen werden wir uns auf die Suche nach einer anderen Bleibe machen", teilte Linus mit. „Ihr habt mein Wort!"

„Das braucht Ihr nicht, mein Herr!", entgegnete der Ordensmann und strahlte, als hätte er eine kostbare Münze auf dem Boden gefunden. „Ihr gehört schließlich nicht zu den Leuten, die sich von uns nur einen Vorteil erhoffen, sondern habt mir eine großzügige Spende überreicht. Außerdem könnt Ihr Euch bei uns nützlich machen. Wir haben einige Patienten im Klosterspital, die sich keinen Arzt leisten können und dringend Hilfe benötigen."

„Eigentlich sind wir nach Villingen gekommen, um dem Tuchhändler Werner einen Besuch abzustatten", erklärte Linus. „Wir haben ihn vor einigen Tagen . . ."

„. . . unterwegs getroffen?", unterbrach ihn der Mönch. „Dann seid Ihr womöglich der Mann, der seinem Sohn nach dem Überfall geholfen und seine Wunde behandelt hat?

Meister Jacobus wohnt nur einige Häuser weiter in der

Webergasse und ist mein Freund, ja, das kann ich wohl behaupten. Ein bescheidener und angesehener Mann.

Er hat mir bereits von dem abscheulichen Zwischenfall berichtet und von Eurem Mut erzählt. So ein Zufall! Kaufmann Werner rechnet mit Eurem Kommen. Wenn Ihr ihn trefft, dann grüßt ihn von mir, von Pater Conrad!“

*

Als Lucas die Kisten in die Kammer schleppte, beobachtete er, wie sich neben ihrer Unterkunft eine Tür einen Spalt breit aufschob. Er tat zwar so, als würde er es nicht bemerken, konnte aber deutlich erkennen, dass ihn zwei hagere Männer nicht aus den Augen ließen und unentwegt nachstarrten.

„Ihr seid nicht die einzigen, die bei uns unterkriechen“, erklärte Pater Conrad, der die Neugierigen ebenfalls bemerkt hatte. „Nur selten haben wir einen freien Schlafplatz, wenn der Sommer zu Ende geht und das Übernachten im Freien zunehmend mit Unannehmlichkeiten verbunden ist. Jetzt beginnt eine harte und entbehrungsreiche Zeit für die Leute, die kein Zuhause haben.“

Ein junger Knecht kam herbeigeeilt, führte das Pferd in den Stall und versorgte es mit Heu. Kurz darauf erschien er mit einer Fackel und einem Korb voller Brennholz in der Kammer und entfachte im Ruß geschwärzten Kamin ein Feuer.

„Wie mir Pater Conrad sagte, sind Eure Kleider nass“, sprach er freundlich. „Ihr könnt Euch am Feuer aufwärmen.“

„Wir haben es richtig gut getroffen, nicht wahr?“, meinte Lucas zufrieden, als sie sich über eine Schüssel Brei hermachten, die ihnen Pater Conrad aus der Klosterküche bringen ließ.

„Ja, da hast du vollkommen Recht! Ich übe oftmals Kritik an der Kirche und vergesse dabei häufig die Männer und

Frauen, die nach wie vor ihr Leben ganz nach der Heilsbotschaft unseres Herrn Jesus Christus ausrichten."

„Ich habe Angst!", vertraute sich der Junge aus heiterem Himmel Meister Linus an. „Immer mehr Bauern rotten sich zusammen, hat Pater Conrad gesagt. Hoffentlich bleibt ihr Aufstand friedlich!"

„Hoffentlich!", wiederholte Linus. „Wir müssen die weitere Entwicklung abwarten und unsere Ohren offen halten."

Kapitel 17

Noch lag die Nacht über dem Kloster und nur die gleichmäßig murmelnden Stimmen der Mönche waren aus der Kapelle zu vernehmen, als Linus den Jungen unsanft aus dem Schlaf rüttelte.

„Lucas, wo ist die Kiste mit dem Buch, dem Herbarium?“, wollte Meister Linus von ihm wissen. „Du hast doch gestern alle Kisten hereingetragen, oder etwa nicht?“

Der Junge war noch zu schlaftrunken, um auf Anhieb eine Antwort geben zu können. Erneut schüttelte Linus ihn deshalb grob.

„Ja, das wisst Ihr doch ganz genau, dass ich sie hereingetragen habe“, kam es gequält über die Lippen von Lucas. „Ihr selbst habt es mir aufgetragen.“

„Wo ist die Kiste mit dem Herbarium?“, erregte sich Linus erneut und verabreichte dem Jungen eine schallende Ohrfeige. „Von den acht Kisten, die auf dem Karren waren, sind nur sechs hier in der Kammer.“

Lucas erhob sich und lief sofort in das Eck, wo er die Kisten am Tag zuvor aufgestapelt hatte. Eine nach der anderen nahm er sich vor und durchwühlte sie, doch er konnte das dicke Buch nicht entdecken, und tatsächlich, zwei Kisten fehlten.

„Wo, sag mir sofort, wo hast du es hin?“, schnaubte Linus und eine bittere Ahnung stieg in dem Jungen auf.

„Glaubt Ihr allen Ernstes, ich hätte das Buch gestohlen? Wie könnt Ihr das . . ."

„Denkst du, *ich* hätte es verschwinden lassen?", fuhr Linus den Jungen unversöhnlich an. „Das Buch ist mir jetzt nicht so wichtig wie die Kiste."

Linus war außer sich.

„Ich brauche die Kiste!", brüllte er voller Zorn und seine Stimme überschlug sich nahezu.

„Jetzt verstehe ich gar nichts, nein, gar nichts mehr!" Lucas schüttelte verwirrt den Kopf. „Wieso ist der Holzkasten denn so wichtig? Ich denke es geht um das wertvolle Herbarium."

Beide stürmten sie in den Klosterhof und schlugen das Fell zur Seite. Da lag das Buch, zusammen mit etlichen anderen Dingen, die Linus in den Kisten aufzubewahren pflegte.

„Das verstehe einer!", bemerkte Lucas verwundert. „Das kostbare Buch und der andere Kram sind noch da, doch die beiden wertlosen Kisten sind verschwunden."

„Sie sind nicht wertlos, weil ich meine beschriebenen Blätter darin versteckt habe", erwiderte Linus.

„Warum sagt Ihr mir nicht endlich die Wahrheit, Meister Linus? Irgendetwas habt Ihr zu verbergen. Glaubt Ihr tatsächlich, dass ich Eure Geheimnistuerei nicht längst durchschaut habe? Ihr habt kein Vertrauen zu mir."

„Ich will mich mit dir darüber nicht unterhalten", tobte Linus, „weil es dich nichts angeht! Lass dir das ein für alle Mal gesagt sein!"

*

Das Morgengebet der Mönche war zu Ende und einige von ihnen tauchten kurz darauf im Klosterhof auf. Pater Conrad kam herbeigeeilt.

„Warum seid Ihr schon so früh auf den Beinen?", sprach er. „Hattet Ihr keine geruhsame Nacht?"

Linus berichtete, was sich ereignet hatte.

„Das kann nicht sein!“, zog Pater Conrad die Aussage sofort in Zweifel. „Niemand kann so ohne weiteres in den Klosterhof gelangen. Außerdem, wie töricht wäre es von einem Dieb, das kostbare Buch zurückzulassen und die leeren Holzkästen mitzunehmen.“

Der Mönch überlegte angestrengt und plötzlich huschte ein Lächeln über sein Gesicht.

„Wartet einen Moment!“, sprach er dann und lief zur Kammer, aus der am Abend zuvor neugierige Männer herausgelugt hatten.

Pater Conrad klopfte kurz an und riss dann gleich die Tür auf. Er dauerte einige Zeit, bis er wieder im Klosterhof erschien. Drei ausgemergelte Männer in zerlumpter Kleidung folgten ihm.

„Wir wollten nichts Unrechtes tun, Hochwürden!“, beteuerte einer von ihnen klagend. „Die klammen Kleider, verzeiht uns, die Kälte hat uns dazu getrieben! Wir hatten jedoch keine Möglichkeit eine Flamme zu entfachen, es wollte uns einfach nicht gelingen.“

„Sie haben sich die beiden Holzkisten geholt, weil sie sich wie Ihr ein Feuer in ihrer Kammer machen wollten“, erklärte Pater Conrad. „Leider sind die Holzsteigen zerschlagen und nicht mehr zu gebrauchen.“

Linus hastete in den Raum. Die Kisten waren tatsächlich zerkleinert und im Kamin über einem Berg von zerknülltem Papier aufgestapelt. Erleichtert entnahm Linus seine Blätter aus dem Feuerloch und trug sie wie einen kostbaren Schatz nach nebenan.

„Seht es den Männern nach!“, sprach Pater Conrad, der Linus gefolgt war. „Ich hoffe sie haben keinen allzu großen Schaden angerichtet.“

Die Männer suchten schnell das Weite und eilten über den Hof zur Pforte, solange Linus und Pater Conrad sich in der

Kammer aufhielten. Lucas ließ sie laufen, zumal er kein Verständnis für das seltsame Getue seines Meisters aufbrachte.

Kaum war Pater Conrad verschwunden, nahm Linus die zerknüllten Blätter zur Hand, stapelte sie sorgfältig auf dem Tisch übereinander und beschwerte sie anschließend mit dem Herbarium. Einige, die besonders verknittert waren, versuchte er mit der Faust zu glätten. Meister Linus stellte sich allerdings mit Absicht so vor den Tisch, dass Lucas keinen Blick auf die beschriebenen Blätter werfen konnte.

Lucas war beleidigt und ließ das Meister Linus auch deutlich spüren.

„Dieses blöde Gekritzel interessiert mich nicht im Geringsten!" Lucas lief in den Stall, um dem Knecht bei der Versorgung der Tiere zu helfen.

*

Die angespannte und gereizte Stimmung zwischen Linus und Lucas hatte sich im Laufe des Morgens gelöst.

Nach einer Stärkung, die Pater Conrad aus der Klosterküche bringen ließ, suchten Linus und Lucas das Spital gleich neben der Kapelle auf. Bestimmt an die fünfzehn Kranke fristeten hier ihr Dasein.

Linus ging von einem zum anderen, schaute sich die Patienten genau an, fühlte ihren Puls und stellte ihnen, wenn es die Schwere ihrer Krankheit zuließ, einige Fragen.

„Und, wie sieht es aus, Meister Linus?", wollte Pater Conrad nach dem Rundgang wissen. „Könnt Ihr wenigstens einigen von ihnen helfen?"

„Es kommt darauf an, woran der Einzelne leidet", erwiderte Linus. „Handelt es sich um äußere Wunden, Hauterkrankungen oder wie bei dem Jungen dort drüben um einen Knochenbruch, dann kann ich sicherlich etwas tun.

Einige der Patienten sind jedoch so geschwächt, dass nach meiner Einschätzung jede Hilfe zu spät kommt."

„Ich weiß, ich weiß!", räumte Pater Conrad entschuldigend ein. „Seit unser Pater Emmeran, der sich für die Kranken geradezu aufgeopfert hat, verstorben ist, werden die Patienten nicht mehr mit der gebotenen Sorgfalt behandelt und die Sterbefälle nehmen ein erschreckendes Ausmaß an.

Erst vor einigen Tagen mussten wir gleich zwei Männer ins Siechenhaus vor der Stadt bringen und wie ich gestern erfahren konnte, hat unser Herrgott einen von ihnen bereits zu sich genommen und von seinem Leiden erlöst."

„Seht es mir nach, Pater Conrad, wenn ich Euch das vorhalte! Der Zustand der Kranken ist fürwahr besorgniserregend." Linus sprach so leise, dass es die Betroffenen nicht mitbekommen konnten.

„Das liegt auch daran, dass sich der Konvent nicht einig ist, versteht Ihr?", verteidigte sich der Mönch. „Die meisten meiner Mitbrüder kümmern sich ausschließlich um die Seele der Kranken und weniger um ihre körperlichen Gebrechen. Man vertraut auch unter gebildeten Leuten teilweise mehr auf das Gebet und die Anrufung der Heiligen als auf das Können von Ärzten und Heilkundigen. Es ist schwer gegen solche überkommenen Meinungen anzukämpfen, sehr schwer."

„Ihr sprecht mir aus der Seele, Pater Conrad. Ich denke genauso wie Ihr. Deshalb will ich mich an die Arbeit machen und sehen, was ich tun kann."

Während Meister Linus sich der einzelnen Patienten annahm, trug er Lucas auf, die Kisten mit den getrockneten Kräutern in einen Vorraum der Klosterküche zu bringen. Dort wurden dann verschiedene Heilkräuter gemischt und zerrieben, mit kochendem Wasser aufgebrüht oder kalt angesetzt, ganz wie es für die Behandlung der einzelnen Krankheitsfälle erforderlich war.

Linus säuberte vereiterte Wunden, betupfte sie mit Tinkturen oder legte warme Kräuter darauf. Das Verbinden überließ er bei weniger schweren Verletzungen Pater Conrad und Lucas.

*

„Sicherlich kannst du mir erzählen, wie es dazu gekommen ist?", sprach Linus einen etwa zwölfjährigen Jungen an.

Verängstigt stierte der Knabe Meister Linus an, legte hastig seine rechte Hand über seinen geschwollenen linken Oberarm und zog ihn mit schmerzverzerrtem Gesicht an die Brust. Dann kroch er bis zum Kinn unter das Bettlaken.

„Du hast starke Schmerzen, nicht wahr?", redete Linus ruhig und mitfühlend weiter, da der Junge ihm keine Antwort gegeben hatte. „Du musst wissen, dass ich dir nicht wehtun, sondern dir helfen will. Dein Arm ist gebrochen, und wenn wir nichts unternehmen, dann wächst er völlig schief zusammen und du kannst ihn ein Leben lang nicht mehr gebrauchen. Willst du ein Krüppel bleiben, nur weil du jetzt Angst davor hast, mir den Arm einmal kurz zu zeigen?"

Der Junge schüttelte zaghaft den Kopf, schob dann die Decke mit der gesunden Hand weg und drehte den Kopf zur Seite, so, als wolle er auf keinen Fall sehen, was anschließend geschehen würde.

Ganz behutsam betastete Meister Linus die Bruchstelle und der Junge zuckte erschrocken zusammen. Erneut versuchte er den kranken Arm mit seiner gesunden Hand zu verdecken.

„Er wird in Kürze seinen Arm verlieren oder sogar daran sterben", teilte Linus Pater Conrad laut und vernehmlich mit, zwinkerte dem Mönch aber gleichzeitig zu. „Ich würde ihm ja gerne helfen, aber der Junge will es nicht. Er hat kein Vertrauen zu mir."

Linus erhob sich und tat so, als wolle er den Raum verlassen.

„Bitte! Bitte!“, vernahm er plötzlich eine weinerliche Stimme hinter sich und als sich Meister Linus umdrehte, blickte ihn der Junge beschwörend an.

„Ich glaube, Johannes hat es sich doch anders überlegt.“ Pater Conrad strich dem Kranken ermutigend über den Kopf. „Ich werde für dich beten und der Wundarzt wird versuchen deinen Arm zu heilen.“

„Ich will auch ganz tapfer sein, Pater Conrad“, schluchzte Johannes.

„Ihr müsst mir bei der Behandlung helfen!“, flüsterte Linus dem Mönch zu. „Ich benötige einige Leinenstreifen, drei armlange, flache Holzleisten und einen Becher warmes Wasser.“

Pater Conrad verließ eilig die Krankenstation und nahm Lucas mit.

„Ich will dir erklären, was ich vorhabe“, wandte sich Linus wieder dem Jungen zu. „Ich werde den gebrochenen Knochen geradebiegen, einige Holzlatten darauf legen und sie mit Leinenstreifen fest umwickeln. Dann hat der Knochen Zeit, um in aller Ruhe zusammenzuwachsen. Ich will dir nicht verschweigen, dass es weh tun wird, verspreche dir aber, dass morgen die Schmerzen bereits nachlassen werden.

Du wirst einen Becher Medizin bekommen, so dass du hoffentlich nicht allzu viel spürst. Und denk daran, einen Tag die Zähne zusammenbeißen zu müssen ist besser als ein Leben lang ein Krüppel zu sein! Glaub es mir, Johannes!“

*

Als Pater Conrad und Lucas die benötigten Sachen herbeigebracht hatten, nahm Linus ein kleines Fläschchen aus seiner Kiste. Er streute etwas von dem rötlichen Pulver in das

Wasser, rührte so lange, bis es sich aufgelöst hatte und flößte dem Jungen das Getränk ein.

„Was habt Ihr in das Wasser gemischt, Meister Linus?“, wollte Lucas wissen.

„Das ist meine kostbarste Medizin, die ich besitze. Ich habe sie bei einem Händler aus Italien erstanden. Das Pflanzenpulver stammt aus dem Orient und wird Johannes gleich in einen tiefen Schlaf sinken lassen.“

Es dauerte tatsächlich nur wenige Minuten, bis Johannes von der Wirkung des Wundermittels eingenickt war.

„Es muss jetzt möglichst schnell gehen“, murmelte Linus, als er mit seinen beiden Helfern neben dem Lager des Jungen stand. „Johannes schläft zwar tief, der Schmerz kann aber so groß sein, dass er sich zu wehren versucht. Ich muss ihm nämlich den krumm zusammengewachsenen Arm erneut brechen. Pater Conrad, Ihr werdet Johannes an den Füßen festhalten und Lucas, du musst unter allen Umständen verhindern, dass er mir mit seinem gesunden Arm in die Quere kommt oder seinen Oberkörper zu sehr bewegt. Verstanden?“

Linus legte sich die Holzleisten und die langen Binden zurecht und gab dann ein Zeichen. Blitzschnell fassten Lucas und Pater Conrad zu und ehe der Junge schlaftrunken zu lallen begann, hatte Linus den Oberarm bereits in beiden Händen, bog mit einem Knirschen die beiden Hälften gerade und rückte sie zurecht.

Ein ohnmächtiges Stöhnen entfuhr dem Jungen, doch schon war Linus dabei die Hölzer mit den Leinenstreifen zu umwickeln. Kurz darauf hatte Linus seine Behandlung beendet und sprach beruhigend auf den Jungen ein.

Vom Schlafmittel und den rasenden Schmerzen benommen, winselte der einige Zeit vor sich hin und nickte wenig später erneut ein. Pater Conrad holte sich ein Buch und setzte sich neben das Lager von Johannes.

Am Nachmittag flößte ihm Linus noch einmal einen Becher Medizin ein und so überstand der Junge den Rest des Tages ohne weitere Probleme.

Sogar in der Nacht schlich sich Meister Linus zweimal aus der Kammer und lief ins Krankenzimmer, um sich zu überzeugen, dass mit Johannes alles den Umständen entsprechend in Ordnung war.

Ohne ein Wort zu verlieren, ließ Pater Conrad Meister Linus am folgenden Tag deutlich spüren, wie angetan er von dessen Heilkünsten war.

Nach der morgendlichen Stärkung zog sich Meister Linus für einige Zeit in seine Kammer zurück und kritzelte wieder heftig auf einem Bogen Papier herum. Lucas hatte sich vorgenommen, diesem geheimnisvollen Getue keinerlei Aufmerksamkeit mehr zu schenken.

Kapitel 18

Der Tuchhändler Jacobus Werner war sichtlich erfreut, als Pater Conrad in Begleitung von Linus und Lucas die Werkstatt betrat.

„Schön Euch wiederzusehen“, begrüßte er die Gäste in seinem Kontor und legte sofort einen Stapel Blätter aus der Hand. „Wie mir Pater Conrad bereits mitgeteilt hat, Herr Cramer, seid Ihr mit Eurem jungen Begleiter bei den Franziskanern untergekommen und macht Euch dort nützlich. So ist es recht! Eines Tages werdet Ihr von unserem Herrgott sicherlich reichlich entlohnt.“

Pater Conrad nickte beifällig.

„Und wie geht es Eurem Sohn Jörg?“, erkundigte sich Linus. „Ist die Wunde am Kopf gut verheilt, oder hat sie sich entzündet?“

Meister Jacobus lief in den Nebenraum.

„Jörg, komm mal her! Du wirst dich wundern! Wir haben Besuch.“

Sofort kam der junge Mann der Aufforderung seines Vaters nach und betrat den Raum.

„Seid gegrüßt, Meister Cramer! Ihr wollt Euch wohl selbst davon überzeugen, ob Ihr mich richtig behandelt habt“, sprach Jörg und streckte Linus seinen Hinterkopf hin. „Ich möchte mich noch einmal für Eure Mühen bedanken.“

„Die Wunde ist wirklich gut verheilt“, stellte Linus zufrieden fest.

„Und ein Dachschaden ist allem Anschein nach bei Jörg auch nicht zurückgeblieben!“, scherzte Pater Conrad und löste damit ein herzhaftes Lachen bei allen aus.

„Ein guter Grund, Euch heute Abend zum Essen in ein gemütliches Gasthaus einzuladen“, schlug Meister Jacobus vor. „Und Ihr, Pater Conrad, kommt mit! Der Abt wird sicherlich einmal ein Auge zudrücken, oder? Ihr braucht es ihm ja nicht unbedingt auf die Nase zu binden!

Ich habe jetzt leider wenig Zeit. Mein Sohn wird Euch unsere Lagerhalle und die Werkstatt zeigen. Ich muss in die Zunftstube und anschließend ins Rathaus.“

„Was will er denn im Rathaus?“, fragte Linus, als der Meister die Werksatt verlassen hatte.

„Mein Freund Jacobus ist ein allseits geachteter Mann“, erwiderte Pater Conrad. „Seit Jahren gehört er dem Rat der Stadt an und auch in der Zunft der Tucherer wird seine Erfahrung geschätzt. Er genießt nicht nur das Vertrauen großer Teile der Bürgerschaft, man hat Meister Jacobus auch mit anderen wichtigen Aufgaben der Stadt betraut und ihn zur Pflege des Armenhauses und sonstiger Einrichtungen berufen. Ja, in der Tat, ein wichtiger Mann für Villingen!“

*

Jörg führte die Besucher voller Stolz durch die ausgedehnten Räumlichkeiten.

„Hier befinden wir uns im Kontor, von wo aus alle unsere Geschäfte eingefädelt und abgewickelt werden. Viele Briefe verlassen täglich unser Haus und deshalb mussten wir kürzlich sogar eigenes einen Schreiber einstellen.“ Jörg deutete auf einen Mann, der vor einem Schreibpult stand und seine Feder flink über ein Blatt Papier gleiten ließ. „Nebenan ist das Tuchlager." Er schob eine Tür auf und winkte die Besucher hinter sich her.

Lucas glaubte seinen Augen nicht trauen zu können. Die Tuchballen stapelten sich bis unter die Decke und unaufhörlich trugen zwei Männer weitere Stoffpakete von einem Planwagen im Hof herein.

„Was mein Vater in nahezu vierzig Jahren aufgebaut hat, kann sich sehen lassen!", stellte Jörg selbstbewusst fest. „Seine Eltern lebten noch in ärmlichen Verhältnissen in einer engen Weberhütte vor der Stadt."

Lucas befühlte die verschiedenen Stoffe und verglich sie mit dem seines grob gewebten Gewandes.

„Qualität ist das wichtigste in unserem Geschäft", ließ Jörg den staunenden Jungen wissen.

„Und wo sind Eure Webereien? Wo werden denn all die Tücher hergestellt?", erkundigte sich Linus.

„Im Nachbarhaus haben wir eine eigene Weberei eingerichtet. Außerdem sind in der ganzen Stadt Weber für uns tätig. Den größten Teil der Stoffe kaufen wir jedoch bei kleineren Händlern und veräußern ihn mit einem entsprechenden Aufschlag an die Kunden. Auf allen Märkten weit und breit kann man unsere Verkäufer finden."

Sie hatten das Nebengebäude noch nicht betreten, da hörten sie schon ein gleichmäßiges Rattern. An die zehn Webstühle wurden im Inneren betrieben.

Lucas stellte sich hinter einen der Weber und verfolgte verblüfft einige Zeit dessen Arbeit. Mit atemberaubender Geschwindigkeit flog die Spindel hin und her. Faden für Faden reihte sich aneinander und ein neues Stück Stoff entstand.

*

Im Galopp preschte Leonhardt, der Knecht von Meister Jacobus, in den Hof.

„Wo ist Euer Vater?“, rief er Jörg vom Rücken des Pferdes aus zu. „Ich muss ihn dringend sprechen.“

„Wieso? Was gibt es denn?“, erkundigte sich Jörg. „Ist etwa einer unserer Wagen überfallen worden?“

„Schlimmer, es ist viel schlimmer! Bauern haben die Stadt Hüfingen besetzt“, sprudelte es aus dem Mann heraus. „Junker Hans und Burkhart von Schellenberg, die Herren von Hüfingen, sind auf dem Weg nach Villingen, um sich und ihr Hab und Gut, das sie in aller Eile auf Wagen verladen konnten, in Sicherheit zu bringen.“

„Die Bauern haben Hüfingen besetzt?“, fragte Pater Conrad und schlug wegen der so überraschenden Neuigkeit ein Kreuzzeichen. „Was planen sie denn? Was haben sie vor?“

„Na sag schon, was du noch weißt!“, drängte Jörg.

„Ein Teil der Aufständischen ist bereits weiter gezogen, nach Bräunlingen, Löffingen und Urach“, wusste der Knecht zu berichten. „Und ihr nächstes Ziel soll Vöhrenbach sein.“

„Das bedeutet, die Bedrohung unserer Stadt wächst von Tag zu Tag“, raunte Jörg angesichts der erschreckenden Nachrichten. „Kommt mit! Wir laufen zum Münsterplatz. Vielleicht kann man uns am Rathaus Näheres sagen.“

Im Eilschritt stürmten sie die Weber- und die Färbergasse entlang und standen kurz darauf vor dem Rathaus.

*

Zahlreiche besorgte Bürger der Stadt hatten sich inzwischen hier versammelt und lauschten den Worten von Bürgermeister Stark.

„Es ist nicht mehr von der Hand zu weisen, dass sie es tatsächlich ernst meinen. Es ist eine Frage der Zeit, dann wird Hans Müller mit seiner Verbrecherbande auch vor unseren Stadttoren stehen.“

„Und was gedenkt der Rat der Stadt und Ihr, Herr Bürgermeister, dagegen zu unternehmen?", wollte ein Herr wissen. „Wie ich soeben nämlich erfahren habe, schließen sich auch immer mehr Bauern aus dem Brigachtal diesem Müller an. In Scharen laufen die Untertanen von Villingen den Aufständischen zu."

„Vorläufig kann es nur eine vernünftige Antwort geben", erwiderte der Bürgermeister. „Die Wachen an der Stadtmauer werden verstärkt, die Tore mit mehr bewaffneten Männern gesichert und innerhalb der Stadt ist jeder verpflichtet, die Augen offen zu halten."

Zustimmung kam aus den Reihen der Zuhörer, doch Lucas entging es keineswegs, dass einfach gekleidete Leute sich mit ihrem Beifall sehr zurückhielten oder keinerlei Regung zeigten. Auch dem Bürgermeister schien das aufgefallen zu sein, denn er fügte beschwörend hinzu:

„Mir ist bekannt, mir ist längst zugetragen worden, dass sich auch in unseren Reihen Aufrührer befinden, die nur auf die Gelegenheit warten, sich auf die Seite dieser Aufwiegler zu schlagen. Ich warne diese Unruhestifter allerdings!" Der Bürgermeister zog die Augenbrauen hoch und seine Stimme wurde mit jedem Wort bedrohlicher. „Die aufrechten Bürger von Villingen werden sich zu verteidigen, sich gegen dieses Gesindel zu wehren wissen!"

„Seid nicht so verbittert!", mischte sich Herr Werner, der in der Nähe von Bürgermeister Stark stand, ein. „Noch sind die Bauern friedlich unterwegs. Sie lassen sich nichts zu Schulden kommen, stehlen nichts und bezahlen sogar, was sie in den Wirtshäusern essen und trinken."

„Sie lassen sich nichts zu Schulden kommen? Meint Ihr das allen Ernstes?", fuhr Herr Stark den Tuchhändler verständnislos an. „Ist es nicht genug, dass sie inzwischen unser ganzes Land aus den Angeln heben? Gerade Euch, Meister Jacobus Werner, hätte ich eine solche Bemerkung nicht zugetraut. Die Herren von Hüfingen sind bereits auf dem Weg in unsere Stadt, um bei uns Zuflucht zu suchen, weil sie sich beim Aufkreuzen der Bauern mit Recht bedroht fühlten."

„Euer Unmut trifft mich sehr, verehrter Herr Stark. Ihr tut so, als hätte ich eine Mitschuld an den Unruhen. Vielleicht könnte man mit friedlichen Mitteln zur Lösung des Problems beitragen und mit den Bauern reden."

Kopfschüttelnd drehte sich der Bürgermeister um und verschwand im Rathaus. Auch die anderen Leute zerstreuten sich und liefen davon.

„Hier in Villingen wird man kein Verständnis für die Bauern aufbringen", sprach Meister Jacobus auf dem Weg in die Webergasse. „Die meisten Stadtbewohner und besonders die Leute aus den besseren Kreisen kennen das erdrückende Schicksal der einfachen Menschen und die Fesseln der Leibeigenschaft nicht. Sie wollen es nicht wahrhaben und verschließen ihre Augen davor, weil es sich so viel angenehmer lebt."

„Und Ihr, kennt Ihr das Elend der Bauern und das der einfachen Leute auf dem Land, weil Ihr so viel Verständnis für sie aufbringt?", fragte Lucas verwundert.

„Ja, mein Junge, ich weiß, wovon ich rede." Meister Jacobus blieb stehen und sprach dann gedankenversunken weiter: „Ich bin mit meinen Geschwistern in einer armseligen Weberhütte aufgewachsen. Nicht selten gab es Tage, an denen mein Vater nicht wusste, wie er die Mäuler seiner Familie stopfen soll. Not und tiefste Armut sind mir also nicht fremd, Lucas. Das ist einer der Gründe, warum ich mich sehr gut in die Lage der Aufständischen versetzen kann und auch versuche, meine eigenen Untergebenen menschlich zu behandeln."

Kapitel 19

Als sie zurück im Kloster waren, schaute Linus sofort nach Johannes in der Krankenstation. Der Junge verspürte zwar noch leichte Schmerzen, konnte jedoch inzwischen sogar wieder lächeln. Das erfüllte nicht nur Linus mit Genugtuung und Stolz, sondern auch Pater Conrad lobte das Können und die einfühlsame Art, die Linus bei der Behandlung des Jungen bewiesen hatte.

„Es wäre schön, Meister Cramer, wenn Ihr Euch in den nächsten Wochen weiterhin um die Kranken kümmern würdet. Dann, so nehme ich an, wird unser Abt einen Mitbruder, der sich auf die Kunst des Heilens versteht, aus einem anderen Kloster hierher nach Villingen geholt haben. Hoffentlich ist das ebenfalls ein so fortschrittlicher Mann wie Ihr es seid."

Linus nahm das Angebot gerne an und Pater Conrad versprach, sich zuverlässig um eine warme Kammer und um reichliche Verköstigung zu kümmern.

Lucas war das recht, denn er wollte auf keinen Fall in diesen unsicheren Zeiten mit Linus durchs Land ziehen.

*

Wie am Vormittag abgesprochen fanden sich die drei Gäste abends am Haus von Meister Jacobus ein. Pater Conrad läutete die Torglocke und kurz darauf erschien Herr Werner.

„Ich bin eben erst aus der Zunftstube zurückgekehrt", erklärte er. „Mein Weib Margarethe sieht mich kaum mehr, weil ich so häufig unterwegs bin."

„Gibt es irgendwelche neuen Probleme?" Pater Conrad sah Meister Jacobus fragend an. „So häufig wie zur Zeit hattet Ihr doch früher dort nicht zu tun."

„Neue Probleme? Riesige Probleme kommen auf die Stadt Villingen, auf das Brigachtal und den ganzen Schwarzwald zu. Die Meldungen von immer neuen Unruhen überschlagen sich. Österreich will den Fürsten, den Landbesitzern und den verbündeten Städten zur Seite stehen. Es ist nur eine Frage der Zeit, so befürchte ich, bis es zu ersten blutigen Auseinandersetzungen kommt.

Außerdem sollen, Ihr habt es aus dem Munde des Bürgermeisters selbst vernommen, die Wachen an den Toren und Mauern verstärkt werden, und das ist Aufgabe der Zünfte."

„Das Feuer, das von den Aufständischen entfacht wurde, kann also nicht mehr gelöscht werden, oder?", wollte Pater Conrad weiter wissen. „Es breitet sich unaufhaltsam über das Land aus."

„Da kann ich Euch nicht beipflichten, Hochwürden!", mischte sich Meister Linus mit skeptischer Miene ein. „Nicht die Aufständischen sind die Brandstifter, sondern die Fürsten und, verzeiht mir, auch manche Männer aus der katholischen Kirche."

„Das will ich überhaupt nicht bestreiten!", erwiderte Pater Conrad. „Vieles liegt im Argen und schreit nach einer Reform. Nur frage ich mich, ob Gewalt der richtige Weg ist, um eine Veränderung herbeizuführen."

„Vielleicht kommt es ja doch noch zu einer friedlichen Einigung", bemerkte Meister Jacobus. „Man sollte mit den

Bauern reden, mit ihnen verhandeln! Wer weiß, womöglich spricht auch Kaiser Karl ein Machtwort und kann seine Fürsten und die Städte dazu bewegen, ihre Untergebenen endlich wie Menschen zu behandeln und wenigstens in einigen Punkten nachzugeben."

*

„Halt!", ertönte unvermutet eine Stimme aus der Dunkelheit, als die Männer gerade in die Färbergasse einbogen. „Wo wollt Ihr denn so spät am Abend noch hin? Na, redet schon!"

Drei Soldaten tauchten aus dem Schatten eines Gebäudes auf und zückten ihre Waffen. Einer hielt sogar den Lauf seines Vorderladers Linus direkt vor die Brust.

„Wir wollen in eine Schänke", erwiderte Herr Werner aufgebracht. „Was fällt Euch eigentlich ein, uns mit Waffen zu bedrohen? Ich bin Bürger dieser Stadt und gehöre der Zunft der Tucherer an. Ich werde mich über Euch und Euer niederträchtiges Benehmen beschweren."

„Ach, Ihr seid es, Meister Jacobus Werner!", antwortete einer der Uniformierten entschuldigend und zog sogar seine Kappe vom Kopf. „Das konnten wir doch nicht ahnen."

„Für den Tuchhändler gelten die Anordnungen unseres Bürgermeisters genauso wie für alle anderen Bürger unserer Stadt!", fuhr derjenige, der allem Anschein nach das Sagen hatte, seinen Kollegen an. „Ab sofort sollen wir jeden kontrollieren, der sich in der Dunkelheit noch auf den Straßen herumtreibt."

Meister Jacobus wollte sich diese herablassende Art nicht gefallen lassen, konnte sich gegen den sturen Wachmann aber nicht durchsetzen. Erst als jeder seinen Namen genannt hatte, durften sie ihren Weg zur Schänke fortsetzen.

*

„Gott zum Gruß, Meister Werner!“, rief der Wirt hinter der Theke. „Gut, dass wenigstens Ihr Euch nicht von den unzähligen Wachen einschüchtern lasst, die unentwegt die Stadt durchstreifen. Mehr und mehr meiner Gäste bleiben aus, weil sie sich nach Einbruch der Dunkelheit nicht mehr aus dem Haus trauen. Was für eine schreckliche Zeit, in der wir leben!“

Und tatsächlich, nur drei Männer befanden sich in der Schankstube des ansonsten bei den Bürgern Villingens so beliebten Wirtshauses.

Kaum hatten sich die neuen Gäste an einem etwas abgelegenen Tisch niedergelassen, drehten sich die Gespräche wieder um das gleiche Thema.

„Ihr seht, dass es mit einer friedlichen Lösung nicht gut bestellt ist, Meister Jacobus!“, fing Linus zu reden an. „Euer Bürgermeister und seine Berater machen sich durch ihr unbedachtes Verhalten nicht gerade Freunde in der Stadt.“

„Nein, allem Anschein nach nicht!“, bestätigte Pater Conrad. „Warum hört man nicht auf fortschrittliche Männer unserer Zeit wie Erasmus von Rotterdam, der vorgeschlagen hat, man solle ein Schiedsgericht einberufen.“

„Ihr kennt die Schriften von Erasmus?“, warf Linus erfreut ein. „Ich habe ihn gut gekannt aus der Zeit, als ich noch in Basel war. Ja, man sollte auf Männer wie Erasmus hören! Ein Schiedsgericht, das sich aus Bauern, Bürgern und Adeligen zusammensetzt, wäre ein erster vernünftiger Schritt in die richtige Richtung.“

Der Wirt stellte einen Krug Wein auf den Tisch und nahm die Bestellung der Speisen auf.

„Jede Menge schwer beladene Wagen sind heute bei Anbruch der Dunkelheit in der Stadt angekommen“, wusste er zu berichten. „Angeblich hatten sie Pulver, Waffen und Kanonen geladen. Alles wurde im Pulverturm verstaut. Außerdem hat man zusätzliche Wachen eingeteilt. Sie müssen in der Wachstube schlafen und dürfen nicht einmal nach Hause zu ihren Weibern und ihren Kindern."

„Hat der Bürgermeister etwa Angst oder weiß er mehr als wir?", bemerkte ein Mann an einem anderen Tisch. „Ein Freund erzählte mir, dass sie auch Unmengen Nahrungsmittel eingelagert haben, um auf alle Notfälle vorbereitet zu sein."

*

Die Tür zur Wirtsstube wurde grob aufgerissen und die drei Soldaten, die Meister Jacobus und seine Gäste in der Färbergasse kontrolliert hatten, betraten den Raum.

„Schluss für heute mit dem Gerede!", wies der Kommandeur die anwesenden Gäste an. „Ihr werdet jetzt auf der Stelle nach Hause gehen, und zwar schnell!"

„Wenn der Wirt das Essen gebracht hat, werden wir es uns mit Genuss schmecken lassen", erwiderte Linus mit einem betont ironischen Grinsen. „Dann werden wir unsere Krüge leeren, die Zeche bezahlen und anschließend vielleicht nach Hause gehen." Urplötzlich wurde er laut und grimmig. „Wir sind keine Gefangenen, mit denen man umspringen kann, wie es Euch beliebt!"

Ein kurzes Handzeichen des Anführers genügte, dann eilten die drei Soldaten zum Tisch, zerrten Linus von der Bank und schleppten ihn nach draußen. Dort versetzten sie ihm einen so kräftigen Stoß, dass er sich nicht mehr abfangen konnte, einige Schritte nach hinten torkelte und längs auf dem harten Steinpflaster aufschlug.

„Ihr seid keine Menschen, sondern Bestien und Dreckskerle!", stieß Linus hervor und zog damit erst recht die Wut der Wachen auf sich.

Sie traten nach ihm und prügelten mit Fäusten auf ihn ein. Linus hätte am liebsten laut aufgeschrien, doch er biss die Zähne zusammen. Diesen Triumph gönnte er den überheblichen Stadtknechten nicht. Linus gab sich außerdem noch nicht geschlagen.

„Ihr seid . . .", setzte er erneut an, doch Lucas, der mit Meister Jacobus und Pater Conrad ebenfalls aus der Schänke geeilt war, erstickte die restlichen Worte mit seiner Hand.

„Seid doch still, Meister Linus, Ihr könnt gegen sie nichts ausrichten!" Der Junge redete beschwörend auf Meister Linus ein, während der Tuchhändler und der Franziskanermönch zu tun hatten, die Soldaten an weiteren Attacken zu hindern.

*

Erst als die Uniformierten glücklicherweise ihren Rundgang fortsetzten, nahm Lucas die Hand vom Mund seines Meisters.

„Hilf mir auf die Beine!", forderte der den Jungen mit bebender Stimme auf. „Ich schaffe es nicht allein."

Meister Jacobus eilte herbei und stützte Linus, weil dieser kaum stehen konnte und beinahe wieder zu Boden gesackt wäre.

„Ich kann mit meinem rechten Bein nicht auftreten", klagte er. „Jetzt seid Ihr an der Reihe und müsst mir helfen, Herr Werner! Diese verfluchten Menschenschinder!"

Mit vereinten Kräften schleppten sie Linus zurück zum Kloster. Der Knöchel am rechten Fuß war dick geschwollen und sofort gab Linus dem Jungen verschiedene Anweisungen, was er gegen die Verstauchung unternehmen soll.

„Wie kann man gegen Gewalt sein, wenn nichts als Gewalt gegen die kleinen Leute eingesetzt wird", fauchte Linus. „Eines Tages wird es sich bitter rächen, davon bin ich fest überzeugt."

Zwei harte Tage hatte Lucas zu überstehen, weil Meister

Linus sein Lager nicht verlassen konnte und all seinen Unmut darüber an dem Jungen ausließ. Soweit es möglich war, hielt sich Lucas deshalb nicht in der Kammer bei Linus auf, sondern bot sich überall im Kloster als Helfer an, um dem unleidlichen Meister nach Möglichkeit zu entfliehen.

Er durfte dem Bibliothekar zur Hand gehen, in der Küche aushelfen und auch Pater Conrad nahm Lucas Angebot, in der Krankenstube behilflich zu sein, gerne in Anspruch.

Linus wurde mit einigen Büchern aus der Klosterbibliothek versorgt und zeigte sich zur Erleichterung aller etwas ausgeglichener. Und als ihm dann sogar jemand einen Krankenbesuch abstattete, wandelte sich seine Stimmung grundlegend.

„Johannes, du bist ja schon wieder auf den Beinen“, empfing Linus den Jungen. „Jetzt bist du sicherlich froh, dass du alles gut überstanden hast, wie?“

„Ich bin *Euch* vor allem dankbar, dass ich meinen Arm bald wieder bewegen kann und ihn nicht ganz verloren habe“, erwiderte Johannes und bewegte seinen verbundenen Arm leicht.

„Und wenn auch *mein* Haxen wieder normal ist und ich auf den Beinen bin, dann werden wir den Verband abnehmen“, machte Linus dem Jungen Mut. „Dann kannst du wieder nach Hause.“

„Das geht nicht, weil ich keine Eltern mehr habe!“, raunte der Junge stockend. „Vielleicht darf ich hier im Kloster bleiben, hat Pater Severin angedeutet. Hoffentlich klappt es!“

Kapitel 20

Linus hatte sich mit Lucas wieder einmal auf den Markt begeben und seinen Stand aufgebaut. Ab und zu musste Linus das tun, um sich etwas Abwechslung zu verschaffen und an die neuesten Nachrichten zu kommen. Außerdem war er für jeden Verdienst dankbar, weil er nicht ahnen konnte, was die Zukunft für ihn und seinen Begleiter Lucas bereit hielt.

Die Neuigkeiten, die in den letzten Tagen wie eine begehrte Ware gehandelt wurden, waren recht erfreulich.

Die österreichische Regierung schickte den Aufständischen Mitte Oktober Soldaten entgegen und die Bauern zogen sich daraufhin in eine befestigte Stellung bei Ettingen zurück. Hans Jakob von Landau, der Anführer des österreichischen Heeres, wagte es nicht, die zahlenmäßig weit überlegenen Bauernhaufen anzugreifen.

Einige Bauernführer erschienen kurz darauf in Villingen und boten der Stadt Verhandlungen an. Bereitwillig ging der Rat auf das Angebot ein und so fanden tatsächlich Gespräche zwischen der Stadt und den Bauern statt.

Schnell erwiesen sich die Hoffnungen auf eine friedliche Beilegung des Konflikts jedoch als Trugschluss, denn noch während der Verhandlungen flammten die Unruhen in unmittelbarer Nähe der Stadt erneut auf.

*

„Schön Euch wieder einmal zu sehen, Meister Cramer", begrüßte Herr Werner Linus. „Ich komme gerade aus dem Rathaus. Stellt Euch vor, die Bauernführer haben sich Mitte November in einer Mühle bei Klengen getroffen und ihre Forderungen zu Papier gebracht."

„Was versprechen sie sich davon? Welchen Sinn macht das?"

„Sie haben dem Rat der Stadt eine Abschrift zukommen lassen. Schwarz auf Weiß haben wir jetzt auf dem Tisch liegen, was sie genau wollen."

„Na sagt schon!", bedrängte Linus den Tuchhändler. „Was fordern sie?"

Herr Werner drehte sich um und versicherte sich, dass keine unliebsamen Mithörer in der Nähe waren.

„Ich darf Euch das eigentlich nicht sagen", druckste er herum. „Sicherlich wäre das dem Bürgermeister nicht recht."

„Was soll die Geheimniskrämerei?", beschwor Linus Herrn Werner. „In Kürze muss der Stadtrat sowieso die Bürger von Villingen damit vertraut machen."

„Das meiste davon ist Euch bereits bekannt, Meister Cramer. Die Bauern wollen jagen und fischen und auch das Tragen von Waffen soll ihnen erlaubt sein. Dann wollen sie die vielen Dienste, die sie für ihre Herren leisten müssen, nicht länger auf sich nehmen. Sie prangern an, dass etliche Steuern und Abgaben zu Unrecht erhoben werden."

„Und, was sagen Eure Zunftkollegen und die Herren der Stadt dazu?"

„Wir sind uns nicht einig, möchten einige Vertreter der Bauern aber trotzdem Ende November in die Stadt beordern, um ihnen eine Antwort zu geben", führte Meister Jacobus aus. „Ich bin selbst gespannt, ob etwas dabei herauskommt."

„Wie sieht es eigentlich in der Gegend von Freiburg aus?

Wie verlaufen die Auseinandersetzungen dort? Vermutlich ist der Rat von Villingen doch bestens über alle Vorgänge informiert und schickt seine Beobachter als Händler und Handwerker getarnt durchs Land."

„Vor Euch kann man wohl gar nichts geheim halten, wie?", flüsterte Jacobus Linus ins Ohr: „Seit Wochen wird das Kloster St. Blasien von Bauern belagert und bedroht. Wer hätte jemals damit gerechnet, dass sich die Wut der Aufständischen vor allem gegen die Klöster und gegen die Kirche richtet.

Verzeiht mir, dass ich unsere Unterhaltung unterbrechen muss." Herr Werner warf einen Blick auf die Münsteruhr. „Ich stehe hier bei Euch und vertue die Zeit, wo ich doch eine Verabredung in meinem Kontor habe."

Mit einem freundlichen Winken eilte er davon.

Die Geschäfte auf dem Markt liefen für Meister Linus recht zufriedenstellend. Besonders seine Heilkräuter waren an diesem Tag gefragt. Einigen Gesprächen konnte Linus entnehmen, dass die Leute sich große Sorgen um die weitere Zukunft machten und vorsorglich mit den wichtigsten Dingen eindeckten, wozu glücklicherweise auch die Kräuter von Linus gehörten.

*

Mit Spannung wurde in Villingen der 25. November erwartet, denn für diesen Tag hatten der Rat der Stadt und die Bauerndelegation ihr Treffen vereinbart. Fünfundzwanzig Männer erschienen vor der Stadt und liefen von dort aus in Richtung Rathaus. Ein erstaunliches Selbstbewusstsein, das man ihnen bisher niemals zugetraut hatte, strahlten die Bauernführer aus.

Die Stadtherren, die die Abgesandten nach den Verhandlungen bis zum Stadttor begleiteten, machten einen zufriedenen und hoffnungsvollen Eindruck.

Wie sich herausstellte, trauten die Aufständischen den Zusagen der Stadtväter jedoch nicht. Schon kurz darauf suchten sie die Untertanen aus Dürrheim und Hochemmingen für ihren Aufstand zu gewinnen. Auch in Trossingen und Tuningen warben sie mit großem Erfolg neue Leute an. Den Wirt Oswald Meder aus Rietheim wählten die Brigachtaler zu ihrem Anführer.

Anfang Dezember belagerten die Bauern das Städtchen Hüfingen. Die Stadtherren von Villingen sahen sich daraufhin zum Handeln gezwungen. Sechshundert schwer bewaffnete Männer wurden entsandt. Die Bauern konnten sich allerdings durch Flucht rechtzeitig in Sicherheit bringen.

Mehr und mehr Villinger Ratsmitglieder sprachen sich für ein hartes Durchgreifen aus. Als die Bauern in Donaueschingen lagerten, schickte man erneut eine schlagkräftige Truppe los.

Bereits am Abend kehrten die Soldaten aus Donaueschingen zurück. Man konnte ihnen schon von weitem anmerken, dass sie sich erfolgreich gegen die Bauern behauptet hatten. Einige von ihnen liefen grölend und äußerst ausgelassen die Niedere Straße entlang zum Münsterplatz. Ganze Bierfässer rollten sie aus den Wirtshäusern und prosteten sich mit den Krügen zu.

„Denen haben wir es gezeigt!“, plärrte einer in die Menge. „Die Bauerntölpel sind gerannt wie die Hasen.“

„Aber“, fügte ein anderer hinzu, „wir haben einige von ihnen erwischt und auf der Stelle abgeschlachtet.“

Erneut erfüllte ein widerwärtiges und schadenfrohes Gejohle den Münsterplatz.

Nicht alle Rückkehrer beteiligten sich an den Feierlichkeiten, sondern ein Großteil lief betroffen und nachdenklich nach Hause.

„Habt Ihr tatsächlich einige von ihnen erstochen?“, fragte

Linus, der sich mit Lucas ebenfalls auf den Marktplatz begeben hatte, einen der Männer.

„Natürlich!“, bestätigte dieser mit einer Selbstverständlichkeit. „Sie haben gehofft durch die Brigach zu entkommen. Wir sind ihnen aber gefolgt. Und weil sie sich nicht freiwillig ergeben haben, mussten wir ihnen die Kehlen durchschneiden.“

„Und darauf seid Ihr auch noch stolz, wie?“, erwiderte Linus in seiner offenen und direkten Art.

„Hör sich einer das an!“, brüllte der Mann, so dass sich seine Stimme fast überschlug. „Wir halten für Villingen unseren Schädel hin und hier muss man sich dann so freche und aufrührerische Reden anhören.“

„Wachen! Wo sind denn die Stadtwachen?“, schrie er und wollte Linus am Arm festhalten. Der konnte sich glücklicherweise losreißen und hetzte so schnell ihn seine Beine trugen davon.

Auch Lucas zog sich unauffällig zurück und hastete dann zum Franziskanerkloster, wo Linus zur Erleichterung des Jungen bereits eingetroffen war.

„Ihr seid eine ehrliche Seele“, ermahnte Pater Conrad Meister Linus, „doch es ist nicht immer schlau jeden Gedanken auszusprechen. Oder wollt auch Ihr im Gefängnis landen? Ihr könnt die toten Bauern nicht wieder lebendig machen.“

Linus wollte etwas entgegnen, zog es dann aber doch vor, sich durch ein Nicken der Meinung des Franziskanerpaters anzuschließen.

*

„Gut, dass Ihr zurück seid, Linus!“, kam Pater Conrad schnell auf etwas anderes zu sprechen. „Sie haben vorhin einen Mann mit schweren Verletzungen hierher gebracht. Ich habe ihn hinauf ins Krankenzimmer bringen lassen. Kommt sofort mit und schaut ihn Euch an! Es steht nicht gut um diesen armen Kerl."

Meister Jacobus trat in diesem Moment in den Hof.

„Habt Ihr gehört, was in Donaueschingen passiert ist? Ab jetzt werden keine Verhandlungen mehr geführt, sondern man tauscht die Meinungen mit Gewehren und mit Messern, mit Knüppeln und Mistgabeln aus."

„Im Augenblick fehlt mir die Zeit, um mich weiter mit solchen Fragen zu beschäftigen", verkündete Linus. „Ein Schwerverletzter wartet auf mich. Kommt mit, vielleicht brauche ich Eure Hilfe!"

Linus eilte in die Krankenstation und die anderen folgten ihm.

Der Mann, an dessen Bett Linus kurz darauf stand, hatte wirklich schwerste Verbrennungen. Er brabbelte unverständliches Zeug vor sich hin und reagierte nicht auf die Fragen von Linus. Vorsichtig zog er ihm das Gewand aus und musste auch hier mit Bestürzung feststellen, dass große rot-schwarze Flecken seinen gesamten Oberkörper bedeckten.

„Ich brauche dringend frische Leinentücher, um den Mann verbinden zu können. Holt mir welche! Schnell!", wandte sich Linus an Pater Conrad.

„Ich habe keine sauberen. Sie müssen erst in der Brigach gewaschen werden. Niemand wagt sich zur Zeit an den Fluss, weil es zu gefährlich ist."

Linus überlegte.

„Das ist kein Problem, ich bin schließlich Tuchhändler und werde Euch einige Laken aus meinem Haus holen", bot sich Meister Jacobus an und war schon im Begriff zu gehen.

„Nein, Ihr braucht nicht heim zu laufen!", hielt ihn Linus zurück. „Ich schicke Lucas in die Webergasse."

„Sage Barbara, meiner Magd, Bescheid!", gab Herr Werner dem Jungen noch mit auf den Weg. „Im Lager steht eine

Kiste mit Leinen. Sie soll dir soviel mitgeben, wie du tragen kannst. Und sag ihr auch, sie soll die Haustür wieder sorgfältig hinter sich verriegeln! Hast du gehört, weil außer ihr sonst niemand im Haus ist! Jörg habe ich heute Nachmittag mit meinem Weib nach Rottweil geschickt. Sie wollte wieder einmal unseren Sohn Hans dort besuchen. Meine Gesellen und Lehrjungen sind auch nicht da. Also, achte darauf, dass Barbara die Tür ordentlich verriegelt!"

Kapitel 21

Es war bereits nahezu dunkel, deshalb hatte es Lucas besonders eilig. Er wollte keinen Wachen in die Hände laufen.

Als er das Anwesen in der Webergasse erreicht hatte, warf er das Hoftor erleichtert hinter sich ins Schloss. Er stand vor der Haustür und drückte die Klinke. Barbara hatte die Anweisungen ihres Herrn befolgt, die Tür war verschlossen.

„Barbara, mach auf!“, rief er und pochte mit der Faust einige Male ungeduldig gegen das Holz. „Barbara, Meister Jacobus schickt mich. Ich bin's, Lucas. Im Franziskanerkloster brauchen wir einige Tücher. Mach schnell auf!“

Lucas trat einen Schritt zurück, um die Fenster zum Hof besser im Auge behalten zu können. Noch mehrmals rief er den Namen der Magd nach oben, doch niemand zeigte sich hinter den Scheiben oder zog gar einen Fensterflügel auf.

Mit Gewalt, aber erfolglos, versuchte er das Guckloch in der Haustür aufzuschieben.

Erneut machte sich Lucas durch Klopfen und Rufen lautstark bemerkbar, vergeblich wartete er jedoch auf ein Lebenszeichen aus dem Haus.

Stattdessen vernahm er das Hallen von Schritten aus der Webergasse. Fluchtartig rannte er die Steinstufen hinunter und suchte Schutz in einer dunklen Ecke hinter dem Haus. Zu seiner Erleichterung entfernten sich die Schritte.

„Ohne die Leinentücher darf ich nicht zurück ins Kloster kommen! Linus braucht sie, dringend! Verdammt noch mal! Was soll ich nur machen?“

Da es inzwischen vollkommen dunkel war und nur der Mond sein schwaches Licht in den Hof warf, fiel es dem Jungen schwer, sich zurechtzufinden. Sein Blick durchstreifte suchend die nähere Umgebung. Gott sei Dank entdeckte er einen zweiten Zugang zum Haus, und als er die Klinke vorsichtig nach unten drückte und schob, atmete er erleichtert auf, weil diese Tür nicht abgeschlossen war.

*

In völliger Finsternis tastete sich Lucas an der Wand entlang einige Schritte vorwärts und wollte gerade erneut nach Barbara rufen, als er ein zartes, weinerliches Jammern vernahm. Mucksmäuschenstill blieb er stehen und selbst das Atmen stellte er für einige Momente ein, um seinen Ohren kein Geräusch in der Umgebung entgehen zu lassen und unter keinen Umständen auf sich aufmerksam zu machen.

Wieder nahm er dieses schluchzende Klagen wahr und wollte schon kehrt machen, um möglichst schnell das Weite zu suchen.

„Lucas? Bist du es, Lucas?“, hörte er eine verunsicherte Mädchenstimme.

Er schluckte und war nicht gleich in der Lage eine Antwort zu geben, sondern wartete erst einen Moment ab.

„Barbara? Barbara?“, hauchte er dann.

Und als sie ihm antwortete, lief Lucas vorsichtig um sich tastend auf die Stimme zu. Unmittelbar nach dem ersten Berühren fiel ihm das Mädchen um den Hals und er konnte an seinem Ohr deutlich ihr winselndes Weinen ausmachen. Er spürte ihre warmen Tränen, die ihm am Hals entlang liefen und ein sanftes Kitzeln verursachten.

„Was ist mit dir los, Barbara?“ Lucas bemühte sich um einen festen und männlichen Tonfall. „Warum weinst du denn so sehr?“

„Sei still! Nicht so laut!“, raunte sie und lauschte für einen kurzen Moment in die Dunkelheit. „Ich habe mich verkrochen, weil irgendjemand in der Wohnstube von Meister Jacobus ist und sie durchstöbert.“

Lucas drückte Barbara an sich und legte beruhigend seine Arme um sie. Er spürte ihren weichen und weiblichen Körper an seiner Brust, ihr warmes und feuchtes Gesicht an seinem Hals.

Er kam sich schäbig und gemein vor, weil er diesen Moment geradezu genoss, obwohl er gegen dieses Gefühl anzukämpfen versuchte. Nur zögerlich löste er seinen Griff, zumal Barbara seine Nähe offensichtlich als wohltuend empfand und ihn wieder an sich zog.

*

„Und was sollen wir jetzt tun?“, fragte Lucas, bekam aber keine Antwort, weil im selben Augenblick jemand mit einer Fackel um die Ecke stürmte und Lucas sogleich mit einem Messer bedrohte.

„Hab ich mich also doch nicht verhört“, sprach ein Mann, der eine Lederkappe auf dem Kopf trug und sich ein Tuch über Nase und Mund gebunden hatte, so dass im Schein der Fackel nur noch seine Augen zu sehen waren. „Das ist Pech für euch! Ich dachte, es wäre niemand im Haus und ich könnte mich in aller Ruhe hier umsehen. Jacobus Werner ist doch ein vermögender Mann. Ihr könnt mir sicherlich sagen, wo er für gewöhnlich sein Geld aufbewahrt.“

„Ich bin erst ein paar Monate als Magd hier im Haus von Meister Jacobus.“ Barbara war völlig verschüchtert und klammerte sich erneut hilfesuchend an Lucas. „Ich, ich weiß nicht Bescheid!“

„Und ich wohne nicht hier, sondern soll einige Leinentücher holen, weil sie im Klosterspital benötigt werden“, fügte Lucas kleinlaut hinzu. „Bitte, wir brauchen das Leinen für einen Schwerverletzten! Wenn Ihr mich nicht gehen lasst, wird er vielleicht sterben.“

„Lasst euer dummes Geschwätz und zeigt mir sofort, wo der Meister seine Schätze versteckt hat!“, fauchte der Fremde unerbittlich und hielt die Fackel so nah an die Haare von Barbara, dass diese vor Entsetzen laut aufschrie.

„Na gut, wenn ihr nicht wollt, dann muss ich mich allein auf die Suche machen. Wo geht es zum Keller?“

Mit zitternder Hand deutete die Magd auf eine Falltür im Steinfußboden. „Hier!“

Im Schein seiner Fackel musterte er Barbara ausgiebig und meinte dann mit einem begehrlichen Schmunzeln:

„Wenn ich nicht fündig werde, dann reiße ich dir die Kleider vom Leib und hole mir meinen Lohn bei dir ab. Es wird ein Vergnügen werden!“

„Mach auf!“, fuhr er Lucas dann abrupt an und fuchtelte mit seinem Messer vor ihm herum. „Beweg dich!“

Am liebsten hätte Lucas dem widerwärtigen Kerl in diesem Moment seine Faust ins Gesicht geschmettert wegen der boshaften Bemerkung, doch er fügte sich der Gewalt und zog an dem Eisenring, um die schwere Eichentür zur Seite zu klappen.

„Ihr beide geht voraus!“, herrschte der Mann sie an und schubste Barbara vor sich her. „Steigt hinunter, schnell!“

Ohne Zögern kam Barbara seiner Aufforderung nach und als Lucas ihr nicht augenblicklich folgte, wurde der Kerl zornig.

„Meine Geduld ist gleich zu Ende, dann wird es euch schlecht ergehen!“ Er hielt die Fackel an einen Holzbalken und lachte spöttisch. „Ein kleines Feuer wird das Haus des Meisters im Nu verschlungen haben und auch von euch wird nur ein Häufchen Asche übrig bleiben."

Der Mann versetzte Lucas einen derben Fußtritt und trieb ihn die Kellertreppe hinunter. Barbara, die bereits am Ende der Stiege stand, musste ihn auffangen, sonst wäre Lucas gestürzt.

Krachend fiel die Tür hinter ihnen zu und sie waren von völliger Finsternis umgeben. Deutlich hörbar wurde der Riegel vorgeschoben.

*

Eine ganze Weile saßen sie wortlos nebeneinander.

„Wir kommen hier nicht raus!", bemerkte Barbara und schluchzte. „Es gibt kein Fenster im Keller, kein einziges."

„Und auch keinen anderen Ausgang?" Lucas tastete im Dunkeln nach Barbara, bis er ihre Haare fühlte. „Überleg genau! Bitte, Barbara!"

Er zog sie an sich und als er wieder tröstend seine Arme um sie legte, war er ihrem Gesicht so nahe, dass er ihren Atem spürte.

„Doch, du hast Recht, Lucas! Im Tuchlager, ich kann mich jetzt erinnern, dort befindet sich auch eine Tür im Boden. Sie muss, ja, sie muss ebenfalls herunter in den Keller führen."

Lucas überlegte. Bei seinen bisherigen Besuchen hier im Haus war ihm diese Tür nie aufgefallen.

„Wenn du es sagst, Barbara, dann wird es wohl so sein."

„Aber wir warten noch ein bisschen!", bettelte das Mädchen. „Wenn wir jetzt nach oben kommen, dann . . ."

Lucas hatte Verständnis für Barbara, auch er musste sich schließlich eingestehen Angst zu haben. Er bemühte sich aber nach Kräften, sich das nicht anmerken zu lassen und legte erneut beruhigend seinen Arm um das Mädchen. Sie nahm seine Nähe dankbar an und schmiegte sich an ihn.

„Wäre ich doch von Schwenningen nicht weggegangen!“, hauchte sie. „Hätte ich nur auf meinen Vater und meinen Bruder gehört!“

„Waren sie dagegen, dass du dich als Magd bei Meister Jacobus verdingst?“

„Meine Mutter ist vor fünf Jahren an der Pest gestorben und Vater wollte, dass ich daheim bleibe und ihm und meinem Bruder den Haushalt führe. Verstehst du, Lucas? Wir haben uns gestritten und ich bin dann einfach davongelaufen. Über Monate habe ich mich bei meinem Vater nicht gemeldet und erst vor einigen Wochen bin ich an einem Sonntag wieder einmal nach Schwenningen gelaufen und habe die beiden Männer besucht.“

„Und, wie haben sie reagiert, dein Vater und dein Bruder? Waren sie sehr böse?“

„Inzwischen sind sie froh, mich nicht mehr daheim auf dem Hof zu haben, weil sie sich den Bauern im Brigachtal angeschlossen haben.“ Barbara zog die Nase hoch. „Und deshalb mache ich mir Sorgen, unvorstellbare Sorgen, sie könnten auch unter den Männern gewesen sein, die von den Villingern niedergemacht wurden.“

*

Ein Poltern über ihnen ließ sie gleichzeitig zusammenzucken. Vor Schreck schlug Lucas dem Mädchen die Hand vor den Mund, als befürchte er, ihr könne ein unfreiwilliger Schrei entfahren. Eine ganze Weile wagten sich beide nicht zu bewegen und als Lucas dann doch aufstehen wollte, zog ihn Barbara zurück auf den Boden.

„Nein, bitte, bleib hier!“, flüsterte sie und küsste ihn auf die Wange. „Ich brauche dich, Lucas!“

„Ich lass dich nicht allein, Barbara!“, erwiderte er mannhaft und war froh, dass sie seine feuchten Augen nicht sehen konnte und das vor Angst rasende Herz nicht spürte, weil sie selbst viel zu aufgeregt war.

„Es ist aber unvernünftig, einfach hier hocken zu bleiben“, murmelte Lucas wenig später und eine unbändige Kraft stieg plötzlich in ihm auf. „Du weißt, dass dieser Dreckskerl gedroht hat, dich …“ Er verschluckte den Rest der Worte. „Wir müssen uns beeilen und zusehen, dass wir irgendwie heil herauskommen!“

„Glaubst du wirklich?“, entfuhr es Barbara voller Entsetzen.

„Komm, wir schaffen es! Wir dürfen jetzt nicht aufgeben!“

Eine ganze Weile krochen sie auf allen Vieren herum, nur auf das Gespür ihrer Hände vertrauend. Alle möglichen wundersamen Dinge betastete Lucas und konnte nicht immer eindeutig feststellen, um was es sich eigentlich handelte.

Aus Versehen stieß er auch einige Holzeimer um, die scheppernd davon rollten und beiden einen beispiellosen Schrekken versetzten.

„Barbara, komm! Hier könnte es sein!“, verkündete Lucas urplötzlich. „Ja, hier sind mehrere Holzstufen.“

Schritt für Schritt arbeitete sich Lucas behutsam die Stiege hinauf und stemmte sich dann mit dem Rücken gegen die Bretter der Bodentür.

„Ja, wir sind richtig! Hier ist ein Zugang und die Klappe lässt sich auch bewegen, ist also von außen nicht verriegelt“, flüsterte Lucas in die Tiefe. „Komm her Barbara und gib mir deine Hand!“

Als sie ihn endlich im Dunkeln erspürt hatte, hielt sich das Mädchen verkrampft am Gewand von Lucas fest. Der hob die Tür vorsichtig mit dem Rücken an und hielt sie so weit auf, dass beide herauskriechen konnten.

Sie waren unglaublich erleichtert, sich wieder sehen und

im Raum orientieren zu können. Das fahle Mondlicht, das durch die Fenster in das Tuchlager fiel, reichte dazu aus.

Sie verloren keine Zeit, sondern schlichen sich sofort hinaus in den Flur. Barbara rannte die letzten Schritte auf Zehenspitzen, zog den Riegel an der Haustüre möglichst geräuschlos beiseite und öffnete die schwere Eichentür.

„Komm Lucas, mach schnell!"

Schon hasteten sie verstohlen die Stufen hinab in den Hof und hinaus auf die Gasse. Lucas fasste Barbaras Hand und zog das Mädchen hinter sich her zum Kloster.

*

„Wo hast du dich denn herumgetrieben?", schrie Linus den Jungen erbost an, als er ihn erblickte. „Ich brauche die Tücher. Wo sind sie?"

„Jemand ist im Haus von Meister Jacobus und ...", stotterte Barbara und musste erst einige Male tief durchatmen, bevor es ihr möglich war weiterzusprechen. „Er durchwühlt alles nach Wertsachen."

„Jacobus, wo seid Ihr denn?", krakeelte Linus über den Hof, doch der Tuchhändler gab keine Antwort.

„Er muss hier sein!", bemerkte Linus und fuchtelte nervös in der Luft herum. „Vor wenigen Augenblicken habe ich ihn selbst noch gesehen."

Lucas und Barbara liefen über den Hof, schoben die nächstbeste Tür auf und eilten weiter. Plötzlich standen sie im Kreuzgang des Klosters.

„Was habt ihr hier zu suchen?", fuhr sie jemand von hinten aufgebracht an. „Nur die Klostergemeinde hat Zutritt zum Kreuzgang. Verschwindet, sonst werde ich den Abt rufen!"

Barbara und Lucas drehten sich um und erblickten einen Mönch, der auf sie zustürzte.

„Wir suchen Meister Jacobus", stotterte Lucas. „Es ist dringend, wirklich, ganz dringend!“ Der Mönch deutete auf eine Tür.

„Er betet in unserer Kapelle.“

Sie rissen die Tür auf, durchquerten einen Raum und standen in der Kapelle. Im Gebet versunken kniete Meister Jacobus vor der Statue der Heiligen Jungfrau Maria und murmelte andächtig ein „Ave Maria“.

Nachdem er die beiden jungen Leute bemerkt hatte, schüttelte er zweimal kurz den Kopf und wischte sich über die Augen, so, als könne er seinen Sinnen nicht trauen.

„Was wollt *ihr* denn?“, blaffte er sie gereizt an. „Wir sind in einem Gotteshaus und da gehört es . . .“

Barbara nahm den Tadel mit unbewegter Miene hin.

„Macht schnell, Herr! Ein Einbrecher, ein Einbrecher durchwühlt Euer Haus!“, drängte sie.

Hals über Kopf sprang der Tuchhändler aus der Bank und rannte aus der Klosterkapelle zu Linus in die Krankenstube. Barbara und Lucas folgten ihm. Mit Messern und Knüppeln bewaffnet machten sich alle Vier sogleich auf den Weg in die Webergasse.

„Ihr wartet hier!“, sprach Linus in strengem Ton zu Lucas und Barbara. „Jacobus, Ihr kommt mit hinein!“

Linus schob zögerlich die Haustür auf, warf prüfend einen Blick ins Innere und trat dann zusammen mit dem Hausbesitzer vorsichtig in den Flur.

*

Erschrocken fuhren alle zusammen, als sich aus heiterem Himmel ein Schatten auf Linus stürzte und ihm ein Messer in den Körper rammen wollte. Meister Jacobus reagierte blitzschnell, sprang schützend vor Linus und hielt dem Angreifer mit gestrecktem Arm seinen Dolch entgegen. Der Mann konnte nicht mehr ausweichen und das Messer bohrte sich tief in seine Brust. Langsam senkte sich der Arm des Getroffenen und sein Messer glitt ihm aus der Hand. Dann knickten seine Beine ein und er sackte plump zu Boden.

„Sagt es . . . meinem Weib nicht, Meister . . .!“, stammelte er kaum vernehmbar und bot dabei seine letzten Kräfte auf. „Ich, ich . . .“ Nach einem kurzen Zucken starrten seine Augen leblos ins Nichts.

Linus beugte sich sofort über den vermummten Mann und versuchte am Hals dessen Puls zu erfühlen.

„Er hat sein Verbrechen mit dem Leben bezahlt“, stellte er beklommen fest. „Möge Gott trotzdem seiner Seele gnädig sein!“

Meister Jacobus lief in die Küche, entzündete eine Pechfackel und kehrte in den Flur zurück. Dann zog er dem Toten das Tuch vom Gesicht und stierte ihn ungläubig an.

„Barthel! Das ist Barthel! Er war im letzten Jahr noch Geselle bei mir. Weil er mich bestehlen wollte, musste ich ihn allerdings entlassen.“

„Es mag hart klingen, doch er ist an seinem Unglück selbst schuld“, sprach Linus. „Er wollte die Verwirrung in der Stadt nutzen, um sich zu bereichern. Das ist der Lohn, den er sich selbst eingehandelt hat.“

Von den anderen unbemerkt zog Barbara Lucas an sich, legte ihre Arme um seinen Hals und küsste ihn flüchtig auf den Mund.

„Danke, Lucas!“, hauchte sie ihm liebevoll ins Ohr. „Das werde ich dir niemals vergessen.“

Der Junge hielt den Atem an und schloss vor Glück die Augen. Noch eine ganze Weile spürte er die weichen und so zärtlichen Lippen des Mädchens auf den seinen, obwohl Barbara längst im Haus verschwunden war.

Kapitel 22

Das unbeschreibliche Glücksgefühl, das Lucas seit der Begegnung mit Barbara verspürte und das ihn in der folgenden Nacht stundenlang auf seinem Lager wach hielt, sollte am nächsten Tag abrupt durch ein neues Ereignis verdrängt werden.

Wie immer hatte er mit Linus den Markt aufgesucht und seinen Meister nach Kräften beim Verkauf der Heilkräuter unterstützt, während der sich um die Kranken kümmerte, die ihn um Hilfe baten.

Ein einfach gekleideter Mann Mitte zwanzig trieb sich bereits einige Zeit in der Nähe des Standes herum und Lucas hatte den Eindruck, der Mann habe Angst, sich Meister Linus anzuvertrauen. Erst in dem Moment, als sich gerade kein Marktbesucher und kein Patient am Karren aufhielt, blickte sich der Fremde einige Male um und kam auf Linus zu.

„Mein Herr, ich muss Euch in einer sehr persönlichen Angelegenheit sprechen!“ Der Bursch wirkte völlig verunsichert und flüsterte übertrieben leise. „Ich brauche dringend Eure Hilfe.“

„Könnt Ihr nicht lauter sprechen!“, äffte ihn Linus ebenso leise nach.

„Mir ist nicht zum Scherzen zumute. Mein Anliegen ist

sehr ernst und ich muss Euch deshalb um absolute Verschwiegenheit bitten."

„Macht Euch darüber keine Gedanken!", erwiderte Linus. „Seid Ihr oder jemand von Eurer Familie schwer krank? Vertraut mir doch!"

Der Fremde antwortete nicht gleich, sondern bedachte Linus und Lucas mit einem beschwörenden Blick.

„Ich möchte Euer Ehrenwort!", forderte er dann.

„Ihr könnt Euch darauf verlassen!", versicherte Linus erneut. „Sagt endlich, was ich für Euch tun kann!"

Als ein Kunde an den Stand kam und sich für die getrockneten Kräuter interessierte, trat der Mann zur Seite und tat so, als würde auch er sich gerade welche davon aussuchen. Erst als er mit Linus und Lucas wieder allein war, setzte er seine Rede fort.

„Wir haben drei Schwerverletzte draußen vor der Stadt. Wäre es Euch möglich . . ."

„Bauern, verletzte Bauern, nicht wahr?", warf Linus ein und zog die Augenbrauen hoch.

Der Mann nickte flüchtig und ließ sich keine Regung im Gesicht von Linus entgehen. Sicherlich hatte er Bedenken, der Wundarzt würde sich nicht an sein Wort halten und die Stadtwachen herbeirufen.

„Wenn Ihr die Verletzten nicht behandelt, dann werden sie sterben", redete der Mann weiter. „Sie haben dieses Schicksal nicht verdient. Ohne selbst Gewalt anzuwenden, wurden sie bei dem Überfall der Villinger niedergestochen."

Linus hatte mit sich und seiner Entscheidung zu kämpfen. Etliche Male lief er vor dem Stand unruhig hin und her und überlegte.

„Und woher weiß ich, ob ich Euch wirklich trauen kann und Ihr nicht nur versucht, mich in eine Falle zu locken?", wandte er sich dann an den Fremden. „Ich kenne Euch schließlich nicht und weiß nichts von Euch."

„Ich selbst habe mein Leben aufs Spiel gesetzt und mich heute Morgen in die Stadt gewagt“, wies er die Bedenken von Linus zurück. „Es geht um das Leben von drei Männern, auch mein Vater gehört dazu. Was wäre ich für ein Dreckskerl, ein falscher Christenmensch, wenn ich Euch auf so hinterhältige Art zu betrügen versuchte?“

„Wohin soll ich kommen? Wann kann ich Euch treffen?“ Linus hatte eine Entscheidung gefällt.

„Ich warte heute Nachmittag um die vierte Stunde auf Euch in Schwenningen. Am Kircheneingang, dort werdet Ihr mich finden.“

*

Rechtzeitig nach dem Mittagsmahl fuhren Linus und Lucas mit dem Pferdekarren in die Webergasse. Wie gewöhnlich hielt sich Meister Jacobus im Kontor auf. Er hatte ein Rechenbrett vor sich liegen und schob verschiedenfarbige Rechensteine hin und her.

„Welch ein Glück, dass Adam Riese diese Erfindung gemacht hat!“, begrüßte der Tuchhändler die beiden Besucher. „In einem fortschrittlichen Betrieb kann man auf solch moderne Errungenschaften nicht mehr verzichten.“

„Darf ich mir ein paar Tuchballen aus dem Lager holen?“, fragte Linus, ohne auf die Bemerkung von Meister Jacobus einzugehen. „Noch heute Abend bringe ich sie Euch wieder vorbei.“

Gerne hätte sich Lucas das Rechenbrett von Meister Jacobus erklären lassen und in Erfahrung gebracht, wie es eigentlich funktionierte, dazu fehlte jetzt aber die Zeit und der Junge hätte sich mit Sicherheit umgehend eine Rüge von Linus eingehandelt.

„Habt Ihr es Euch endlich überlegt und wollt jetzt auch in den Tuchhandel einsteigen, wie?“, lachte Jacobus und erhob sich von seinem Schemel. „Oder was habt Ihr damit vor?“

„Wir müssen für einige Stunden die Stadt verlassen und das möglichst unauffällig. Ihr wisst selbst, mit welchem Argwohn die Männer an den Stadttoren zur Zeit herauszufinden versuchen, was man außerhalb Villingens zu suchen hat. Wenn mich einer der Soldaten fragt, dann werde ich ihm mitteilen, dass ich zusammen mit Lucas in Eurem Auftrag nach Tuttlingen unterwegs bin. Habt Ihr verstanden? Lucas und ich bringen die Stoffballen zu einem Händler nach Tuttlingen.“

„Aber . . .“

„Fragt nicht weiter!“, unterbrach ihn Linus. „Es ist besser, Ihr wisst in diesem Fall die Wahrheit nicht. Heute Abend bringen wir das Tuch zurück.“

Erstaunlich schnell gab sich Jacobus mit dieser Antwort zufrieden und nickte.

„Natürlich vertraue ich Euch, Meister Linus, und nehme an, Ihr wisst, was Ihr tut. Passt auf Euch auf und bringt Euch nicht in Gefahr!“

Der Junge führte den Braunen vor das Tuchlager. Linus rollte einige Ballen auf und versteckte verschiedene Leinenbeutel darin, bevor die schweren Stoffrollen auf dem Wagen verstaut wurden.

*

Als die Münsteruhr die dritte Stunde schlug, reihten sich die beiden in die lange Schlange der Wartenden am Bickentor ein. Je näher sie den Kontrolleuren kamen, desto aufgeregter wurde Lucas. Immer wieder wischte er sich die feuchten Handflächen an seinem Gewand ab und selbst seinem Meister merkte der Junge deutlich an, wie sehr auch der mit seiner Nervosität zu kämpfen hatte.

„Wohin wollt Ihr und was befindet sich unter dem Wachstuch?“, erkundigte sich ein Wachmann, als die anderen Wagen abgefertigt waren.

Wie mit dem Tuchhändler Jacobus abgesprochen, gab Linus freundlich Auskunft. Die Ladung wurde gründlich untersucht und schon kurz darauf steuerte Meister Cramer das Gefährt über die Brücke der Brigach, die im Osten der Stadt, nur wenige Schritte von der Mauer entfernt, vorüberfloss.

„Gott steh uns bei, dass alles so glimpflich abläuft!“, murmelte Lucas erleichtert und Linus stimmte ihm mit einem kurzen Brummen zu.

Es war nicht weit bis zu dem kleinen Dorf Schwenningen. Viel zu früh hatten sie den vereinbarten Treffpunkt an der Kirche erreicht. Anstatt zu warten und die Blicke der Leute unnötigerweise auf sich zu ziehen, fuhren sie durch einige Gassen und kehrten erst Punkt vier Uhr wieder an den Kirchplatz zurück.

Lucas erkannte sofort den Mann, der sie am Morgen in Villingen aufgesucht hatte.

„Dort drüben steht er!“, flüsterte er Linus zu.

Mit einem unauffälligen Wink gab der Fremde ihnen zu verstehen, ihm zu folgen. Langsam und in gebührendem Abstand lenkte Meister Linus den Wagen hinter dem Mann her.

Ein Hoftor wurde plötzlich und in großer Hast aufgeschoben und ein Mann machte den Ankommenden mit einer flüchtigen Handbewegung deutlich, den Wagen ins Innere des Hofes zu fahren. Kaum war der Karren hineingerollt, wurde das Tor wieder geschlossen, um den Hofraum vor neugierigen Blicken zu schützen.

„Ich bin unglaublich erleichtert, dass Ihr Euer Versprechen wahr gemacht habt!“, murmelte der junge Mann. „Für einen Verletzten kommt allerdings jede Hilfe zu spät. Er ist gegen Mittag an seiner Wunde verstorben.“

„Dann lasst uns keine Zeit verlieren, wo sind die beiden anderen?“, trieb ihn Linus an.

Der Mann zeigte auf das Scheunentor.

Meister Cramer stieg auf den Wagen, rollte eine Tuchbahn auf und entnahm die versteckten Leinenbeutel, in denen er kleine Fläschchen mit Medizin, Messer, Zangen, Pinzetten und vieles mehr verborgen hatte.

„Wie heißt Ihr überhaupt?“, fragte Linus ganz nebenbei.

„Ich bin Clemens!“

„Und Euer Vater, ist *er* wenigstens noch am Leben?“, wollte Linus weiter wissen.

„Das schon, aber es sieht nicht gut mit ihm aus, wenn ich mir ein solches Urteil überhaupt zutrauen kann.“

Eine bedrückende Ahnung stieg in Lucas auf. Hatte ihm Barbara nicht von ihrem Vater und ihrem Bruder berichtet? War es möglich, dass Clemens Barbaras Bruder war und einer der Verletzten ihr Vater? Am liebsten hätte er auf der Stelle diese Fragen geklärt, doch es schien ihm ratsamer, seinen Verdacht erst einmal für sich zu behalten.

*

„Ihr bleibt hier im Hof, Clemens!“, teilte Linus mit. „Sollte irgendetwas Unvorhergesehenes eintreten und Gefahr in Verzug sein, dann schreit so laut Ihr könnt. Tut so, als würdest Ihr an starken Zahnschmerzen leiden! Verstanden?“

Schon stürmte Linus mit weitausgreifenden Schritten in die Scheune, wo die beiden Verwundeten auf einem Strohlager ruhten.

„Wo seid Ihr verletzt?“, fragte er.

„Das Messer hat meine Schulter durchbohrt“, antwortete einer der beiden und schlug sein Gewand zur Seite, um Linus die Möglichkeit zu geben, die Wunde zu betrachten.

„Ihr braucht keine Bedenken zu haben!“, erklärte Linus nach seiner Untersuchung. „Die Wunde ist nicht entzündet und wird meiner Meinung nach schnell heilen. Trotzdem werde ich beruhigende Kräuter auflegen und einen Verband anbringen. Ihr solltet den Arm einige Tage nicht bewegen!"

Dann drehte sich Linus dem zweiten Patienten zu.

„Ihn hat es schlimmer, weitaus schlimmer erwischt!", murmelte Meister Linus. „Der arme Kerl hat zu kämpfen bei Bewusstsein zu bleiben."

Er rüttelte ihn leicht an der Schulter.

„Könnt Ihr mich hören? Versteht Ihr mich?", schrie ihn Linus geradezu an.

Für einen kurzen Moment öffnete der Angesprochene halb seine trüben Augen und warf Linus einen leeren Blick zu, dann fielen ihm die Lider erneut wie von selbst zu.

„Das ist Bauer Mehler. Ihm hat man ein Messer in die Brust gerammt", half der andere Mann Linus weiter.

Sofort nahm Meister Cramer ein scharfes Messer zur Hand und trennte damit das Gewand am Oberkörper auf.

„Es ist zu spät! Verdammt noch mal, ich komme zu spät!", schimpfte Linus, als müsse er sich das zum Vorwurf machen.

Trotzdem tupfte er umgehend den stinkenden gelbbraunen Eiter von der Wunde und tröpfelte aus einem Fläschchen Kamillesud darauf.

„Wo ist Clemens, wo ist Barbara?", hauchte der Mann und Lucas hatte nun die absolute Gewissheit, dass der Mann, der vor ihnen lag und um sein Leben kämpfte, Barbaras Vater sein musste.

Schon wenige Augenblicke später ging ein fast unmerkliches Zucken durch den Körper des Mannes und er muckste sich nicht mehr, was Linus in unbeschreibliche Hektik versetzte. Er fühlte an verschiedenen Stellen den Puls des Schwerverletzten und legte sein Ohr auf dessen Brustkorb.

„Der Mann hat den Kampf verloren. Er ist tot!"

Linus zog das fleckige Leinentuch über das Gesicht des Verstorbenen.

Ohne weitere Worte zu verlieren kümmerte er sich um den anderen Patienten, behandelte die Wunde wie angekündigt und legte ihm einen Verband an.

„Ich lasse Euch ein Säckchen mit Kräutern hier. Und denkt daran, schont die Schulter in den nächsten Tagen, damit die Wunde heilen kann!“

Linus nahm weder eine Bezahlung an, noch wollte er sich in die Hütte begeben, um eine kleine Stärkung zu sich zu nehmen. Er drückte Clemens sein Bedauern über den Verlust seines Vaters aus und auch Lucas schloss sich dem an, wobei es ihm nahezu die Kehle zuschnürte, weil er in diesem Augenblick an Barbara denken musste.

„Diese Mörderbande von Villingen wird dafür büßen! Eines Tages werden sie dafür zur Rechenschaft gezogen!“, war das einzige, was Clemens noch über die Lippen brachte, während Linus den Karren aus dem Hof lenkte.

*

Nicht nur Clemens, sondern auch Linus und Lucas waren zutiefst betroffen. Auf der Heimfahrt wechselten sie kaum ein Wort. Erst als sie wieder das Stadttor von Villingen erreicht hatten, kam Meister Linus nicht umhin, sich den Fragen der Wachen zu stellen.

„Seid Ihr nicht erst vor zwei Stunden nach Tuttlingen aufgebrochen?“, wollte einer der Stadtknechte wissen und legte seine Stirn nachdenklich in Falten. „Ihr scheint ein besonders schnelles Ross zu haben.“

Er lief nach hinten zum Wagen und schlug die Abdeckung zur Seite. „Und die Tuchballen habt Ihr ebenfalls noch auf dem Wagen? Ist das nicht seltsam?“

Er winkte einen seiner Kollegen zu sich und tuschelte ihm etwas zu.

„Ihr habt uns belogen!“, fuhr der Wachposten Linus kurz

darauf streng an. „Ihr wolltet gar nicht nach Tuttlingen, sondern habt uns mit Absicht hinters Licht geführt.“

„Dass Ihr uns zu Unrecht beschuldigt, kann ich leicht beweisen.“ Linus bemühte sich möglichst überzeugend zu wirken. „Kommt mit uns zum Tuchhändler Werner in die Webergasse! Der wird Euch bezeugen, dass wir tatsächlich in seinem Auftrag auf dem Weg nach Tuttlingen waren. Wir sahen uns jedoch gezwungen umzukehren, weil wir unser Leben nicht aufs Spiel setzen wollten. Überall in der Umgebung lungert Gesindel herum und wartet nur darauf, dass die Nacht hereinbricht. Wir werden Meister Werner raten, vorläufig keine Wagen mehr aus der Stadt zu schicken.“

Wieder flüsterten sich die beiden Wachmänner etwas zu. Lucas hielt den Atem an und betete lautlos. Angstschweiß lief ihm übers Gesicht.

„Ihr könnt meinetwegen weiterfahren, weil wir zur Zeit niemanden haben, der sich um den Fall kümmern kann!“, sprach einer der Wachhabenden mit argwöhnischem Blick. Lucas atmete erleichtert auf. „Doch wir werden uns der Sache annehmen, darauf habt Ihr mein Wort! Es ist Euch verboten, bis zu einer endgültigen Klärung die Stadt zu verlassen! Und wagt es nicht, Euch dieser Anordnung zu widersetzen!“

„Ihr wohnt bei Meister Jacobus?“, Werner, fragte der andere Soldat.

„Nein!“, verbesserte ihn Linus und log kaltschnäuzig. „Wir sind zur Zeit in der Gerbergasse untergebracht.“

Mit einer abfälligen Handbewegung wurden sie weitergewunken.

*

Übertrieben gemütlich und ohne den Anschein der geringsten Hast lenkte Linus den Braunen die Bickenstraße entlang. Erst als er in die Färbergasse einbog und das Gespann somit endgültig den Blicken der Wachen entzogen hatte, schlug er auf den Braunen ein und hetzte ihn bis zum Haus des Tuchhändlers.

Mehrere Treppenstufen nahm Linus auf einmal, um möglichst schnell das Kontor zu erreichen. Er zerrte Jacobus von seinem Schemel in den Nebenraum.

„Sie haben Verdacht geschöpft, Meister Werner! Die Wachen ahnen, dass ich mit Lucas nicht auf dem Weg nach Tuttlingen war. Verdammt! Sie wollen die Sache auch nicht auf sich beruhen lassen, sondern werden meine Angaben überprüfen, haben sie gedroht.“

Die Worte, mit denen Meister Linus den Tuchhändler in das Geheimnis einweihte, sprudelten aus ihm nur so heraus.

„Ihr solltet auf der Stelle verschwinden. Linus!“ Herr Werner rang um Fassung. „Sie werden nämlich mit Sicherheit kommen und nach Euch suchen, und dann wird sich schnell herausstellen, dass kein Kaufmann aus Tuttlingen Stoff bei mir bestellt hat.“

„Ich musste, das gebietet mir mein christliches Gewissen, ich musste den verletzten Bauern helfen!“, rechtfertigte Linus seinen Besuch in Schwenningen, mit dem er Meister Jacobus jetzt so viel Schwierigkeiten bescherte.

„Aber sie werden schnell herausfinden, dass Ihr nicht bei mir beschäftigt seid und folglich nicht in meinem Auftrag unterwegs wart.“

„Dann behauptet einfach, einige Tuchballen seien Euch neulich, als Barthel in Euer Haus eingedrungen ist, abhanden gekommen! Sagt, sie seien Euch geklaut worden! Dann habt Ihr wenigstens meinetwegen keine Schwierigkeiten. Gebt auf keinen Fall zu, dass Ihr mich oder Lucas kennt! Ich habe den Wachen auch nicht verraten, dass wir im Franziskanerkloster wohnen. Es tut mir Leid, dass ich Euch Probleme bereite.“

„Irgendwie werden wir das schon meistern!“, erwiderte Jacobus. „Ihr seid schließlich nur Eurer Pflicht als Wundarzt und als Christ nachgekommen.“

„Schnell, wir laden das Tuch ab!“, drängte Meister Werner die beiden dann. „Du, Lucas, bringst das Pferd mit dem Wagen ins Kloster und sagst Pater Conrad Bescheid! Komm sofort wieder zurück in mein Haus und sieh zu, dass dich niemand beobachtet. Gott sei Dank ist Barbara nicht da und mein Sohn ebenfalls nicht. Die Wachposten werden sie also nicht befragen können.“

„Wo ist Barbara denn hin?“, fragte Lucas.

„Ihr Bruder war heute Morgen in der Stadt. Er hat mich aufgesucht und gebeten, Barbara am Nachmittag frei zu geben. Sie ist kurz vor Eurem Eintreffen zu ihrem Vater nach Schwenningen gelaufen. Er scheint krank zu sein. Mehr kann ich auch nicht sagen.“

„Ist Clemens Barbaras Bruder?“, wollte Linus wissen und auf das Nicken des Tuchhändlers hin fügte er hinzu: „Die Arme! Ihr Vater wurde von den Villingern schwer verletzt und ist daran gestorben. Meine Hilfe kam zu spät.“

Kapitel 23

Noch am selben Abend kreuzten tatsächlich zwei Wachen bei Herrn Werner auf.

„Wir haben den Befehl, Euch einige Fragen zu stellen, Meister Jacobus“, teilten sie ihm mit. „Trifft es zu, dass Ihr heute Nachmittag einen Eurer Knechte und einen jungen Burschen nach Tuttlingen geschickt habt? Sie haben das am Stadttor zumindest behauptet.“

Jacobus stellte sich völlig ahnungslos. Linus und Lucas, die sich im Keller aufhielten, konnten nämlich jedes Wort verstehen, das an der Haustüre gewechselt wurde.

Selbstbewusst verwies der Tuchhändler die Stadtwachen in ihre Schranken, als sie das Haus durchsuchen wollten, gab ihrem Drängen dann aber doch nach, um jeden Verdacht auszuräumen.

„Ich habe nichts zu verbergen!“, äußerte er betont gelassen. „Kommt mit ins Lager! Das wäre wohl der geeignetste Platz zum Verstecken, weil man sich in den Bergen von Stoff dort leicht verkriechen kann.“

Als die Wachen nach erfolgloser Suche wieder im Flur standen, fragte Meister Jacobus besonders laut:

„Ihr könnt auch einen Blick in den Keller werfen, damit Ihr nachher nicht behauptet, ich hätte Euch daran gehindert.“

Linus und Lucas hatten den eindeutigen Hinweis verstanden. Glücklicherweise kannte sich der Junge hier unten recht gut aus.

In dem Augenblick, als die Stadtwachen durch den Hauptzugang vorsichtig die steile Treppe in die Tiefe stiegen, stemmte sich Lucas gegen die Tür des zweiten Zugangs und schlüpfte mit Linus hinaus.

Bedenkenlos konnten sie sich hinter einen Stapel von Tuchballen setzen, weil man das Lager schließlich schon durchsucht hatte und daher keinerlei weitere Gefahr mehr drohte.

Kurz darauf verließen die Wachen das Haus und entschuldigten sich sogar bei Meister Jacobus.

„Ich hoffe, Ihr nehmt uns das nicht übel! Wir tun nur unsere Pflicht", sprach einer im Gehen.

*

Zwei Tage hielten sich Linus und Lucas nun schon im Keller versteckt. Die Ungewissheit, erneut könnten Männer kommen, womöglich mit Hunden, und das Anwesen durchsuchen, setzte besonders dem Jungen zu. Über Stunden lag er oftmals in der Nacht wach auf seiner Decke und lauschte ängstlich auf die Geräusche, die er aus dem Haus oder von der Straße her vernehmen konnte.

Glücklicherweise schaute Pater Conrad jeden Abend nach Einbruch der Dunkelheit bei ihnen im Versteck vorbei und sprach ihnen Mut zu. Meister Jacobus versorgte sie mit Nahrung und Wasser.

Alle Beteiligten wussten, dass sie ihr Leben aufs Spiel setzten mit dem, was sie taten. Hätte man die Verschwörung entdeckt, man hätte wahrscheinlich alle nach kurzem Prozess mit dem Tod bestraft.

Die Nervosität der Stadtherren nahm stetig zu. Die Kontrollen auf den Straßen Villingens wurden immer schärfer und Gerüchte, Spione der Bauern hätten sich längst überall in der Stadt verteilt und würden einen Umsturz planen, trugen zur wachsenden Sorge der Bewohner bei.

Nicht wenige von den einfachen Leuten, den Gesellen, den kleinen Handwerkern, den Armen und den Abhängigen, äußerten zwar im Allgemeinen nicht öffentlich ihre Meinung, die berechtigte Vermutung lag jedoch nahe, dass auch sie eine sich bietende Chance, sich gegen die Herrschenden aufzulehnen, nutzen würden.

Das Stadtgefängnis war überfüllt, weil man gerade aus den unteren Schichten rücksichtslos jeden verhaftete, der leichtfertig oder unter Alkoholeinfluss Verständnis für die Anliegen der Bauern aufbrachte.

*

„Sogar das Kloster haben sie durchstöbert", teilte Pater Conrad bei einem seiner Besuche aufgeregt mit. „Sie haben schnell in Erfahrung gebracht, dass Ihr seit Wochen dort untergekommen seid. Ich habe Eure Blätter mitgebracht, weil Ihr mir einmal gesagt habt, wie wichtig sie für Euch sind."

Der Mönch hob seine Kutte und zog das in Leinen gewickelte Paket hervor. Überhastet nahm es Linus an sich und blickte den Franziskaner an.

„Nein, ich habe es nicht geöffnet", beteuerte er. „Dazu habe ich kein Recht."

„Ihr seid ein wirklicher Freund, Pater Conrad", sprach Linus respektvoll und bedachte den Franziskaner im Schein der Kerze mit einem dankbaren Lächeln.

„Erschütternde Neuigkeiten verbreiteten sich in der Stadt", wusste Conrad zu berichten. „Die Untertanen von St. Blasien sind hinunter ins Münstertal gezogen. Sie haben sich dort mit anderen Bauern zusammengetan und den Konvent des

Klosters St. Trudpert vertrieben. Nachdem sie es geplündert hatten, legten sie Feuer und äscherten es völlig ein.“

„Wie hat die Stadt Freiburg darauf reagiert? Sie hat sich seit Alters her zum Schutz der Klöster in ihrer Nähe verpflichtet.“

„Als sie nach dem Brand Truppen zum Kloster St. Trudpert entsandten, flohen die Bauern. Aber, der Rat der Stadt kann seinen eigenen Leuten nicht mehr trauen, denn etliche der Soldaten sind zu den Aufständischen übergelaufen“, antwortete Pater Conrad. „Die rohe Gewalt greift mehr und mehr um sich.“

Linus nickte.

„Ja, so ist es! Auch in Villingen herrscht die Gewalt. Ich werde verfolgt, weil ich versucht habe, einige Menschenleben zu retten. Und Lucas, den trifft eigentlich keinerlei Schuld, sondern ich habe ihn dummerweise mit hineingezogen.“

„Wir können nicht länger in diesem feuchten Loch bleiben, sonst werde ich wahnsinnig“, war alles, was Lucas über seine Lippen brachte.

„Ich muss Euch zur Vorsicht mahnen!“, stellte der Mönch ernst und sorgenvoll fest. „Täglich erscheinen Wachen im Kloster und fragen nach Euch, obwohl ich ihnen mehrmals beteuert habe, dass Ihr nicht mehr in der Stadt seid.

Ihr dürft auf keinen Fall im Konvent auftauchen, sonst geht es Euch an den Kragen! Sie wissen inzwischen nämlich, dass Ihr Verwundete in Schwenningen behandelt und Euch somit eindeutig auf die Seite der Aufständischen gestellt habt, Meister Linus. Gott sei Dank haben sie uns Franziskanermönchen gegenüber etwas mehr Respekt, sonst würde auch ich mit Sicherheit längst im Kerker sitzen.“

„Ich halte es in diesem muffigen Loch nicht länger aus!“, jammerte Lucas erneut, den Tränen nahe. „Ich muss hier endlich raus! Ich, ich kann nicht mehr!“

Linus legte dem Jungen beruhigend seine Hand auf

die Schulter. Er hatte Verständnis für ihn, denn er fühlte ähnlich.

„Könntet Ihr mir einen letzten Gefallen tun, Pater Conrad?“, flehte ihn Linus an. „Besorgt uns zwei Kutten aus Eurem Kloster, bitte! Vielleicht gelingt es uns als Mönche verkleidet aus der Stadt zu entkommen.“

Pater Conrad antwortete nicht gleich, sondern überlegte eine ganze Weile. Und erst als Linus seine Bitte wiederholte, nickte er zustimmend.

„Ihr solltet keinen Moment länger warten und gleich morgen früh die Stadt verlassen!“, schlug der Mönch dann vor. „Ich treffe alle Vorbereitungen für Eure Flucht. Die Kisten verlade ich auf dem Karren und spanne das Pferd ein, während meine Mitbrüder beim Morgengebet in der Kapelle sind. Zwei Mönchskutten lege ich in Eurer Schlafkammer bereit. Außerdem werde ich freiwillig an der Klosterpforte Dienst tun, so dass keinem auffallen wird, wenn Ihr Euch heimlich aus dem Staub macht. Meine Mitbrüder sind sowieso der Meinung, Ihr seid längst über alle Berge. Gebe Gott, dass keine Wachen auftauchen und Eure Flucht unentdeckt bleibt!“

Als Pater Conrad sich zum Aufbruch fertig machte, zeichnete er Lucas und Linus noch ein Kreuz auf die Stirn.

„Der Friede unseres Herrn Jesus Christus sei mit Euch und begleite Euch auf allen Wegen!“, flüsterte er bedächtig und machte sich mit sorgenvoller Miene davon ins Kloster.

*

Lange vor Anbruch des neuen Tages waren Linus und Lucas hellwach. Immer wieder hob Lucas die Kellertür einen kleinen Spalt an, um nachzusehen, ob sich nicht endlich die ersten Vorboten der Morgendämmerung zeigten. Selten zuvor in seinem Leben hatte er mit solcher Sehsucht den neuen Tag herbeigewünscht.

Als es dann so weit war, schlüpften sie aus ihrem Versteck. Sie kniffen die Augen zusammen, weil sie sich erst wieder an das natürliche Licht gewöhnen mussten.

Sie holten sich zwei Weidenkörbe aus dem Schuppen und liefen hinaus auf die Gasse. Zum Glück war noch niemand in der Webergasse unterwegs. Ihr Schritt wurde immer schneller und auffälliger. Ihre Leidensfähigkeit war erschöpft und am Schluss rannten sie wie die Verrückten auf das rettende Klostertor zu.

Ohne ihr Zutun schob sich das Tor einen Spalt auf, so dass sie sofort dahinter verschwinden konnten.

„Zieht die Kutten an! Macht schnell!", trieb Pater Conrad sie an. „Das Morgengebet ist bald vorüber. Ihr müsst Euch beeilen!"

Verstohlen huschten sie über den Klosterhof und wenige Augenblicke später kamen sie aus der Schlafkammer zurück und hatten sich die Mönchsgewänder übergestreift.

„Ich habe Euch Verpflegung für einige Tage eingepackt, damit Ihr nicht hungern müsst." Pater Conrad schob ein an den Ecken verschnürtes Leinentuch unter die Abdeckung des Wagens. „Es ist schade, dass sich unsere Wege unter diesen Umständen trennen. Benutzt das Riettor gleich neben dem Kloster! Eine der Wachen ist mir persönlich bekannt. Er weiß Bescheid und will zusehen, ob er seinen Kollegen ablenken kann, wenn Ihr aufkreuzt. Gott beschütze Euch!"

Linus und Lucas reichten Pater Conrad die Hand und gleich danach trieb der Mönch sie wieder zur Eile an. Er zog hastig die beiden Torflügel auf und Linus dirigierte das Gespann hinaus in die Rietgasse. Noch einmal trafen sich die Blicke von Pater Conrad, Linus und Lucas. Unsicherheit und Bangen strahlten sie aus.

*

Wie nicht anders zu erwarten, wurden sie vor dem Stadttor angehalten. Linus und Lucas wussten, dass ihr Leben in diesem Moment an einem seidenen Faden hing.

Besonders Lucas musste mit sich kämpfen, um seine innere Aufregung zu überspielen und keinen Verdacht aufkommen zu lassen. Genau musterte er die Männer am Tor.

„Welcher Posten weiß Bescheid?", fragte er sich.

Am liebsten wäre Lucas vom Wagen gesprungen und einfach losgerannt. Er spürte es selbst, dass man ihm seine Angst überdeutlich im Gesicht anmerken würde.

Er klammerte sich an dem Brett, auf dem er saß, fest und bemühte sich krampfhaft um einen freundlichen Gesichtsausdruck.

„Wo wollt Ihr denn so früh am Morgen hin?", verlangte eine Wache misstrauisch zu wissen. „Habt Ihr überhaupt die Erlaubnis dazu?"

„Braucht man eine Erlaubnis, wenn man als gottesfürchtiger Mönch in die Dörfer fahren will, um die Bauern zu Buße und Umkehr aufzufordern?", erwiderte Linus übertrieben unterwürfig. „Wir wollen ihnen das Wort Gottes predigen und ihnen ihre schändlichen Taten vorhalten. Unser Abt hat uns mit dieser Aufgabe betraut und dafür sogar die Erlaubnis bei den Stadtherren eingeholt."

„Ich bezweifle allerdings, dass das etwas nützt", lachte ein Soldat hämisch. „Es hat sich gezeigt, dass das Schwert und der Knüppel die einzigen Dinge sind, die diese Kerle wirklich verstehen."

„Ihr habt doch sicherlich ein Schreiben bei Euch, oder nicht? Nur auf Eure Behauptung hin können wir Euch nicht aus der Stadt lassen", hakte einer der Wachen nach, zwinkerte jedoch gleichzeitig Lucas und Linus flüchtig zu.

„Ja, sicher haben wir das!", bestätigte Linus mit überzeugender Klarheit und schien erleichtert.

Er beugte sich nach hinten und kramte in seinen Habseligkeiten herum. Er zog einen beschriebenen Bogen Papier heraus und reichte ihn dem Mann, der sich als Bekannter von Pater Conrad zu erkennen gegeben hatte. Der warf einen kurzen Blick darauf und nickte. Danach wurden die Kisten kurz in Augenschein genommen und schon hatte Linus es geschafft, sich die Erlaubnis zum Weiterfahren zu ergaunern.

Ohne jede Eile brachte Linus den Braunen in Gang und erst als sie außer Sichtweite der Posten waren, trieb er das Pferd scharf an.

„Wir können von Glück reden, dass wir Pater Conrad kennen gelernt haben, Meister Linus!"

„Jetzt wollen wir zusehen, dass wir möglichst schnell die Gegend von Villingen hinter uns lassen. Oben in den Bergen bei St. Peter sind wir sicher. Mir ist noch nichts zu Ohren gekommen, dass auch dort Unruhen herrschen."

Erst als sie das Brigachtal verließen und die Kirnach entlang auf die Berge zusteuerten, bemerkte Lucas, dass ein eisiger Wind wehte. Er zerrte die zwei dicken Wolltücher hinter sich hervor, legte Meister Linus eine Decke um die Schulter und wickelte dann auch sich in die zweite ein.

„Schade, dass ich Barbara nicht mehr getroffen habe!", flüsterte Lucas vor sich hin und bereute es sofort, dass er seinen Wunsch laut ausgesprochen hatte.

„Du mochtest Barbara, nicht wahr?" Linus grinste den Jungen an. „Seit dem Kuss im Hof hat sie dir den Kopf verdreht. Ja, Barbara könnte mir auch gefallen, wenn ich dreißig Jahre jünger wäre."

„Euch entgeht aber auch nichts, Meister Linus! Sicherlich hat es Barbara sehr getroffen, als sie ihren Vater besuchen wollte und ihn tot vorfand."

Kapitel 24

Den ganzen langen Tag hatten sie auf dem Wagen zugebracht und inzwischen das Kloster St. Peter erreicht.

„Wann sind wir denn endlich da?", maulte Lucas, doch Linus gab ihm keine Antwort mehr. Zu oft hatte der Junge ihm in den letzten Stunden diese Frage bereits gestellt.

Weiter ging es also zum Entsetzen von Lucas. Erst im weiten Bogen um das Kloster herum, dann leicht bergan und gleich nach der Bergkuppe wieder steil bergab.

Seit Stunden prasselte gleichmäßiger Regen vom Himmel, Lucas fühlte die Feuchtigkeit auf seiner Haut. Die kalte Luft ließ ihn frösteln und auch die Decke, die er sich um die Schultern gelegt hatte, konnte da wenig Abhilfe schaffen.

Der Weg schlängelte sich an einem Hang entlang und plötzlich tauchte ein Gehöft unten im Tal auf. Lucas war sich eigentlich sicher, Linus würde erneut irgendwelche Ausreden und Ausflüchte finden, um ihn weiter bei der Stange zu halten und sein Nörgeln zu unterbinden.

„Na, hab ich es nicht gesagt!", sprach Meister Linus jedoch und trieb noch einmal den Braunen an, um den Karren auf dem morastigen Weg vorwärts zu bringen. Die Konturen einer Mühle wurden zunehmend klarer.

Selbst Linus, der während der ganzen Fahrt kein Wort des Jammerns über seine Lippen gebracht hatte, schien am Ende seiner Kräfte zu sein. Sie standen beide fröstelnd und erschöpft vor dem aus groben Brettern gezimmerten Hoftor.

Ein riesiger Hund mit zotteligem, schwarzem Fell stürzte heran und lief ungewöhnlich bedrohlich kläffend hinter dem Tor hin und her. Linus ließ sich davon nicht im Geringsten beeindrucken, griff hinter das Holztor und klappte die Verriegelung zur Seite.

„Was führst du dich denn so auf, du wilder Kerl?“, redete er beruhigend auf den Hund ein und fuhr ihm mit der Hand über den Kopf. „Du weißt doch, wer ich bin, oder etwa nicht?“

Tatsächlich erkannte der Hund den Besucher an der Stimme, kam schwanzwedelnd auf Linus zu und beschnüffelte ihn ausgiebig. Anschließend näherte sich der Hund auch Lucas und verfiel auf der Stelle wieder in ein unerbittliches Knurren.

Das außergewöhnlich große Tier stellte die Nackenhaare auf und schien entschlossen, den Jungen unter allen Umständen am Betreten des Hofes zu hindern.

Verängstigt warf Lucas Meister Linus einen bittenden Blick zu, doch der stand nur da und grinste spöttisch, weil sich der Junge nicht zu mucksen wagte und Linus ihm die Angst aus dem Gesicht ablesen konnte.

„Komm her, Wolf!“, kam es endlich erlösend über seine Lippen. „Ist ja schon gut! Komm her, bevor sich Lucas in die Hose macht.“

Der Junge empfand die Bemerkung von Linus als äußerst gemein, reagierte jedoch nicht darauf, weil er froh war, dass der Hund sein bedrohliches Kläffen eingestellt hatte.

*

„He, wer will denn zu so später Stunde noch zu uns?“, vernahmen sie vom Haus her die Stimme eines Mannes, der dort mit einer Fackel stand.

„Ich bin's, Diepold, Linus Cramer!"
„Ach du, Linus!", erwiderte der Mann.
Sie begrüßten sich mit einem Handschlag und schwatzten eine ganze Weile miteinander.
Soweit Lucas erkennen konnte, war das Anwesen nicht allzu groß. Gleich neben dem Gebäude, in dem die Mühle untergebracht war, befand sich eine Scheune. Am Rascheln von Stroh konnte Lucas leicht feststellen, dass Tiere darin untergestellt waren.
Linus kam jetzt mit dem Müller und dem Hund zum Tor zurück. Erneut stürmte das Ungetüm auf den Jungen zu, zum Glück allerdings nicht mehr so angriffslustig und feindselig wie beim ersten Mal. Ruckartig verringerte der Angreifer kurz vor Lucas sein Tempo, näherte sich zaghaft und beschnüffelte ihn. Lucas richtete einige versöhnliche Worte an ihn und streichelte ihm flüchtig über den Rücken. Er ließ es geschehen.
Zwischen Linus und dem Müller schien es irgendwelche Unstimmigkeiten zu geben, stellte Lucas fest, denn ihre anfänglich freundliche Unterhaltung wandelte sich zunehmend zu einer immer heftiger werdenden Auseinandersetzung.
„Meine Mühle ist doch kein Armenhaus, in dem alle unterkriechen können, die sonst keine Bleibe haben!" Der Müller warf dem Jungen einen verärgerten und geradezu verächtlichen Blick zu. „Ich habe selbst zu kämpfen, wenn ich über den Winter kommen will. Wir wissen sowieso nicht, ob wir das nächste Frühjahr überhaupt noch erleben."
Erneut redete Linus beschwichtigend auf Diepold ein, er tat es allerdings so leise, dass Lucas die Bedeutung seiner Worte nicht verstehen konnte. Der Müller stand anschließend da und überlegte, während Linus ihn abwartend anstarrte.
„Na gut! Einige Tage kann er hier unterkriechen, aber dann soll er sehen, wo er bleibt!"

Gemeinsam schoben sie den Karren über den Hof in die Scheune. Lucas nahm seinen Sack vom Wagen und Linus eine Holzkiste mit Decken.

Während der Müller das Scheunentor schloss, rannte Lucas zum Hoftor und verriegelte es. Mit skeptischer Miene stapfte der Müller eine Steintreppe am Haus hinauf und winkte den Ankömmlingen schließlich zu, ihm zu folgen.

*

Eine Frau mittleren Alters rührte an der offenen Feuerstelle in einem verrußten Kessel herum. Es roch stark nach Rauch, der in Schwaden nach oben zog und sich im dunklen Dachraum verflüchtigte. Die Frau garte Kraut und anderes Gemüse im Topf.

„Gott zum Gruß!", sprach der Junge schüchtern.

Sie drehte sich um und unterbrach einen Augenblick ihre Tätigkeit. Ausgiebig musterte sie den Jungen und erwiderte erst dann seinen Gruß.

„Wie ich sehe, hast du Besuch mitgebracht!", wandte sie sich danach freundlich an Linus und lächelte sogar Lucas kurz zu.

„Der wird aber nicht lange bleiben!", herrschte der Müller sein Weib an. „In zwei oder drei Tagen muss er sich nach einer anderen Bleibe umgucken!"

„Sei doch nicht so boshaft, Diepold! Linus hat uns doch auch schon so manchen Gefallen getan. Hast du das etwa vergessen?"

Auf die Bemerkung seines Weibes hin schien sich die Stimmung des Müllers geringfügig zu bessern. Er öffnete die Tür zur Stube und schob Linus hinein.

„Ja, Linus, eigentlich bin ich dir zu Dank verpflichtet." Die Stimme des Müllers klang nicht sehr überzeugend.

„Das will ich meinen!", rief die Frau aus dem Gang. „Ohne

ihn und seine Heilkünste hättest du mich letzten Winter ebenfalls zu Grabe getragen."

„Mein Weib hat Recht! Es war eine schwere, eine sehr schwere Zeit für uns. Ich habe nicht nur meinen Sohn verloren, sondern mein Weib Agatha wäre tatsächlich auch gestorben, wenn du sie nicht mehrere Wochen gepflegt und gesund gemacht hättest, Linus."

„Schon gut, das ist doch längst vergessen, Diepold", winkte Linus ab und setzte sich an den Tisch, auf dem eine flackernde Kerze ihr Licht verströmte.

Kurz darauf brachte die Müllerin den dampfenden Topf in die Stube und stellte ihn auf dem kleinen Holztisch ab. Dann lief sie noch einmal hinaus, holte einen Krug Wasser und einen ordentlichen Krusten Brot herein.

Der Duft des Gemüsebreis, der Lucas in die Nase stieg, ließ ihm das Wasser im Mund zusammenlaufen. Seit Tagen hatte er kein warmes Essen mehr zu sich genommen und er konnte es kaum erwarten, bis der Müller hinter sich griff, die Holzlöffel von den Haken nahm und sie ihnen reichte.

Zuerst sprach der Hausherr ein Gebet und dankte Gott dafür, dass er ihren Hunger auch an diesem Tag nicht vergessen hatte und anschließend noch ein „Pater Noster" für das Seelenheil seines verstorbenen Sohnes. Dann erst brach er das schwarze Roggenbrot und schob jedem ein Stück hin.

*

Anfänglich wechselten sie kaum ein Wort, sondern jeder schaufelte den schmackhaften Brei, dem die Müllerin sogar etwas gepökelten Speck beigemengt hatte, gierig aus dem Topf in sich hinein.

Erst als Linus und der Müller ihren gröbsten Hunger gestillt hatten, fingen sie vermehrt zu reden an. Linus erzählte, wo sie sich in den letzten Wochen aufgehalten und warum er den Jungen mit in die Mühle am Unterwasser gebracht hatte. Mit keinem Wort erwähnte Meister Linus allerdings, warum sie es so eilig gehabt hatten, Villingen zu verlassen.

„Du hast ein neues Pferd, Linus.“ Es war dem Müller nicht entgangen.

Besonders ausführlich und geradezu wehmütig berichtete Meister Linus den Müllersleuten, wie sein alter Grauer immer schwächer geworden und schließlich kurz nach Staufen zusammengebrochen war.

„Gut so, dass du ihn nicht länger gequält und ihm den Gnadenstoß versetzt hast“, bemerkte der Müller. „Uns Menschen geht es in mancher Beziehung schlechter als den Viechern. *Wir* müssen durchhalten, bis uns der Herrgott erlaubt unseren letzten Schnaufer zu machen.“

„Hätte ich Lucas damals nicht gehabt“, fuhr Linus zu erzählen fort, „ich weiß nicht, wie ich weitergekommen wäre. Meinen Karren, nein, meinen Karren hätte ich auf keinen Fall über Nacht dort stehen lassen. Am nächsten Morgen wäre er mit Sicherheit weg gewesen.“

Lucas war glücklich, dass er ein Lob aus dem Munde von Linus vernahm. Vielleicht waren die Aussichten, über den Winter hier in der Mühle bei Meister Linus zu bleiben, größer als er bisher annahm.

Linus teilte dem Müller und seinem Weib auch mit, dass Lucas aus der Gegend von Stühlingen komme und seit dem Tod seiner Eltern ganz auf sich gestellt war.

Als kurz darauf der schwarze Hund die Türe aufschob und in die Stube zu seinem Herrn trottete, mischte sich auch Lucas zum ersten Mal in das Gespräch ein:

„Frau . . . , warum habt Ihr Euren Hund eigentlich Wolf genannt?“

„Ich bin Agatha Träger und das ist mein Mann Diepold“, erklärte die Müllerin und strich dem Hund über den Kopf.

„Er ist uns eines Tages zugelaufen und war damals noch wild wie ein Wolf. Deshalb haben wir ihn so genannt."

„Jawohl, er ist ein richtiger Wolf und hat dir einen schönen Schrecken eingejagt, als er auf dich zukam, nicht wahr?" Linus konnte sich diese hämische Bemerkung nicht verkneifen.

Der Junge wusste längst, dass solche Reden eine typische Eigenart von Linus waren und nahm seine Äußerung nicht so ernst.

„Tapfer verteidigt Wolf sein Reich und lässt keinen ungeschoren, der sich unerlaubt der Mühle nähert", sprach der Müller. „Erst kürzlich wollten sich in der Nacht zwei Landstreicher in die Scheune schleichen. Ihr hättet Wolf erleben sollen! Die beiden sind um ihr Leben gerannt, als er sie aufgespürt hatte."

Kapitel 25

Nach dem Essen saßen sie noch einige Zeit beisammen. Linus, Diepold und Agatha hatten sich viel zu erzählen und für Lucas war es sehr aufschlussreich ihnen zuzuhören.

Wie er im Laufe des Gesprächs erfuhr, war Linus im Spätherbst letzten Jahres hier vorbeigekommen und hatte auch in der Mühle seine Dienste als Wundarzt angeboten. Agatha war damals hochschwanger gewesen und starke Schmerzen hatten sie an ihr Lager gefesselt. Kurz zuvor war sie im Hof nämlich gestürzt und hatte sich dabei so sehr verletzt, dass sie danach einen Arm nicht mehr bewegen konnte.

„Du hast sofort erkannt, Linus, dass der Knochen innen in der Schulter gebrochen war, mir Holzlatten angelegt und mit Unmengen Stoffstreifen festgezurrt", wusste die Müllerin mit dankbarem Unterton zu berichten. „Mehrmals täglich hast du mir außerdem einen Heiltrunk eingeflößt und meine Schmerzen, die ich zuvor kaum mehr ertragen konnte, ließen innerhalb weniger Tage ganz erheblich nach. Gott sei Dank hat niemand mitbekommen, dass du mich behandelt hast. Sie glauben nämlich, dass . . . dass du . . . "

Agatha brachte es aus irgendeinem Grund nicht fertig, ihren begonnen Satz zu beenden.

„Was, na sag schon!", forderte Linus sie beschwörend auf. „Was glauben sie?"

„Ach, es ist nicht so wichtig!“, wehrte Agatha ab. „Du weißt doch, was die Leute so alles reden!“

„Nein, in diesem Fall weiß ich es nicht!“ Linus wurde lauter. „Wenn du schon Andeutungen machst, dann solltest du deine Gedanken wenigstens vollständig aussprechen!“

„Der Bauer vom Heitereck, der Jackle, hat dich im letzten Winter ein paarmal beobachtet, als du durch den Wald geschlichen bist, gefrorene Beeren gesammelt und im Schnee herumgescharrt hast.“

Linus wusste mit dieser Auskunft nichts anzufangen, man sah es seinem verdutzten Blick an.

„Na und? Es gehört zu meinem Beruf als Wundarzt und Kräuterhändler, dass ich mich in der Natur aufhalte und auch im Winter nach Beeren und Kräutern suche. Oben am Kandel, ganz in der Nähe des Heiterhofes, findet man besonders seltene Kräuter und niemand scheint sich für die Beeren zu interessieren, die dort wachsen, obwohl die Leute doch andere Wälder in Scharen durchkämmen und Waldfrüchte sammeln.“

„Aber nicht dort oben, weil sich dort eine heidnische Kultstätte befunden haben soll“, stieß Agatha hervor. „Man weiß aus alten Überlieferungen, dass die Kelten dort ihren Göttern Opfer, wahrscheinlich sogar . . . Menschenopfer dargebracht haben.“

„Und aus diesem Grund meiden die Leute diesen Ort?“, erregte sich Linus. „Weil angeblich vor ewig langer Zeit dort Götter verehrt wurden?“

Agatha schluckte und nickte.

„Und weil du ausgerechnet an dieser alten Kultstätte beobachtet wurdest, glauben manche Leute, du würdest dort Zauberkräuter suchen oder mit den heidnischen Göttern in Verbindung treten“, stotterte sie.

Linus lachte lauthals und nahm einen kräftigen Schluck Most aus dem Krug, den Diepold kurz zuvor aus dem Keller geholt hatte.

„So, so, sie glauben, dass ich mit getrockneten Pflanzen zaubern kann und mit irgendwelchen Göttern rede! Es gibt für alles, was ich tue, eine natürliche Erklärung. An Zauberei und an Hexerei glauben nur diejenigen, die nicht ganz richtig im Kopf sind."

Als Beweis berichtete Linus in allen Einzelheiten, wie er beobachtet hatte, dass die Kniegelenke seines Grauen immer mehr angeschwollen waren und dass er sich deshalb auf die Suche nach dem Grund dafür gemacht hatte.

„Das wollte ein Mann, der mich bei meiner Untersuchung beobachtet hat, auch nicht verstehen. Was, so frage ich euch, was unterscheidet unser Knie von dem eines Pferdes?

Wir könnten, so glaube ich fest, vielen Menschen helfen, wenn wir nicht blind durch die Welt gingen, sondern mit wachen und neugierigen Augen. Aber das ist den Machthabern ja nicht recht! Sie halten menschliche Neugierde für ein Verbrechen!"

*

„Es war ein schwerer Schlag für uns, dass unser Sohn, der kurz nach dem Sturz meines Weibes auf die Welt kam, nicht einmal den ersten Tag überlebte", meinte der Müller und versuchte damit Linus auf ein anderes Gesprächsthema zu lenken. „Wenn unser Junge doch wenigstens getauft gewesen wäre!"

„Willst du wieder mit dem alten Mist anfangen?", herrschte ihn seine Frau an. „Hätte der Pfarrer etwa bei der Geburt dabei sein sollen?"

„Da hat sie Recht, dein Weib Agatha!", mischte sich Linus erneut ein. „Glaubst du etwa wirklich, dein Sohn ist für immer verdammt, nur weil er nicht getauft wurde? Glaubst du allen Ernstes einen solchen Unsinn? Was kann er denn dafür, dass dein Weib so unglücklich auf den Bauch stürzte und das ungeborene Kind dadurch Schaden genommen hatte? Wenn Gott tatsächlich so . . . ungerecht ist und ihn deshalb verdammt, dann ist unser Gott kein Gott, sondern ein boshafter Tyrann.“

„Linus, wie kannst du dich so versündigen?“, stieß Diepold hervor und bekreuzigte sich. „Gott ist barmherzig und gerecht, so steht es in der Bibel!“

Lucas war ebenfalls schockiert über die Äußerungen von Meister Linus und auch bei Agatha schien sich ein gewisses Unbehagen breit zu machen.

„Niemals hätte mein Vater solche Bemerkungen in seinem Haus geduldet“, dachte Lucas. „Geht Linus jetzt nicht wirklich zu weit?“

„Warum, erklär mir das bitte, warum lässt du dir von den Pfaffen dann einreden, dass dein Kind nicht im Himmel ist?“ Linus ließ nicht locker. „Wahrscheinlich lässt du für das kleine, unschuldige Würmchen auch regelmäßig Messen lesen, wie?“

„Das ist schließlich unsere Christenpflicht, Linus!“, versuchte Agatha jetzt ihren Mann in Schutz zu nehmen, wechselte dann aber abrupt das Gesprächsthema. „Es gibt jetzt viel Wichtigeres! Sicherlich kannst du einiges von den Bauernaufständen erzählen. Gott sei Dank haben wir hier in diesem abgelegenen Tal nur wenig davon mitbekommen.“

Ausgiebig berichtete Linus von all dem, was Lucas und er in den letzten Monaten erlebt hatten. Die Müllersleute lauschten aufmerksam seinen Worten.

„Man kann ja froh sein“, tuschelte Agatha am Ende möglichst leise, als müsse sie einen unliebsamen Zuhörer fürchten, „dass endlich ein Martin Luther und ein Hans Müller aufgetreten sind und den Mächtigen ihre Vergehen vorhalten.

So kann es nicht weitergehen! Auch wir in St. Peter ersticken geradezu an den Abgaben, die wir zu entrichten, und an den Frondiensten, die wir zu leisten haben.“

„Ja, überall macht sich Unmut in der Bevölkerung breit“,

bemerkte Linus zustimmend. „Wenn ich nur an den Ablasshandel denke. Ich möchte wissen, was sich Papst Leo dabei gedacht hat? Einen Krämerladen, ja, einen anrüchigen Krämerladen hat er aus der Kirche gemacht und damit das Amt des Heiligen Vaters in den Dreck gezogen. War der Neubau der Peterskirche, wofür die schmutzigen Gelder verwendet werden, das wirklich wert? Das Verwerflichste daran ist, dass sie mit der Angst der kleinen Leute Wucher treiben und sie zu erpressen versuchen."

„Wie meint Ihr das, Meister?", wollte Lucas wissen, der den Sinn des letzten Satzes nicht verstanden hatte.

„Ganz einfach!", erklärte der. „Wer nicht bezahlen kann, oder nicht bezahlen will, der kann sich von seinen Sünden nicht loskaufen."

„Hoffen wir nur, dass sich alles ohne Blutvergießen zum Besseren wendet und die Kirche und die weltlichen Fürsten endlich ein Einsehen haben", äußerte Diepold. „Dass die Bauern St. Trudpert geplündert und niedergebrannt haben, war unrecht. Vielleicht wird alles noch gut!"

„Ich möchte dir deine Hoffnung nicht nehmen, aber danach sieht es nicht aus", erwiderte Linus, „zumindest bei uns im Schwarzwald nicht. Allem Anschein nach habt Ihr wirklich wenig mitbekommen. Auch die Villinger haben bereits etliche Bauern niedergemetzelt und damit die Saat für weiteres Blutvergießen ausgebracht. Wir werden abwarten müssen, ob die Saat im Frühjahr sprießt."

*

Da es inzwischen recht spät geworden war, nahm der Müller eine Fackel in die Hand und führte Linus und Lucas die Treppe hinunter in den Hof. Wolf folgte ihnen natürlich.

„Linus, du kennst dich ja aus und weißt, wo du schlafen kannst", sprach Diepold und wünschte ihm eine gute Nacht.

Lucas führte er in den Stall. Im Schein der Fackel sah er neben dem Braunen von Meister Linus ein weiteres Pferd und eine Kuh. In einem anderen Eck des Stalls kauerten zwei Geißen mit einem Zicklein auf dem Boden. Sie erhoben sich träge, bettelten jedoch gleich um Futter.

Diepold brachte Lucas in einen Raum neben dem Stall. Hier lagerte Stroh und eine Menge Heu, das für die Tiere im Winter benötigt wurde. Neben dem Karren von Linus war ein weiterer Leiterwagen untergestellt.

„Hier kannst du schlafen!“ Der Müller deutete auf einen Berg von Heu. „Es genügt aber, wenn du dir einen Arm voll davon nimmst, nicht dass du das ganze Heu zusammendrückst! Es muss locker gelagert werden, damit es nicht schimmelt. Ach ja, noch etwas! Auch wenn mein Weib heute Abend anders gesprochen hat, ich möchte, dass du in ein paar Tagen von hier verschwindest!“

Er verließ den Schuppen mit Wolf, und Lucas hatte zu tun, sich in der absoluten Finsternis zurecht zu finden. Er musste sich daher mehr auf seinen Tastsinn als auf seine Augen verlassen. Trotzdem gelang es ihm, eine Schicht Heu auf dem Boden auszubreiten. Er hüllte sich in seine Decke und versuchte zu schlafen.

Obwohl er einen anstrengenden Tag hinter sich gebracht hatte, wollte sich der ersehnte Schlaf nicht einstellen. Er wusste jetzt klipp und klar aus dem Munde des Müllers, dass er hier in der Mühle unerwünscht war.

Außerdem ging Lucas alles, was Linus und die anderen in der Stube geäußert hatten, noch einmal durch den Kopf und veranlasste ihn zum Nachdenken.

„Hatte Linus wirklich in allem Recht, was er heute Abend gesagt hatte?“, fragte er sich und kam nach langem Grübeln zu der Erkenntnis, dass das tatsächlich der Fall war. „Ein Kind, das gerade geboren ist, kann doch gar nicht verloren sein. Es ist vollkommen abhängig von seiner Mutter, kann selbst keinen Gedanken fassen und sich mit keinem Wort verständlich machen. Ein kleines Kind ist unschuldig, es muss unschuldig sein!“

Für die Aufstände der Bauern hatte Lucas sowieso Verständnis, großes Verständnis sogar.

Die Tatsache, dass manche Leute glaubten, Linus könne kranken Leuten nur helfen, weil er über geheimnisvolle, über unerklärliche Zauberkräfte verfüge, machte dem Jungen allerdings geradezu Angst.

„Jetzt bietet sich mir die Gelegenheit! Linus hat nur eine einzige Kiste mit in seine Kammer genommen, alle anderen befinden sich noch auf seinem Karren.“

Lucas grübelte einen Moment angestrengt nach, weil er sich eigentlich geschworen hatte, sich unter keinen Umständen mehr in die Angelegenheiten von Linus einzumischen. Wie ein Stachel bohrte die Neugierde jedoch in diesem Augenblick in ihm.

„Ich ahne es, dass Meister Linus irgendwelche Geheimnisse vor mir hat und sollte seine Sachen einmal gründlich durchsuchen. Vielleicht ist das Gerede der Leute nicht nur dummes Geschwätz, so wie es Linus immer glaubhaft machen will, sondern ich entdecke tatsächlich irgendwelche Hinweise, die auf Zauberei oder noch Schlimmeres hindeuten. Das Pulver, das er dem Jungen in Villingen eingeflößt hat, könnte ein solches Zaubermittel sein.“

Lucas versuchte für einen kurzen Augenblick diesen beängstigenden Gedanken zu unterdrücken, erhob sich dann aber trotzdem von seinem Nachtlager und schlich zum Wagen von Meister Linus. Er wollte sich Gewissheit verschaffen und die Kisten in aller Ruhe und äußerst aufmerksam durchstöbern.

Schnell gab er seinen Plan allerdings wieder auf. Es war im Schuppen einfach zu dunkel, um sich zurechtzufinden.

Kapitel 26

Die ersten Sonnenstrahlen suchten sich ihren Weg durch die Ritzen der Bretterwand. Es war recht kalt. Lucas fühlte sich nicht mehr so ausgelaugt und kaputt wie am Abend zuvor.

Als sein Blick beiläufig auf den Karren von Linus fiel, erinnerte er sich daran, dass er am Abend versucht hatte, sich den Inhalt der Kisten genauer anzuschauen. Auf der Stelle wollte er das nachholen.

Mucksmäuschenstill lag Lucas da und lauschte, ob er von draußen irgendein Geräusch vernehmen konnte, ob jemand von den anderen schon zugange war. Dann erst schlich er sich zum Wagen.

Er schlug das Kuhfell zur Seite, um an die Kisten zu kommen. Neugierig durchwühlte er die Ladung. Wie nicht anders zu erwarten, fand er zahlreiche kleine Fläschchen mit Medizin und Säckchen mit getrockneten Kräutern, die Linus immer in den Kisten aufbewahrte.

Außerdem entdeckte er eine sehr kostbar verarbeitete Holzschatulle. Als er sie aufklappte, entblickte er darin etliche kleine Messer, Zangen und anderes Gerät aus Metall. All das war für Lucas nichts Neues oder Außergewöhnliches. Unzählige Male hatte er Linus beobachtet, wie er mit diesen

Instrumenten Kranken geholfen und sie geheilt hatte. Von Zauberei konnte absolut nicht die Rede sein.

Das dicke, mit Leder beschlagene Buch, in dem Meister Linus des Öfteren gedankenversunken herumblätterte, war dem Jungen ebenfalls vertraut. Lucas nahm es aus der Kiste und schlug es auf. Konzentriert blätterte er darin herum.

An manchen Stellen hatte Linus einige Worte an den Rand geschrieben. Es war schade, so empfand es Lucas in diesem Moment zumindest, dass er nicht lesen konnte. Handelte es sich dabei etwa um irgendwelche geheime Zauberformeln? Niemals zuvor hatte Lucas diesem Gekritzel eine besondere Bedeutung beigemessen. Nach der Bemerkung von Agatha betrachtete er all das jedoch mit ganz anderen, mit völlig neuen Augen.

Lucas machte weitere, äußerst seltsame Entdeckungen. Manche Kisten waren innen nicht so tief wie andere, obwohl sie von außen eindeutig gleich hoch waren. Lucas kam folglich zu dem Schluss, dass einige der Kisten einen doppelten Boden haben mussten.

Als er eine davon völlig ausgeräumt hatte und sie vorsichtig schüttelte, hörte er das dumpfe Klappern irgendwelcher Gegenstände. Tatsächlich, der Verdacht des Jungen hatte sich also bestätigt. Mit seinem Messer hebelte er den stramm sitzenden, inneren Boden ein Stück heraus.

Es dauerte eine Weile, bis sich Lucas endlich überwunden hatte und seine Hand ganz langsam in den Spalt schob. Ruckartig und zutiefst erschrocken zog er sie zurück, weil er mit Entsetzen feststellte, dass seine Fingerspitzen soeben eindeutig Knochen ertastet hatten. Es bestand kein Zweifel!

Zu allem Unglück vernahm er jetzt auch noch Schritte im Mühlhof. Mit einem mächtigen Satz sprang er vom Wagen und eilte zum Tor. Er lugte durch einen Spalt und sah die Müllerin die Treppe am Haus herunterkommen und auf die Scheune zulaufen.

In größter Hast brachte er auf dem Wagen wieder alles in Ordnung und zerrte das Kuhfell darüber. Dann huschte er zurück an seinen Schlafplatz und hüllte sich in die Decke.

Kurz darauf stand die Müllerin in der Tür und forderte den Jungen zum Aufstehen auf. Lucas tat so, als würde er soeben erst aus einem tiefen Schlaf erwachen.

Agatha trug einige Arme Heu zu den Tieren nebenan und molk anschließend die Ziegen. Im gegenüberliegenden Gebäude wurde die Mühle in Gang gesetzt und das gleichmäßige Rattern des Räderwerks erfüllte kurze Zeit darauf den ganzen Mühlhof.

„Na, hast du gut geschlafen?“, erkundigte sich die Müllerin warmherzig, als der Junge in den Stall trat und sich reckte. „Mein Mann ist drüben in der Mühle. Er wartet schon auf dich. Beeil dich!“

*

Auf der Stelle lief Lucas hinüber und handelte sich gleich einen tadelnden Blick des Müllers ein.

„Hat der Herr endlich ausgeschlafen?“, brummte Diepold misslaunig. „Wenn die Sonne aufgeht, beginnt bei uns die Arbeit. Hast du das verstanden? Sieh zu, dass du nach unten kommst und die anderen Säcke heraufholst!“

Einen Leinensack nach dem anderen schleppte Lucas die steile Holztreppe nach oben und dann noch einige Stufen weiter hinauf zum Trichter.

Diepold nahm eine Holzleiste, die von der Decke herunterhing, in die Hand und zog daran. Der obere Mühlstein wurde dadurch in Bewegung gesetzt. Aus dem trichterförmigen Behälter, der durch eine ausgetüftelte Mechanik ständig in Rüttelbewegung gehalten wurde, rieselten die Getreidekörner in ein Loch des Mahlsteins und wurden anschließend zwischen den Steinen zerrieben.

Von den äußeren Rändern fiel das Mehl und die leeren Getreidekörner nach unten auf ein feines, schräg abfallendes Sieb. Durch gleichmäßiges Schütteln gelangte das Mehl in einen Kasten, die verbliebene Kleie wurde in einen zweiten Behälter weiterbefördert.

Mit Staunen betrachtete Lucas dieses fortschrittliche Mahlwerk, hielt sich dabei aber die Ohren zu, weil es einen ohrenbetäubenden Lärm verursachte.

Erst als Diepold den Holzhebel wieder nach oben schob, kam der Mühlstein zum Stehen.

„Wo sind die anderen Getreidesäcke?", rief er. Sofort eilte der Junge erneut nach unten, um auch die restlichen heraufzuholen.

Anschließend winkte ihn der Müller zum Mehlkasten.

„Nimm die Holzschaufel und fülle das Mehl in die Leinensäcke!"

Erst als das ganze Getreide gemahlen und in die Säcke gefüllt war, gingen sie in die Stube und frühstückten. Sogar Linus tauchte jetzt auf.

Nachdem sie sich gestärkt hatten, nahm Linus den Jungen mit in die Scheune. Sämtliche Holzkisten und all seine andere Habe wurden abgeladen und in seine Kammer, die einen eigenen Zugang unterhalb der Außentreppe besaß, geschafft.

Am Ende war der kleine Raum so vollgestopft, dass kaum mehr Platz war, um an das Bett zu kommen. Linus schien das nicht zu stören, ganz im Gegenteil, er warf einen äußerst zufriedenen Blick auf seine Habseligkeiten.

„Du kannst dich wieder bei Diepold nützlich machen!", teilte er Lucas dann mit. „Pass aber auf, dass er dich nicht zu sehr ausnutzt!"

*

Jede Menge Arbeit kam in den folgenden Tagen auf den Jungen zu. Etwa zweihundert Schritte oberhalb der Mühle war ein Wehr im Glotterbach angebracht. Von hier aus führte ein künstlich angelegter Wassergraben zum Mühlrad. Lucas musste auf Geheiß des Müllers hin mit einer Schaufel den Schlamm entfernen, der sich im Laufe der Zeit in ihm abgesetzt hatte.

Da er mit bloßen Füßen in dem eisigen Wasser stand, kam er nach getaner Arbeit völlig durchfroren zurück in die Stube. Agatha zeigte sich allerdings sehr verständnisvoll, legte einen Ziegelstein ans Feuer und brachte ihn dem Jungen wenig später, um seine Füße daran aufzuwärmen.

Ab und zu tauchten auch Bauern aus der Umgebung auf und karrten Getreide zum Mahlen herbei. Während Diepold für gewöhnlich bei ihnen stand und ausgiebig über alle möglichen Dinge mit ihnen schwatzte, musste Lucas die schweren Säcke hinauf zum Trichter schleppen.

Trotz der Kälte verbrachte er auch mehrere Tage damit, Berge von Holz, die unter dem Dachvorsprung der Scheune lagerten, zu zerkleinern und aufzuschichten. Abends waren seine Hände mit Schwielen oftmals so übersät, an manchen Stellen sogar blutig, dass er kaum mehr das Werkzeug halten konnte.

Kein Wort des Jammerns kam jedoch über seine Lippen, weil er sich vorgenommen hatte, sich dem Müller von seiner besten Seite zu zeigen. Vielleicht konnte er Meister Diepold doch noch erweichen, wünschte sich Lucas sehnlichst, und er würde ihn nicht wegschicken. Was hätte er dafür gegeben, welche Opfer hätte er gebracht, um den Winter hier im Mühlhof verbringen zu dürfen.

Mit Wolf hatte sich Lucas inzwischen richtig angefreundet und der Hund hielt sich häufig in der Nähe des Jungen auf. Da sich sonst nur selten jemand um den zotteligen Kerl kümmerte, redete Lucas während der Arbeit mit ihm, als wäre er ein Mensch.

Manchmal schleuderte er auch ein Holzscheit auf die angrenzende Wiese und Wolf holte es auf der Stelle zu ihm zurück. Ansonsten hatte Lucas wenig Abwechslung.

Insgeheim beneidete der Junge Linus. Der beteiligte sich nur äußerst selten an den Arbeiten, die auf dem Hof anfielen. Meist sah Lucas ihn nur zu den Mahlzeiten. Linus verbrachte die meiste Zeit in seiner Kammer. Manchmal tauchte er auch mit einem Topf in der Küche auf, brachte Wasser zum Kochen und warf dann verschiedene Kräuter hinein. War die dunkelbraune Brühe erkaltet, füllte er den Sud in kleine Krüge und Fläschchen um.

Gerne, zu gerne hätte Lucas ihn nach den Knochen befragt, die er im doppelten Boden der Kiste entdeckt hatte und auch viele andere Dinge hätten ihn brennend interessiert. Er durfte Linus aber auf keinen Fall wissen lassen, dass er seine Sachen durchstöbert hatte. Lucas wusste, dass Linus darin eigen war. Womöglich hätte er ihn auf der Stelle aus dem Haus geworfen. Also schwieg er vorläufig besser.

Kapitel 27

„Du fährst heute mit mir hinauf zur Schönau, Lucas!“, sprach der Müller am nächsten Morgen. „Wir bringen ein paar Säcke Mehl dorthin.“

Lucas war erfreut über diese angenehme Nachricht, weil er, so hoffte er zumindest, einmal nicht vom frühen Morgen bis tief in die Nacht schuften musste. Der Müller trieb ihn auch nicht andauernd an, so wie er es in den letzten Tagen getan hatte, sondern zeigte sich dem Jungen gegenüber von einer völlig neuen, erstaunlich freundlichen Seite.

Diepold schirrte sein Pferd an den Wagen, führte das Gespann direkt vor die Mühlentür und schleppte dann zusammen mit Lucas die Mehlsäcke heraus. Als das geschehen war, legte der Müller ein Brett quer über den Leiterwagen, setzte sich darauf und hielt die Zügel schon in der Hand.

„Was ist, Lucas? Willst du etwa laufen? Steig auf und setz dich neben mich! Du hast in den letzten Tagen wirklich genug gerackert.“

Auf der Stelle kam Lucas seiner Aufforderung nach und freute sich über die letzte Bemerkung, die eine gewisse Anerkennung seiner geleisteten Arbeit zum Ausdruck brachte.

Lucas konnte es nicht fassen. Wie verwandelt wirkte Diepold und unterhielt sich auf der Fahrt angeregt und in wohlwollendem Ton mit dem Jungen.

„Meinetwegen kannst du eine Weile bei uns bleiben", bot er ihm sogar an. „Ich habe dich in den letzten Tagen schwer schuften lassen, um dich zu prüfen. Du bist fleißig und hast deine Sache bisher gut gemacht."

Ein Stein, eine schwere Bürde fiel Lucas in diesem Moment vom Herzen, weil er es geschafft hatte und wenigstens einige Zeit untergekommen war. Schließlich stand Weihnachten kurz vor der Tür.

„Ach, was ich dir noch sagen wollte", fügte Meister Diepold ganz beiläufig hinzu. „Wenn dir mal etwas Sonderbares an Linus auffällt, dann kannst du ruhig zu mir kommen und mit mir darüber reden."

Lucas war der übertrieben freundschaftliche Ton des Müllers nicht entgangen und auch die Absicht, ihn auszuhorchen, war offensichtlich.

„Ich weiß nicht, was ich Euch da erzählen könnte", erwiderte Lucas ausweichend. „Mir ist bisher nichts Sonderbares aufgefallen, außer . . ."

„Sag schon!", ermunterte ihn Diepold und die Neugierde stand ihm ins Gesicht geschrieben.

„ . . . dass Linus schnarcht", vollendete der Junge seinen Satz.

„Nein, damit wirst du bei mir kein Glück haben, Meister Diepold!", dachte sich Lucas. „Linus ist mein Freund und ich werde dir auf keinen Fall irgendwelche Dinge auf die Nase binden, die dich nichts angehen!"

*

Durch ein enges Tal führte der Weg steil bergan in Richtung Kandel. Auf halber Höhe bogen sie ab, überquerten eine Hochfläche und gelangten schließlich zu einem Hof. Ähnlich wie in der Mühle war auch hier ein gleichmäßiges, schabendes Geräusch zu vernehmen.

„Wollen wir das Mehl wirklich auf diesen Hof bringen?“, erkundigte sich Lucas verwundert. „Wenn ich meinen Ohren trauen kann, dann hat der Bauer selbst eine Getreidemühle.“

„Welch ein Unsinn wäre das! Ich bringe doch einem Müller kein Mehl!“ Diepold verfiel in seine bekannte, kratzbürstige Art, mäßigte sich aber auf der Stelle und sprach dann ruhig weiter: „Bauer Thisch vom Schönhof besitzt eine Holzsäge, die wie eine Mühle mit Wasserkraft betrieben wird.“

Kaum hatte Diepold das Pferd und den Wagen zum Stehen gebracht, schon hüpfte Lucas mit einem Satz herunter und lief auf das Geräusch zu.

Ein riesiges, langes Sägeblatt mit auffällig großen Zähnen wurde wie von Geisterhand nach oben und unten gezogen und fraß sich mit jeder Bewegung tiefer in einen Fichtenstamm hinein.

„Wer bist denn du?“, übertönte ein Mann mit seiner Stimme das Krächzen der Säge. „Hat dich jemand zu mir geschickt, weil ich ihm Bretter oder Balken liefern soll?“

„Müller Diepold bringt Euch Mehl und ich helfe ihm dabei“, antwortete Lucas ebenso stimmgewaltig.

Der Mann zog an einem Holzhebel und abrupt kam das Sägeblatt zur Ruhe.

„Sei gegrüßt, Bauer Thisch!“ Diepold kam um die Hütte gelaufen. „Ich bringe dir das Mehl. Wo sollen wir die Säcke denn hinschaffen?“

Der Bauer deutete auf ein kleines Häuschen ohne Fenster. „Tragt es in den Speicher!“

Er holte einen großen Schlüssel aus dem Haus und öffnete die stabile Bohlentür. Mit großen Augen blickten sich Diepold und Lucas im Innern um. Eine Menge Tonkrüge standen herum, Holzkisten waren randvoll mit Getreide gefüllt, Schinken und Würste hingen an einem waagrechten Stab verknotet an der Decke.

„Der Winter wird lang!“, erklärte der Bauer. „Und wie es im Frühjahr weitergeht, daran mag ich gar nicht denken.“

Er musterte seine Schätze und wandte sich dann an Diepold:

„Glaubst du etwa noch daran, dass es zu einer friedlichen Lösung zwischen den Grundherren und uns Bauern kommen kann? Ich kann es mir nicht vorstellen, dass der Abt von St. Peter sich auf ernsthafte Verhandlungen einlässt.“

„Dann hältst du es wahrscheinlich auch für richtig, dass die Aufrührer das Kloster St. Trudpert niedergebrannt haben, wie?“, zischte ihn der Müller an und brachte seine Meinung dadurch unmissverständlich zum Ausdruck. „Ich bin dafür, dass wir uns wehren, aber nur mit friedlichen Mitteln! Mit Feuer werden wir unsere Forderungen nicht durchsetzen.“

„Mit friedlichen Mitteln . . . wehren?“ Bauer Thisch lachte hämisch. „Das verstehen die Herren nicht und werden sich höchstens über uns lustig machen. Sie nehmen uns irgendwann alles weg! Sollte man uns eines Tages allerdings wie Menschen behandelt, werden wir mit Sicherheit auch auf jede Gewalt verzichten. Danach sieht es zur Zeit aber nicht aus.

Dich, Diepold, hat man bisher noch bei keinem Treffen der Bauern gesehen. Du zieht es allem Anschein nach vor, andere den Kopf für dich hinhalten zu lassen, wie?“

Ohne ein Wort der Rechtfertigung machte sich der Müller daran, die Säcke mit Lucas in den Speicher zu tragen.

*

„Ist das alles?“, fragte Bauer Thisch mit skeptischer Miene, als der letzte Sack abgelegt war. „Backst du dein Brot etwa auch von meinem Mehl?“

„Wie meinst du das? Unterstellt du mir etwa, ich hätte dich

betrogen? Ich habe mir nur den Anteil genommen, der mir nach der Verordnung zusteht“, erwiderte Diepold wütend. „Wenn du mir nicht traust, dann musst du dich das nächste Mal daneben stellen, wenn ich dein Getreide mahle!“

„Nichts für ungut, Diepold! Es war nicht so gemeint“, gab der Bauer klein bei, konnte sich eine weitere bissige Bemerkung dann aber doch nicht verkneifen: „Man sagt den Müllern wahrscheinlich zu Unrecht nach, dass sie die Bauern von jeher übers Ohr hauen.“

Mit Zornesröte im Gesicht stürzte Diepold zum Wagen, saß auf und trieb sogleich sein Pferd an. Nur mit einem beherzten Hechtsprung konnte Lucas verhindern, ohne Vorwarnung auf dem Hof zurückgelassen zu werden.

„Warum, ich frage mich, warum sind die Leute uns Müllern gegenüber so misstrauisch?“, schimpfte Diepold bei der Weiterfahrt. „Man stempelt uns als Betrüger ab und glaubt, wir würden jeden bestehlen, der sein Getreide zu uns bringt. Manche nehmen sogar an, wir würden Holz und andere Dinge dem Mehl beimengen, um es zu strecken.“

„So sind sie nun mal, diese Schwätzer, Meister Diepold! Ihr habt doch selbst gehört, welchen Unsinn sie über Linus verbreiten. Nur weil er ein paar Knochen in . . .“

Der Junge zuckte wegen seiner eigenen, vorschnell herausgeplapperten Worte zusammen und Diepold bedrängte ihn weiterzusprechen.

„. . . ein paar Knochenbrüche heilen kann, hat das noch lange nichts mit Zauberei zu tun“, rettete sich Lucas aus der verfänglichen Lage.

„Du willst mir nichts verraten, Lucas! Ich merke es ganz deutlich. Du suchst immer wieder nach Ausreden.“

Lucas schwieg. Er konnte und durfte sich mit Diepold auf keinen Fall anlegen.

*

Dunkle Wolken verfinsterten den Himmel und kurz darauf fielen die ersten Tropfen, die nach und nach sogar in Schnee übergingen. Diepold schlug dem Pferd unablässig die Zügel auf den Rücken und scheuchte es vor sich her.

Lucas war erleichtert, als unten im Tal die Mühle endlich vor ihnen auftauchte. Sie waren beide völlig durchnässt und suchten nach dem Ausschirren Zuflucht in der warmen Stube.

„Bauer Thisch hat wieder rumgemault", brach es gleich aus Diepold heraus, als er Agatha erblickte. „Ob ich mein Brot auch mit seinem Mehl backe, hat er mich gefragt."

„Diepold, du wirst dich wohl nie daran gewöhnen, dass die Leute viel Unsinn quatschen, wie?", suchte sie beruhigend auf ihn einzureden. „Du darfst dir nicht alles so zu Herzen nehmen!"

„Wo ist denn Linus?", fragte der Müller dann. „Ich habe ihn heute noch gar nicht gesehen."

„Der hat sich einen Korb auf den Rücken geschnallt und ist mit seinem Pferd das Tal hinauf zum Kandel geritten. Eigentlich hättet ihr ihm begegnen müssen", antwortete Agatha. „Er will Kräuter für seine Arzneien sammeln. Den Hund hat er auch mitgenommen."

Lucas war es im Augenblick ganz recht, dass Linus nicht da war, und wollte die Gelegenheit nutzen, um einiges über seine angeblichen Zauberkünste in Erfahrung zu bringen.

„Agatha, Ihr sagtet neulich", fing er deshalb zögerlich ein Gespräch an, „manche Leute glauben, dass Linus . . . zaubern kann."

„Das siehst du doch an mir", lachte sie. „Ohne seine Zauberei wäre ich bestimmt nicht mehr am Leben."

„Du sollst nicht so reden, Weib!", fuhr der Müller sie erzürnt an. „Du weißt, wie schnell man einen solchen Scherz falsch verstehen kann. Nein nein, du solltest wirklich solchen Unsinn lassen!"

„Fängst du jetzt wieder damit an? Wie oft haben wir uns deswegen schon gestritten? Es gibt keine Zauberer! Linus kann nur deshalb Menschen helfen, weil er sich mit Heilkräutern gut auskennt und auch über andere Dinge der Heilkunst besser Bescheid weiß als mancher Physicus von einer Universität."

„Lucas, sieh zu, dass du hinunter in den Mahlraum kommst und die Kleie in Säcke füllst!", herrschte Diepold den Jungen urplötzlich an. „Ich möchte mit meinem Weib allein sein."

Gerne wäre Lucas in der Stube geblieben, doch er wagte es nicht, dem Müller in diesem Augenblick zu widersprechen. Er lief deshalb nach draußen und dann die Treppe hinunter, schlich aber ums Haus herum und stellte sich in die Nähe des Stubenfensters.

„Du weißt genau, was manche Leute über Linus sagen!", vernahm er die erregte Stimme des Müllers. „Du weißt ganz genau, dass sie glauben, es gehe nicht mit rechten Dingen zu. Und ich bin mir da auch nicht sicher. Ganz im Gegenteil!"

„Schon unzählige Male habe ich versucht dir das zu erklären", erwiderte Agatha ebenfalls gereizt. „Es wird immer Leute geben, die dummes Zeug reden und für andere nur Missgunst und Boshaftigkeiten übrig haben.

Hast du dich nicht vorhin erst beschwert, Diepold, dass man schlecht über die Müller redet, dass man ihnen nachsagt, sie würden die Bauern übers Ohr hauen? Sicherlich gibt es auch unter den Müllern Betrüger, aber ist es nicht törichtes Geschwätz, sie alle in einen Topf zu werfen und insgesamt zu verurteilen?

Du tust mit Linus nichts anderes! Auch bei den Heilkundigen, den Badern und den Wundärzten gibt es etliche Scharlatane, die sich mit allerlei Hokuspokus bereichern, aber auch viele, die etwas von ihrem Beruf verstehen und den Menschen wirklich helfen wollen. Und dazu zählt Linus."

*

Lucas hatte sich so sehr auf das Gespräch in der Stube konzentriert, dass er unglaublich zusammenzuckte, als ihn Wolf plötzlich von der Seite ansprang, um ihn dadurch zum Spielen aufzufordern.

Lucas blickte sich um und sah Linus, wie der gerade über den Holzsteg ritt und auf die Mühle zu kam.

„Da hab ich noch mal Glück gehabt! Gott sei Dank hat er mich nicht bei meiner heimlichen Lauscherei erwischt!“ Lucas lief mit Wolf ums Haus herum zurück in den Hof.

„Und, wart Ihr erfolgreich und habt die Kräuter, die Ihr braucht, gefunden?“, sprach der Junge und tat so, als hätte er auf Linus gewartet.

„Nein, jetzt im Dezember findet man nicht mehr viel, Lucas. Die meisten Kräuter werden erst im Frühling oder im zeitigen Sommer wieder wachsen, dann beginnt für einen wie mich die beste Zeit. Ich kann es kaum erwarten, bis es wieder so weit ist.“

Linus sah sich einen kurzen Moment prüfend um, stieg vom Pferd und winkte dann Lucas zu sich heran.

„Dafür hatte Wolf um so mehr Glück“, tuschelte er geheimnisvoll und schob das Grünzeug in seinem Korb beiseite. „Er hat einen Hasen erwischt.“

Tatsächlich, unter den Kräutern konnte Lucas das tote Tier ausmachen.

„Dürft Ihr das, Meister Linus? Das Jagen und Fischen steht doch nur den Freunden des Abtes und den adeligen Herren zu. Oder gilt das hier in St. Peter nicht?“

„Wenn wir uns an alles halten, was diese Herren anordnen, dann dürfen wir eigentlich gar nichts mehr, sondern nur schuften und Abgaben leisten.“

„Aber, wenn Euch jemand dabei erwischt hätte, dann

würdet Ihr jetzt nicht so leichtfertig daherreden. Bestimmt nicht!“

„Ich bin ein alter Mann und habe vor niemandem Angst, Lucas! Wahrscheinlich ist das der einzige Vorteil, den man hat, wenn einem vom Herrgott sowieso nur noch ein paar Lenze gegönnt sind.“

Diepold und seine Frau Agatha kamen aus dem Mühlhaus und Linus deckte deshalb den Hasen schnell wieder mit den Kräutern zu.

„Kein Wort darüber zu den beiden! Hast du mich verstanden, Lucas?“

Während Diepold zielstrebig in die Mahlstube eilte, kam Agatha zu Linus gelaufen und warf sofort einen neugierigen Blick in den Korb. Sie wollte gerade hineingreifen, doch Linus kam ihr zuvor und nahm einige Pflanzen heraus.

„An geschützten Stellen habe ich mehr oder minder durch Zufall noch ein paar Stauden ‚Beifuß' entdeckt“, erklärte er. „Der Sud der Pflanze hilft bei Geschwüren und Hauterkrankungen. Brombeerblätter gibt es ebenfalls noch jede Menge. Die jungen Triebe im Frühling sind zwar wesentlich besser, doch auch die hier werden noch einen kräftigen Sud liefern, der bei Husten und Verschleimung, ja sogar bei Durchfall recht wirksam ist.“

Es war wirklich erstaunlich, was Linus alles wusste, dachte sich Lucas, als er den Braunen in den Stall führte und ihm einen Arm Heu brachte. Das Problem war, dass er ihn nicht richtig einschätzen konnte, aus ihm einfach nicht schlau wurde und durch die Bemerkungen von Diepold zusätzlich verunsichert war.

Kapitel 28

Deutlich ließ sich Diepold beim Abendessen anmerken, dass er auf niemanden im Raum gut zu sprechen war. Mit griesgrämigem Gesicht schaufelte er den Haferbrei in sich hinein und brachte nur ein mürrisches Knurren hervor, als sich Agatha mit einer Frage an ihn wendete. Während Linus sich über das abweisende Verhalten des Müllers wunderte, waren dem Jungen die Hintergründe dafür bekannt.

Die Stimmung zwischen Diepold und Linus sollte am folgenden Tag allerdings noch gereizter werden.

Meister Diepold und Lucas hatten schon etliche Stunden in der Mühle zugebracht und eine Menge Korn gemahlen. Sie saßen beide beim Frühstück, als Linus auch endlich auftauchte.

„Ich brauche dringend ein paar von deinen Brettern aus dem Schuppen", sprach er.

„Wozu willst du denn Bretter haben?", wollte Diepold erstaunt wissen und fügte gehässig hinzu: „Willst du endlich mal was Vernünftiges arbeiten?"

„Über meine Arbeit bin ich dir keinerlei Rechenschaft schuldig. Und außerdem brauchst du keine Angst zu haben, ich werde dir die Bretter natürlich bezahlen", erwiderte Linus und warf einige Münzen auf den Tisch. „Ich möchte mir einen Schemel und einen stabilen Tisch für meine Kammer bauen."

„So so, einen Tisch und einen Schemel!", wiederholte der Müller und bemühte sich nicht im Geringsten, seinen Unmut zu verbergen, was Linus nicht entging.

Deshalb stützte der sich mit beiden Armen auf den Tisch und bückte sich etwas zu Diepold herunter, bevor er betont deutlich und unüberhörbar verärgert zu sprechen begann:

„Du solltest nicht vergessen, dass ich für meine Unterkunft und für die von Lucas bezahlt habe. Wenn es dir allerdings lieber ist, dann gib mir das Geld auf der Stelle zurück und schon morgen werden wir den Mühlhof verlassen."

„Du musst nicht gleich so grantig werden, Linus, nur weil ich wissen will, was du mit den Brettern vorhast!" Der Müller warf Lucas einen verschämten Blick zu. „Ich mache mir halt Sorgen, weil ein langer Winter bevorsteht und ich nicht weiß, ob wir ihn gut überstehen. Kummer bereitet mir auch die Ungewissheit, was das neue Jahr für uns bereit hält, die Aufstände und so, na, du weißt schon!"

Lucas war erstaunt. Mit keinem Wort hatte Linus bisher erwähnt, dass er dem Hausherrn Geld zugesteckt hatte. Lucas hatte angenommen, er müsse für sein Essen und seinen Schlafplatz arbeiten.

Die offenen und unmissverständlichen Worte von Meister Linus zeigten Wirkung. Diepold verhielt sich plötzlich zuvorkommender und auch etwas freundlicher. Außerdem wurde Lucas nicht mehr von morgens bis spät abends für die verschiedenen Arbeiten in der Mühle herangezogen, sondern durfte zur Abwechslung manchmal auch Linus helfen.

*

Gleich nach dem Frühstück stöberte Meister Linus in der Scheune herum und suchte sich einige Bretter aus dem Stapel heraus. Sorgfältig zeichnete er mit einem angespitzten Holzkohlestück Linien darauf und ließ sie den Jungen dann aussägen.

„Wie kannst du denn feststellen, ob die Kanten der Bretter gerade sind?“, fragte er Lucas und schmunzelte abwartend.

Als von ihm nur ein kurzes Schulterzucken kam, gab er die Antwort selbst:

„Du nimmst eine möglichst dünne Schnur zur Hand und spannst sie an der Kante entlang. So einfach sind die Geheimnisse, die man beherrschen muss, um durchs Leben zu kommen.“

Auch beim Bau des Tisches und des Schemels zeigte Linus sich so ungewöhnlich geschickt, dass er auf Lucas wie ein erfahrener Kistler wirkte.

„Ihr müsst Eurem Herrgott täglich dafür danken, dass er Euch so viele Talente geschenkt hat!“, bemerkte der Junge staunend, als Linus mit einem Messer und einem Scheit Holz Löcher aus den Tischbeinen herausstemmte und ebenso gekonnt Querhölzer einpasste.

„Den meisten Menschen hat Gott Begabungen und Fertigkeiten mit auf den Weg gegeben, aber nur wenige machen etwas Sinnvolles daraus“, erwiderte Linus und stellte seine Arbeit für einen Moment ein. „Glaubst du etwa, dass die jungen Burschen, die in die Schulen gehen, dort Lesen und Schreiben lernen, in Latein unterrichtet werden und sich mit der Bibel beschäftigen, wesentlich mehr Talent dazu haben als die Söhne einfacher Leute?“

Lucas antwortete nicht, sondern zuckte wieder nur mit den Schultern. Niemals zuvor hatte er jemanden so etwas sagen hören.

„Ich merke schon, Lucas, du bist dir nicht sicher, ob das zutrifft, was ich eben geäußert habe, nicht wahr? Ich kann dir ein Beispiel dafür nennen. Als ich mich vor Jahren einige

Zeit in Basel aufhielt, habe ich Johannes Petri kennen gelernt. Er wurde an der Fränkischen Saale in einem kleinen Bauerndorf geboren."

„Wo ist das, die Fränkische Saale? Könnt Ihr mir das auf Eurer Karte zeigen?"

„Nein, Lucas! Auf meiner Karte ist nur der südliche Teil des Schwarzwaldes zu sehen. Außerdem wirst du sie nicht mehr zu Gesicht bekommen, weil du meine Zeichnung sonst wieder mit der eines kleinen Kindes vergleichst."

Linus nahm ein Hölzchen zur Hand und ritzte damit einige Linien in den Boden.

„Wir sind ungefähr hier. Das ist der Rhein. Da unten an dem Knie liegt Basel und ganz oben fließt der Main. Hier ist ein kleiner Nebenfluss, die Saale! Aus dieser Gegend stammen die Petris.

Als Junge hat Johannes seine Heimat verlassen, in einem Kloster lesen und schreiben gelernt und ist dann Drucker geworden. Lange Jahre zog er ruhelos als Wanderdrucker und Schreiber durch die Lande, hat sich schließlich in Basel niedergelassen und eine eigene Buckdruckerei gegründet. Auch seinen Neffen, Adam Petri, hat er aus Franken nach Basel geholt."

„Und gemeinsam drucken sie jetzt in Basel ein paar Bücher, oder?"

„Ein paar Bücher?", empörte sich Linus. „Zehntausende wurden mittlerweile auf ihren Pressen hergestellt und man kann sie in allen Klöstern und Universitäten finden. Die Petris gehören zu den geachtetsten und besten Druckern weit und breit. Sie sind ein hervorragender Beweis dafür, dass auch einfache Leute eine Menge Talent und einen wachen Geist besitzen. Vielleicht sogar mehr als die Kinder aus wohlhabenden Familien, bei denen der Besuch einer Lateinschule heutzutage zum guten Ton gehört.

Ach übrigens, selbst der Rat von Freiburg hat seine neue

Stadtordnung bei Adam Petri in Basel drucken lassen. Die Entscheidung fiel auf ihn, weil er einen so hervorragenden Ruf hat.

Meister Adam trägt jetzt allein die Verantwortung für die riesige Druckerei, sein Onkel Johannes ist bereits im Jahre 1511 verstorben.“

*

Unvermittelt eilte Linus aus der Scheune hinüber zu seiner Kammer und kehrte von dort mit seinem dicken Pflanzenbuch unter dem Arm zurück. Er legte es auf ein Brett und öffnete es behutsam.

„Das ist von Johannes Petri“, erklärte Linus stolz, „und stammt aus der Zeit, als er noch als Wanderdrucker unterwegs war. Ein Herbarium, ein Pflanzenbuch. Alle Heilpflanzen sind abgebildet und im Text kannst du nachlesen, wie sie wirken, welche Kräfte sie in sich haben. Aber, das weißt du ja bereits.“

Er schlug einige Seiten auf und deutete auf die schönen Bilder.

„Hier, Chelidonium Majus, das Schöllkraut, oder auch Warzenkraut genannt, weil es zur Behandlung von Warzen und Geschwüren, ab und zu auch bei entzündeten Hautstellen verwendet wird.

Oder schau hier! Achillea Millefolium, die Schafgarbe, im Volksmund auch ‚Bauchwehkraut‘ genannt.“

„Was Ihr aus einem so fortschrittlichen Buch alles herauslesen könnt! Unglaublich!“

„Was heißt fortschrittliches Buch!“, erwiderte Linus. „Vor nahezu vierhundert Jahren hat Hildegard von Bingen, sie war Äbtissin eines Klosters, bereits in mehreren Büchern den Heilwert von Pflanzen beschrieben. Sie wollte damit kranken Menschen helfen, um durch die Kräfte der Natur wieder gesund zu werden und es nach Möglichkeit auch zu bleiben."

„Und warum habt Ihr auf vielen Seiten des kostbaren Buches irgendwelches Gekritzel an den Rand geschrieben?" Lucas wollte die Gelegenheit nutzen, um Linus endlich etwas über die angeblichen Zaubersprüche zu entlocken.

„Das Wissen, das in einem solchen Herbarium zusammengetragen wurde, ist niemals abgeschlossen, Lucas. Es kann immer verbessert und erweitert werden. Wenn ich selbst neue Erkenntnisse habe oder bisher unbekannte Heilpflanzen entdecke, dann schreibe ich es in dieses Buch."

Liebvoll und wie einen kostbaren Schatz schlug Linus es zu und war schon im Begriff es zurück in seine Kammer zu tragen, da fasste Lucas Mut.

„Und die . . . Zaubersprüche?", stotterte er. „Schreibt Ihr die Zauberformeln auch in diesem Buch auf?"

Meister Linus drehte sich um und bedachte den Jungen mit einem mitleidigen Lächeln.

„Hast du mich jemals beobachtet, dass ich einen Kranken durch blödsinnige Sprüche geheilt habe?"

Beschämt wich Lucas dem Blick von Linus aus und schüttelte den Kopf. Sie standen sich einen Moment schweigend gegenüber und der Junge glaubte schon, sein vorlautes Mundwerk hätte ihm wieder einmal Probleme eingebracht.

Gott sei Dank legte Linus das Herbarium dann aber beiseite und machte sich wieder an die Arbeit. Während er die Hölzer für den Schemel vorbereitete, musste Lucas die einzelnen Teile des Tisches so lange mit feinem Sand scheuern, bis die Oberflächen glatt waren.

Prüfend strich Linus mit der Hand darüber und Lucas war unaussprechlich glücklich, als der sich lobend über seine Arbeit äußerte.

Noch am Abend wurden die beiden Möbelstücke mit angewärmtem Bienenwachs eingerieben und anschließend poliert. Linus und Lucas waren sichtlich stolz auf das Ergebnis ihrer Mühen.

*

Nach wie vor schlief Lucas in der Scheune, doch da der Winter urplötzlich mit unbarmherzigem Frost sein Recht einforderte, wachte er in der Nacht auf und konnte wegen der Kälte nicht mehr einschlafen. Zum Glück erlaubte ihm der Müller, sein Lager vorläufig in den Stall zu verlegen und Zuflucht bei den wärmenden Tieren zu suchen.

Weihnachten rückte näher und in der Mühle hatten sie noch einmal alle Hände voll zu tun. Selbst ärmere Leute leisteten sich, wenn es irgendwie machbar war, an diesem Fest etwas Besonderes. Frisches Brot, Kuchen und allerlei Backwerk wurden hergestellt. Kein Wunder, dass so mancher noch Getreide in die Mühle brachte, um für die Festtage einen ausreichenden Vorrat an Mehl im Haus zu haben.

Von morgens früh bis tief in die Nacht war das gleichmäßige Knarren der Mühlräder und das schleifende Geräusch des Mühlsteins in der ganzen Umgebung zu vernehmen.

Der Frost überzog regelmäßig in der Nacht das Wasserrad mit einer Eiskruste und der ansonsten rauschende Wassergraben erstarrte zu einer glitzernden, leblosen Schlange.

Bei Anbruch des Tages war es daher Lucas erste Pflicht mit einer Holzstange das Eis vom Mühlrad zu schlagen und dann die Eisschicht auf dem Wassergraben zu entfernen.

Wenige Tage vor Weihnachten wurde es allerdings so kalt, dass sich alle seine Bemühungen als zwecklos erwiesen. In kürzester Zeit hatte die klirrende Kälte das gesamte Räderwerk zum Stillstand gebracht und selbst Diepold musste einsehen, dass der Winter endgültig den Kampf zu seinen Gunsten entschieden hatte.

Heftige Schneefälle setzten ein und gegen Nachmittag

gesellte sich ein tosender Sturm hinzu. Lucas fegte die Mahlkammer aus und reinigte auf Geheiß von Diepold den Mehlkasten gründlich.

*

Obwohl das bevorstehende Fest bei den meisten Menschen ein beglückendes Gefühl auslöste, war bei Lucas genau das Gegenteil der Fall. Mehr als sonst dachte er zur Zeit an daheim und an seine verstorbenen Eltern. Das Leid, das er eigentlich überwunden zu haben glaubte, hatte ihn wieder eingeholt.

Der Sturm hatte sich gelegt und um sich abzulenken, durchstreifte Lucas am Nachmittag mit Wolf die Umgebung. Es machte dem Hund sichtlich Spaß, dass der Junge sich Zeit für ihn nahm. Wie ein Verrückter raste er über die verschneiten Wiesen und Felder und schien sich vor lauter Übermut gar nicht beruhigen zu können.

Bedenken kamen dem Jungen allerdings immer, wenn der Hund die Fährten von Wild verfolgte oder irgendwelche Tiere am Waldrand entdeckte. Dann hetzte er los und alles Rufen konnte ihn nicht davon abhalten, dem aufgescheuchten Wild hinterher zu jagen.

So war es für Lucas eigentlich nicht verwunderlich, dass Wolf plötzlich mit einem jungen Reh im Maul zu ihm zurückkehrte. Schwanzwedelnd zeigte er dem Jungen seine Beute und ließ sie erst fallen, als der ihn streng anschrie: „Wenn uns jemand sieht, dann werde nicht nur ich bestraft, sondern auch dir werden sie einen Strick um den Hals legen und dich am nächsten Baum aufhängen!"

Schon einen Moment nach seiner Ermahnung kam Lucas sich selbst lächerlich vor. Wie sollte er einem zotteligen, schwarzen Hund erklären, warum es nur den Herren gestattet war, das Wild in den Wäldern zu jagen, wo nicht einmal er das verstehen konnte. Hatte die Tiere des Waldes der Herrgott nicht für alle erschaffen, so wie den Himmel, das Wasser und die Sonne?

Lucas warf das Reh hinter die nächste Hecke und hatte zu tun, Wolf davon abzuhalten sich dem toten Tier erneut zu nähern und seine Beute mit sich zu schleifen. Hastig machte sich der Junge auf den Heimweg zur Mühle.

*

„Komm doch ein bisschen herein zu mir und wärm dich auf!“, bot Linus, der gerade dabei war, einen Topf mit heißer Brühe in seine Kammer zu tragen, dem Jungen an.

„Wolf hat ein junges Reh erwischt!“, teilte Lucas gleich mit. „Gott sei Dank sind wir niemandem begegnet!“

„Wo hast du es denn?“ Linus blickte sich suchend um.

„Glaubt Ihr etwa, ich hätte es mitgenommen?“, erwiderte Lucas empört. „Ihr wisst, welche Strafen unsereins drohen.“

Verständnislos schüttelte Linus den Kopf und streifte sich augenblicklich seinen warmen Umhang über die Schultern.

„Worauf wartest du?“, sprach er, als er sich den Weidenkorb auf den Rücken geschnallt hatte und bereits in der Tür stand. „Zeig mir, wo das Reh liegt!“

Der Junge zögerte anfangs, ließ sich dann aber doch überreden ihm zu folgen. Insgeheim bewunderte er Linus, der sich mit einer Selbstverständlichkeit und scheinbar auch ohne jede Furcht über so manche Verordnung hinwegsetzte.

Als sie am Gebüsch angelangt waren, warf Linus einen Blick auf das tote Tier.

„Es wurde erst in diesem Jahr geboren“, sprach er dann. „Wolf hat es nur erwischt, weil es geschwächt und krank war. Schau dir die trüben Augen einmal an! Kein gesundes Geschöpf hat solche Augen.“

Tatsächlich, Linus hatte Recht! Die Augen waren nicht so

klar und durchsichtig wie bei anderen Tieren, stellte Lucas fest, sondern von einem grauen Schleier überzogen.

Linus verstaute das Reh in seinem Korb, brach einige Zweige von einem Holunderbusch ab und streute sie als Tarnung darüber.

Kapitel 29

Zurück in der Mühle, verschwanden beide sofort wieder in der Kammer. Linus nahm das tote Tier aus dem Korb und legte es auf den Tisch.

Nachdem sie das Reh in Sicherheit gebracht hatten und offensichtlich dabei von niemandem beobachtet worden waren, freute sich jetzt auch Lucas.

„Agatha wird Augen machen, wenn sie den Festtagsbraten sieht. Mir läuft das Wasser schon jetzt im Mund zusammen."

„Von wegen Festtagsbraten! Ich will mir das Tier einmal genauer anschauen. Ich bin einer von den Menschen, die wissbegierig sind, das weißt du doch, Lucas. Ich hab dir das erst neulich erklärt. Brennend interessiert es mich, wie es im Bauch des Rehs aussieht. Sicherlich bist du auch neugierig, oder?"

Lucas war über die Absicht von Linus in diesem Augenblick recht verstört und blieb ihm die Antwort schuldig.

„Warum glotzt du mich an, als würde ich etwas Böses, etwas ganz Verwerfliches tun?", fuhr er den Jungen ohne ersichtlichen Grund an. „Wenn ein Metzger ein Schwein schlachtet, dann nimmt er auch ein Messer und schneidet ihm den Bauch auf, zerlegt es in handliche Stücke oder macht Wurst und Schinken daraus."

Linus schaute Lucas lange und beschwörend an, als würde er darauf warten, dass der seinen Ansichten zustimmt.

„Ein Metzger zerlegt es, weil er für die Menschen Nahrung herstellen will. Ich zerlege das Reh, um seinen Körper zu studieren, verstehst du, um mir neues Wissen anzueignen.“ Linus wirkte zunehmend aufgeregter und kam Lucas vor, als wolle er sich für seine Ansichten entschuldigen. „Warum, sag es mir, Lucas, warum verstehen mich die meisten Menschen nicht?

Nicht Gott hat dieses Tier krank gemacht, sondern es gibt einen natürlichen Grund dafür. Das haben schon Männer vor zweitausend Jahren geschrieben und wir wollen dieses Wissen einfach nicht wahrhaben. Es wäre ja auch Unsinn, wenn Gott diesem Reh erst das Leben schenkt, um es dann, nicht mal ein Jahr alt, wieder sterben zu lassen. Ja, wirklich, es wäre völliger Unsinn!“

Lucas stand eine Weile stumm da und überlegte.

„Da habt Ihr Recht, Linus!“, musste er ihm dann zustimmen, denn das, was der Meister gesagt hatte, war zweifellos richtig und leuchtete dem Jungen ein.

„Und jetzt wirst du erneut erschrecken, Lucas! Meine Neugierde dient den Menschen. Was wir am Körper von Tieren lernen, das Wissen, das wir uns dabei aneignen, das kann man auf unseren menschlichen Organismus übertragen.“

„Aber, wir sind doch die Krönung von Gottes Schöpfung! Gott hat uns nach seinem Ebenbild geschaffen, so steht es in der Bibel. Darf man dann ein Tier mit einem . . . Menschen vergleichen?“

„Ist die übrige Schöpfung tatsächlich weniger wert, Lucas? Die Sterne, die Pflanze, die Sonne, . . . das Reh? Du musst deinen engen Kopf öffnen! Lass deinen Gedanken freien Lauf und unterdrücke sie nicht fortwährend!

Der Mensch soll die Krönung der Schöpfung sein? Denke an die vielen armen Schlucker, die von den Oberen, von den

Mächtigen ausgebeutet und unterjocht werden! Sie müssen sehr hart kämpfen, um zu überleben.

Sind die Fürsten und die Päpste oder die anderen Landesherren ein Ebenbild Gottes, Lucas? Ich, nein, kann es nicht glauben! Tiere sind schon eher die Krönung der Schöpfung, das kannst du mir ruhig abnehmen! Ein Fuchs hasst den Hasen nicht oder unterdrückt ihn. Er beißt sie auch nicht alle tot oder setzt ihnen absichtlich zu, sondern nimmt sich nur so viel, wie er zum Überleben braucht. Und was machen die schlauen Menschen? Sie halten den Fuchs für ein blutrünstiges und boshaftes Tier."

Anfangs war Lucas innerlich über die Worte von Linus empört, doch er konnte ihm schlecht widersprechen.

„Linus hat Recht!", sprach Lucas in Gedanken. „Ich muss meinen Kopf öffnen und mir selbst ein Bild von der Welt machen. Zu lange haben die Oberen versucht, uns am Denken zu hindern."

*

„Jetzt sollten wir unsere Diskussionen einstellen!", bemerkte Linus und beugte sich über das tote Reh. „Wenn du willst, Lucas, kannst du gerne hier bleiben und mir bei der Untersuchung helfen. Du musst mir allerdings etwas versprechen! Du wirst keinem, absolut keinem Menschen ein Wort davon sagen, was wir hier tun und reden! Hast du mich verstanden? Hast du mich wirklich verstanden?"

Lucas nickte mehrmals und Linus schien sich damit zufrieden zu geben.

Vorsichtig schnitt er dem Tier den Bauch auf und hielt es über eine Tonschüssel, so dass das herausströmende Blut sich darin sammelte. Anschließend legte er den Körper auf den Tisch, klappte die Bauchdecke auseinander und spreizte ein Holz hinein, um es offen zu halten.

Etwas Ekel empfand Lucas zwar, doch da er daheim auch des Öfteren miterlebt hatte, wie Tiere geschlachtet und ausgenommen wurden, überwand er ihn schnell. Aufmerksam verfolgte er das weitere Geschehen.

Linus deutete auf verschiedene Teile, die sich im Inneren des Bauches befanden und gab dazu ausführliche Erklärungen ab:

„Hier, schau her, hier ist das Herz! Es wirkt ähnlich wie ein Blasebalg beim Schmied. Es weitet sich und zieht Blut an, um sich dann wieder zusammenzuziehen und es in die Leitungen zu pressen. Schon griechische Ärzte wie der Gelehrte Galen oder Hippokrates haben Tiere untersucht und sind zu erstaunlichen Ergebnissen gekommen. Galen erkannte als erster, dass unser Herz wie ein Blasebalg arbeitet und Blut durch den Körper pumpt."

Linus deutete auf die Adern, die zum Herz liefen und Lucas beugte sich sogar direkt über den geöffneten Bauch, um alles genau betrachten zu können.

„Stell dir vor, Lucas, bis dahin haben die Gelehrten geglaubt, die Atemluft würde in den Adern durch den Körper strömen."

Linus nahm ein kleines Messer aus seiner Holzschatulle, schnitt in der Bauchhöhle etwas ab und hielt es dann in der Hand.

„Galen hat auch herausgefunden, dass dieses eiförmige Gebilde hier eine Niere ist, die das Blut reinigt. Bei uns im Körper ist das genauso. Mit dem gelblichen Wasser, das wir alle paar Stunden auf den Misthaufen pinkeln, geben wir die Verunreinigungen unseres Körpers ab. Hast du das verstanden?"

Noch Etliches wusste Linus zu erzählen und Lucas hörte ihm aufmerksam und gebannt zu.

„Warum seid Ihr kein Physicus geworden, Meister Linus?", wollte Lucas wissen. „Unglaublich, was Ihr alles wisst und was ich bei Euch alles lernen kann. Ihr seid ein talentierter Lehrmeister!"

„Das ist eine lange Geschichte und ..." Linus vollendete seinen Satz nicht, sondern wurde mit einem Mal ärgerlich. „Leider haben wir heute keine so fortschrittlichen Äbte, Fürsten und Könige, wie es zu Zeiten von Marcus Aurelius der Fall war. Der Wissensdurst mancher Menschen wird schnell mit Zauberei und Hexerei in Verbindung gebracht. Die Gelehrten in ganz Europa müssen ihre Studien heimlich betreiben und sich verstecken. Selbst im alten Ägypten war man in dieser Beziehung fortschrittlicher als heutzutage. Trotzdem werden es auch der Papst und die weltlichen Fürsten nicht verhindern können, dass sich Männer mit den Geheimnissen des Lebens beschäftigen."

Linus zögerte eine Weile, teilte dann Lucas aber doch noch etwas im Flüsterton mit:

„Stell dir vor, Lucas, in Italien öffnen sie Leichen von Menschen, um sie zu studieren und an neue Erkenntnisse zu gelangen. Sie tun das meistens allerdings heimlich, weil man sie sonst hart bestrafen oder sogar hinrichten würde."

„Sie schneiden die Körper von ... Menschen auf?", entrüstete sich Lucas.

„Ja sicher! Wie könnten sie sonst das Wissen über den menschlichen Körper mehren und damit den Lebenden helfen? Hätten manche Menschen nicht diesen Durst nach Wissen, diese unersättliche Neugierde, wir wären um Vieles ärmer. Das gilt nicht nur für die Geheimnisse der Natur. Ohne die geniale Erfindung von Johannes Gutenberg würden die Schreiber heute noch einen Buchstaben nach dem anderen mit der Hand zu Papier bringen. Christoph Columbus wäre niemals mit seinen Schiffen in See gestochen. Ohne Martin Behaim aus Nürnberg würden viele Menschen heute noch glauben, die Erde sei eine Scheibe."

*

Die Kammertür wurde ruckartig aufgerissen und Diepold tauchte auf.

„Ach hier treibst du dich herum, Lucas! Da kann ich lange auf dem ganzen Hof herumlaufen und nach dir suchen."

„Zu keinem ein Wort! Verstanden?", flüsterte Linus dem Jungen verhohlen zu und deckte übereilt das tote Reh mit einem Tuch ab. „Lucas hat mir beim Herstellen meiner Salben geholfen."

Der Müller wollte gerade zum Tisch laufen, doch Linus stellte sich ihm so breitbeinig in den engen Weg, dass der nicht weitergehen konnte.

„Ist das an deinen Händen und in der Schale dort etwa Blut?", stieß Diepold bestürzt hervor und legte seine Stirn in Falten.

„Nein, nein, das ist ein Brei aus roten Blütenblättern!" Linus schob Lucas und den Müller sanft, aber bestimmt zur Tür hinaus.

Diepold unternahm erneut mehrere Versuche Lucas auszuhorchen, ihm etwas über Linus zu entlocken. Selbst als dieser zunehmend verärgert reagierte, war der Junge nicht gewillt, dem neugierigen Drängen des Müllers nachzugeben. Er hatte es Meister Linus schließlich versprochen.

*

Meister Diepold nutzte an diesem Tag die Zeit, in der die Mühle wegen des anhaltenden Frostes nicht betrieben werden konnte, um die Getriebewellen, die Zahnräder und andere stark beanspruchte Teile zu überprüfen. Am Antrieb zum Mühlstein zeigten sich unübersehbare Abnutzungen, so dass sich der Müller entschloss, ihn auszutauschen.

Kaum war der Antrieb entfernt, hatte es der Müller von einem Augenblick zum anderen recht eilig.

„Ich muss noch mal wegfahren, weil ich etwas Dringendes zu erledigen habe", verkündete er. „Du kannst in der Zwischenzeit ein neues Rundholz einsetzen!"

„Ich soll allein . . . den Antrieb wieder in Ordnung bringen?" Lucas glaubte, den Müller aus irgendeinem Grund falsch verstanden zu haben. „Seid Ihr Euch da wirklich sicher, was Ihr von mir verlangt?"

Noch einmal wiederholte der Müller seinen Auftrag und es bestand für Lucas kein Zweifel mehr. Er sollte tatsächlich allein und ohne die Hilfe des Meisters diese Reparatur durchführen. Natürlich wusste Lucas ganz genau, warum er diese schwierige und komplizierte Aufgabe alleine durchführen sollte. Diepold wollte sich für das beharrliche Schweigen des Jungen rächen.

„Holz findest du in der Scheune", teilte Diepold noch mit und verließ ohne jede Regung im Gesicht eilig den Mahlraum.

Lucas, der ihm durchs Fenster nachblickte, traute seinen Augen kaum, als Diepold tatsächlich das Pferd aus dem Stall holte und das Scheunentor öffnete. Er schob den Schlitten heraus, spannte den Gaul davor und trieb ihn schon wenig später am Glotterbach entlang hinauf in Richtung Kandel.

„Was bleibt mir anderes übrig? Versuchen werde ich es auf jeden Fall", machte sich Lucas selbst Mut und überlegte.

Mit seinen Augen und der Spannweite seiner Finger nahm er einige Zeit Maß und suchte sich anschließend ein Rundholz in der Scheune. Schnell hatte er das Schäleisen bei den übrigen Werkzeugen entdeckt, schärfte es noch einmal am Wetzstein und entfernte dann die Rinde von dem Eichenstämmchen.

Das Holz mit der Säge auf die nötige Länge zu kürzen, auch das bereitete Lucas keine Schwierigkeiten, doch dann kam er nicht weiter. Er lief deshalb zur Kammer von Linus und stürzte hinein.

„Kannst du nicht anklopfen? Ich mag es nicht, ich kann es nicht ausstehen, wenn man mich so überrumpelt."

„Entschuldigt, Meister Linus! Das wollte ich nicht! Könnt Ihr mir vielleicht einen Moment helfen?"

Linus legte seine Feder aus der Hand und schob den Bogen Papier, auf dem er gerade etwas gezeichnet hatte, unter andere leere Blätter.

„Was gibt es denn?"

Lucas lief mit ihm in den Mahlraum und erklärte, welchen Auftrag ihm der Müller erteilt hatte.

„Er nutzt dich schamlos aus!", wetterte Linus scharf, ließ sich aber trotzdem kein zweites Mal bitten und machte sich an die Arbeit.

Gekonnt entfernte er das alte Rundholz aus dem Zahnkranz und passte das Neue ebenso geschickt ein.

Erst am Abend kam Diepold zurück zur Mühle. Lucas merkte ihm sofort an, dass er im Wirtshaus gewesen war und es nicht bei einem Krug Bier belassen hatte. Geradezu abweisend verhielt sich Diepold Linus gegenüber, was der ihm aber nicht übel nahm.

„Der Alkohol zeigt nicht bei allen Menschen die gleiche Wirkung", bemerkte Linus beiläufig. „Manche werden unbesorgt und fröhlich, bei anderen bewirkt er das ganze Gegenteil."

Kapitel 30

Trotz der schlechten Zeiten gab sich Agatha alle Mühe, um Weihnachten für die Bewohner der Mühle zu einem besonderen Fest werden zu lassen. Schon bei Tagesanbruch brachte sie mehrere Reisigbündel vor den Backofen und spannte auch gleich Lucas ein, als der schlaftrunken aus dem Stall kam.

„Guten Morgen, Lucas! Du kannst mir helfen. Spalte einige trockene Holzscheite in möglichst kleine Späne und streue sie in den Backofen! Darüber schichtest du das Reisig, das ich bereits zurechtgelegt habe! Wenn du so weit bist, kommst du in die Küche und holst dir eine Kerze, um das Holz zu entfachen!"

Lucas machte sich sofort an die Arbeit und führte den Auftrag aus. Dann holte er eine brennende Kerze und kehrte zurück in den Hof. Das trockene, zerkleinerte Holz fing sofort Feuer und brannte mit einer solchen Heftigkeit, dass die Flammen sogar aus dem Feuerloch herausschlugen.

Als das Feuer seinen Höhepunkt erreicht hatte, kam auch Agatha aus der Küche herbei. Sie nahm eine flache Steinplatte und verschloss damit das Schürloch. Auch die Rauchlöcher im halbkugelförmigen Gewölbe des Ofens wurden mit Steinen abgedeckt.

„Erst jetzt wird im Innern so große Hitze entwickelt", erklärte die Müllerin, „dass die Steine des Ofens heiß genug werden, um auf ihnen Brot zu backen. Bis es so weit ist, kann ich in der Küche meinen Teig fertig machen."

Lucas half ihr dabei.

Etwa nach zwei Stunden entfernte Lucas mit einem langen Stecken, an dessen Ende ein Querholz angebracht war, die heiße Asche aus dem Ofen. Dann knotete Agatha ein nasses Leinentuch an einen Stock und wischte die restliche Asche damit heraus.

Mit einer flachen Holzschaufel brachte sie Brotlaibe, Kuchen und anderes Backwerk ein und verschloss dann wieder das Feuerloch.

„So, das hätten wir geschafft!", freute sie sich nach getaner Arbeit und tupfte sich mit ihrer Schürze die Schweißperlen von der Stirn. „Es dauert, bis die Brote und die anderen Sachen herausgeholt werden können."

Agatha hatte ein Gespür dafür, wann die Plätzchen und der Kuchen fertig waren und eilte rechtzeitig herbei, um sie mit der Holzschaufel aus dem Ofen zu angeln.

„Das Brot wird noch eine Weile brauchen!", sprach sie, warf einen prüfenden Blick durchs Feuerloch und verschloss es dann wieder mit der Steinplatte.

Agatha war Lucas gegenüber sehr freigiebig. Sie hielt ihm einige zerbrochene Plätzchen hin und sogar ein Stück von dem frischen, duftenden Kuchen wanderte noch im warmen Zustand in den Mund des Jungen. Lucas spürte es, sie mochte ihn und er konnte dasselbe auch von sich behaupten.

Er war sehr dankbar, dass er Weihnachten im Mühlhof verbringen durfte und, abgesehen von Diepold, freundliche Menschen um sich hatte. Das verdrängte zunehmend die trüben Gedanken an seine Eltern aus seinem Kopf.

*

Gemeinsam fuhren alle Bewohner der Unterwassermühle am Heiligen Abend mit dem Schlitten zur Christmette ins Kloster nach St. Peter.

Die anderen Kirchenbesucher musterten Meister Linus und den Jungen ausführlich, doch das war eigentlich nichts Außergewöhnliches. Selbst in der Sebastiankapelle in Stühlingen wurde jeder Fremde, der die Messe dort besuchte, von den Einheimischen begafft, als würde ihm dieses Recht nicht zustehen, erinnerte sich Lucas.

Recht deutlich und mit ernsten Ermahnungen ging der Abt in seiner Predigt auf die Ereignisse der letzten Monate ein.

„Es wird immer einige geben, die unzufrieden sind! Bedenkt jedoch, dass es auch für das Kloster nicht immer einfach ist! Meine Mitbrüder und ich überlassen Euch Land und haben daher auch ein Anrecht darauf, Abgaben und Frondienste von Euch zu fordern."

Der Abt machte eine kurze Pause und ließ seinen strengen Blick über die Gläubigen schweifen, so als wolle er jedem einzelnen in die Augen schauen und darin seine Gesinnung ergründen.

„Lasst Euch von aufrührerischem Geschrei und von unbedachten Handlungen nicht blenden! Gott wird es nicht zulassen, dass man seine von ihm gegebene Ordnung ins Wanken bringt! Erst heute haben mich wieder schlimme Nachrichten erreicht, dass in Baltringen bei Biberach erneut Unruhen ausgebrochen sind. Ist es nicht erschreckend, dass diesen Ketzern und Aufwieglern nicht einmal das Fest der Geburt Christi heilig ist?"

Sein Ton wurde strenger, in seinem Gesichtsausdruck spiegelte sich sogar Wut. Kein Mucks war unter den Gläubigen zu vernehmen.

„Das Letzte Gericht wird diese Verbrecher eines Tages verdammen!", rief er in die Menschenmenge. „Wie die Heiden sind sie über das Kloster St. Trudpert hergefallen, haben es geplündert und niedergebrannt. Sie geben vor, sich gegen Abgaben, Leibeigenschaft und andere Dinge zu wehren, verhalten sich aber wie Vandalen, wie gewissenlose Diebe.

Ich weiß genau, dass auch einige unter Euch so denken und sich im Herbst den Aufständischen angeschlossen haben. Ich warne Euch jedoch! Gott steht auf unserer Seite!"

Nach der Messe hielten sich die meisten Kirchenbesucher noch eine Weile vor der Klosterkirche auf und jetzt äußerte so mancher, der vorher widerspruchslos dem Abt zugehört hatte, seine Meinung. Heftige Wortgefechte fanden statt.

*

Als sich Diepold, Linus, Agatha und Lucas auf den Heimweg machten, verdrängte der Junge alle Probleme. Ganz im Gegenteil, es war Weihnachten und er verspürte eine freudige Unruhe in sich. Daheim wollte er Agatha gleich ein kleines Geschenk überreichen und er war sich ziemlich sicher, dass sie sich über die Handsalbe, die er unter Mithilfe von Linus gemischt hatte, freuen würde.

„Gesegnete Weihnachten!", rief Agatha der Familie Wüst vom Steingrubenhof noch zu, als diese mit ihrem Schlitten zu ihrem Gehöft abbogen. Linus und Lucas schlossen sich dem Gruß an, während Diepold nur ein mürrisches und unverständliches Brummen über seine Lippen brachte.

Die beiden Fackeln, die Lucas und Linus in Händen hielten, leuchteten den Weg nur spärlich aus und das Pferd hatte zu tun seinen Weg hinunter ins Tal zu finden.

Nur schwach hob sich der Mühlhof von der schneebedeckten Umgebung ab, zumal das Buschwerk am Bach die Sicht versperrte.

Als sie näher kamen, konnte Lucas das ungewöhnlich aufgeregte Bellen von Wolf vernehmen. Unvermittelt brachte

Diepold den Schlitten zum Stehen und alle blickten gebannt in Richtung Mühle.

„Du hast Wolf doch nicht eingesperrt, oder?", wandte sich Linus an Diepold. „Sein Bellen klingt so komisch."

„Nein, natürlich nicht!", erwiderte der barsch.

„Irgendetwas ist nicht in Ordnung", bemerkte Linus, „sonst hätte uns der Hund längst bemerkt und würde uns entgegenlaufen. Irgendetwas stimmt nicht!"

„Dort! Habt ihr es auch gesehen?", stieß Agatha urplötzlich hervor. „Am Schuppen hat sich die Tür bewegt. Ich bin mir völlig sicher!"

„Wahrscheinlich hast du dir das eingebildet", tat Diepold ihre Beobachtung geringschätzig ab, „weil du Angst hast."

„Nein, hat sie nicht!", verteidigte Lucas die Müllerin vehement. „Es stimmt, was Agatha sagt! Es ist jemand in der Scheune verschwunden."

„Wenn ihr es sagt, gut! Wir sollten den Schlitten hier stehen lassen und uns vorsichtig anschleichen. Du, Agatha, bleibst hier!", ordnete Diepold an und war schon dabei vom Schlitten zu steigen. „Linus, sieh zu, ob du unbemerkt vom Hang her an die Scheune herankommst! Lucas versucht vom Bach her an die Mühle zu gelangen und ich werde das Hoftor im Auge behalten."

Der Müller riss Lucas und Agatha die Fackeln aus den Händen und ertränkte das Feuer im zischenden Schnee.

„Nimm den Knüppel! Man kann nicht wissen, was uns erwartet", sprach er dann und reichte Linus einen Fackelstock.

Der hielt ihn sofort Lucas hin.

„Ich brauche ihn nicht, ich besitze nämlich eine viel wirksamere Waffe gegen Gesindel und Diebe." Linus fasste sich in den rechten Lederstiefel und zog ein Messer heraus. „Wehe, jemand war in meiner Kammer und hat sich an meinen Sachen zu schaffen gemacht oder mein Pferd geklaut!", drohte er grimmig und fuhr einige Male ruckartig mit dem Messer durch die Luft, als stünde bereits ein vermeintlicher Übeltäter vor ihm.

Wieder konnte man Wolf bellen hören.

„Er ist eingesperrt, mit Sicherheit!“, bemerkte Lucas entsetzt. „Es klingt so dumpf. Wäre er im Freien, würde sein Bellen ganz anders durch das Tal hallen.“

*

Lucas schlich im weiten Bogen um die Mühle herum und überquerte den Holzsteg. Immer wieder suchte er an geeigneten Stellen Deckung. Ihm war recht flau in der Magengegend und je mehr er sich dem Wassergraben entlang an das Gebäude heranpirschte, desto pochender machte sich sein Herz bemerkbar. Die Ungewissheit, was ihn im Mühlhof erwartete, machte ihm zu schaffen. Zu allem Unglück hatte er auch sein Messer nicht bei sich, sondern es im Stall unter einem Strohbüschel zurückgelassen.

Erschrocken kauerte er sich auf den eisigen Boden. Er hatte den Schein eines schwachen Lichtes vom winzigen Küchenfenster her wahrgenommen. Jede Bewegung musste jetzt gut überlegt sein, weil Lucas höchstens noch fünfzig Schritte vom Gebäude entfernt war.

Wie erstarrt lag Lucas im Schnee und überlegte, kam jedoch zu keiner Entscheidung, was er tun sollte. Einfach aufstehen und auf die Mühle zurennen, schien ihm zu gewagt, weil er nicht wusste, ob Linus und Diepold schon in der Nähe waren, um ihm im Ernstfall beizustehen.

Gott sei Dank drangen Stimmen vom Hof her an sein Ohr und Lucas war sich sicher, dass es sich um die von Linus und Diepold handeln musste. Eindringlinge hätten jede Art von auffälligem Krach vermieden und nicht unnötig auf sich aufmerksam gemacht.

Ein Winseln von Wolf war zu vernehmen.

Hastig sprang Lucas auf die Beine und raste mit dem Stock in der Hand auf das Mühlrad zu, um dort erneut Deckung zu suchen und sich einen Überblick zu verschaffen.

Er lauschte in die Dunkelheit und war unglaublich enttäuscht, als er nichts mehr hörte, außer ab und zu das Knacken und Knistern von Eis in seiner Nähe.

Lucas schlich ans Hauseck. Von hier konnte er die Scheune gut einsehen und kontrollieren. Seine Augen hatten sich längst an die Dunkelheit gewöhnt und suchten wieder und wieder die Umgebung ab.

Da, plötzlich sah er am hinteren Teil des Schuppens eine Gestalt, die sich unter dem Dachvorsprung besonders vorsichtig vorwärts tastete. Als Lucas in der Gestalt Linus erkannte, hätte er ihm vor Erleichterung am liebsten auf der Stelle etwas zugerufen, konnte sich jedoch im letzten Moment noch zusammennehmen.

„Ich werde mich hinüber zu Linus schleichen!"

Der Junge war gerade dabei, seinen Entschluss in die Tat umzusetzen, als sich blitzschnell eine Hand über seinen Mund legte, seinen Kopf nach hinten riss und ihn zu Boden zerrte. „Wenn du auch nur einen Ton von dir gibst, schneid ich dir die Gurgel durch!", hauchte ihm jemand von hinten bedrohlich ins Ohr und setzte ihm gleichzeitig einen kühlen Gegenstand an den Hals.

Im ersten Moment wollte Lucas aufspringen und sein Leben verteidigen, doch ein kräftiger Arm erstickte seinen Versuch im Keim. Mit roher Gewalt drückte der Fremde den Jungen zu Boden und kniete sich auf seine Brust. Während er die eine Hand an die Kehle von Lucas presste und ihm nahezu die Luft zum Atmen nahm, umklammerte die andere Hand seinen Mund mit brutaler Rohheit. Die Fingerkuppen bohrten sich wie Krallen in die Wangen des Jungen und verursachten einen brennenden Schmerz.

Lucas spürte, dass er im Moment keine Chance hatte und setzte sich deshalb nicht zur Wehr. Männer, die am Heiligen Abend Häuser ausraubten, schreckten auch vor einem Mord nicht zurück, das wusste Lucas nur zu gut.

*

Von einem Moment zum anderen war lautes Geschrei aus dem Mühlhof zu hören.

Der Mann über Lucas hob abrupt den Kopf und der Junge betrachtete ihn einen flüchtigen Augenblick im fahlen Schein des Mondes. Er bekam allerdings nur wenig zu sehen, da der Fremde sich ein Tuch um den Kopf gebunden und dadurch große Teile seines Gesichts verdeckt hatte. Außerdem fasste der Grobian Lucas am Haarschopf und zwang ihn mit roher Gewalt, seinen Blick abzuwenden.

Obwohl der Junge auf dem eisigen Schnee lag, spürte er den warmen Schweiß unter seinen Achseln und auf seiner Stirn. Todesangst machte sich in ihm breit und lähmte zunehmend nicht nur seinen Körper, sondern auch seinen Geist.

„Cuntz, Cuntz komm schnell!", brüllte jemand im Hof. „Der Alte ist bewaffnet! Komm schnell und hilf mir!"

„Dieser Idiot!", raunte der Kerl, der Lucas bedrohte, wütend. „Dieser Idiot nennt meinen Namen!"

Er verstärkte augenblicklich den Druck mit dem Messer auf die Kehle des Jungen so sehr, dass dieser zu ersticken drohte. Dann erhob sich der Mann ruckartig und trat Lucas in die Rippen.

Während sich der Junge vor Schmerz krümmte, riss der Fremde ihm die Arme auf den Rücken und fesselte sie mit einem Strick, der vorher Lucas Gewand an den Hüften umschlungen hatte.

„Steh auf!", fuhr ihn der Mann, der offensichtlich Cuntz hieß, scharf an und versetzte Lucas erneut einen Fußtritt.

Kaum hatte Lucas es auf die Knie geschafft, da legte Cuntz seinen Arm wieder um den Hals des Jungen und zerrte ihn auf die Beine.

„Ein falsches Wort, eine falsche Bewegung, und ich ramme dir mein Messer in den Rücken! Am besten wäre es allerdings, ich würde dir auf der Stelle den Garaus machen, jetzt, wo du meinen Namen kennst."

„Habt Mitleid mit mir! Ich, ich werde Euch bestimmt nicht…!" Als sich der Würgegriff um den Hals von Lucas verstärkte, wurden seine restlichen Worte erstickt.

„Halts Maul, du Schwätzer!"

Vorsichtig schob der Mann Lucas um das Hauseck. Am liebsten hätte Lucas aufgeschrien bei dem Anblick, der sich ihm bot. Linus stand dem zweiten Verbrecher gegenüber und wehrte mit erstaunlichem Geschick dessen Angriffe ab. Beide waren mit einem Messer bewaffnet.

Der nächtliche Eindringling setzte zu einer erneuten Attacke an, umfasste entschlossen seinen Dolch und stürzte sich mit weit vorgestrecktem Arm auf Linus.

Der reagierte blitzschnell. Mit einem Sprung zur Seite wich er dem Angriff aus, so dass sein Gegner ins Leere taumelte. Zusätzlich versetzte er ihm einen beherzten Tritt in den Rücken und brachte den strauchelnden Angreifer dadurch endgültig zu Fall.

Mit unglaublicher Wendigkeit warf sich Meister Linus auf den Mann am Boden und bohrte ihm sein Messer in den Rücken der Hand, die ebenfalls eine solche Waffe umklammert hielt. Ein verzweifelter Schrei aus Wut und Schmerz entfuhr dem Verletzten. Linus nahm das Messer des Fremden an sich.

Endlich tauchte auch Diepold auf und wollte gerade Linus zu Hilfe kommen.

„Halt!", brüllte Cuntz „Keinen Schritt weiter! Oder wollt Ihr unbedingt, dass ich Eurem Sohn meinen Dolch zwischen die Rippen stoße?"

Diepold blieb abrupt stehen und auch Linus erhob sich langsam vom Boden. Der Verletzte nutzte die Gelegenheit, sprang auf die Beine und eilte auf seinen Kumpanen zu. Er warf einen besorgten Blick auf seine rechte Hand, die inzwischen blutüberströmt war.

„Werft die Waffen zu uns herüber! Und versucht keine krummen Sachen! Ihr wisst, was ich gesagt habe. Mit mir ist nicht zu spaßen!“ Cuntz meinte es ernst.

Lucas schrie kurz auf, weil sein Peiniger ihm mit dem Arm die Kehle für einen Moment so boshaft zudrückte, dass er nicht mehr atmen konnte.

Diepold kam der unmissverständlichen Aufforderung sofort nach und warf den Fackelstock in Richtung Cuntz. Linus dagegen zögerte noch, fügte sich letztendlich aber doch und schleuderte mit sichtlichem Zorn die beiden Messer vor die Füße der Verbrecher. Er konnte sich dabei eine Bemerkung allerdings nicht verkneifen:

„Wenn Ihr meinem Jungen auch nur ein Haar krümmt, dann werdet Ihr das bereuen, bitter bereuen!“

„Seid froh, dass wir ihn nicht auf der Stelle kaltmachen!“, erwiderte der Mann mit der blutigen Hand, tastete mit der Linken im Schnee nach seinem Dolch und hob ihn auf.

Schon war er im Begriff sich auf Linus zu stürzen, um sich für die Verletzung zu rächen, doch Cuntz konnte ihn mit einem schallenden Schrei gerade noch davon abhalten.

*

Agatha steuerte in diesem Augenblick das Schlittengespann in den Hof.

„Ihr solltet euch schämen, ihr solltet euch wirklich schämen, dass ihr selbst am Heiligen Abend Verbrechen begeht und in die Häuser argloser Christenmenschen eindringt. Euch Gesindel ist scheinbar nichts heilig, wie?“

Schon eilte sie auf die Kerle zu, konnte aber von Linus gerade noch daran gehindert werden, eine verhängnisvolle Dummheit zu begehen.

„Sie sind bewaffnet und werden Lucas kaltblütig umbringen. Bitte Agatha, wir sollten uns ihren Anweisungen nicht widersetzen!"

„Ach, sie sind nicht nur Einbrecher, sondern außerdem auch noch feige Mörder!" Nur widerwillig blieb Agatha stehen.

Wolf hatte offensichtlich die Stimme der Müllerin erkannt und klagendes Winseln war daraufhin aus der Kammer von Linus auszumachen.

Agatha stapfte entschlossen auf die Tür unter der Treppe zu, um sie zu öffnen und den Hund herauszulassen.

„Wenn du es wagst, die Tür auch nur anzufassen", brüllte Cuntz scharf, „dann wirst du diese Nacht dein Lebtag nicht vergessen! Ich habe nichts zu verlieren und werde mich nicht scheuen dem Jungen die Kehle durchzuschneiden. Glaub es mir!"

Agatha warf ihm einen verächtlichen Blick zu, ließ sich von der Drohung jedoch nicht im Geringsten beeindrucken, sondern lief zielstrebig weiter.

„Hol den Sack, schnell, und komm dann!", rief Cuntz seinem Kumpanen zu. Er wartete noch einen Moment, bis dieser sich den Leinensack neben dem Schuppen geschnappt hatte, und versetzte Lucas dann einen kräftigen Stoß, so dass dieser längs in den Schnee stürzte.

„Die Pferde! Willst du die beiden Rösser etwa nicht mitnehmen? Sie sind mehr wert als der Plunder im Sack."

„Zu Fuß fallen wir weniger auf. Komm jetzt endlich!", drängte Cuntz.

Hals über Kopf stürzten beide los. So schnell die Beine sie trugen rasten sie am Mühlbach entlang hinauf zum Wald.

*

Wolf kam aus der Kammer, und obwohl Agatha alles unternahm, um ihn hinter den Schurken herzujagen, begrüßte der schwanzwedelnd und überschwänglich die Bewohner des Mühlhofs.

Linus kniete sich neben Lucas und löste das Seil von seinen Armen. Der Junge konnte es noch nicht fassen, was er soeben erlebt hatte, und brachte kein Wort über seine Lippen. Er fröstelte, aber nicht nur wegen der Kälte, die er im Schnee liegend verspürte, sondern auch wegen der Angst, die er ausgestanden hatte und die ihm immer noch zu schaffen machte.

„Ist ja noch mal gut gegangen!", sagte Linus aufmunternd und besah sich die blutigen Striemen am Hals von Lucas. „Die paar Kratzer sind in einigen Tagen verheilt."

Er half dem Jungen auf die Beine und verfiel dann schlagartig in Hektik.

„Los, holt euch Messer und einen Knüppel! Diepold, wir brauchen auch zwei Seile, schnell!", trieb er alle an und verschwand selbst für einen Augenblick in seiner Kammer.

Kurz darauf kamen Linus und Diepold zurück in den Hof und hielten ihre Waffen in Händen. Agatha brachte zwei brennende Pechfackeln herbei. Nur Lucas hatte sich in der Zwischenzeit nicht vom Fleck gerührt.

„Bleib da bei Agatha!", bot Linus ihm an. „Du hast heute Nacht schon genug mitgemacht."

Lucas schüttelte anfangs zaghaft, dann immer heftiger den Kopf.

„Nein, ich möchte dabei sein, wenn wir die Kerle fangen", fauchte er entschlossen und man konnte die Wut, die er in sich aufgestaut hatte, an seiner bebenden Stimme hören.

Schon saßen die Männer auf dem Schlitten und jagten durch das Hoftor. Agatha zog sich ins Haus zurück und schob vorsichtshalber den Eisenriegel vor. Das Schloss hatten die Eindringlinge gewaltsam aufgestemmt und dadurch unbrauchbar gemacht.

Kapitel 31

Sie hatten den Waldrand oberhalb der Mühle erreicht. Diepold stieg vom Schlitten und suchte im Schein seiner Fackel nach Fußspuren im Schnee. Da er nicht gleich fündig wurde, kam ihm Linus zu Hilfe. Einige Zeit verstrich, bis sie endlich die frischen Spuren entdeckt hatten.

Wolf wurde herbeigerufen und ermuntert, den Geruch der Flüchtenden aufzunehmen. Linus legte dem Hund eine Leine um den Hals, dann trabten sie los. Lucas folgte mit dem Schlitten. Die Spur führte immer tiefer in den Wald hinein.

„Wir müssen den Schlitten zurücklassen“, meinte Diepold. „Das Gelände ist zu steil und die Bäume stehen hier zu eng, um damit vorwärts zu kommen.“

Ohne die Meinung von Linus abzuwarten, verzurrte der Müller die Zügel des Pferdes an einem Baum und winkte Lucas vom Wagen.

Sie waren noch nicht weit gelaufen, als Wolf so sehr an der Leine zu zerren begann, dass Linus ihn kaum mehr halten konnte. Dann blieb der Hund überraschend stehen und schnüffelte intensiv den Boden ab. Im Schein der Fackel sahen die Männer eine deutliche Blutspur im Schnee.

„Das kann nicht von der Verwundung sein, die ich dem Mann an der Hand beigebracht habe“, äußerte Linus nachdenklich und bückte sich, um die roten Flecken genauer in Augenschein zu nehmen. „Nein, das ist unmöglich!“

„Ihr habt Recht, Meister Linus!“, pflichtete ihm Lucas bei. „Genau hier an dieser Stelle muss ein Kampf stattgefunden haben. Schaut Euch die vielen Fußabdrücke im Schnee an und hier“, er deutete auf eine Stelle neben sich, „hier lag jemand am Boden und hat sich dann weitergeschleppt.“

Linus und Diepold nickten zustimmend.

Vorsichtiger als zuvor setzten sie ihren Weg fort und folgten den deutlich sichtbaren Spuren im Schnee. Erneut zerrte Wolf ungewöhnlich heftig an der Leine, was Linus als Zeichen einer möglichen neuen Überraschung deutete.

Und wirklich, im halb hohen Gestrüpp bewegte sich etwas. Mit letzter Kraft hob der Mann, der im Mühlhof mit Linus einen Kampf ausgefochten hatte, seinen Kopf, riss die Augen weit auf und blickte die ankommenden Männer mit schmerzverzerrtem Gesicht an. Er konnte den Kopf aber nur einen Moment hoch halten und sackte dann wieder in sich zusammen. Auch ein erneuter Versuch, sich mit den Armen aufzustemmen, scheiterte.

Wolf bellte jetzt ununterbrochen und hätte sich ohne die Leine sicherlich sofort auf den wehrlosen Mann am Boden gestürzt.

„Lass den Hund los! Lass ihn endlich los!“, forderte Diepold sichtlich erregt. Und weil Linus nicht auf der Stelle seiner Aufforderung Folge leistete, versuchte der Müller ihm die Leine aus der Hand zu reißen. „Dieses Gesindel hat es nicht besser verdient!“

Mit Entschiedenheit hielt Linus jedoch den Strick fest.

„Das wirst du unterlassen! Ansonsten wärest du um keinen Deut besser als dieser Mann da. Er ist schwer verletzt und braucht Hilfe.“

„Hilfe? Meinst du das allen Ernstes, Linus, dass ich einem Mann helfe, der mich beklaut hat und uns nach dem Leben trachten wollte?", erwiderte der Müller mit spöttischem Unterton, drehte sich um und lief schimpfend zurück zum Schlittens.

*

Linus verknotete die Hundeleine an einem Ast und redete beruhigend auf ihn ein, so dass dieser sein Bellen nach und nach einstellte.

„Komm, hilf mir, Lucas! Halte die Fackel!"

Sie näherten sich betont behutsam dem Verletzten am Boden.

Kraftlos stöhnend lag dieser auf dem Bauch. Linus beugte sich über ihn und drehte ihn möglichst vorsichtig um, weil er ihm keine zusätzlichen Schmerzen zufügen wollte.

Ein riesiger Blutfleck im Schnee verriet sofort das wahre Ausmaß der Verletzung. Die verschleierten und angsterfüllten Augen des Verwundeten suchten Blickkontakt zu Linus, der daraufhin den Kopf des Mannes in die Hände nahm.

„Ich will dir nichts tun, das verspreche ich. Du brauchst also vorläufig keine Angst vor mir zu haben! Erst wenn du wieder gesund bist, dann wirst du dich vor einem Richter verantworten müssen. So will es unser Gesetz."

Linus machte eine längere Pause und seine Augen verharrten auf dem Brustkorb des Verletzten, genau da, wo sich die Wunde unter dem Gewand befinden musste.

„Hattest du Streit mit deinem Kumpanen, mit Cuntz?", fragte Linus und nahm sein Messer in die Hand.

Der Verwundete riss die Augen weit auf und Todesangst blitzte aus ihnen hervor.

„Nicht, bitte . . . nicht!", röchelte er kaum verständlich und bot dabei seine letzten Kräfte auf.

„Nein, ich sagte es doch schon, ich werde dir nichts tun. Was für ein Mensch wäre ich, wenn ich einem Hilflosen meinen Dolch in die Brust stoßen würde? Ich will mir die Wunde anschauen und muss daher dein Gewand aufschneiden. Vielleicht kann ich dir ja helfen. Ich bin ein Wundarzt."

„Cuntz, Cuntz wollte die Beute . . . ganz allein, nur . . . für sich", hauchte der Mann. Noch einmal fuhr ein letztes Zucken durch seinen Körper, dann sackte der Kopf leblos zur Seite und die weit aufgerissenen Augen stierten in den Schnee.

Linus legte ihm zwei Finger unterhalb des Kieferknochens an den Hals.

„Er ist tot! Ich kann nichts mehr für ihn tun!" Linus zeichnete ihm ein Kreuz auf die Stirn und schloss ihm die Augen.

Lucas hatte die ganze Zeit nichts gesprochen. Ihn hatte nicht nur das Sterben des Mannes innerlich zutiefst ergriffen und verstummen lassen, sondern viel mehr noch die Art, wie einfühlsam Linus mit dem Verletzten, der ihn im Mühlhof beinahe kaltblütig abgestochen hätte, umgegangen war.

„Morgen, gleich morgen werden wir ihn beerdigen, Lucas!"

Nur mühsam kam Linus auf die Beine und band den Hund los. Erst als sie sich auf den Heimweg zur Mühle machten und bereits ein Stück des Weges zurückgelegt hatten, richtete Lucas einige Worte an Linus:

„Ihr kennt Euch nicht nur mit dem Körper der Menschen aus, sondern Ihr habt auch Verständnis für deren Seele."

*

Als Lucas und Linus die Stube betraten, hatte sich Diepold mittlerweile einigermaßen beruhigt. Allem Anschein nach schämte er sich jedoch für sein unchristliches und gefühlloses Verhalten im Wald nicht im Geringsten. Lucas war sich sicher, Diepold hätte den Hund tatsächlich auf den wehrlosen Mann am Boden gehetzt und sich für dessen Vergehen an Ort und Stelle gerächt.

Über den Schaden, den die beiden Männer angerichtet hatten, war Diepold mit Recht ungehalten. Wie sich nämlich herausstellte, hatten sie das ganze Haus nach Wertgegenständen durchwühlt. Die wenigen Ersparnisse des Müllers waren aus seiner Truhe verschwunden. Ein Stück Leinen, das sich Agatha auf dem Markt gekauft hatte, fehlte ebenfalls.

Aus der Kammer von Linus hatten sie verschiedene Messer mitgehen lassen. Seine Ersparnisse hatten sie allerdings nicht entdeckt, die hielt er nämlich nach eigenen Worten in einem sicheren Versteck verborgen.

*

Ungewöhnlich lange schlief Lucas am folgenden Morgen und auch von den anderen Bewohner der Mühle war nichts zu hören. Kein Wunder, war man doch wegen der aufregenden Ereignisse erst weit nach Mitternacht zur Ruhe gekommen.

Auch Lucas erwachte nur, weil die Ziegen und die Kuh mit ihren prall gefüllten Eutern inzwischen recht unruhig wurden und darauf warteten, endlich gemolken zu werden.

Zum Frühstück tischte Agatha all die Köstlichkeiten auf, die sie so mühevoll für das Weihnachtsfest gebacken hatte, und Lucas ließ sich die leckeren Sachen überreichlich schmecken.

Linus tauchte auf. Er wirkte völlig übernächtigt und gähnte unentwegt, so als hätte er kaum ein Auge zugemacht. Er stopfte sich ein paar Brocken Kuchen in den Mund und kaute dann nachdenklich auf einem Brotkrusten herum, als hätte er all die anderen Köstlichkeiten auf dem Tisch nicht wahrgenommen. Er stierte vor sich hin und machte auf Lucas den Eindruck, als wäre er mit seinen Gedanken gar nicht anwesend.

„Selbst unter Dieben gibt es keine Ehre mehr!“, murmelte Linus leise vor sich hin, ohne damit eigentlich jemanden anzusprechen. „Die schwere Verletzung, die ihm von seinem zweifelhaften Freund beigebracht wurde, konnte der Mann nicht überleben. Eine tiefe, ein sehr tiefe Stichwunde!“

Schnell war es mit der Ruhe vorbei.

„Mir ist es recht, wenn sich dieses Gesindel gegenseitig die Schädel einschlägt oder sich Messer in die Brust rammt“, zischte Diepold, „dann hätten wir vor diesem Abschaum unsere Ruhe und die Gerichte und die Henker weniger zu tun.“

Linus wurde abrupt aus seinem Tagtraum gerissen.

„Und trotzdem hat Cuntz seinen Kumpel kaltblütig beseitigt, anders kann man das nicht sagen. Er wollte sich allein in den Besitz der Beute bringen. Das ist doch erschreckend, oder nicht? Wenn jemand seinen Partner, mit dem er kurz zuvor ein fremdes Haus ausgeraubt hat, wegen ein paar lumpiger Sachen um die Ecke bringt.“

„Wegen ein paar lumpiger Sachen!“

Geraume Zeit ging die Debatte noch hin und her, zu einer Einigung kamen Linus und Diepold jedoch nicht. Jeder beharrte starrsinnig auf seiner Meinung.

„Lucas, du denkst daran, dass wir den Toten im Wald noch beerdigen wollen, so wie es jedem Menschen zusteht“, wandte sich Linus an den Jungen.

Als die Diskussion mit dem Müller durch diese Bemerkung erneut entfacht zu werden drohte, erhob sich Linus und verließ den Raum.

„Ich bin in meiner Kammer, wenn du mich suchst“, teilte er Lucas noch mit. „Aber schlag dir ruhig erst ordentlich den Bauch voll, denn ich zahle Diepold nicht schlecht für unsere Unterbringung und Verpflegung.“

Kapitel 32

Bepackt mit einer Harke und einer Schaufeln liefen Linus und Lucas wenig später an der Glotter entlang zum Wald. Sie folgten den deutlich sichtbaren Spuren im Schnee zu der Stelle, wo sie den Toten in der Nacht gefunden hatten.

„Das ist doch nicht möglich, Lucas!“, bemerkte Linus verblüfft. „Ich bin mir völlig sicher, dass er hier, genau hier gelegen hat.“

Lucas brachte im ersten Augenblick keinen Ton über seine Lippen. Er sah die großen Blutflecken im Schnee, aber die Leiche war tatsächlich weit und breit nicht zu entdecken. Sie war wie vom Erdboden verschluckt.

„Möglicherweise haben ihn wilde Tiere aufgefressen. Schau her, Lucas! Jede Menge Spuren kannst du hier im Schnee erkennen. Es ist unglaublich!“

„Ihr irrt Euch, Meister Linus! Das sind die Spuren von Wolf, die er gestern hier hinterlassen hat. Schaut einmal genau hin! Die Spuren sind alle gleich.“

Suchend liefen sie in der näheren Umgebung herum, konnten aber auch dort nicht fündig werden. Nicht der geringste Hinweis auf den Toten war zu entdecken.

„Meister Linus, kommt schnell hierher! Schnell!“, rief Lucas plötzlich aufgeregt. „Hier sind die Fußspuren eines Mannes zu sehen! Sie sind besonders tief in den Schnee eingedrückt." Lucas setzte einen Fußabdruck neben die gefundenen und verglich sie. „Jemand muss den Toten auf seiner Schulter weggetragen haben."

Der Junge folgte der auffälligen Spur. Als er sich ein Stück in den Wald vorgewagt hatte, wurde es ihm unheimlich. Er kehrte zu Linus zurück.

„Du hast mit deiner Vermutung Recht, Lucas! Vielleicht hat den Mörder sein Gewissen so lange geplagt und er ist zurückgekommen, um seinen Kumpel zu holen. So mancher Verbrecher bereut im Nachhinein, was er getan hat. Meistens kommt die Einsicht allerdings zu spät."

*

„Da vorne sind zwei Leute!" Lucas deutete in Richtung Waldrand.

„Das fehlt uns noch!", zischte Meister Linus, als sich die beiden weit genug genähert hatten. „Das ist Bauer Jackle vom Heitereck und sein Sohn. Jackle kann mich sowieso nicht ausstehen. Du erinnerst dich sicherlich, Lucas, welche seltsamen Geschichten er über mich verbreitet hat, nur weil ich an der alten Kultstätte einmal Kräuter gesammelt habe."

„Gott zum Gruß, und frohe Weihnachten!", grüßte Linus mit gespielter Freundlichkeit.

Die beiden Ankömmlinge reagierten jedoch nicht, sondern stierten auf den blutgetränkten Schnee und konnten ihren Blick davon gar nicht lösen.

Linus fing sofort an, den beiden zu erklären, wie es dazu gekommen war und dass er es für seine Christenpflicht hielt, den Toten unter die Erde zu bringen.

Erst nach geraumer Zeit fand Bauer Jackle die ersten Worte:

„Eure Christenpflicht? Solltet Ihr nicht den Vogt oder den Zentgraf holen, damit man den Schuldigen ausfindig machen kann und feststellt, wo er die Leiche hingeschafft hat? Handelt Ihr nicht sehr eigenmächtig? Außerdem ist Weihnachten! Am Fest der Geburt unseres Herrn wolltet Ihr ein Grab ausheben?"

Verständnislos schüttelte der Bauer den Kopf und bekreuzigte sich mehrmals.

„Sollen wir ihn etwa liegen lassen und abwarten, bis sich die wilden Tiere über ihn hergemacht haben?" Linus brachte durch seinen Tonfall klar zum Ausdruck, was er von Jackles Äußerungen hielt.

„Da wird einem ja richtig unheimlich!", raunte der Sohn des Bauern.

Sein Vater schluckte und nickte dann heftig.

„Du hast Recht! Mir ergeht es ähnlich. Und ich bezweifle, ob hier alles mit rechten Dingen zugeht."

Linus wollte noch etwas sagen, doch der Mann wartete keinen Augenblick länger, sondern gab seinem Sohn ein Handzeichen, ihm zu folgen.

Auch Linus und Lucas machten sich wenig später auf den Heimweg. Noch lange drehten sich an diesem Tag alle Gespräche in der Mühle um das Verschwinden der Leiche.

„Ich werde den Feiertag nutzen und einen Bekannten im Oberen Ibental besuchen", verkündete Linus nach dem Essen. „Gegen Abend werde ich wieder zurück sein. Sollte ich mich allerdings verspäten, dann braucht ihr euch keine Sorgen zu machen!"

Kurz darauf sattelte Linus seinen Braunen, schnallte sich einen Leinensack auf den Rücken und ritt los. Lucas schaute ihm durchs Fenster nach.

„Zum Ibental muss Linus doch einen ganz anderen Weg nehmen. Naja, er wird seinen Irrtum schon rechtzeitig bemerken und umkehren."

Wegen des stärker werdenden Schneefalls verlor der Junge den Reiter schnell aus den Augen.

*

Lucas schlug die Augen auf und war von einem Augenblick zum anderen hellwach. Aus dem Heuschuppen nebenan vernahm er deutlich ein Geräusch. Sofort verließ er sein Lager, schlich zur Verbindungstür und zog sie einen kleinen Spalt auf, um sich zu vergewissern, wer hier mitten in der Nacht zugange war.

Er beobachtete, wie Meister Linus im Schein einer Talglampe seinem Braunen einen Arm voll Heu brachte und ihn dann mit einem Leinentuch abzureiben begann. Immer wieder hielt er kurz inne und blickte sich um, so, als würde er etwas Verbotenes tun.

Lucas zog die Tür ganz auf und Meister Linus zuckte erschrocken zusammen.

„Ihr habt es lange bei Eurem Bekannten ausgehalten", stellte er fest. „Warum bringt Ihr das Pferd eigentlich nicht wie gewöhnlich in den Stall? Diepold wird nicht begeistert sein, wenn er morgen die Pferdeäpfel in seinem Schuppen entdeckt."

„Ich, ich wollte dich nicht aufwecken", stotterte Linus und es gelang ihm nicht seine Nervosität zu überspielen. „Leg dich wieder hin und schlaf weiter!"

Anstatt die Aufforderung von Linus zu befolgen, kam Lucas näher.

„Was ist denn mit Euch los, Meister? Ihr seid ja völlig durchnässt und Euer Gewand ist so schmutzig, als wäret Ihr in Dreck herumgekrochen. Selbst Euer Gesicht und Eure Hände sind verschmiert."

„Der Braune hat mich abgeworfen."

„Er hat Euch abgeworfen, obwohl er ansonsten zahm wie ein Lamm ist?" Deutlich war der Stimme des Jungen zu entnehmen, dass er den Worten von Linus nicht traute. „Draußen liegt hoher Schnee, da kann man sich bei einem Sturz vom Pferd doch nicht . . .“

„Es steht dir nicht zu, mich wie ein Vogt auszufragen, Lucas! Was nimmst du dir eigentlich heraus?“, zischte Linus wutschnaubend und schupste den Jungen mit groben Stößen zur Tür. „Hau endlich ab und leg dich wieder hin, bevor ich die Beherrschung verliere!“

Lucas ließ sich kein zweites Mal auffordern, dafür kannte er Linus inzwischen zu gut. Unverzüglich verschwand er im Stall und schob die Tür hinter sich zu. Er konnte einfach nicht verstehen, warum Meister Linus meistens wie ein Vater zu ihm war, ab und zu aber auch reagierte, als könne er den Jungen nicht ausstehen.

*

Es war nicht verwunderlich, irgendwie hatte jeder auf dem Mühlhof damit gerechnet, dass nach dem Weihnachtsfest der Vogt vom Dinghof oder gar der Zentgraf in der Mühle aufkreuzen würden. Es gehörte schließlich zu ihren Aufgaben, sich um alle schweren Verbrechen zu kümmern, die sich in der Gegend ereigneten.

Sicherlich hatten Bauer Jackle und sein Sohn den Mund nicht gehalten und so hatte die Nachricht von den Vorkommnissen im Wald schnell die Runde gemacht.

Und wirklich, bereits zwei Tage nach Weihnachten war lautes Schlagen am Hoftor zu hören. Wolf versuchte durch wütendes Bellen sein Reich zu verteidigen.

„Aus! Komm hierher!“, rief Diepold seinen Hund zurück, lief sofort hinunter zum Tor, um es dem Vogt zu öffnen.

„Gott zum Gruß, Bauer Martin!“, empfing Müller Diepold den Ankömmling und seine Unsicherheit war ihm deutlich anzumerken. „Stattet Ihr neuerdings den Höfen zum Jahresende einen Besuch ab?“

„Als Vogt habe ich einige Aufgaben“, erwiderte der Mann und stieg vom Pferd. „Angenehme und weniger angenehme.“

Linus hatte den Lärm ebenfalls vernommen und eilte in den Hof. Beim Anblick des berittenen Mannes zuckte er zusammen und zog Lucas am Ärmel hinter sich her zurück in seine Kammer.

„Schnell, Lucas, hilf mir die Sachen zusammenzuräumen! Niemand hat das Recht in meinen privaten Dingen herumzuschnüffeln!“

Während Lucas allen möglichen Kram hastig in den Kisten verstaute, ließ Linus einen ganzen Stapel einzelner Blätter unter seinem Leinentuch im Bett verschwinden. Dann nahm er eine Holzkiste her, vergewisserte sich, dass ihn Lucas nicht beobachtete, und steckte ein weiteres Bündel Blätter in den doppelten Boden.

*

„Sagt mal, was geht hier eigentlich vor sich?“, stieß der Vogt im Hof verärgert hervor. „Man hat mir berichtet, es sei ein Mord in der Nähe verübt worden und niemand von Euch hält es für nötig mich davon zu unterrichten. Gott sei Dank habe ich zuverlässige Leute in der Gegend, die mich darüber in Kenntnis gesetzt haben.“

Diepold führte den Vogt die Treppe hinauf in die Stube. In der Kammer von Linus konnte man deutlich das Stampfen ihrer Stiefel ausmachen.

„Wartet hier einen Moment!“, sprach Diepold unterwürfig. „Ich werde Linus Cramer und den Jungen holen. Sie können bezeugen, dass wir mit dem Verbrechen nichts zu tun haben, sondern den Mann schwer verletzt im Wald gefunden haben und er kurz darauf gestorben ist. Uns trifft keine Schuld!“

Ungeduldig lief der Vogt im Zimmer hin und her und wartete auf das Erscheinen der drei Männer. Selbst Agatha unterbrach ihre Arbeit im Stall und kam in die Stube geeilt.

Ausführlich schilderten sie den Vorfall von Heilig Abend und wie sie sich auf die Verfolgung der Verbrecher gemacht hatten. Agatha zeigte ihm die deutlich sichtbaren Wunden am Hals von Lucas.

„Wir hätten Euch noch benachrichtigt", räumte Linus ein, „wollten Euch aber über die Feiertage nicht stören. Außerdem wussten wir, dass Bauer Jackle Euch sicherlich . . ."

„Es wäre Eure Pflicht gewesen, mich umgehend davon in Kenntnis zu setzen!", fiel ihm der Vogt ins Wort. „Kennt Ihr etwa die einfachsten Gesetze nicht? Ihr kommt auf der Stelle alle mit in den Wald! Ich möchte mir den Ort ansehen, wo das Verbrechen verübt wurde."

„Ihr behandelt uns, als wären *wir* die Verbrecher", maulte Diepold. „Man hat doch schließlich *uns* bestohlen, und nicht umgekehrt!"

„Ich muss der Sache nachgehen!", verteidigte Bauer Martin seine Strenge. „Schließlich bin ich dem Abt und dem Bauerngericht gegenüber dazu verpflichtet."

Hastig spannten Diepold und Lucas das Pferd vor den Schlitten und steuerten das Gefährt zum Waldrand. Der Vogt folgte ihnen auf seinem Pferd. Sie stiegen ab und standen wenig später an dem Ort, wo sie den Schwerverletzten gefunden hatten.

Neuschnee hatte die meisten Spuren unter sich begraben und nur schemenhaft waren noch die inzwischen dunkelbraunen Blutflecken darunter auszumachen.

„Ihr sagtet, der eine von beiden habe Cuntz geheißen. Stimmt das? Überlegt genau, es ist nämlich wichtig!"

Diepold nickte nur.

„Er hat sich darüber geärgert, dass seinem Spießgesellen sein Name herausgerutscht ist", stellte Lucas fest. „Vielleicht war das der Grund, warum er ihn hier dann so lebensgefährlich verletzt hat, dass er daran gestorben ist."

Der Vogt wühlte mit einem Stock noch eine Zeit lang im Schnee herum, konnte aber keinerlei brauchbaren Hinweis entdecken. Deshalb machten sie sich wenig später auf den Rückweg in den Mühlhof.

„Ihr könnt von Glück reden, wenn Ihr nicht vor dem Bauerngericht erscheinen müsst!", drohte Vogt Martin den Bewohnern der Mühle noch an und ritt davon.

Kapitel 33

Weiterhin zeigte sich der Winter von seiner strengen und unerbittlichen Seite.

Die Mühle konnte nicht in Betrieb gesetzt werden, daran war vorläufig überhaupt nicht zu denken, weil Frost und Schnee immer noch den Mühlbach lähmten.

Die meiste Zeit des Tages verbrachte Lucas in der Kammer von Linus. Er schleppte Holz herbei, das Linus dem Müller nach zähen Verhandlungen abgekauft hatte, und achtete darauf, dass das Feuer im Kamin nicht erlosch.

Lucas durfte im Herbarium herumblättern und lernte mit der Zeit sogar einige Worte zu lesen. Linus ermutigte ihn dazu und unterstützte seine Bemühungen.

Häufig saß Linus konzentriert über seinen Tisch gebeugt, fertigte wieder Zeichnungen an oder schrieb mit kratzender Feder längere Texte nieder. Er schob sie allerdings nach wie vor schnell beiseite, wenn Lucas die Kammer betrat.

„Was schreibt und zeichnet Ihr eigentlich immerzu?" Obwohl er bisher nie eine vernünftige Antwort bekommen hatte, wagte Lucas hin und wieder einen Versuch, Linus das zu fragen. „Habt Ihr etwa heimlich eine Freundin, die Ihr verehrt und die täglich mindestens einen Liebesbrief von Euch erwartet?"

Linus lächelte ihn an.

„Das verstehst du nicht! Aber mit der Freundin, da liegst du fast richtig. Ja, es ist so etwas wie eine Liebe, eine heimliche Leidenschaft."

Lucas wurde aus den Worten nicht so recht schlau und bohrte weiter, doch Linus wollte ihm wie bisher keine Einzelheiten anvertrauen.

„Untersteh dich, Lucas, irgendwann in meinen Sachen herumzuschnüffeln!", warnte er den Jungen stattdessen sehr ernst. „Du würdest den größten Krach mit mir bekommen."

Ansonsten war Meister Linus nach wie vor damit beschäftigt, seine getrockneten Heilkräuter zu verarbeiten, mischte Salben und unterschiedlichste Tinkturen.

„Ich kann es kaum abwarten, bis die großen Jahrmärkte wie die Frühjahrsmesse in Freiburg wieder abgehalten werden", teilte Linus dem Jungen voller Vorfreude mit. „Ach was, warum soll ich mich noch so lange gedulden? Gleich morgen werde ich mich aufraffen und nach Freiburg auf den Markt gehen. Ohne den Trubel und das hektische Treiben werde ich richtig krank. Möchtest du nicht mitkommen, Lucas, und mir helfen?"

Der Junge strahlte vor Begeisterung. Er musste nicht lange überlegen. Ganz im Gegenteil, er freute sich wie Meister Linus darauf, endlich einmal aus dem eintönigen Leben auf dem Mühlhof ausbrechen und sich in das Getümmel des Marktes stürzen zu können.

„Ihr stellt mir seltsame Fragen! Klar werde ich mitkommen, Meister Linus! Wenn Ihr ehrlich seid, dann müsst Ihr gestehen, dass Ihr ohne mich ja gar nicht mehr auskommt."

Lucas hatte zu tun sich nach draußen in Sicherheit zu bringen, weil Linus seinen Holzlöffel, mit dem er gerade einen Sud rührte, nahm und nach ihm warf. Linus war mittlerweile für den Jungen so etwas wie ein Vater geworden.

*

Zeitig am Morgen pochte Linus an die Stalltür und ließ Lucas erschrocken auf seinem Lager hochfahren. Erst als er die Stimme von Linus vernahm, wurde ihm klar, warum er zu so ungewöhnlicher Zeit zum Aufstehen angetrieben wurde.

„Wolltest du nicht mit zum Markt kommen?“, rief Linus ihm durch die verschlossene Stalltür zu und das kräftige Schlagen seiner Faust ließ erst nach, als der Junge ihm mit einem verschlafenen „Ja, ich komm ja schon!“ antwortete.

Lucas erhob sich von seinem Lager und schlurfte in den Hof. In der Nacht hatte es wieder geschneit.

Kaum zeigte sich der Müller das erste Mal in der Eingangstür des Mühlhauses, schon begrüßte ihn Linus besonders freundlich und war kurz darauf bereits auf dem Weg zu ihm. Irgendetwas führte Linus im Schilde, weil er so beschwörend auf Meister Diepold einredete.

„Nein, das kommt nicht in Frage! Auf keinen Fall!“, entgegnete der barsch. „Ihr könnt meinen Handkarren oder zwei Körbe haben. Mein Pferd oder meinen Schlitten, nein, ausgeschlossen!“

Selbst die Münzen, die ihm Linus verlockend hinhielt, konnten Diepold nicht umstimmen. Er blieb hart.

Enttäuscht kehrte Linus in seine Kammer zurück.

„Ein sturer Hund!“, entfuhr es ihm. „Ich wollte mir sein Pferd für dich ausleihen, dann hätten wir beide reiten können. Nicht einmal seinen Schlitten hat er herausgerückt. Uns bleibt keine andere Wahl, wir müssen laufen. Geh in den Schuppen und hole die verdammten Körbe herüber!“

Lucas tat, was man ihn geheißen hatte. Mit skeptischer Miene begutachtete Linus die fünf Kisten, die er zusammen mit dem Jungen am Vorabend für den Transport zum Markt hergerichtet hatte. Nur die wichtigsten Sachen wählte er aus und verstaute sie in den Körben, den Rest schob er mit einem trotzigen Fußtritt in ein Eck seiner Kammer.

„Also los, schnall dir den Korb auf den Rücken, Lucas!“

„Warum nehmen wir nicht Euren Wagen, Meister, oder wenigstens Euer Pferd?"

„Bei dem hohen Schnee würden wir das schnell bereuen. Der Weg von St. Peter hinunter nach Eschbach ist sehr steil. Nein, nein, mit einem Wagen wäre es zur Zeit viel zu gefährlich. Und mit *einem* Pferd gäbe es sicherlich Streit, weil ich reiten würde, während du zu Fuß nebenher traben müsstest."

Schwer bepackt machten sie sich auf den weiten Weg, ließen das Kloster links liegen und stiegen das Eschbachtal hinunter.

Längst war Lucas die Vorfreude, Meister Linus auf den Freiburger Markt begleiten zu dürfen, vergangen, denn das Stapfen durch den Schnee war anstrengend, der Weg allem Anschein nach endlos weit.

Deshalb hätte Lucas vor Freude am liebsten laut aufgeschrien, als ein Mann mit seinem Pferdeschlitten an ihnen vorüberfuhr und anbot sie ein Stück mitzunehmen. Glücklicherweise stellte sich heraus, dass der Mann nach Ebnet wollte. Von dort war es nicht mehr weit bis nach Freiburg.

*

Unwahrscheinlich viele Leute strömten auf das Stadttor zu. Die Wachen hatten alle Hände voll zu tun, nahmen aber trotzdem jeden Ankömmling genauestens in Augenschein, untersuchten jeden Korb und jedes Bündel, das in die Stadt geschafft wurde.

„Wir können heute auf ein einträgliches Geschäft hoffen, Meister. Unglaublich viele Menschen drängen sich in den Gassen."

„Wir werden sehen, ob ihnen das Geld locker im Beutel steckt oder ob sie sich weniger freigiebig zeigen", raunte Linus und schnaufte erleichtert durch, als sie den Münsterplatz erreicht hatten.

Die besten Standplätze waren längst von Tuchhändlern und Gerbern, von Gürtlern und Wachskrämern, von Schustern und anderen Händlern belegt. Der Marktaufseher wies Linus deshalb einen Platz in einer Seitengasse zu.

„Ihr seid Euch darüber im Klaren, dass ich dafür nicht das volle Standgeld zahlen werde!“, herrschte Linus ihn grimmig an.

„Ihr müsst gar nichts bezahlen“, erwiderte der Aufseher, „wenn Ihr Eure Körbe auf den Rücken schnallt und den Markt auf der Stelle verlasst!“

Linus versuchte mit dem Mann zu feilschen, doch der ließ sich nicht erweichen, sondern bestand auf einer Standgebühr von vier Pfennigen. Das entsprach dem Tageslohn eines Gesellen, überlegte Lucas, und war eine Menge Geld.

Als sie ihre Waren endlich ausgebreitet hatten, fing Linus gleich an, mit marktschreierischen Reden die Leute anzulocken. Ganz gleich, wo man ihn auf einem Marktplatz hinstellte, er verstand es auf sich aufmerksam zu machen und Neugierde bei den Leuten zu wecken.

Ein alter Mann näherte sich Linus und wollte etwas sagen, brachte aber kaum ein verständliches Wort über seine Lippen, da er in diesem Moment von einem starken Hustenanfall heimgesucht wurde.

„Ihr braucht nichts zu sagen! Ich habe das Richtige gegen Euren hartnäckigen Husten.“

Linus nahm getrocknete Kräuter aus zwei Leinenbeuteln und mischte sie.

„Die Blätter der Wollblume und der Brombeere werden Euch Linderung verschaffen. Kocht sie in etwas Weißwein und nehmt den Sud mehrmals am Tag ein!“

Der Alte nickte erleichtert, zählte Linus das geforderte Geld bereitwillig in die Hand und tauchte dann in der Menge unter.

Die Geschäfte liefen erstaunlich gut und viele Leute kauften bei Linus Kräuter, Salben und verschiedenste Tinkturen ein. Man schätzte an Linus auch seinen fachkundigen Rat, den er den Kunden bereitwillig anbot.

*

Ungewöhnlich laut wurde es mit einem Mal in der Nähe von Linus und Lucas.

„Das Schwein ist alles, was mir noch geblieben ist!“, tobte ein Bauer und wurde dem Marktaufseher gegenüber handgreiflich. „Ich muss die Sau verkaufen, damit ich meine Abgaben entrichten kann. Ich habe bereits Zoll am Stadttor entrichtet. Jetzt soll ich auch noch eine Marktgebühr dafür bezahlen? Euch Blutsaugern ist scheinbar jedes Mittel recht, um den kleinen Leuten das Geld aus dem Beutel zu ziehen, wie?“

Alle Bemühungen des aufgebrachten Mannes, Verständnis beim Aufseher für seine Lage aufzubringen, erwiesen sich als zwecklos.

„Dann treib ich das Schwein wieder heim“, erklärte der Bauer schließlich bockig, „und Herr Snewlin, mein Grundherr, soll sehen, wie er an das Geld kommt, das ich ihm noch schulde.“

Der Marktaufseher eilte davon und kehrte wenige Augenblicke darauf mit einem elegant gekleideten Herrn zurück.

„Was gibt es denn so Wichtiges, dass ich mich persönlich darum kümmern muss?“, entfuhr es ihm.

„Wolltest du nicht etwas sagen, Bauer?“, sprach der Aufseher mit Genugtuung und deutete auf den Mann neben sich. „Nutze die Gelegenheit! Jetzt kannst du beweisen, ob du wirklich Mut hast oder nur ein großes Maul.“

Erneut schilderte der Bauer, allerdings eher mit gedämpfter Stimme, seine missliche Lage und bat um Verständnis, doch auch jetzt zeigten seine Worte keinerlei Wirkung.

„Wie heißt du denn und woher kommst du?“, fragte der Herr betont herablassend.

„Ich bin Hans Maier aus Kirchzarten und bin hierher auf den Markt gekommen, weil ich mein Schwein verkaufen muss. Es ist das letzte Stück Vieh, das ich noch besitze, und . . .“

„. . . und du willst deine Gebühren nicht bezahlen, so wie es das Marktrecht der Stadt vorsieht“, fiel der Herr dem Mann lautstark ins Wort.

Etliche Bauern, Händler und andere Marktbesucher scharten sich um die Streitenden und verfolgten das Gespräch. Als der Herr auf den Gebühren bestand, kamen nach und nach ungehaltene Bemerkungen von den umstehenden Leuten.

„Erlasst dem Bauern doch die Gebühr, wenn er in Not geraten ist!“, meinte einer und ein anderer fügte hämisch hinzu: „Wir legen uns krumm und strampeln uns ab, damit es den Herren gut geht. Wehe aber, wir brauchen ihre Hilfe oder ihr Verständnis mal, dann lassen sie einen im Dreck hocken. Es ist unglaublich!“

Am liebsten hätte Lucas in diesem Moment dem Mann lauthals zugestimmt, doch das hätte er sich niemals zugetraut, dazu fehlte ihm einfach der Mut.

„Und die Krämer aus Freiburg, die anscheinend bessere Beziehungen zum Rat der Stadt haben, werden bevorzugt. Bei Ihnen würdet Ihr mit Sicherheit ein Auge zudrücken“, warf ein anderer Bauer aufsässig ein. „Nennt Ihr das wirklich Gerechtigkeit?“

„Was fällt dir eigentlich ein?“, drohte der Marktauseher dem Aufbegehrenden. „Willst du etwa die Gesetze in Frage stellen oder dich sogar gegen sie auflehnen? Noch ein Wort und ich werde dich in den Kerker werfen lassen! Dort werden dir die großen Worte schnell vergehen! Verschwinde aus der Stadt, wenn es dir hier nicht passt!“

Der Angesprochene verstummte und suchte das Weite.

*

Auch andere Marktbesucher wären dem Bauern aus Kirchzarten, der sich weiterhin weigerte, die verlangte Gebühr zu entrichten, gerne zu Hilfe gekommen. Man merkte es ihren wütenden Gesichtern an, doch niemand wagte seine ehrliche Meinung in diesem Moment zu äußern.

„Ich habe keinen Pfennig mehr im Sack!", brüllte der Bauer schließlich. „Woher soll ich das Geld nehmen? Wollt Ihr mich etwa völlig ruinieren?"

Als der Bauer sein Schimpfen nicht einstellte, winkte der Herr zwei Wachen herbei, die den aufmüpfigen Bauern in Gewahrsam nahmen und abführten.

„Ich werde euch zeigen, was mit solchen Kerlen geschieht, die den Marktfrieden stören und Streit suchen!", teilte der Herr von der Marktaufsicht allen zusammengeströmten Leuten laut und vernehmlich mit. „Anderswo mögen die Bauern ihr Maul aufreißen, Streit suchen und Klöster überfallen, wir Freiburger werden das auf keinen Fall dulden!"

Trotz dieser unmissverständlichen Warnung wollte sich der Unmut bei vielen nicht legen und man hatte geradezu den Eindruck, als würden die beiden Männer der Marktaufsicht den Soldaten nur deshalb schnell folgen, um nicht weiterhin dieser bedrohlichen Meute ausgeliefert zu sein.

Es dauerte eine ganze Weile, bis sich der Zorn verflüchtigt hatte und die Menschen wieder auseinander strömten. Die Stimmung auf dem ganzen Markt war für diesen Tag jedoch vergiftet.

Überall bildeten sich immer wieder kleine Gruppen und redeten heftig gestikulierend miteinander. Andere, die weniger mutig waren, flüsterten sich eher heimlich etwas zu.

Vermehrt tauchten Soldaten und Wachen am Münsterplatz auf und auch die Ratsherren hatten in den benachbarten Häusern im ersten Stock Stellung bezogen. Ohne Begründung wurde der Markt vorzeitig beendet.

Kapitel 34

Was blieb Linus und Lucas anderes übrig, als sich ebenfalls auf den Heimweg zu machen.

Gott sei Dank legte Meister Linus in Eschbach, kurz vor dem steilen Berg zum Kloster hinauf, eine Pause ein.

„Komm, Lucas, ich lade dich auf einen Krug Bier und auf ein Essen ins Gasthaus ein!“, bot Linus an, als sie an einer Schänke vorbeikamen. „Trotz des vorzeitigen Endes können wir mit unseren Geschäften für heute recht zufrieden sein.“

Das Stimmengewirr aus dem Wirtshaus war schon auf der Straße zu vernehmen. Linus und Lucas traten ein und stellten ihre Körbe neben einem Holztisch ab. Sein eigenes Wort konnte man kaum verstehen, so laut plärrten einige Männer herum, so heftig waren manche in Gespräche verwickelt.

Der Wirt brachte auf einen Wink von Linus hin zwei Krüge Bier und kurz darauf zwei Holzteller mit dampfendem Kraut und einem Stück geräuchertem Schweinebauch. Sichtlich erfreut über die großen Portionen machten sich Lucas und Linus, die beide recht ausgehungert waren, über das Essen her. Mit ihren Messern schnitten sie große Stücke vom Fleisch ab und steckten sie mit den Fingern in den Mund. Das Kraut schoben sie mit einem Holzlöffel nach.

„Was werden sie mit dem armen Kerl aus Kirchzarten

machen?", wollte Lucas wissen und wischte sich mit dem Ärmel den fettigen Mund ab. „Eigentlich hat er doch gar nichts Unrechtes getan."

„Die Herren haben in ihren Verordnungen alles geregelt und jeder muss sich den Bestimmungen beugen, ob er will oder nicht!", bemerkte Linus mit spitzer Zunge und spülte seinen Ärger darüber mit reichlich Bier hinunter. „Sie ziehen den Leuten bedenkenlos den letzten Pfennig aus der Tasche. Luther hat Recht, wenn er in seinen Schriften diese Ungerechtigkeiten angreift und darauf verweist, dass nichts von alledem in der Bibel steht! Er sagt sogar, jeder Christenmensch sei ein freier Mann und niemandem untertan. Verstehst du, Lucas, niemandem untertan!"

„Ihr regt Euch über den Vorfall auf, der sich auf dem Freiburger Marktplatz abgespielt hat, nicht wahr?", fragte jemand aus der Menge.

Linus nickte.

„Aber sind wir als gläubige Christen nicht den Geboten unseres Herrn Jesus Christus und seinen Stellvertretern auf Erden zu Gehorsam verpflichtet und somit doch untertan?", bemerkte ein anderer.

„Martin Luther vertritt eine andere Meinung, eine ganz andere Meinung!", erwiderte Linus. „Er sagt, wir seien nur unserem Herrgott und den Worten der Heiligen Schrift gegenüber verpflichtet, sonst niemandem!"

*

Einige Männer am Nebentisch verstummten und lauschten verblüfft den Worten von Linus. Der merkte das auch und schien deswegen sogar für einen Moment sein Gespräch einstellen zu wollen, fuhr dann aber doch ungerührt fort:

„Die weltlichen Machthaber und die Kirchenfürsten ermahnt Martin Luther sogar, sie sollten ihre Tyrannei und ihre Gier nach Macht gegenüber den Untertanen unterlassen! ‚Gott will diese Tyrannei nicht länger!', schreibt Luther wörtlich."

„Und", brach ein Mann das Schweigen, das sich im Raum von einem Augenblick zum anderen breit gemacht hatte, „wie hat Papst Leo darauf geantwortet? Aus der Kirche hat er den Augustinermönch geworfen und den Kirchenbann über ihn verhängt."

„Die Reaktion Luthers war jedoch nicht weniger beeindruckend!" Ein spöttisches Lächeln huschte über das Gesicht von Linus. „Er hat das Schreiben des Papstes in aller Öffentlichkeit verbrannt. Endlich hat sich jemand gefunden, der sich nicht einschüchtern lässt und seinen Mund aufmacht."

„Ihr habt es im Herbst erlebt. Auch wir Bauern lassen uns nicht länger alles gefallen", bekundete jemand beschwörend.

„Stellt Euch vor", wusste ein anderer zu berichten, „vor zwei Jahren hat Luther sogar geheiratet!" Der Mann lachte schallend. „Eine Nonne, stellt Euch das mal vor, er hat eine Nonne zum Weib genommen!"

„Warum zieht Ihr das ins Lächerliche?", fuhr Linus den Mann an, grinste dann jedoch selbst. „Glaubt Ihr etwa bei einer Nonne oder einem Geistlichen regt sich nichts in den Lenden? Sie sind auch nur Menschen, ganz normale Menschen wie Ihr und ich."

„Kein Wort glaube ich Euch! Ihr verbreitet Lügen, nichts als Lügen!", warf ein alter Mann ernsthaft ein, der die ganze Zeit still im Eck gesessen und kaum seine Miene verzogen hatte. „Schade, dass ich nicht *mehr* Geld besitze. Reiche Leute haben es in mancher Hinsicht nämlich besser als wir. Im Gegensatz zu uns können sie sich den Ablass ihrer Sünden durch eine großzügige Spende erkaufen." Mit gedämpfter Stimme, so, als würde er sein größtes Geheimnis preisgeben, fuhr er fort und bekreuzigte sich. „Meine ganzen Ersparnisse habe ich kurz vor Weihnachten zusammengekratzt und einen Ablassbrief bei einem fahrenden Mönch erworden. Ich bin alt und habe, ich gestehe es ein, Angst vor dem, was mich nach dem Tod erwartet. Einen schönen Batzen Geld hat er mir dafür abgenommen und mir versprochen, dass ich eines Tages . . ."

„Dass Ihr eines Tages in den Himmel kommt", fiel jemand dem Alten ins Wort. „Eure Dummheit kennt wohl keine Grenzen, wie?"

„Auch diesen verbrecherischen Ablasshandel prangert Luther in seinen Thesen an", erklärte Linus. „Das Geld, das sich die Kirche auf diese Weise unter den Nagel reißt, ist unrechtmäßig erworben. Er verdammt diese falsche Lehre aufs Schärfste. Schließlich würde das ja bedeuten, dass sich die Reichen alles erlauben können und zum Lohn nicht einmal die Qualen des Fegefeuers oder der Hölle fürchten müssten. Uns armen Schluckern würde es dagegen an den Kragen gehen.

Der Ehrlichkeit halber will ich allerdings auch nicht verschweigen, dass viele Vertreter der Kirche mit diesen Machenschaften nicht einverstanden sind. Zahlreichen Mönchen und Priestern liegt das Wort Gottes wirklich noch am Herzen und sie beobachten mit großer Besorgnis, was sich in der Kirche abspielt."

*

Der Wirt stellte einen neuen Krug Bier vor Linus ab und der nahm gleich einen kräftigen Schluck zu sich.

„Den meisten Männern, die sich im vergangenen Jahr gegen ihre Herren aufgelehnt haben, geht es um die Abschaffung der Leibeigenschaft, um die Befreiung von überzogenen Abgaben und Pflichten. Mir ist das zu wenig!", zog Linus wieder alle Aufmerksamkeit auf sich. „Für mich geht es um eine ganz andere Art von Befreiung."

„Eine andere Befreiung?“, murmelte der Mann neben ihm. „Wie meint Ihr das? Wovon kann man denn einen Untertanen noch befreien?“

„Es geht auch um die Freiheit . . . des Geistes“, führte Linus weiter aus. „Und vor dieser Freiheit haben die Mächtigen noch mehr Angst als vor der Befreiung des Körpers aus der Leibeigenschaft. An den Universitäten, an den Schulen und in den Klöstern werden nur die Lehren verbreitet, die der Kirche und den jeweiligen Machthabern angenehm sind und ihren Herrschaftsanspruch untermauern. Kann man einem Menschen, gleich welcher Herkunft, wirklich verbieten, seinen Kopf, seinen gottgegebenen Verstand zum Denken einzusetzen?“

Erneut nahm Linus seinen Krug zur Hand und trank ihn mit einem Zug nahezu leer. Gespannt und ungeduldig warteten die Zuhörer, dass er seine Rede fortsetzte.

„Die Machthaber verhindern sogar in gewisser Hinsicht, dass den Kranken geholfen werden kann.“ Linus handelte sich mit dieser Bemerkung den offenen Unmut einiger Zuhörer ein. Trotzdem ließ er sich nicht am Weiterreden hindern. „Wieso gab es zur Zeit der Griechen und Römer bessere Ärzte als heute? Inzwischen sind fast zweitausend Jahre vergangen. Sollte uns das nicht nachdenklich stimmen?“

„Ihr geht entschieden zu weit!“, maßregelte der Wirt Meister Linus. „Am Ende werden sie mir meine Schankerlaubnis entziehen, wenn bekannt wird, welche ketzerischen Reden hier in meinem Wirtshaus geführt werden. Haltet endlich Euer Maul und wiegelt die Leute mit Eurem dummen Gerede nicht auf!“

„Erzählt Euer Geschwätz von der Freiheit des Geistes woanders!“, schloss sich ein Bauer an. „Wir kämpfen für die Abschaffung der Leibeigenschaft und wollen weniger Abgaben leisten. Ihr könnt meinetwegen für die Freiheit des Geistes kämpfen! Wo ist denn Euer Feind? Wie sieht er denn eigentlich aus?“

Einige Besucher der Schänke brachen in grölendes Gelächter aus und prosteten dem Redner beifällig zu.

„Sie können nichts dafür, weil man ihren Verstand absichtlich klein gehalten hat!", raunte Linus mitleidig Lucas zu. „Kein Wunder, dass sie mich nicht verstehen!"

*

Der Junge saß die ganze Zeit still neben Linus und nippte ab und zu an seinem Krug, während Meister Linus bereits den dritten Humpen in sich hineinschüttete.

„Hoffentlich treibt er es nicht zu weit!", dachte sich Lucas und machte sich ernsthaft Sorgen über die allzu freizügigen Reden seines Meisters. Das, was er sagte, leuchtete ihm zwar ein und überzeugte ihn, oft genug hatte er schließlich schon darüber nachgedacht. Trotzdem flüsterte er Linus zu:

„Meister, mäßigt Euch! Ihr redet Euch um Kopf und Kragen! Seid jetzt still! Bitte seid jetzt still und wiegelt die Wirtshausbesucher nicht auf!"

Der wollte nichts davon wissen und tat die gut gemeinte Ermahnung von Lucas mit einem kurzen Wink ab.

„Die Kirche behauptet", wandte sich Linus an den Wirt, „die Seele des Menschen wohne in seinem Körper. Folglich dürfen nur in Ausnahmefällen Leichen geöffnet werden."

Ein heftiges Raunen ging durch die Menge.

„Wie soll man aber kranken Menschen helfen, wenn man nicht einmal weiß, was sich genau im Inneren des Körpers abspielt, wenn man die verschiedenen Organe nicht erforscht hat, so wie man jede Pflanze untersucht? Ägypter, Griechen und Römer waren da fortschrittlicher. Sie haben Leichen…"

„Seid jetzt auf der Stelle ruhig!", brüllte der Wirt über die Köpfe der Gäste hinweg. „Am besten Ihr verlasst sofort mein Wirtshaus!"

„Die Freiheit des Geistes!", murmelte Linus noch und verstummte dann.

„Woher habt Ihr all Euer Wissen? Wie kommt es, dass Ihr über all diese Dinge Bescheid wisst?", verlangte ein Mann am Nebentisch zu wissen und ermutigte Linus dadurch erneut zum Sprechen.

„Ich bin ein fahrender Wundarzt und Kräuterhändler und komme im ganzen Land herum. Außerdem kann ich lesen und schreiben und, ich habe einen freien Geist, den mir der Herrgott geschenkt hat, und den ich auch benutze.

Jetzt im Winter bin ich mit meinem Begleiter Lucas in der Mühle am Unterwasser bei St. Peter untergekrochen."

„Dann seid Ihr womöglich Linus, Linus Cramer?", mischte sich der Wirt, der die ganze Zeit aufmerksam gelauscht hatte, erneut ein. „Jetzt wundert mich nichts mehr! Man erzählt sich allerlei seltsame Dinge über Euch. Ist das Kind der Müllerin nicht kurz nach der Geburt auf seltsame Weise gestorben? Eine Leiche soll sogar in der Nähe der Mühle verschwunden sein. Das geht doch nicht mit rechten Dingen zu! Das kann mir niemand weismachen!"

„Ja, seine ketzerischen Reden über den Papst und seine Bemerkungen über den teuflischen Drang mancher Menschen, sich das Innere von Toten anzuschauen, sagt alles", meldete sich der alte Mann im Eck wieder zu Wort.

Die Stimmung in der Schänke schlug von einem Augenblick zum anderen um. Während die einen sich begierig um den Tisch von Linus drängten und ihn erwartungsvoll anstarrten, wandten sich andere ab und lenkten ihre Gespräche krampfhaft auf völlig neue Dinge.

Der Wirt kam an den Tisch.

„Es ist wohl besser, Ihr geht jetzt! Und zwar sofort! Mein Wirtshaus ist nicht der richtige Platz für Ketzer und Scharlatane. Zahlt Eure Zeche und verschwindet!"

Lucas merkte Linus deutlich an, dass er zu viel Bier in sich hineingekippt hatte und das Feld auf keinen Fall ohne Widerstand zu räumen gedachte.

„Meister Linus, seid vernünftig! Es wird sowieso Zeit, dass wir gehen. Der Weg zur Mühle ist noch weit."

„Mein Begleiter und ich werden uns erst noch einen weiteren Krug Bier teilen", zischte Linus den Wirt an. „Erst dann werde ich die Zeche begleichen. Vorher wirst du keinen Pfennig von mir bekommen, keinen einzigen."

Der Wirt gab zwei Männern an der Theke ein Handzeichen und auf der Stelle eilten sie zu ihm.

„Wenn Ihr es unbedingt so haben wollt, dann werden die beiden das Geld aus Euch herausprügeln und Euch anschließend in hohem Bogen aus meiner Schankstube werfen", drohte der Wirt.

Linus zählte daraufhin das geforderte Geld betont langsam auf den Tisch, kippte das restliche Bier in sich hinein und erhob sich bedächtig.

„Komm Lucas, wir wollen dieses . . . gastliche Haus freiwillig verlassen!" Linus hatte zu tun sich auf den Beinen zu halten. „Das mit dem freien Geist haben manche anscheinend wirklich nicht verstanden."

Lucas hängte sich beide Körbe über die Schulter und trieb dann Linus zur Eile an.

*

Als Meister Cramer schon im Gehen begriffen war und auf die Tür zuschwankte, versetzte ihm einer der beiden Rausschmeißer einen derben Stoß von hinten. Trotz seiner Trunkenheit griff Linus blitzschnell nach seinem Messer und fuhr herum. Schon im nächsten Moment drückte er dem Mann die Spitze seines Dolches an die Gurgel.

„Glaub nicht, weil du um etliches jünger bist als ich, habe ich Angst vor dir!", betonte Linus und zuckte kurz mit dem

Messer in seiner Hand, so, als wolle er jeden Moment zustechen.

„Ich, ich will Euch doch nichts tun!“, stammelte der Bedrohte und wich ängstlich zurück.

Lucas nahm Linus am Arm und zerrte ihn hinter sich her ins Freie.

„Warum habt Ihr so viel gesoffen, Meister? Ihr könnt ja kaum mehr laufen. Wie soll ich Euch denn bis zur Mühle bringen?“

Der Junge hatte es eilig, weil lautes Geschrei aus dem offenen Fenster der Schänke bis auf die Straße drang. Allem Anschein nach hatten sich die Gäste in zwei Lager gespalten und in die Haare bekommen.

„Dieser Linus Cramer ist ein großartiger, ein selten mutiger Kerl! Und, er hat vollkommen Recht!“, rief einer und übertönte damit das restliche Stimmengewirr.

Linus strahlte und wäre am liebsten ins Wirtshaus zurückgekehrt, doch Lucas ließ nicht locker und zwang ihn zum Mitkommen.

„Habt aber auch Verständnis für mich und meine Lage!“, brüllte der Wirt durch die Stube. „Sie werden mein Wirtshaus schließen, wenn ihnen das zu Ohren kommt. Und was wird dann aus mir?“

Lucas wurde schnell klar, dass ein beschwerlicher Weg vor ihm lag. Er musste nicht nur beide Körbe tragen, sondern hatte auch einige Probleme, Linus mit gutem Zureden hinter sich herzulocken.

Torkelnd schleppte der sich einige Schritte durch den Schnee. Da der Abstand zunehmend größer wurde, legte Lucas den Arm von Linus um seine Schulter und stützte ihn beim Gehen.

Linus war bester Laune. Er lachte und scherzte und sein Frohsinn wollte nicht enden.

Einige Leute, die ebenfalls auf dem Nachhauseweg waren, tuschelten miteinander, als Linus lauthals herumzuplärren begann.

„Meister Linus, seid jetzt endlich vernünftig!“

Um ihn abzulenken, verwickelte Lucas ihn anschließend in ein Gespräch. Es gab so viele Dinge, die er gerne über Meister Linus in Erfahrung bringen wollte. Vielleicht bot sich jetzt eine günstige Gelegenheit, um ihn mit etwas Geschick zum Sprechen zu bringen.

Kapitel 35

„Ihr seid wirklich ein schlauer und mutiger Mann, Linus! Da haben die Leute völlig Recht!“, begann Lucas. „Woher habt Ihr all das Wissen? Wo habt Ihr denn lesen und schreiben gelernt und all die anderen Dinge, die Ihr könnt?“

Eigentlich hatte Lucas nicht mit einer Antwort gerechnet, doch der Alkohol hatte Meister Linus nicht nur den Verstand benebelt, sondern ihm gleichzeitig auch die Zunge gelöst.

„Ich . . . war einmal Mönch!“, stieß er mit lautem Lachen hervor. „Stell dir vor, Lucas, ich war tatsächlich einmal Mönch in einem richtigen Kloster!“

„In welchem Kloster wart Ihr denn? Ihr habt mir nie davon erzählt, Meister Linus.“

„Ich war im Kloster Bebenhausen in der Nähe von Tübingen“, erwiderte er leise und blickte sich um, als wolle er sicher gehen, dass niemand außer Lucas ihm zuhörte. „Das liegt allerdings schon viele Jahre zurück. Lange Zeit war ich dann unterwegs, nicht nur hier in Deutschland, sondern auch in Wien, in Italien und in der Schweiz.

Anfangs hatte ich nur Flausen im Kopf, lebte in den Tag hinein und von der Hand in den Mund. Oftmals hatte ich kein Dach über dem Kopf, sondern musste im Freien nächtigen.“

Linus bückte sich, nahm zwei Hände voller Schnee und

wischte sich damit übers Gesicht, als wolle er die verbliebene Trunkenheit abstreifen. Erstaunlich klar erzählte er kurz darauf weiter:

„In Mainz lernte ich dann den Gelehrten Erasmus von Rotterdam kennen und freundete mich mit ihm an. Auf Anhieb haben wir uns gut verstanden und mein Leben änderte sich schlagartig. Wie ein Verrückter büffelte ich und studierte sogar an Universitäten, auch in Italien. Ich hatte mit berühmten und angesehenen Persönlichkeiten zu tun.

Stell dir vor, Lucas, auch Erasmus war vorher Mönch bei den Augustinern und hat dann seinem Kloster ebenfalls den Rücken gekehrt. Er war der uneheliche Sohn eines Priesters und einer Arzttochter. Stell dir das mal vor! Und trotzdem ist er heute einer der angesehensten Köpfe in ganz Europa."

„Wie konnte er denn ein Gelehrter werden, wenn er unehelich geboren wurde? Andere Kinder, die aus einem Verhältnis hervorgehen, das den Segen der Kirche nicht hat, werden ihr Leben lang verachtet und gedemütigt. Ich weiß zum Beispiel, dass man als unehelicher Sohn in manchen Städten nicht einmal Meister werden darf."

Die Frage schien Linus irgendwie zu irritieren und er brauchte einige Zeit, bis er weitersprach.

„Erasmus ließ sich nicht unterkriegen! Ganz im Gegenteil! Der außergewöhnlich begabte Mann hat aus innerer Überzeugung Kritik an den weltlichen und kirchlichen Herrschern geübt und sie zu mehr Menschlichkeit aufgerufen.

Erasmus könnte mit seinen Fähigkeiten ein viel bequemeres Leben führen. Er wählte aber den steinigen, den mühsamen Weg, weil sein Gewissen ihn dazu trieb. Es ging ihm nie um seinen eigenen Ruhm und um sein Ansehen, sondern immer um das Anliegen, dem er sich verpflichtet fühlte."

„Jetzt wird mir etliches klar, Meister Linus! Ihr habt viele Eurer Gedanken von ihm übernommen. Ihr könntet es manchmal auch einfacher haben, nicht wahr? Könnte man Erasmus von Rotterdam Euren Lehrmeister nennen?"

*

Der kühle Schnee und die frische, eisige Luft hatten die Anzeichen von Trunkenheit bei Linus nahezu beseitigt. Lucas hatte auch den Eindruck, dass Linus sich gerne einmal mitteilte und sich geradezu freute, jemandem Dinge aus seinem ereignisreichen Leben berichten zu können.

„Das hast du vollkommen richtig erkannt, Lucas! Erasmus hat mich im Kopf zu dem gemacht, was ich heute bin. Er hat meinen Geist, meinen Verstand befreit und diesen Hunger nach Wissen in mir geweckt.

Ein bewundernswerter Mann! In seinem Buch ‚Coloquia familiaria', auf Deutsch würde man sagen ‚Gedanken über die Familie', tritt Erasmus sogar für die Bildung der Frau ein. Eine Revolution, nicht wahr, wo doch alle Herrschenden versuchen, Mädchen und Frauen dumm und unwissend zu lassen. Das ist eine . . ."

„Aber Meister Linus", fiel Lucas ihm ins Wort, „sind Mädchen nicht wirklich dümmer als Buben? Das sagen doch die meisten Männer, oder etwa nicht?"

„Dummes Geschwätz, das ist dummes Geschwätz! Man könnte meinen, du bist genau so verbohrt wie viele andere Männer? Schau dir doch Agatha an oder denk an Hildegard von Bingen! Sind sie etwa dümmer als Männer? Die meisten Mädchen wirken nur dumm und einfältig, weil es den Männern gefällt sie dumm zu belassen."

„Erzählt mir weiter! Was habt Ihr noch alles erlebt?"

„Ich war auch einige Zeit in Basel. Dort habe ich Erasmus zufällig wieder getroffen. Wir waren beide ganz hingerissen von der Bildung und der Aufgeschlossenheit der Basler Bürger. Und Johannes Petri, ich habe dir neulich von ihm erzählt, lernte ich durch Erasmus in der Druckerstadt kennen."

„Richtig! Johannes Petri und sein Neffe Adam, die Buchdrucker aus Franken, nicht wahr? Der Adam hatte wirklich Glück im Leben, dass er einen so angesehenen Meister wie seinen Onkel hatte."

„Da hast du Recht, Lucas!"

„Ich kenne auch einen sehr begabten Lehrmeister. Leider klopft der manchmal aber nur Sprüche."

„Meinst du etwa damit mich?" Linus schaute Lucas mit scherzhaft grimmigem Gesichtsausdruck an. „Du wirst in letzter Zeit ganz schön frech!"

„Ja, ich meine Euch, Meister Linus! Ihr findet es gut, dass Erasmus sich für die Bildung der Frauen stark macht, Ihr selbst seid aber nicht einmal in der Lage, einem Burschen wie mir das Lesen und Schreiben beizubringen. Ich glaube, Ihr wollt mich absichtlich dumm halten."

„Wo du Recht hast, hast du Recht, Lucas! Das wird sich ab morgen ändern, das verspreche ich dir."

*

„Warum seid Ihr eigentlich aus dem Kloster abgehauen?", fragte Lucas nach einer kurzen Pause weiter.

„Als Abt Johannes von Fridingen im Mai 1493 das Oberhaupt des Konvents wurde, hegte ich große Hoffnung, wir würden uns wieder mehr auf die Regel des Heiligen Benedikt besinnen, in Armut und Bescheidenheit leben. Es kam aber anders. Der Grundbesitz, den das Kloster im Laufe von Jahrhunderten zusammengerafft hatte, bestimmte unser Leben. Es war nicht mehr meine Welt, die ich mir als Mönch gewählt hatte.

Außerdem habe ich mich schon im Kloster mit Heilpflanzen und Arzneien beschäftigt. Es wurde zu meiner Leidenschaft. Deshalb zog es mich zurück in meine Heimatstadt Freiburg und hier ließ ich mich zum Wundarzt ausbilden. Mehr als die Heilkräuter fasziniert mich allerdings die Wahrheit über das menschliche Leben.

In Italien, ich habe es vor einiger Zeit schon einmal angedeutet, sind sie viel fortschrittlicher. Hin und wieder öffnen Gelehrte dort an den Universitäten sogar Leichen, zerlegen und studieren sie."

„Und so etwas Abscheuliches habt Ihr dort womöglich auch getan?".

„Nein, wie kommst du darauf? Aber, was wäre daran so ungewöhnlich? Wie können wir sonst unsere Kenntnisse über den Körper des Menschen vervollkommnen?"

„Und hier, werden auch hier bei uns Leichen . . .?"

„Nur an wenigen deutschen Universitäten ist das in Ausnahmefällen erlaubt. Sehr strenge Strafen drohen, wenn man sich nicht daran hält."

„Brächtet Ihr es etwa fertig, einen Toten heimlich mit einem Messer . . . aufzuschneiden?", raunte Lucas und warf seinem Nachbarn einen entsetzten Blick zu.

Linus zuckte anfänglich mit den Schultern, stieß dann aber schnell „Nein, natürlich nicht!" hervor.

„Verzeiht mir die Frage, Meister, denn ich habe sie Euch schon oft gestellt, aber, was treibt Ihr eigentlich in Eurer Kammer, wenn sonst niemand anwesend ist? Ich fühle es, dass Ihr mir irgendetwas verheimlicht. Sowie ich nämlich eintrete, versucht Ihr hastig die Blätter zu verstecken, die Ihr gerade beschreibt oder mit irgendwelchen Zeichnungen voll kritzelt."

„Ich studiere Pflanzen und Tiere!" Linus wirkte von einem Augenblick zum anderen ein wenig gereizt.

„Deshalb habt Ihr vor Wochen heimlich den Hasen und dann das Reh . . ., stimmt's? Die toten Tiere dienen Euch sozusagen als Ersatz für . . ."

Linus nickte nur.

Lucas schien es ratsamer zu sein die bohrenden Fragen einzustellen, weil sich Linus allem Anschein nach durch seine Neugierde plötzlich irgendwie in die Enge getrieben fühlte.

Sie liefen einige Zeit schweigsam nebeneinander her. Es war nicht mehr weit bis zum Mühlhof.

*

Die Rückkehr von Linus und Lucas wurde anfangs in der Mühle gar nicht bemerkt, zumal Wolf nicht wie gewöhnlich beim Näherkommen bellte, sondern die beiden Männer erkannte und nur freudig winselte.

Als sie im Mühlhof standen, hörten sie lautes Gezanke aus dem Haus.

„Ich bin froh, wenn er endlich seinen Kram zusammenpackt und von hier verschwindet!“, äußerte der Müller scharf.

„Aber er zahlt doch für seine Unterkunft“, beschwichtigte ihn Agatha, „und kommt sogar für den Jungen auf. Bist du nicht ungerecht, Diepold?“

„Es geht mir gar nicht ums Bezahlen“, erwiderte der dickköpfig, „das weißt du ganz genau, sondern um ganz andere Dinge. Wie oft soll ich dir das denn noch erklären, bis du es endlich begriffen hast? Neulich, als ich überraschend in seine Kammer kam, habe ich Blut an seinen Händen und in einem Becken auf dem Boden gesehen. Er wollte mir zwar weismachen, dass es sich um irgendwelche roten Pflanzensäfte handelte, doch das war glatt gelogen. Mit Sicherheit!“

„Lass ihn doch in seiner Kammer treiben, was er will, und halt dich einfach raus, Diepold! Das kann doch nicht so schwer sein. Er mischt sich schließlich auch nicht in deine Angelegenheiten, oder?“

„Dir scheint alles egal zu sein, wie?“ Diepold tobte jetzt. „Weißt du eigentlich, was die Leute inzwischen über uns reden? Weißt du, was sie sich hinter unserem Rücken zutuscheln?"

Aufgebracht verließ Diepold die Stube und war schon auf dem Weg nach draußen, als er seinem Weib noch zurief:

„Und der Junge, den hat er mittlerweile auch in seine . . ."

Meister Diepold unterbrach abrupt seinen Satz und starrte in den Hof, wo Lucas und Linus standen.

Meister Linus schnaufte übertrieben laut und tat so, als wäre er soeben erst im Mühlhof angekommen und hätte kein Wort von dem Streit aufgeschnappt. Lucas durchschaute das Spiel seines Meisters sofort.

„Gott sei Dank haben wir es geschafft!", stöhnte der Junge ebenfalls und setzte sich auf die Treppe. „Ein anstrengender Tag liegt hinter uns, aber trotzdem bin ich froh, dass ich Linus begleitet habe."

„Seid ihr eben erst angekommen, oder . . . steht ihr schon länger hier herum?", vergewisserte sich Diepold.

„Wie meint Ihr das?" Lucas spielte den Ahnungslosen. „Wieso sollen wir denn hier im Hof herumstehen und uns kalte Füße holen?"

Der Müller schien mit dieser Antwort zufrieden und gleichzeitig auch erleichtert zu sein. Er verschwand in der Scheune.

Linus warf einen prüfenden Blick auf das Türschloss seiner Kammer und zog erst dann seinen Schlüssel aus der Tasche, um es zu öffnen.

„Wir müssen uns in Acht nehmen, Lucas!", tuschelte er dem Jungen zu. „Nicht dass jemand während meiner Abwesenheit in meinen Sachen herumschnüffelt. Halt die Augen auf und gib mir sofort Bescheid, wenn dir etwas auffällig oder verdächtig vorkommt! Hast du mich verstanden?"

Erneut kamen Lucas Bedenken, ob Linus ihm die ganze Wahrheit gesagt hatte, ob er tatsächlich vollkommen ehrlich zu ihm gewesen war. Auch, dass das Zerlegen eines Hasen oder eines Rehs wirklich so ein schreckliches Verbrechen sein konnte, dass selbst Linus vor der Entdeckung Angst verspürte und es vor den Müllersleuten verheimlichte, bereitete dem Jungen Kopfzerbrechen.

Kapitel 36

Anfang Februar des Jahres 1525 besserte sich das Wetter grundlegend. Ein Wärmeeinbruch verbannte den Schnee aus den Tälern und nur an schattigen Nordhängen konnten sich letzte Reste verkrusteter, grau schimmernder Schneefelder behaupten.

Meister Diepold hatte seine Arbeit in der Mahlstube wieder aufgenommen und auch für Lucas war somit die Zeit des Müßiggangs vorbei. Härter als bisher nahm ihn der Müller her und ließ den Jungen unglaublich schwer schuften, zumal viele Leute nach der langen Mahlpause Nachschub an Mehl benötigten.

Trotzdem fand Lucas noch Zeit, um täglich in der Kammer von Linus lesen und schreiben zu üben. Der hatte sein Versprechen tatsächlich wahr gemacht und sich nach dem Marktbesuch in Freiburg um Lucas und sein Fortkommen gekümmert.

„Du bist wirklich ein schlauer Kerl und stellst dich geschickt an!“ So oder ähnlich lobte Linus seinen Schüler häufig und das spornte Lucas geradezu an, sich noch mehr Mühe zu geben und seinen Meister auf keinen Fall zu enttäuschen.

Noch faszinierender fand es Lucas allerdings, wenn Linus ihm Geschichten erzählte oder mit ihm Wortgefechte, wie er es nannte, austrug. Was hatte der Junge inzwischen alles über

Italien erfahren. Meister Linus hatte ihm so oft von Rom und Florenz, von Mailand, Pisa und Venedig berichtet, dass Lucas sich ein genaues Bild von diesen Städten machen konnte. Linus verstand es vortrefflich, in ihm die Schönheiten des Südens wie in einem Traum Wirklichkeit werden zu lassen.

„Warum sind die Italiener andere Menschen als wir?", fragte Lucas einmal nach, weil er diese Bemerkung nicht verstanden hatte. „Sie sehen doch genauso aus wie wir und unterscheiden sich höchstens durch die schwarzen Haare und durch das gebräunte Gesicht von uns."

„Äußerlich mag das zutreffen, Lucas, doch die Leute dort leben unbekümmerter als wir und haben eine ganz andere Einstellung zu vielen Dingen. Die besser Gestellten führen ein ausschweifendes Leben, in Unzucht und Gottlosigkeit. Selbst bei Äbten, Bischöfen und in Klöstern ist das weit verbreitet.

Petrarca und Boccaccio haben diese Missstände schon vor über hundert Jahren angeprangert. Pietro Aretino, ein Schriftsteller aus Arezzo, hat auf die verwerflichen Machenschaften in seinen Gedichten hingewiesen und wurde deshalb aus seiner Heimat verjagt. Ich könnte dir noch andere nennen."

„Was meint Ihr denn mit dem ausschweifenden Leben, über das Ihr gesprochen habt, Meister Linus?"

„Naja, wie soll ich dir das erklären, Lucas? Wenn ein Mann zu einer fremden Frau geht und sie für ihre Liebe bezahlt. Weißt du, was ich meine?"

Lucas nickte und augenblicklich schoss ihm das Blut in den Kopf.

„Allein in Rom soll es fast siebentausend dieser Frauen geben, die sich damit den Lebensunterhalt verdienen und in Venedig fast doppelt so viele. Ein Mann Namens Infessura hat sie gezählt, um seine Anklagen begründen zu können. In Venedig haben sie sogar ein Verzeichnis gedruckt, in dem die Frauen mit ihrem Namen, der Wohnung und den Gebühren für ihre Liebesdienste aufgelistet sind."

Lucas wurde das Gespräch zunehmend unangenehm und er wandte sich deshalb verschämt lieber wieder dem Herbarium zu und übte sich im Lesen.

*

In den kommenden Wochen wurde Linus immer häufiger zu Leuten in der ganzen Umgebung gerufen, um für Kranke und Verletzte Arzneimittel zu mischen und sie ihnen zu verabreichen. Es sprach sich schnell herum, dass ein Wundarzt in der Mühle wohnte.

Linus war stolz darauf, seinem Berufsstand alle Ehre zu machen. Das Geschwätz von Zauberei und Ähnlichem zerstreute sich schnell, zumal Meister Linus alles versuchte, um den Leuten seine Behandlungsmethoden begreiflich zu machen.

Er führte Untersuchungen durch, versorgte Wunden und brachte selbst schwierige Knochenbrüche mit erstaunlichem Geschick meist wieder in Ordnung. Es lag in der Natur seines Berufes, dass er nicht alle seine Patienten heilen konnte, sondern manche auch an ihren Leiden verstarben.

*

Die Kühle und Feuchte der Nacht lag noch über dem Land, als Lucas eines Morgens auf seinem Lager im Stall erwachte, sich reckte und schlaftrunken durch das winzige Fenster prüfend nach draußen sah.

Deutlich waren Männerstimmen im Mühlhof zu vernehmen und Lucas erhob sich deshalb, um nachzuschauen, wer so früh schon zugange war.

Er warf einen Blick durch einen Spalt in der Tür und zog erst dann den Riegel auf. Seit dem Zwischenfall an Weihnachten schob er ihn nämlich sicherheitshalber immer zu, bevor er sich zum Schlafen legte.

„Bitte, Ihr müsst mitkommen!“, flehte ein fremder Mann mit einer Fackel in der Hand Linus an. „Vielleicht könnt Ihr meinem Sohn Claus helfen. Ein Bader, der zufällig durch Eschbach kam, hat schon nach ihm gesehen, und auch der Pfarrer war bereits bei meinem Kind, doch sie konnten ihm nicht helfen. Von Tag zu Tag wird mein Sohn schwächer. Ich weiß mir nicht mehr zu helfen!“

„Ihr bringt mich in Verlegenheit“, antwortete Linus. „Wenn weder der Pfarrer durch seine Gebete einen Beistand leisten konnte noch der Bader mit seiner Heilkunst etwas bewirkt hat, dann kann ich allem Anschein nach auch nur wenig für Euren Sohn tun.“

„Versucht es doch wenigstens!“, sprach der Mann und bettelte Linus geradezu an, sich seiner Bitte zu beugen und nach seinem Sohn Claus zu sehen.

Linus stand da und überlegte einen Moment.

„Gut, es kann ihm auf keinen Fall schaden, wenn ich ihn mir mal anschaue“, sagte er dann und das Gesicht des Fremden strahlte neue Hoffnung aus.

Lucas trat hinaus auf den Hof. Die ersten, zarten Anzeichen des neuen Tages zeigten sich bereits am Himmel.

„Das trifft sich gut, dass du schon auf bist! Bauer Bastian aus Eschbach hat mich aus dem Bett gescheucht. Ich soll mich um seinen kranken Sohn kümmern. Am besten du kommst mit, Lucas!“

Linus nahm Bastian die Fackel aus der Hand und verschwand für einen Augenblick in seiner Kammer. Mit einer Kiste, in der er all seine Dinge verstaut hatte, die er für den Besuch des kranken Jungen benötigte, kehrte er zurück auf den Hof. Er hatte sich einen Umhang um die Schultern gelegt und seinen Hut aufgesetzt.

„Hol dir in meiner Kammer eine Decke und schlage sie

dir ebenfalls um die Schultern, Lucas! Noch ist es frisch und kühl."

Bauer Bastian verknotete die Fackel vorne an der Seitenwand des Wagens und sowie die drei auf dem Einachser Platz genommen hatten, trieb er seinen Ochsen in scharfem Gang den Hang hinauf zum Bergkamm und dann am Kloster vorbei das Tal hinunter in Richtung Eschbach.

*

Der neue Tag hatte sich bereits gegen die Dunkelheit durchgesetzt und die ersten Sonnenstrahlen kämpften sich durch die nebelgetränkte Morgenluft, als sie das Gehöft kurz vor Eschbach erreichten.

Der Bauer verlangsamte das Tempo und brachte seinen Ochsenkarren vor einer bescheidenen Lehmhütte zum Stehen.

Sofort wurde die Eingangstür aufgerissen und eine hagere, gebeugte Frau kam herausgeeilt.

„Gut, dass Ihr endlich da seid!" Sie wirkte verstört. „Claus geht es nicht gut, gar nicht gut! Er faselt nur noch unverständliches Zeug vor sich hin und sein Kopf glüht, als würde er jeden Moment zerspringen. Ich hatte beinahe die Hoffnung schon aufgegeben, dass er die Nacht übersteht."

„Beruhige dich doch, Anna! Linus Cramer ist ja freundlicherweise mitgekommen und wird sich um den Jungen kümmern", tröstete der Bauer sein Weib.

Sie zwangen sich beide zu einem kurzen Lächeln und liefen dann schnell ins Haus. Linus und Lucas folgten ihnen.

„Hier, Herr Cramer, hier in der Kammer liegt er, der arme Kerl", sprach die Bäuerin und schob behutsam die Tür auf.

Linus ging jedoch nicht gleich in die Stube, sondern zog die Frau am Ärmel in den Flur zurück.

„Euer Mann hat mir erzählt, dass bereits ein Bader hier gewesen ist und den Jungen behandelt hat?“

„Ja, sicher, eine ganze Weile hat er sich vorgestern hier aufgehalten, dem Jungen einen geweihten Kräutersud auf die Stirn gerieben und die böse Verletzung immer und immer wieder betrachtet“, erklärte die Frau.

„Leider hat es nichts geholfen, sein Zustand hat sich nicht gebessert“, räumte Bauer Bastian kritisch ein. „Eine Menge Geld hat uns dieser Kerl für seinen Krankenbesuch abgenommen.“

Jetzt erst trat Linus vorsichtig in den Raum, dessen winzige Fenster mit mehreren Tüchern abgedunkelt waren, und näherte sich dem Bett.

Zwei armselig gekleidete kleine Kinder, ein Mädchen und ein Junge, knieten auf dem gestampften Lehmboden neben dem Lager ihres kranken Bruders und murmelten ununterbrochen und eintönig Gebete vor sich hin.

Ihre Mutter tippte ihnen auf die Schulter und gab ihnen dann durch eine kurze Handbewegung zu verstehen, den Raum unverzüglich zu verlassen.

Lucas empfand Mitleid mit dem hageren Jungen im Bett, der höchstens zehn Jahre alt sein konnte. Nur sein schweißüberströmter, fiebrig glänzender Kopf lugte unter der Bettdecke hervor. Für einen kurzen Moment öffnete er halb seine zuckenden Augen, um sie gleich wieder zu verschließen. Nur wage schien er mitzubekommen, was sich um ihn herum abspielte.

Auf der Bettdecke lagen ein Kreuz und ein Rosenkranz. An den Ecken des Lagers waren mehrere Kerzen aufgestellt, die ihren flackrigen Schein auf das Gesicht des Jungen warfen und sich im Fieberschweiß spiegelten.

„Nehmt die Tücher weg von den Fenstern!“, ordnete Linus als erstes an und konnte sich ein unmissverständliches Kopfschütteln nicht verkneifen. „Der Junge muss sich ja jetzt schon vorkommen wie im Grab, wenn er mal einen lichten Moment hat."

Etwas zögerlich kam die Bäuerin der Aufforderung nach und entfernte die Kerzen. Linus legte auch das Kreuz und den Rosenkranz auf die Holztruhe neben dem Bett.

„Was macht Ihr da? Das dürft Ihr nicht!", zischte ihn die Frau beschwörend an. „Das Kreuz und den Rosenkranz dürft Ihr auf keinen Fall vom Bett nehmen, sonst, sonst kann dem Jungen sowieso nicht mehr geholfen werde. Das Kreuz zieht die heilenden Kräfte des Himmels an und der Rosenkranz wird die Heilige Mutter Gottes gnädig stimmen. Das hat der Pfarrer gesagt, als er . . ."

„Wenn Ihr Euch da so sicher seid, dann hättet Ihr mich nicht zu rufen brauchen!", fiel Linus ihr ziemlich barsch ins Wort und handelte sich dadurch einen grimmigen Blick der Bäuerin ein. „Man kann für einen Kranken beten, das ist mit Sicherheit löblich, doch man kann ihn dadurch nicht heilen. Schlagt Euch das aus dem Kopf!"

Erneut zeigte sich die Frau wegen der Erklärung von Linus übermäßig irritiert und wollte etwas entgegnen, doch ihr Mann kam ihr zuvor.

„Höre auf Herrn Cramer und lass ihn jetzt endlich in Ruhe, Anna!"

Man merkte ihr an, dass sie sich unglaublich zusammennehmen musste und gerne widersprochen hätte, doch sie fügte sich und fing stattdessen wie aus Trotz inständig zu beten an.

*

„Wo ist denn die Verletzung, von der Ihr gesprochen habt?", erkundigte sich Linus und zog seine Stirn in Falten, bevor er das Leinentuch vom Körper des Jungen entfernte.

Der Bauer schlug das Hemd zurück und deutete auf den

Brustkorb, der mit einem hellen Stoffflecken bedeckt war. Ganz behutsam hob Linus das von gelblichem Eiter durchdrängte Tuch erst etwas an und riss es dann ruckartig herunter. Ein Stöhnen und Wimmern kam über die Lippen des Jungen und wieder traf Meister Linus ein Blick der Bäuerin, der verächtlicher nicht hätte ausfallen können.

„Hätte ich es ganz langsam entfernt, dann hätte das dem Jungen noch wesentlich größere Schmerzen zugefügt!", suchte Linus sein Tun zu rechtfertigen und fuhr halblaut maulend fort: „Muss ich mich hier eigentlich für alles entschuldigen? Wenn mir der Junge nicht Leid täte, auf der Stelle würde ich meine Sachen zusammenpacken und von hier verschwinden."

Eine handgroße, stark vereiterte Wunde, die von deutlich sichtbaren, dunkelroten Wundrändern begrenzt wurde, kam unter dem Leinenfetzen zum Vorschein. Für Lucas ein scheußlicher und beunruhigender Anblick. Linus verzog jedoch kaum seine Miene und betrachtete sich die Verletzung ausgiebig.

„Der Bader, dem Ihr eine Menge Geld bezahlt habt, versteht von seinem Handwerk nichts, absolut nichts!", schimpfte er.

„Wie lange hat Euer Sohn diese Wunde schon und wie ist es zu dieser Verletzung gekommen?", fragte Linus dann, ohne seinen Blick auf den Bauern oder sein Weib zu richten.

„Es ist ganz allein meine Schuld, jawohl!", raunte Bastian und schluckte einige Male, bevor er in der Lage war weiterzusprechen. „Claus hat mir in der Scheune geholfen und ist von einer Leiter gestürzt. Dabei schlug er so unglücklich auf einem darunter stehenden Wagen auf, dass sich eine Sprosse der Seitenwand ein Stück in seine Brust bohrte. Das ist jetzt zwei Wochen her."

Bauer Bastian schlug sich kurz die Hände vors Gesicht.

„Hätte ich den Jungen nur nicht dazu getrieben, auf die

Leiter zu steigen, sondern wäre selbst nach oben geklettert! Ich kann mir das nicht verzeihen!“

Ein vorwurfsvoller Blick seines Weibes sagte ihm, dass sie ihm das ebenfalls nicht verziehen hatte und wahrscheinlich auch niemals tun würde.

„Am Anfang schien die Wunde ganz gut zu heilen, doch schon nach zwei Tagen kamen immer mehr von diesen unreinen gelblichen Säften zum Vorschein und Claus wurde mit jedem Tag schwächer“, führte Bastian weiter aus.

„Und warum habt Ihr Euren Sohn nicht gleich zu einem Wundarzt nach Freiburg gebracht?“ Linus zog die Augenbrauen hoch. „Ihr spielt mit seinem Leben, ist Euch das bewusst?“

„Wir haben für Claus viel gebetet“, rechtfertigte sich die Bäuerin. „Stunden um Stunden haben wir die gnädige Mutter Gottes und alle Heiligen angefleht.“

„Wegen Eurer Nachlässigkeit ist es mittlerweile für eine Behandlung reichlich spät, das muss ich Euch leider sagen. Die Wunde ist in der Zwischenzeit so vergiftet, dass sie das Leben Eures Sohnes ernsthaft bedroht. Ich werde den Eiter entfernen und heilende Kräuter aufbringen. Sie entziehen dem befallenen Fleisch die unreinen Säfte und fördern die Heilung. Ich verspreche Euch, mein Bestes zu tun, möchte Euch aber noch einmal sagen, dass er in diesem jämmerlichen Zustand mit Sicherheit sowieso keine zwei Tage mehr leben würde.“

Linus machte eine kurze Pause, als müsse er jedes Wort seines folgenden Satzes wohl überlegen.

„Sollte Euer Sohn trotzdem sterben, dann sucht die Schuld bitte nicht bei mir! Ich betone es erneut, er würde die nächsten beiden Tage sowieso nicht überleben.“

Ein zustimmendes Nicken war bei Bauer Bastian zu bemerken und selbst sein Weib schloss sich ihm wenig später mit einer knappen Kopfbewegung an.

Schon im nächsten Augenblick nahm sie das Kreuz und den Rosenkranz von der Holztruhe und legte beides hastig neben den Kopf ihres Sohnes. Linus griff jedoch sofort nach den Sachen und stellte sie unsanft zurück auf den Kasten.

„Das hat jetzt hier nichts verloren! Nach meiner Behandlung könnt Ihr das handhaben wie Ihr wollt, jetzt aber nicht! Lucas, hol meine Kiste vom Wagen!"

*

Während der Junge umgehend der Aufforderung nachkam, tastete Linus sorgfältig den Bauch, die Arme und den Hals des Kranken ab.

„Der Puls ist schwach und zeigt mir deutlich, wie geschwächt der gesamte Körper mittlerweile ist", murmelte er vor sich hin.

Als Lucas die Holzkiste neben dem Bett abstellte, entnahm ihr Linus eine Metallzange und einige kleine Leinenstücke. Ganz vorsichtig tupfte er den Eiter von der Wunde und roch sogar daran. Anschließend legte er seine Stirn sorgenvoll in Falten, als hätte sich soeben irgendein Verdacht bestätigt.

„Ich brauche kochendes Wasser, schnell!", sprach er dann zum Bauern.

Linus kramte in seiner Kiste herum und holte einige bauchige Leinenbeutel mit Kräutern heraus.

„Wilder Wermut und Blutkraut, oder auch Eisenkraut, wie man es nennt, sind eine sehr bewährte Mischung, um offene Hauterkrankungen und eitrige Wunden zu behandeln", erklärte er Lucas beiläufig und füllte getrocknete Blätter in eine Tonschale.

Als Bastian mit dem kochenden Wasser in die Stube zurückkehrte, bedeckte Linus das Kraut damit und ließ es eine Weile ziehen.

„Hildegard von Bingen wusste schon um die Heilwirkung

von Eisenkraut und Wermut“, teilte Linus dem Jungen weiter mit. „Du wirst gleich sehen, wie man es anwendet. Ich halte mich nämlich genau an ihre Empfehlung.“

Meister Linus lief nach draußen und hielt die Außenseite des dampfenden Tontopfes in das Wasserfass, bis sich die Flüssigkeit im Innern abgekühlt hatte. Zurück im Zimmer nahm er dann erneut kleine Leinenstücke zur Hand, tauchte sie in den Pflanzensud und betupfte damit die Wunde. Anschließend drückte er das warme Kraut aus, schlug es in ein sauberes Tuch ein und legte es direkt auf die Verletzung.

„Ich brauche noch ein gewaschenes, großes Leinentuch!“ Linus schaute die Bäuerin auffordernd an.

Als Anna es herbeigeholt hatte, bat er Lucas um Hilfe.

„Greife mit beiden Armen unter den Oberkörper des Jungen und hebe ihn vorsichtig an!“

Lucas schob seine Arme unter den Jungen. Ein erbärmliches Stöhnen entfuhr dem kranken Kind und Lucas hätte ihn deshalb am liebsten auf der Stelle wieder abgelegt, doch Linus war schon dabei, das Leinentuch wie einen Verband um die Brust des ausgezehrten Knaben zu wickeln. Anschließend zog er ihm das Nachthemd wieder über den Körper und deckte ihn mit der Bettdecke zu.

Hastig legte die Frau das Kreuz und den Rosenkranz neben den Kopf ihres Sohnes und stellte auch die Kerzen an die vier Ecken des Bettgestells. Von der Seite bedachte sie Linus sogar mit einem kurzen, aber unmissverständlichen Grinsen, so als hätte sie am liebsten noch gesagt:

„Und meine Gebete werden dem Jungen doch mehr helfen als Euer Hokuspokus.“

Meister Linus ließ sich jetzt nicht mehr aus der Ruhe bringen.

*

„Das hätten wir geschafft! Es sieht nicht schlecht aus mit Eurem Sohn!“, sprach er zu Bastian und nickte dann Lucas zufrieden zu. „Auch du hast deine Aufgabe gut gemacht und warst mir eine große Hilfe!“

„Gegen das Fieber werde ich Euch ein anderes Mittel geben. Ihr müsst es allerdings genau so anwenden, wie ich es Euch sage! Verstanden?“ Linus zog wiederum ein Säckchen aus seiner Kiste und öffnete es. „Das sind getrocknete Blätter und Wurzeln vom Eibisch. Ihr müsst sie zerkleinern und in etwas Essig legen. Nach einigen Stunden entfernt Ihr die Pflanzenteile und verdünnt den Sud mit etwas Wasser! Flößt Eurem Sohn dreimal am Tag davon ein paar Löffel ein!“

„Ich werde mich selbst darum kümmern“, versprach der Bauer, während sein Weib gar nicht zuzuhören schien, was ein erneutes Kopfschütteln bei Linus hervorrief.

„Und seht zu, dass Ihr dem Jungen auch etwas zu essen gebt! Er ist völlig ausgehungert, der arme Kerl!“

„Aber er will nichts essen, seit Tagen sträubt er sich dagegen“, erwiderte die Frau keifend, als wären die Ratschläge von Linus unsinniges Geschwätz. „Ich kann ihn doch nicht zwingen!“

„Doch, in diesem Fall solltet Ihr das tun!“ Linus fuhr der Bäuerin über den Mund. „Er wird Euch eines Tages dafür dankbar sein. Kocht ihm eine kräftige Fleischbrühe oder einen feinen Gemüsebrei und trichtert es ihm ein! Er braucht neue Kraft. Außerdem sollte er auch viel Flüssigkeit zu sich nehmen, weil das Fieber und das dadurch bedingte Schwitzen große Mengen Wasser aus seinem Körper treibt.“

Linus räumte seine Sachen in die Holzkiste und schob sie mit dem Fuß Lucas hin. Der trug sie hinaus und verstaute sie auf dem Karren.

„Was ich für den Jungen tun konnte, habe ich getan!“ Linus fasste dem Kranken noch einmal an die Stirn und ging aus der Kammer. „Morgen werde ich wieder kommen und nach ihm sehen.“

*

Bauer Bastian führte Linus und Lucas in die Stube und bat sie am Tisch Platz zu nehmen. Kurz darauf brachte er ihnen einen Krusten Brot und ein ordentliches Stück Schinken, das sie dankend annahmen und auf der Stelle kosteten.

„Nehmt es meinem Weib nicht übel!“, tuschelte Bauer Bastian, als sich seine Frau Anna aus dem Zimmer entfernt hatte. „Sie hat bereits zwei Kinder verloren und glaubt, man könne jede Krankheit und jedes Unheil mit Beten vertreiben!“

Kaum hatten sie ihre Brotzeit beendet, mahnte Linus schon zum Aufbruch.

Anna kam aus der Kammer ihres kranken Sohnes und hielt einen Rosenkranz in ihren Händen. Sie folgte den anderen in den Hof.

Mit Argwohn in den Augen blickte die Bäuerin dem Fuhrwerk nach, als es aus dem Hof rollte.

„Ich bitte Euch noch einmal, Meister Linus!“, betonte Bauer Bastian erneut. „Nehmt es meinem Weib Anna nicht übel!“

„Auch du verstehst mich nicht oder willst mich nicht verstehen!“, zischte Anna, die die Bemerkung sehr wohl mitbekommen hatte, ihrem Mann nach. „Ich laufe zum Pfarrer. Er soll für Claus eine Messe lesen!“

Kapitel 37

„Na, Lucas, kommst du auch endlich, um mir bei der Arbeit zu helfen?“, herrschte Diepold den Jungen an, als sie den Mühlhof erreichten. „Es ist fast Mittag und du treibst dich in der Gegend herum, anstatt mir zur Hand zu gehen. Sieh zu, dass du die Säcke von dem Fuhrwerk da vorne zum Mahlstein hoch bringst!“

Linus und den fremden Bauern würdigte der Müller keines Blickes.

Mit einem mächtigen Satz sprang Lucas vom noch rollenden Wagen und machte sich ohne Zögern an die Arbeit.

Das Mittagessen fiel für den Jungen recht karg aus, weil ihm der Müller kaum eine Verschnaufpause gönnte, in Ruhe seinen Hunger zu stillen. Auch am Abend durfte Lucas erst bei Anbruch der Dunkelheit den Mahlraum verlassen und sich in die Kammer von Linus begeben.

„Hat dieser Nörgler wieder einmal seine ganze Bosheit an dir ausgelassen, wie? Aber mach dir nichts daraus, Lucas! Der wird sich eines Tages seine Hörner noch abstoßen, wenn er selbst mal krank wird und mich vielleicht braucht.“

„Müller Diepold wollte gar nicht wissen, wo wir waren und warum wir so spät zurück in die Mühle gekommen sind“, teilte Lucas niedergeschlagen mit, doch schon kurz darauf erhellte sich sein Gesicht wieder. „Es macht mir wirklich Spaß mit Euch unterwegs zu sein und Euch bei Euerer Arbeit zu helfen."

„Ich freue mich auch jedes Mal, wenn du dabei bist", erwiderte Linus mit einem ehrlichen Lächeln.

„Wermut und Eisenkraut zur Behandlung offener und eitriger Wunden, und … wie habt Ihr es genannt? Eibisch gegen Fieber, stimmt's?"

„Du bist ein gelehriger Schüler!", äußerte Meister Linus anerkennend, kam dann aber gleich auf etwas anderes zu sprechen. „Hast du bemerkt, Lucas, wie argwöhnisch und misstrauisch die Bäuerin jeden meiner Handgriffe beobachtet hat? Ich hatte geradezu den Eindruck, dass sie meine Behandlung für reine Zeitverschwendung gehalten hat, oder?"

„Eigentlich kann man ihr keinen Vorwurf machen, Meister, weil sie es nicht anders weiß. Bestimmt glaubt sie wirklich, dass man einen Kranken gesund beten kann. Was hat diese Frau in ihrem Leben schon anderes kennen gelernt als Armut und Schufterei. Lesen und schreiben beherrscht sie mit Sicherheit nicht und deshalb ist ihr Geist auch nicht gewohnt eigene Gedanken zu denken. Habe ich das so richtig ausgedrückt?"

„Hervorragend, Lucas! Du machst in jeder Beziehung Fortschritte und hast den Kern der Sache richtig erfasst.

Anna wird auch weiterhin felsenfest davon überzeugt sein, dass ein Rosenkranz und ein Kreuz auf dem Bett die heilenden Kräfte in den Körper eines Kranken flößen. Der Aberglaube und der heidnische Firlefanz ist unglaublich weit verbreitet in der Bevölkerung."

„Was Ihr neulich gesagt habt, Meister Linus, leuchtet mir ein, dass nämlich das Gebet mehr ein Trost für die Seele ist und die Arznei die Gebrechen des Körpers zu beheben versucht." Lucas überlegte einen Moment und sprach erst dann weiter: „Ich muss gestehen, meine Mutter und mein Vater, Gott sei ihren Seelen gnädig, haben ähnlich wie die Bäuerin aus Eschbach gedacht. Besonders Mutter hat bei Krankheiten, bei Unglück und Not immer Zuflucht im Gebet gesucht und darauf vertraut, dass dadurch alles gut wird."

„Das Gebet allein reicht nicht aus, sonst bräuchten wir ja alle keinen Finger mehr zu rühren, sondern würden unser ganzes Leben einfach in die Hand Gottes legen. Der soll dann zusehen, wie er es meistert! Nein, so kann unser Schöpfer das nicht gemeint haben!

Es wird sich allerdings erst etwas ändern, wenn irgendwann die Forderung von Erasmus von Rotterdam verwirklicht wird und auch die einfachen Menschen eine gewisse Bildung erfahren dürfen.

Jetzt sieh zu, Lucas, dass du das Herbarium zur Hand nimmst und mir ein Kapitel vorliest! Wenigstens bei dir will ich versuchen, ob ich deinen trägen Geist in Bewegung bringen kann."

*

Weil das Wetter es zuließ und der Himmel durch keinerlei Wolken getrübt wurde, machte sich Linus am nächsten Tag zu Fuß auf den Weg zu seinem Patienten nach Eschbach.

„Ich glaube, Claus ist über den Berg!", verkündete Meister Linus dem Jungen erleichtert, als ihn Bauer Bastian mit dem Ochsenkarren zurück zum Mühlhof brachte. „Es geht ihm wesentlich besser und er hat sogar eine Schüssel Suppe zu sich genommen."

„Das haben wir Euch zu verdanken, Meister", kam es freudig über die Lippen des Bauern. „Morgen sollt Ihr Euren verdienten Lohn bekommen, das verspreche ich." Bastian griff hinter sich und zerrte etwas unter einer Decke hervor. „Hier, ich habe Euch ein Huhn geschlachtet und möchte dadurch meinen Dank schon mal zum Ausdruck bringen."

Linus nahm es ohne zu zögern an und stieg vom Wagen.

„Also, dann bis morgen!“, rief er dem Bauern noch nach.
„Das ist kaum zu glauben, nicht zu fassen!“, sprach Linus gleich danach zu Lucas. „Die Verletzung war und ist so schwer, dass ich selbst große Zweifel hatte, ob Claus jemals wieder gesund werden würde. Doch wirklich, er ist eindeutig auf dem Weg der Besserung. Er hat mich sogar angeschaut und auch das Fieber ist zurückgegangen. Bastian und sein Weib ahnen immer noch nicht, dass ihr Sohn dem Tod wesentlich näher war als dem Leben. Claus hatte einfach auch Glück.“

„Wenn Ihr Euch nicht sicher wart und sogar Zweifel hattet, warum habt Ihr das Wagnis dann trotzdem auf Euch genommen und den Jungen behandelt? Ich glaube, ich an Euerer Stelle hätte den Mut dazu nicht aufgebracht.“

„Er wäre auf jeden Fall gestorben, davon bin ich überzeugt, Lucas. Deshalb musste ich es auf einen Versuch ankommen lassen. Es war meine Pflicht um sein Leben zu kämpfen und nichts unversucht zu lassen!“

„Nur, was hättet Ihr denn getan, Meister, wenn . . .?“

„Wenn er gestorben wäre?“, vollendete Linus die Frage. „Dann wäre es Gottes Wille gewesen. Ich hätte aber keine Schuld auf mich geladen, weil ich mich um das Überleben des Jungen ernsthaft und mit all meinem Wissen bemüht habe.“

*

„Hm, das gibt einen leckeren Braten!“, wechselte Lucas von einem Augenblick zum anderen das Thema und warf einen begehrlichen Blick auf das Huhn. „Eigentlich sollten wir dem Müller davon gar nichts verraten, sondern nur Agatha zu einem Festschmaus einladen!“

„Bist du verrückt geworden?“, entrüstete sich Linus und hob das Huhn am Hals auf Augenhöhe von Lucas. „Wenn du so eine fette Henne siehst, dann denkst du nur ans Fressen. Das ist ein vorzügliches Objekt für meine medizinischen Untersuchungen. Später können wir uns dann darüber unterhalten, ob wir es verzehren oder nicht. Vielleicht!“

Lucas war stocksauer, weil Linus nur immer an das eine dachte. Hätte er nicht wenigstens in diesem Fall einmal eine Ausnahme machen können? Wäre die Tatsache, dass er Claus das Leben geschenkt hatte, nicht Anlass genug gewesen, um das Huhn zu rupfen, es auszunehmen und anschließend zu braten, so wie es alle *normalen* Leute auch getan hätten?

„Nein, Linus ist anders und das wird allem Anschein nach auch immer so bleiben!“, maulte Lucas vor sich hin, als der Meister das Untersuchungsobjekt freudestrahlend in seine Kammer trug. „Eigentlich hat der alte Narr einen Denkzettel verdient! So einfach wird er mir diesmal nicht davonkommen.“

*

Bereits am folgenden Tag verließ Linus recht frühzeitig erneut die Mühle und machte sich zu einem Krankenbesuch ins Obere Ibental auf. Außerdem wollte er die Wunde von Claus in Eschbach neu verbinden.

Agatha und ihr Mann waren glücklicherweise ebenfalls mit dem Pferdewagen unterwegs.

Der Müller hatte dem Jungen zwar etliche Arbeiten aufgetragen, die mussten aber heute einmal warten. Um eine Ausrede, das wusste Lucas aus Erfahrung, war er für gewöhnlich nicht verlegen. Die Voraussetzungen, seinen Scherz, den er sich am Abend zuvor noch ausgedacht hatte, in die Tat umzusetzen, hätten nicht besser sein können.

Er suchte sich in der Scheune einen geeigneten Nagel und holte auch eine Zange herbei. Dann bog er den Eisenstift so zurecht, dass er dem Schlüssel, mit dem Linus seine Kammertür immer sorgfältig versperrte, ähnelte. Krampfhaft versuchte Lucas damit das Schloss zu entriegeln.

Es dauerte lange und er musste den künstlichen Schlüsselbart unzählige Male neu zurechtbiegen, bis sich der Bolzen schließlich hörbar aus der Verankerung schob.

Wolf legte er eine Leine um und zurrte sie vor der Tür an einem Haken fest.

„Braver Hund! Falls jemand auftaucht, wirst du mich sofort warnen! Verstanden?"

Hastig sammelte er einige Taubenfedern, die man problemlos im Hof finden konnte, suchte mit seinen Augen noch einmal prüfend die Umgebung des Mühlhofes ab und schlüpfte dann in die Kammer von Linus.

„So ein Mist!", zischte Lucas enttäuscht. „Das hätte ich mir denken können, dass er das Huhn bereits gerupft und daran herumgeschnippelt hat. Völlig umsonst habe ich mir den Kopf zerbrochen und mir etwas ausgedacht!"

Eigentlich wollte Lucas dem toten Tier kleine Taubenfedern zwischen das Untergefieder in die Haut stecken und so bei Linus Verwirrung stiften. Das war bei dem nackten und aufgeschlitzten Huhn nicht mehr möglich.

Angestrengt grübelte Lucas nach und strahlte, als ihm endlich eine viel bessere Idee in den Kopf kam.

Er wühlte in einer der Kisten von Linus herum und entdeckte einen Leinenbeutel mit kleinen Körnern. „Das muss Pfeffer sein!" Lucas nahm einige der Körner heraus. „Es ist kaum zu fassen, welche ausgefallenen Kostbarkeiten dieser Kerl besitzt. Wenn man ihn mit seinen zotteligen Haaren und den Stoppeln am Kinn sieht, hält man ihn eher für einen Landstreicher."

Waren Pfefferkörner - Lucas konnte sich in diesem Moment nicht so recht erinnern - nicht größer?

„Nein, es muss Pfeffer sein! Sicherlich stammt er nicht aus Indien, sondern wächst in Italien oder weiß Gott wo und ist deshalb etwas kleiner!“, fand der Junge schnell eine einleuchtende Erklärung.

Anschließend nahm er eine Pinzette, die auf dem Tisch lag, und schob vorsichtig möglichst viele der Körner gleichmäßig verteilt unter die Haut der Hühnerschenkel.

Lucas war mit seinem Ergebnis überaus zufrieden. Die Einstiche konnte man kaum wahrnehmen und das Huhn vermittelte den Eindruck, als wäre es von einer seltsamen Hautkrankheit befallen.

Noch einmal blickte er sich um, legte das Leinensäckchen mit den Pfefferkörnern zurück in die Kiste und auch die Pinzette fand genau dort wieder ihren Platz, wo Lucas sie weggenommen hatte.

„Das wird ihm zu schaffen machen!“, freute er sich. „Ich will nur hoffen, dass er nicht zu lange darüber nachgrübelt, denn ärgern will ich Meister Linus eigentlich nicht. Nur einen kleinen Denkzettel, den will ich ihm schon verpassen.“

Der Junge eilte nach draußen und machte sich wieder ans Schloss. Jetzt musste er es verriegeln, sonst wäre er der Erste gewesen, auf den der Verdacht gefallen wäre, hätte Linus seine Kammer offen vorgefunden.

„Es ist zum Verrücktwerden!“, stöhnte Lucas nach einiger Anstrengung. „Ruckzuck hatte ich es auf, aber das verdammte Schloss will sich einfach nicht mehr verriegeln lassen. Linus macht mich fertig!“

Mit jedem misslungenen Versuch, den Bolzen mit seinem Nachschlüssel in Bewegung zu setzen, wurde Lucas aufgeregter und zappeliger, zumal auch Wolf neben ihm winselte und endlich von dem Strick befreit werden wollte.

Mit feuchten und zittrigen Händen hantierte Lucas herum und war nervlich bereits recht angeschlagen, als es ihm letztendlich doch gelang, die Tür wieder zu verriegeln.

Er band Wolf los und kam dann mit unglaublicher Hast

seinen Aufgaben nach, die er für den Müller zu erledigen hatte.

*

Schon kurz darauf kreuzten allerdings Diepold und sein Weib auf. Das Gemaule, das sich Lucas vom Müller anhören musste, war groß.

Auch Linus kehrte wenig später heim und als er das Geschimpfe mitbekam, nahm er den Jungen sofort in Schutz, was wiederum zu einem heftigen Streit mit Diepold führte.

„Du kannst dich doch selbst nicht leiden, du alter Grieskram! Deine Wut an Lucas auslassen, das macht dir sichtlich Spaß, wie?“, fertigte Linus den Müller nach heftigen Wortgefechten dann kurz ab und wollte sich gerade in seine Kammer zurückziehen.

Lucas rannte ihm hinterher. Zutiefst bereute er nach diesem Vorfall, dass er sich einen so lächerlichen und kindischen Scherz erlaubt hatte.

„Danke, Linus, dass wenigstens Ihr fest zu mir haltet und mich vor Meister Diepold in Schutz nehmt.“ Am liebsten hätte Lucas seinen Streich auf der Stelle gestanden, doch er brachte es einfach nicht übers Herz.

„Schon gut, mein Junge!“, erwiderte Meister Linus bester Stimmung und kam gleich auf etwas anderes zu sprechen: „Ich habe die Wunde von Claus neu verbunden und den Eltern eine Medizin gemischt, die dem Jungen gut tut und den Heilungsprozess sogar noch beschleunigt.“

Lucas konnte ihm die Erleichterung, die er über seinen Erfolg empfand, deutlich ansehen.

Meister Linus kramte einige Münzen aus seinem Lederbeutel, den er sicherheitshalber um die Hüfte gebunden hatte, und zeigte sie Lucas.

„Eine davon gehört selbstverständlich dir!“, meinte er dann

und drückte zur Überraschung des Jungen eine Münze in dessen Hand.

Lucas war verlegen und wollte das Geldstück eigentlich gar nicht annehmen.

„Wenn *du* wüsstest!“, stieß der Junge in Gedanken hervor. „Du würdest mir ein paar Ohrfeigen verabreichen, anstatt mir etwas von deinem Lohn abzugeben!“

„Na nimm schon!“, forderte Linus den Jungen noch einmal mit Nachdruck auf und Lucas steckte die Münze ein, machte sich dann aber schnell davon.

Während Lucas schwere Kornsäcke die Holzstiege hinaufschleppte, fiel sein Blick immer und immer wieder auf die Tür zum Mahlraum, weil er damit rechnete, dass Meister Linus jeden Moment tobend hereinstürmen würde.

Nichts geschah während des ganzen Nachmittags. Lucas war erleichtert.

Kapitel 38

Völlig unbekümmert eilte der Junge nach getaner Arbeit am Abend ins Mühlhaus zum Essen. Es duftete so herrlich nach gegartem Fleisch, dass Lucas auf der Stelle zu Agatha an den Kochplatz lief.

„Was habt Ihr denn heute Gutes zubereitet?“, Lucas fuhr sich mit der Zunge mehrmals über die Lippen. „Gibt es etwas Besonderes zu feiern?“

„Stell dir vor, Linus hat mir vorhin Fleisch gebracht und darauf bestanden, dass ich es noch heute zubereite. Und zwar nur für dich ganz allein.“ Sie wendete zwei Hühnerschenkel im Topf. „Mir soll's recht sein! Ich gönn es dir von Herzen!“

Lucas riss vor Entsetzen die Augen auf, denn er war sich absolut sicher, dass es sich um die beiden Schenkel handelte, die er mit Pfefferkörnern gespickt hatte. Er wollte gerade in den Hof rennen, doch zu seinem Unglück stand Meister Linus in der Tür und hielt ihn zurück.

„Nein, du wirst doch nicht so undankbar sein und mein Geschenk ablehnen!“, sprach er mit einem breiten und selbstzufriedenen Grinsen. „Schließlich hat Agatha sich alle Mühe gegeben und die beiden Hühnerschenkel extra für dich zubereitet.“

Er fasste Lucas am Arm und führte ihn in die Stube.

„Agatha, bist du so weit? Du kannst Lucas das Essen bringen!", rief Linus nach draußen.

Als steckten sie beide unter einer Decke, brachte die Müllerin wenige Augenblicke später das Essen freudestrahlend herein und stellte es vor dem Jungen ab.

Der stierte die beiden Hühnerbeine mit den seltsam wirkenden Hautausbuchtungen an und hätte sich am liebsten augenblicklich übergeben.

„Lass es dir schmecken, Lucas!", wünschte Linus.

„Wollen wir nicht warten, bis auch Agatha und Diepold am Tisch sitzen?" Lucas versuchte sich zu drücken, doch Linus bestand darauf, dass der Junge sofort zu essen begann.

Nur widerwillig und zögerlich biss er ins Fleisch, war dann aber vom köstlichen Geschmack sehr angetan. Gierig verschlang er daraufhin einen der Leckerbissen.

„Warum sollen sie nicht gut schmecken? Schließlich ist Pfeffer ein äußerst kostbares und begehrtes Gewürz", dachte sich Lucas.

„Einfach hervorragend!", bedankte er sich bei Linus.

„Es freut mich, dass ich dir damit einen Gefallen tue! Das hast du dir auch verdient, wirklich, weil du mir immer zur Hand gehst und mich bei meiner Arbeit nach *besten* Kräften unterstützt. Ohne dich kann ich mir die Ausübung meines Berufs gar nicht mehr vorstellen!

Außerdem hast du dir das fette Huhn doch schon beim ersten Anblick im Kochtopf vorgestellt."

Mit Freude beobachtete Linus, wie der Junge auch das zweite Bein heißhungrig verzehrte. Lucas zog den abgenagten Knochen noch mehrmals quer durch den Mund, um keine Fleischfaser daran zu belassen.

„Ich bin gleich zurück, Linus!", bemerkte der Junge strahlend und erhob sich vom Tisch. „Ich laufe nur schnell hinaus zum Wasserfass, um mir die fettigen Hände zu waschen. Die Knochen nehme ich für Wolf mit. Diepold braucht sie nicht zu sehen, sonst ärgert er sich vielleicht, weil er nichts abbekommen hat."

„Natürlich bekommt auch er seinen Anteil!", versicherte Linus. „Nur die besten Stücke, die Schenkel, die sollten ganz allein für dich sein. Lass die Knochen da! Wir werden sie Wolf später geben."

*

Bester Laune verließ Lucas die Stube. Agatha hatte alle Hände voll zu tun, wie der Junge bemerkte, weil sie am Kochplatz die restlichen Hühnerteile für die beiden Männer und sich garte. Freundlich bedankte sich Lucas bei ihr für die beiden Leckerbissen.

„Weshalb wir nicht wie üblich gemeinsam gegessen haben, verstehe ich zwar nicht", erwiderte sie, „doch Linus wollte es so und als edler Spender soll er meinetwegen seinen Willen haben."

Lucas stieg gemächlich und zufrieden die Treppe in den Hof hinunter.

Noch bevor er das Wasserfass erreicht hatte, spürte er von einem Augenblick zum anderen einen solchen Drang, den Abtritt aufzusuchen, dass er umgehend zum Misthaufen raste und im Bretterverschlag verschwand.

Wie Wasser schoss es aus seinem Hinterteil heraus. Er konnte sich das eigentlich gar nicht erklären. Kurz zuvor hatte er sich noch völlig in Ordnung gefühlt. Normalerweise hatte er die Erfahrung gemacht, dass sich Durchfall in den meisten Fällen vorher ankündigte. Man verspürte dann Bauchschmerzen oder besonders heftiges Gluckern war in der Magengegend zu vernehmen.

Längere Zeit brachte der Junge auf dem Abort am Misthaufen zu, und obwohl nichts mehr in seinem Darm und in seinem Magen sein konnte, wollte sich ein befreiendes Gefühl einfach nicht einstellen.

„Die Hühnerbeine!“, stammelte er und mit dieser Einsicht machte sich in ihm sogleich panische Angst breit.

Was sollte er aber tun? Hatte er sich womöglich mit seinem albernen Streich selbst vergiftet?

„Linus, Meister Linus, kommt schnell!“, brüllte er in seiner Hilflosigkeit vom Misthaufen aus über den Hof und sauste erneut in das Klohäuschen.

„Hast du nach mir gerufen, Lucas?“, hörte er Linus draußen betont freundlich sprechen. „Was gibt es denn, dass du so laut herumkrakelst?“

„Ich bin krank, schwer krank! Die Hühnerbeine, sie, sie müssen vergiftet gewesen sein.“

„Das ist dummes Zeug! Ich selbst habe das Huhn zerlegt und mir ist nichts aufgefallen. Nein, nein, auch Diepold, Agatha und ich haben uns inzwischen die restlichen Fleischstücke schmecken lassen. Es war köstlich, einfach köstlich!“

Lucas schob langsam die Tür auf und schleppte sich hinaus. Ernst und mitfühlend blickte ihn Meister Linus an. Bestimmt hatte er beim Zerlegen der Henne nicht gemerkt, dass sich diese Pfefferkörner unter der Haut der Schenkel befanden. Aber von Pfeffer, niemals hatte Lucas gehört, dass man davon Durchfall bekam.

„Ihr müsst mich untersuchen!“, bettelte der Junge vor Angst. „Möglicherweise habe ich mich ja doch vergiftet!“

*

Linus führte ihn in den Stall und legte Lucas auf seinem Lager nieder. Dann betastete er den gesamten Bauchraum, befühlte die Stirn und warf auch einen Blick in den Rachen und die Augen.

„Nein, nein, dir fehlt nichts!“, war sein abschließendes

Urteil, doch dann legte er nachdenklich seine Stirn in Falten. „Und trotzdem ist es erstaunlich, wie es zu diesem Durchfall kommen konnte. Du bist wie ein Sohn für mich, das weißt du, und deshalb will ich ehrlich zu dir sein, Lucas. Wenn man mehrere Tage die Nahrung nicht im Körper halten kann, dann kann das auch dazu führen, dass . . ."

„Sprecht weiter, Meister Linus! Was wolltet Ihr sagen?"

„Dann kann es in manchen Fällen, ich betone es, in manchen Fällen auch zum Tod führen", fuhr Linus betrübt fort und Lucas brach unvermittelt in Tränen aus. „In anderen Fällen kann Durchfall wiederum das Leben retten. Hat beispielsweise jemand giftige Pilze oder sonst etwas Lebensbedrohliches zu sich genommen, dann verabreiche ich ihm Rizinusöl, das ich aus Samenkörnern gewinne. Der Rizinusbaum wächst in Indien, seine Samen sind äußerst kostbar. Das gelbliche Öl entwickelt ungewöhnlich schnell seine Wirkung und leert den Darm und den Magen."

Der Junge stelle urplötzlich sein Weinen ein und horchte auf.

„Aber, nein!", sprach Linus ganz ruhig und betont ernsthaft weiter. „Wie sollten diese Rizinuskörner an die Hühnerbeine kommen? Das ist ausgeschlossen, zumal sie hier in der Gegend völlig unbekannt sind. Am besten du ruhst dich etwas aus und in ein bis zwei Stunden wird es dir sicherlich schon besser gehen, davon bin ich überzeugt."

Betroffen und sichtlich besorgt um das Wohlergehen des Jungen verließ Linus den Stall.

„Vielen Dank für Eure Hilfe!", rief ihm der Junge noch nach.

Da sich Lucas tatsächlich schon besser fühlte, erhob er sich und warf einen Blick durch die Ritzen der Tür. Mit schelmischem Lächeln und bester Stimmung stieg Linus gerade die Treppe zum Mühlhaus hinauf.

„Ihm bin ich nicht gewachsen! Bei weitem nicht! Ich kann

zufrieden sein, dass er mir obendrein nicht noch eine Tracht Prügel verabreicht hat. Linus ist ein derber Kerl, hat aber einen guten Kern. Und wie man Menschen heilt, davon versteht er auch eine ganze Menge, das hat er schon unzählige Male in der ganzen Gegend bewiesen."

Kapitel 39

Am nächsten Morgen tauchten Bauer Bastian und sein Weib Anna vor der Mühle auf. Wolf stürzte durch das offene Tor auf sie zu und bellte heftig, so wie er es gewöhnlich bei fremden Leuten zu tun pflegte.

Die Bauersleute kamen mit ihrem Ochsengespann nicht in den Hof, sondern hatten es etwa hundert Schritte davor zum Stehen gebracht.

Lucas eilte auf sie zu und wollte sie gerade freudig begrüßen, weil sie sicherlich gekommen waren, um sich noch einmal bei Linus persönlich zu bedanken.

„Linus, Linus Cramer!", keifte die Frau urplötzlich. Sie hatte sich mittlerweile auf den Wagen gestellt und ihre Hände trichterförmig vor den Mund gelegt. „Komm heraus und gib uns das Geld zurück, das du Mistkerl für deinen falschen Zauber eingesteckt hast!"

Weder Bauer Bastian noch seine Frau Anna beachteten den Jungen anfangs und Lucas merkte beim Näherkommen, dass ihre versteinerten und von Kummer gezeichneten Gesichter nichts Erfreuliches ahnen ließen.

„Soll ich Meister Linus holen?", bot er sich an.

„Meister? Sagtest du Meister?", wies die Bäuerin ihn zurecht und lachte spöttisch und verzweifelt zugleich. „Er ist ein Meister, da magst du Recht haben, aber nicht in der Heilkunst, sondern im . . . Zaubern und im . . . Hexen!“

*

„Wer tobt denn hier so laut herum?“, tönte es aus dem Hof.

Linus kam wegen des anhaltenden Geschreis ebenfalls vor das Mühlentor gelaufen. Als er Bauer Bastian und sein Weib Anna erblickte, erkundigte er sich bestürzt:

„Ist mit Claus, ist mit Eurem Jungen etwas nicht in Ordnung?“

„Nicht in Ordnung!“ Die Bäuerin war außer sich vor Erregung. „Du hast ihn umgebracht, du verdammter Scharlatan, du verfluchter Hexenmeister! Aber ich werde dir das heimzahlen, darauf kannst du dich verlassen, ich werde dich . . .“

„Beruhige dich doch, Anna!“, versuchte Bastian auf sein Weib einzuwirken. „Was willst du denn gegen ihn unternehmen?“

„Habe ich Euch nicht extra eingeschärft, dass es nicht gut um Euren Sohn steht und dass er von Glück reden kann, wenn er seine schwere Verletzung überhaupt überlebt?“, redete Linus beschwörend auf die Bauersleute ein.

„Lass dein verlogenes Geschwätz, Linus Cramer!“, begann die Frau erneut mit schriller und drohender Stimme.

„Habe ich Euch darauf hingewiesen oder nicht?“, brüllte Linus, weil er sich nicht anders gegen die Unterstellungen von Anna zu verteidigen wusste.

„Wenn du mich nicht gezwungen hättet, den Rosenkranz und das Kreuz vom Bett meines Sohnes zu nehmen, dann könnte er noch leben.“ Annas Augen funkelten. „Außerdem hast du behauptet, mein Gebet würde nichts nützen und könnte nichts zur Heilung meines Sohnes beitragen. Von Anfang an hatte ich den Eindruck, dass du mit . . . dem Teufel im Bund stehst und gegen die Kirche bist.“

„Du bist ein bösartiges Weib, das einem jedes Wort im Mund herumdreht und absichtlich etwas Falsches behauptet!“, erwiderte Linus zunehmend gereizt. „Auch jetzt bin ich noch davon überzeugt, dass ein Rosenkranz keine heilenden Kräfte in den Körper eines Kranken locken kann. Das Gebet kann nur seiner Seele helfen.“

„Gib uns auf der Stelle das Geld zurück!“ Die Bäuerin streckte Linus unmissverständlich die Hand entgegen.

Wolf war durch die Streitigkeiten und das laute Gebrüll so aufgebracht und aggressiv, dass er nach der Hand der Frau schnappte.

„Ist dieser Köter dein zweiter Helfer?“, entfuhr es Anna und sie zuckte erschrocken zusammen. „Er sieht aus, als würde der leibhaftige . . . Teufel in ihm wohnen.“

„Was redest du für einen Unsinn!“, mischte sich ihr Mann ein. „Dem Hund kannst du wirklich keinen Vorwurf machen. Komm endlich zur Vernunft! Wir hätten gar nicht hierher kommen sollen!“

*

Längst hatten sich auch Diepold und Agatha vor dem Hoftor eingefunden und verfolgten die Auseinandersetzungen mit sorgenvoller Miene.

„Habe ich es dir nicht vorhergesagt? Habe ich es nicht geahnt, dass wir eines Tages große Probleme bekommen?“, schnaubte Diepold und bedachte sein Weib mit einem vorwurfsvollen Blick.

„Du solltest dich besser mit diesem keifenden Weib auf dem Karren zusammentun! Sie schwätzt ebenso dummes Zeug wie du!“, presste Agatha spontan hervor. „Diepold, nein, das wollte ich nicht sagen, verzeih mir!“

Erschrocken über ihre eigenen Worte legte sie die Hand auf ihren Mund.

Linus nahm seinen Lederbeutel zur Hand, holte einige Münzen heraus und warf sie auf den Karren.

Bastian trieb seinen Ochsen an und der Wagen setzte sich ruckartig in Bewegung. Sein Weib, die immer noch stand, stürzte dabei auf den Karren, rappelte sich aber schnell wieder auf.

„Ich verfluche dich, Linus Cramer! Ich verfluche dich und deinen Helfer, diesen schwarzen Teufel!", schrie sie immer wieder, bis sie sich so weit entfernt hatten, dass man sie nicht mehr verstehen konnte.

Bestürzt stand Linus noch eine ganze Weile vor dem Tor und starrte mit leerem Blick dem Wagen nach. Erst jetzt schien er so richtig zu begreifen, was sich ereignet hatte und was das unter Umständen für ihn bedeutete.

„Meister Linus", stammelte Lucas, „ich bin Euer Zeuge und weiß, dass Ihr nichts Unrechtes getan habt. Ihr wolltet das Beste für den Jungen und habt ihm geholfen so gut es ging. Macht Euch keine Vorwürfe, Euch trifft keine Schuld!"

*

Im Hof erwarteten Linus weniger freundliche Worte.

„Mir wäre es am liebsten, du würdest in den nächsten Tagen von hier verschwinden!", äußerte Diepold und nickte, als wolle er seinen eigenen Worten dadurch Nachdruck verleihen. „Ich möchte mit deinen Problemen und mit deinen seltsamen Machenschaften nichts, absolut nichts zu tun haben! Den Jungen, den nimmst du mit! Verstanden? Du hast ihn schließlich auch angeschleppt."

Der Müller wartete keine Antwort von Linus ab, sondern drehte sich um und verschwand im Mahlraum.

Meister Linus, der für gewöhnlich um Worte nicht verlegen war, stand wie angewurzelt da und war in diesem Moment nicht in der Lage etwas zu erwidern.

„Was ist eigentlich bei Bauer Bastian im Eschbach geschehen?“, wollte Agatha wissen. „Warum hasst dich diese Frau so sehr und hat dich mit so widerwärtigen Worten beschimpft?“

Linus winkte ab, so als wolle er auch dazu keine Erklärung abgeben. Erst als Agatha ihn erneut dazu aufforderte, fing er an, ihr über all das zu berichten, was sich in der Hütte abgespielt hatte.

Wie zuvor Lucas, suchte jetzt Agatha Linus zu besänftigen und ihm zu versichern, dass ihn tatsächlich keine Schuld träfe.

„Du gehört zu den wenigen Menschen, die mich verstehen, die mich immer verstanden haben“, erwiderte er.

*

Diepold wollte an diesem Tag nichts von Lucas und Linus wissen. Wenn er ihnen begegnete, tat er so, als wären sie gar nicht vorhanden.

„Du hast mitbekommen, was der Müller im Hof zu mir gesagt hat“, teilte Linus in seiner Kammer dem Jungen mit. „Wir sollen zusehen, dass wir den Mühlhof möglichst schnell verlassen!“

„Aber, Meister Linus, was wird dann aus mir?“, fragte Lucas stockend. „Ich habe Verständnis dafür, dass Ihr mich nicht mitnehmen könnt, weil ich Euch nur ein Klotz am Bein und Euch im Weg bin.“

„Mach dir darüber keine Gedanken! Vorläufig werden wir auf jeden Fall erst einmal zusammenbleiben. Was weiter geschieht, das weiß ich auch noch nicht. Ich werde wieder durch die Lande ziehen und mich als Wundarzt und Kräuterhändler durchschlagen.“

„Und Anna? Was glaubt Ihr? Wird sie wiederkommen?“

„Ich muss einfach abwarten, was weiter geschieht, Lucas. Wenn ich die Frau richtig einschätze, dann wird sie schlimme Gerüchte in die Welt setzen und möglicherweise muss ich sogar mit . . . ja, das weiß ich selbst noch nicht."

„Aber Euch trifft doch keine Schuld, Meister Linus!"

„Das zählt nicht, Lucas! Wenn die Heilkunst versagt, dann traut man dem Aberglauben und den überkommenen heidnischen Dämonen wieder mehr als der Vernunft. Dieser Glauben ist tiefer verwurzelt als man es allgemein wahrhaben will.

Kaum jemand wagt sich nachts in den Wald, weil die Leute nach wie vor der Meinung sind, dort würden Geister und Unholde ihr Unwesen treiben. Schuld daran, dass sich solche Vorstellungen wieder verstärkt in der Bevölkerung verbreiten, ist allerdings die Kirche."

Linus schaute Lucas lange und eindringlich an, bevor er flüsternd seine Rede fortsetzte:

„Ich weiß nicht, ob ich mit dir darüber reden soll. Es ist zu gefährlich und womöglich handelst du dir eines Tages ungeheuere Schwierigkeiten ein, wenn du dich irgendwann einmal verplapperst."

„Aber Ihr habt mir doch schon so viel von Euch erzählt, Linus. Habt Ihr plötzlich kein Vertauen mehr zu mir?"

„Auch Papst Innozenz trägt eine Mitschuld daran, dass sich der Glaube an Zauberei, an Dämonen und an die Hexerei so beharrlich halten kann. Als er im Jahre 1484 den Heiligen Stuhl in Rom bestieg, da hat er eine Verordnung erlassen, die die Verfolgung aller Zauberer und Hexen vorschreibt.

Er hat die Ordensleute Jakob Sprenger und Heinrich Krämer damit beauftragt, sich um die Durchführung der Hexenprozesse zu kümmern. In ihrem Buch, dem ‚Hexenhammer', geben sie genaue Anweisungen, worauf geachtet werden soll. Beide verabscheuen Frauen und nennen sie in ihrem Buch ‚unvollkommene Tiere'. An solchen hirnlosen und dümmlichen Äußerungen kann man deutlich erkennen, dass sie im Kopf und in der Seele krank sind."

„Agatha oder Barbara sollen unvollkommene . . . Tiere sein?“

„Glaub solchen Unsinn nicht, Lucas! Niemals! Nur weil einige maßgebliche Leute beharrlich behaupten, dass es überall Hexen und Hexer gibt, hat sich der Aberglaube unter den einfachen Leuten wieder so enorm verbreitet.“

*

Linus ereiferte sich so sehr, dass Lucas jeden Moment damit rechnen musste, sein Temperament würde völlig mit ihm durchgehen. Zum Glück mäßigte er sich dann jedoch etwas.

„Wurden sie nicht von Frauen, von ihren Müttern monatelang unter dem Herzen getragen und unter großen Schmerzen zur Welt gebracht? Wie können sie sich so abwertend über Frauen äußern und den meisten von ihnen Boshaftigkeit und noch Schlimmeres nachsagen? Ich kann es nicht verstehen!“

„Glaubt Ihr nicht, Meister Linus, dass es Hexen und Zauberer gibt, wenigstens ein paar?“, raunte Lucas.

Linus antwortete nicht gleich, sondern bedachte sehr wohl seine Worte.

„Ich weiß es nicht, Lucas, ich weiß es bis heute nicht! Ich bin mir aber sicher, dass viele, sehr viele Menschen, die man wegen eines solchen Vergehens anklagt, völlig unschuldig sterben müssen.“

„Aber Ihr sagtet doch, dass es genaue Vorschriften gibt, wie ein Hexenprozess durchgeführt werden muss. Kann es dann überhaupt zu ungerechten oder gar falschen Urteilen kommen?“

„Ich selbst habe das schon vor Jahren erlebt.“ Linus schien betroffen und das Sprechen fiel ihm mit einem Mal schwer. „Ich kannte eine Frau, der man den Prozess gemacht hat, weil sie ein großes und deutlich sichtbares Muttermal am

Hals hatte. Du musst wissen, dass man glaubt, der Teufel würde bei Menschen, die er sich als Opfer ausgesucht hat, solche Male hinterlassen, gleichsam als Besiegelung seines geschlossenen Vertrages.

Ich hätte dieser Frau geholfen und ihr den schwarzbraunen Fleck am Hals entfernt, doch sie wollte das nicht. Als ihren Mann plötzlich eine unheilbare Krankheit befiel und er kurz darauf auf schreckliche Weise verstarb, da kamen Gerüchte auf, die Frau hätte ihren Mann verhext, um ihn zu beseitigen und sich einen neuen Ehegatten zu nehmen."

„Und dann?"

„Mit der ‚Wasserprobe' sollte sie beweisen, dass sie unschuldig ist. Der Scharfrichter fuhr mit der Verdächtigten auf einen See hinaus und entkleidete sie. Anschließend band er der Frau die Hände an die Fußzehen, schlang ihr einen weiteren Strick um den Körper und warf sie ins Wasser."

„Was geschah weiter?", stieß Lucas mit aufgerissenen Augen hervor.

„Dann war es um die Bedauernswerte geschehen, weil sie sich in dem gefesselten Zustand unmöglich über Wasser halten konnte und jämmerlich ersoffen ist", flüsterte Linus mit bebender Stimme. „Sie hatte dadurch ihre Unschuld bewiesen. Hätte sie die Wasserprobe überlebt, wäre sie schuldig gewesen, weil der Teufel seiner Buhlerin angeblich Beistand geleistet hatte."

„Wie? Sie hätte also sowieso sterben müssen, ob schuldig oder unschuldig?", wunderte sich Lucas und war zutiefst entsetzt über diese Erkenntnis.

Linus nickte.

„Richtig, so schreibt es der Hexenhammer vor."

„Und Ihr habt jetzt Angst, dass man Euch . . ." Der Junge schluckte und vollendete seinen Satz nicht.

„Ich glaubte immer, ich hätte keine Angst, doch jetzt, ja, jetzt kommen mir schon ernste Bedenken. Ich vermute, die

Bäuerin aus Eschbach wird Gerüchte in die Welt setzen und behaupten, ich hätte einen falschen Zauber über ihren Sohn gesprochen, der folglich zu seinem Tod geführt habe. Außerdem wird sie verbreiten, ich hätte sie daran gehindert, heilende Gebete zu sprechen."

„Meister Linus, Ihr müsst auf der Stelle von hier verschwinden! Diepold ist auch gegen Euch, das stelle ich die ganze Zeit schon fest."

„Wir warten noch ein paar Tage ab und treffen vorsorglich alle Vorbereitungen, dann machen wir uns auf den Weg", ließ Linus verlauten und zwang sich zum Lächeln. „Wir lassen uns nicht unterkriegen, Lucas! Verstanden? Wir beide dürfen uns nicht klein kriegen lassen! Auch in den ausweglosen Lebenslagen bleibt dem Menschen immer noch die Hoffnung, alles könne sich wieder zum Besseren wenden."

Obwohl Meister Linus mit seiner letzten Bemerkung alles herunterzuspielen versuchte, machte er sich anscheinend doch ernsthafte Gedanken. Gleich nach dem Mittagsmahl verließ er die Mühle und vertraute dem Jungen an, dass er zum Kapfenhof im Oberen Ibental reiten wolle.

„Behalt es für dich, Lucas! Maria, die Bäuerin, hat mir letztes Jahr ein fettes Huhn versprochen. Du warst doch dabei! Ich will hoffen, dass es ihrem Mann gut geht und sie sich an ihr Versprechen erinnert. Vielleicht kann ich bei ihr auch zusätzlich einen Schinken oder andere Nahrungsmittel kaufen."

„Lasst mich mitkommen, Linus!", bettelte der Junge.

„Das hält der Braune nicht aus, Lucas! Wir können nicht zu zweit auf ihm reiten."

*

Am späten Nachmittag kehrte Meister Linus bereits zur Mühle zurück und hatte tatsächlich einen Sack voller

Lebensmittel bei sich: Brot, Schinken, geräucherte Würste, Schmalz und vieles mehr.

„Bis heute weiß ihr Mann nicht, dass sie ihn beinahe mit ihren falschen Preiselbeeren zu Tode gepflegt hat", bemerkte Linus. „Und ist bei dir auch alles in Ordnung, oder hat dich Diepold während meiner Abwesenheit recht schikaniert?"

Zu allem Unglück hatte der Müller die Worte zufällig mitbekommen und stürmte aus dem Stall.

„Du glaubst doch nicht ernsthaft, dass du mich mit deinen dummen Reden treffen kannst!" Diepold tobte und stemmte entschlossen die Arme in die Hüften. „Sieh zu, wo du dein Pferd in Zukunft unterstellst! In meinem Stall möchte ich es nicht mehr sehen."

„Bisher hast du mein Geld immer gern genommen. Wenn du jetzt plötzlich zu stolz bist, dann soll mir das recht sein. Lucas und ich werden sowieso in einigen Tagen von hier verschwinden."

„Eine gute, eine sehr gute Nachricht! Je eher ihr weg seid, desto besser!"

*

Linus holte einen langen Strick aus der Scheune, führte sein Pferd auf eine Wiese außerhalb des Hofes und band das eine Ende der Leine um einen kleinen Obstbaum, das andere verknotete er mit den Zügeln des Rosses. Da der Müller im Mahlraum verschwunden war, trug Linus einen Arm voll Heu aus dem Schuppen und brachte es seinem Braunen.

„Du sollst wenigstens keinen Hunger leiden!", sprach er und tätschelte seinem treuen Vierbeiner den Hals.

„Es wird wohl am besten sein wir machen uns gleich an die Arbeit und treffen alle Vorbereitungen für unseren Aufbruch, Lucas. Du hast gehört, dass Diepold es kaum erwarten kann, bis wir endlich von der Mühle verschwunden sind."

„Meister Linus, überlegt es Euch noch einmal! Wollt Ihr tatsächlich, jetzt, Ende Februar . . . ?"

„Hab doch etwas Vertrauen zu mir!", nahm Linus dem Jungen seine Bedenken. „Wir werden es gemeinsam schon schaffen!"

In der Kammer von Linus herrschte bis in den Abend hinein geschäftiges Treiben. All die Utensilien, die sich im Laufe der letzten Wochen auf dem Boden und dem Tisch aufgetürmt hatten, wurden in Kisten verpackt. Die beschriebenen Blätter ließ Linus im doppelten Boden einer Kiste verschwinden. Lucas gaukelte vor, als hätte er nichts von den geheimen Verstecken gewusst und gab sich erstaunt.

„Es ist ganz wichtig! Höre mir jetzt genau zu!", teilte Linus dem Jungen mit. „Sollte sich jemals etwas ereignen oder ein Umstand eintreten, dass wir in Gefahr schweben, dann musst du diese Blätter retten! Sie sind das Kostbarste, was ich besitze. Hast du verstanden?"

Lucas nickte, verlangte jedoch auch zu wissen, warum die Blätter von so besonderem Wert seien, doch Linus gab ihm keine eindeutige Antwort, sondern wand sich heraus.

„Ich denke, das wirst du eines Tages noch erfahren. Vorläufig ist es besser, du weißt darüber nicht Bescheid. Glaub es mir!"

Was blieb dem Jungen anderes übrig, als sich wieder einmal damit zufrieden zu geben, zumal auch ein zweiter Versuch, hinter das Geheimnis der Blätter zu kommen, fehlschlug.

Lucas wusste von seinem Streich mit dem Huhn, dass es genügend Möglichkeiten gegeben hatte, sich heimlich Zugang zur Kammer von Linus zu verschaffen und nach den rätselhaften und geheimnisvollen Blättern zu suchen. Er wollte sein Ehrenwort, das ihm Meister Linus abgenommen hatte, aber auf keinen Fall brechen.

„Was wollt Ihr eigentlich mit dem Pferd machen? Soll es

heute Nacht etwa im Freien bleiben? Ihr wisst, dass sich allerhand Gesindel herumtreibt. Morgen früh ist das Ross möglicherweise verschwunden. Was machen wir dann? Außerdem ist es nachts recht kalt."

„Ich werde den Braunen vor meiner Kammer anbinden und die Tür einen Spalt offen lassen. Ich glaube nicht, dass es jemand wagt, sich auf den Mühlhof zu schleichen und sich das Pferd zu holen. Eine Decke wird das Ross vor der Kälte schützen. Wir lassen Wolf frei im Hof herumlaufen. Er wird jeden verscheuchen, der sich der Mühle nähert."

Kapitel 40

Lucas konnte an diesem Abend nur schwer einschlafen. Lange zermarterte er sich sein Gehirn, weil ihm die Ungewissheit, die vor ihm lag, und der abrupte Aufbruch Sorgen bereiteten. Er hatte sich in zu großer Sicherheit gewähnt und geglaubt, er könne als Knecht hier in der Unterwassermühle oder auf einem Hof in der Nähe sein Leben zubringen.

Andererseits stimmte ihn die Tatsache, Linus an seiner Seite zu wissen, auch hoffnungsvoll. Der hatte Lebenserfahrung und bei ihm fühlte er sich gut aufgehoben.

Lucas sprach ein Nachtgebet, in das er seine verstorbenen Eltern und seinen Gefährten Linus mit einschloss. Aus Dankbarkeit flüsterte er sogar ein zusätzliches ‚Ave Maria', weil das Morden und die Feindseligkeiten zwischen den Bauern und den Verbündeten des Schwäbischen Heeres allem Anschein nach ein Ende gefunden hatte.

Bestimmt würde es letztendlich zu einer friedlichen Lösung kommen. Eine andere Möglichkeit wollte sich der Junge in diesem Moment nicht eingestehen, weil er in Kürze zusammen mit Linus wieder durch die Gegend fahren würde.

*

Mitten in der Nacht schreckte der Junge auf und tastete sofort im Stroh nach seinem Messer. Deutlich nahm er einen

Schatten in der Tür wahr. Lucas hatte den Riegel nicht zugezogen. Von einem Augenblick zum anderen stand er auf den Beinen und war entschlossen, sich gegen einen möglichen Eindringling zu verteidigen.

„He, Lucas!“, hörte er zu seiner Erleichterung die Stimme von Linus. „Komm schnell, es ist etwas Schreckliches passiert!“

„Was gibt es denn mitten in der Nacht so Wichtiges, dass Ihr mich aufweckt, Linus?“

„Komm schnell, bitte!“, wiederholte Linus mit ungewöhnlich beklommener Stimme. „Und sei bitte leise, nicht dass der Müller aufwacht!“

Lucas folgte ihm ins Freie. Das Pferd stand noch vor der Kammertür, das konnte also nicht der Grund sein, warum ihn der Meister aus dem Schlaf gerissen hatte.

Da sich der Junge sehr träge bewegte, nahm ihn Linus am Arm und führte ihn eilig hinter sich her um das Mühlengebäude herum.

„Schau dort drüben, da am Obstbaum, wo ich gestern meinen Braunen angebunden hatte! Den Strick habe ich dort gelassen, weil ich das Pferd in der Frühe wieder dorthin bringen wollte.“

Entsetzt riss Lucas die Augen auf. Deutlich sichtbar hing etwas Dunkles langgestreckt am Baum. Linus zerrte den Jungen ein paar Schritte weiter.

„Das, das ist ja Wolf!“, stieß Lucas voller Abscheu hervor. „Wer tut so etwas? Wer hat den Hund denn . . . aufgehängt?“

Der Junge lief keinen Schritt weiter, obwohl ihn Linus erneut hinter sich herziehen wollte.

„Ich bin heute Nacht aufgewacht, weil mein Pferd vor der Tür plötzlich so merkwürdig unruhig wurde.“ Linus wirkte ebenfalls bestürzt. „Als ich nach draußen ging, um nachzusehen, warum der Braune so nervös war, konnte ich anfangs keinerlei Grund feststellen. Wolf hätte sicherlich gebellt, wenn jemand sich angeschlichen hätte, dachte ich mir und suchte nach ihm.

Ich wartete einen Moment ab und schlich mich dann mit einem Messer in der Hand um die Mühle herum. Dann, es war furchtbar, dann wurde mir klar, warum sich der Hund nicht gerührt und mich nicht wie gewöhnlich auf dem Hof begrüßt hatte.

Schau dir das an, Lucas! Sie haben Wolf unter den Baum gelockt, ihm dann den Strick um den Hals gelegt und ihn hochgezogen.“ Linus deutete auf einen Fleischbrocken am Boden. „Zwei Gestalten habe ich noch gesehen, die da hinten im Tal verschwunden sind. Es waren zwei Männer, da bin ich mir vollkommen sicher! Weiter ist mir nichts aufgefallen. Sie waren schon zu weit entfernt, um sie zu verfolgen. Wäre ich ihnen nachgeritten, womöglich hätten sie auch mir nach dem Leben getrachtet.“

Lucas starrte auf den Hund am Baum und schüttelte angewidert den Kopf.

„Glaubt Ihr, dass Anna, die Mutter von Claus . . .?“, stammelte er dann, beendete seinen Satz jedoch nicht.

Linus zuckte mit den Schultern.

„Möglich! Das war auch mein erster Gedanke, als ich den Hund hier hängen sah. Vielleicht glaubt Anna wirklich, dass der Teufel in ihm wohnte, weil Wolf ein so ausgefallen scheußliches Aussehen hatte, so riesig war und nach ihr geschnappt hat.“

*

„Da vorne auf der Wiese liegt ein Brett, Meister Linus.“ Lucas lief hin, um es vom Boden aufzuheben.

„Ein Teufel ist tot und du bist der nächste!“, entzifferte der Junge und reichte das Holz kopfschüttelnd Linus.

„Das ist der Beweis, Lucas, dass die Bäuerin aus Eschbach

tatsächlich hinter diesem widerwärtigen Verbrechen steckt. Hilf mir den Hund herunterzunehmen! Wenn ihn Diepold morgen in der Früh hier findet, wird er uns mit einem Prügel vom Hof scheuchen oder sogar den Vogt holen."

Nur widerwillig folgte Lucas der Aufforderung. Es fiel ihm ungemein schwer, den toten Hund anzufassen. Sie schleppten Wolf in die Scheune, schlugen ihn in eine Decke ein und legten ihn auf den Karren.

„Wir sollten auf der Stelle unsere Sachen zusammensuchen und möglichst schnell abhauen, Lucas! Ja, ich glaube, das ist für alle das Beste! Wir verladen unsere Sachen und machen uns davon."

Jetzt galt es, äußerste Vorsicht walten zu lassen. Schon ein einziges lautes Geräusch hätte die beiden verraten können und zu allem Unglück womöglich Diepold aus dem Bett getrieben.

Als sie alle Kisten auf dem Wagen verstaut hatten, schoben sie ihn behutsam aus dem Schuppen vor das Mühlentor. Linus band seinem Pferd sogar Getreidesäcke um die Hufe, weil er auf diese Weise jeden verräterischen Lärm verhindern wollte. Anschließend führte er den Braunen ausgesprochen langsam zum Wagen und spannte ihn ein.

Nervös trippelte das Ross plötzlich los, es wollte die ungewohnt verschnürten Hufe nicht länger dulden. Linus entfernte deshalb die Säcke. Ihm blieb keine andere Wahl, wollte er das Pferd wieder zur Ruhe bringen.

Sie liefen noch einmal zurück zum Schuppen und suchten einige zusätzlich Decken. Erschrocken fuhren Linus und Lucas zusammen, als sich die Tür zum Mühlengebäude öffnete und Agatha aus dem Dunkeln auftauchte.

„Ich beobachte euch schon eine Weile durchs Fenster. Ihr wollt weg, nicht wahr, für immer?", flüsterte sie und lauschte ins Innere der Hütte, um sicher zu gehen, dass ihr Mann nichts mitbekommen hatte.

„Bitte, verrate uns nicht!“, bettelte Linus geradezu. „Aber es ist für alle besser so, glaub es mir!“

„Nein, nein, ihr braucht keine Angst zu haben. Ich werde so tun, als hätte ich nichts bemerkt. Lucas, komm schnell herein! Nehmt euch ein Brot und ein Stück Speck mit!“

Der Junge eilte die Treppe erst hoch, als Linus ihn durch kurzes Nicken dazu ermunterte. Anschließend kam Agatha sogar mit herunter in den Hof.

„Wo ist eigentlich Wolf?“, fragte sie verwundert, weil er nirgends zu sehen war. „Wahrscheinlich streunt er wieder in der Gegend herum.“

„Wir möchten den Hund gerne mitnehmen“, brachte Linus stockend hervor. „Lucas wird ihn suchen. Bitte lass uns den Hund mitnehmen! Er wird uns immer an die Zeit erinnern, die wir hier in der Mühle verbracht haben.“

Agatha zögerte mit ihrer Antwort.

„Aber meinem Mann wird das nicht recht sein! Obwohl, wenn ich bedenke, dass sich die Leute das Maul über das Tier zerreißen, dann wird es ihn nicht so sehr treffen.

So, und jetzt seht zu, dass ihr euch auf den Weg macht, bevor der Tag anbricht und ihr überall gesehen werdet! Ich hoffe, wir werden uns irgendwann einmal wiedersehen.

Ach, Linus, was ich dir noch sagen wollte, ich denke ganz anders über dich als mein Mann. Das weißt du doch, oder? Vielen Dank, dass du mir damals geholfen hast, als ich so schwer krank und innerlich so verzweifelt war. Weiß Gott, ob ich überhaupt noch am Leben wäre. Der allmächtige Gott behüte euch!“

Linus und Lucas erwiderten den Gruß und verloren dann keine weitere Zeit. Auch Agatha wartete nicht ab, bis sich der Karren in Bewegung setzte, sondern tippelte eilig zurück ins Haus.

*

Das Winter zeigte sich glücklicherweise von seiner sanften Seite. Trotzdem mussten sich Linus und Lucas in Decken hüllen und sich so vor der feuchten Kälte schützen.

Linus trieb das Pferd an, um möglichst schnell vorwärts zu kommen. Offensichtlich hatte der Braune das Ziehen eines Wagens über den Winter verlernt, denn Linus hatte mitunter zu tun, ihn mit den Zügeln zu dirigieren.

„Wo wollen wir eigentlich hin?“, fragte Lucas, als die Mühle aus ihren Augen verschwunden war und sie den Weg hinauf zum Kandel fuhren.

„Wir werden uns erst einmal in Richtung Rhein durchschlagen, Lucas, dann sehen wir weiter.“

„Sind wir hier richtig?“

„Es wäre weitaus einfacher über St. Peter und Eschbach hinunter ins Rheintal zu fahren, aber das Wagnis will ich auf keinen Fall eingehen. Den Umweg nehme ich gerne in Kauf, weil wir dadurch Eschbach meiden.“

„Und Villingen!“ Lucas dachte an Barbara. „Könnten wir nicht zurück nach Villingen ins Franziskanerkloster?“

„Damit sie uns einsperren? Nein, das kommt absolut nicht in Frage!“

In weitem Bogen umfuhr Linus die Höfe am Kandel und dann ging es immer bergab hinunter ins Glottertal.

Die Dämmerung setzte ein und nach und nach erwachte das Leben in den Höfen und den Dörfern. Erst gegen Mittag machte Linus das erste Mal an einem Waldrand Halt.

„Der Braune hat sich jetzt eine Verschnaufpause verdient“, sprach er. „Seit Stunden trabt er zuverlässig vor sich hin. Gott sei Dank haben wir ihn. Wie hätten wir sonst all meine Habe aus der Mühle wegschaffen sollen?

Auch wir werden uns gleich stärken, zuerst sollten wir aber Wolf begraben. Ich möchte ihn nicht länger auf dem Karren haben, wenn wir durch die Dörfer fahren. Man kann nie wissen, was einem alles widerfährt.“

Mit einer Harke und einer Schaufel hoben sie im Schutz des Waldes ein Loch aus und legten den toten Hund hinein.

„Du warst kein Teufel, auch wenn das deine verstockten und verblendeten Mörder behauptet haben!“, bemerkte Linus aufbegehrend, als sie die Erde über das Tier breiteten. „Zu gerne wäre ich zum Hof von Bauer Bastian und seinem Weib gefahren und hätte die Bäuerin zur Rede gestellt, warum sie ein unschuldiges Tier auf so grausame Art und Weise beseitigt hat.“

„Agatha wäre bestimmt entsetzt gewesen, wenn sie die Wahrheit mitbekommen hätte. Hoffentlich erfährt sie niemals, was letzte Nacht tatsächlich passiert ist.“

„Ja, hoffentlich!“, erwiderte Linus und packte das Brot und den Speck aus. „Agatha ist eine gute Frau, vielleicht viel zu gut für Diepold.“

Kapitel 41

Längst hatten sie die Ausläufer des Schwarzwaldes hinter sich gelassen. Ihr Weg führte sie weiter in Richtung Breisach.

Lucas freute sich schon, dass er am folgenden Tag endlich einmal den mächtigen Rhein zu Gesicht bekommen sollte. Viel hatte ihm Linus über diesen Fluss erzählt. Er hatte von den Handelswegen berichtet, die sich an ihm entlang schlängelten, von den zahlreichen Schiffen und Flößen, die auf ihm dahintrieben und unglaubliche Mengen Güter beförderten.

„Da wirst du staunen!“, sprach Linus und hielt das Fuhrwerk an. „Bis nach Mainz, nach Köln und in die Niederlande lassen sie sich mit ihren Flößen treiben und bringen allerlei Waren dorthin. Besonders Holz ist gefragt und all die Handelswaren, die man daraus herstellen kann.“

„Und die Stämme, werden die dann zu Brennholz verarbeitet? Haben die Leute in Mainz und in Köln etwa kein Brennholz?“

„Das wäre teures Feuerholz!“, lachte Linus. „Das sind die besten Stämme, die es gibt. Sie werden für den Hausbau verwendet.“

*

Gegen Abend machten sich Linus und Lucas auf die Suche nach einem Gasthof, um die Nacht dort zu verbringen.

„Wir könnten auch in einem Schuppen unterkriechen und das Geld sparen, doch das ist recht gefährlich“, meinte Linus. „Mehr und mehr Gesindel treibt sich herum und die schlagen dich heutzutage schon wegen ein paar Pfennigen tot.“

So einfach, wie sich Linus das gedacht hatte, wurde es dann aber nicht. Weder in Vörstetten noch in Buchheim war eine Unterkunft zu finden, weil Soldaten dort einquartiert waren, die sich auf dem Durchzug befanden.

Sie machten es sich leicht. Der Kommandant betrat den Gasthof und teilte dem Wirt und den Gästen kurzerhand mit, dass das gesamte Haus für die kommende Nacht von seinen Männern belegt war. Alle anderen Durchreisenden wurden ohne weitere Begründung abgewiesen und auch Linus und Lucas mussten sich widerspruchslos fügen und ihren Weg fortsetzen.

„Es wird schon dunkel, und wenn mich nicht alles täuscht, dann sieht es auch nach Regen aus!“, maulte Lucas. „Es wird Zeit, irgendwo unterzukommen. Im Freien können wir unmöglich übernachten.“

Kurz darauf fing es tatsächlich stark zu regnen an und Linus steuerte fluchtartig eine abgelegene Scheune an. Vorsichtig schlich er einmal um sie herum und schob dann das große Tor auf. „Lucas, das ist geradezu ideal!“

Linus winkte dem Jungen zu, der daraufhin den Braunen am Halfter nahm und ihn ins Trockene führte. Sie spannten das Pferd aus und versorgten es mit Heu. Anschließend stärkten sie sich selbst.

Wegen der zahlreichen Soldaten, die Lucas im Laufe des Tages gesehen hatte, quälten ihn Sorgen und er überhäufte Linus mit Fragen.

„Ich weiß auch nicht mehr als du“, bemerkte der, da er auf einige Fragen einfach keine Antwort geben konnte.

„Anscheinend haben wir in der Mühle so manches nicht mitbekommen."

Sie verstummten abrupt, weil sie ein Geräusch vor dem Gebäude vernommen hatten. Schon pochte jemand mit der Faust an die Bretter. Linus griff nach seinem Messer und lief zum Tor. Als es einen Spalt aufgezogen wurde, streckte er blitzschnell seinen Arm aus und setzte dem Mann, der vor ihm auftauchte, seinen Dolch auf die Brust.

„Ich habe mich bei diesem Sauwetter verirrt. Wollt Ihr mich deswegen gleich umbringen?", schrie der Fremde, um mit seiner Stimme gegen den prasselnden Regen anzukämpfen. „Kann ich mich hier bei Euch eine Weile unterstellen, bis sich der Regen gelegt hat?"

„Na, dann kommt herein!", antwortete Linus argwöhnisch, trat einen Schritt zurück, hielt seine Waffe aber weiterhin abwehrbereit in der Hand.

„Vergelt's Gott!" Der Mann schüttelte die Feuchtigkeit aus seinem Umhang. „Ich bin Kaufmann und lebe in Strassburg. Ich war in Basel und befinde mich auf dem Heimweg. Irgendwie bin ich jedoch bei dem starken Regenguss vom Weg abgekommen." Er kämmte sich mit gespreizten Fingern mehrmals durch den Bart. Tropfen fielen zu Boden. „So lange ich hier warten muss, könnte ich da vielleicht auch mein Ross unterstellen?"

Linus reagierte anfangs nicht und nickte erst, als der Mann seine Bitte wiederholte. Noch einmal lief der Kaufmann hinaus und holte sein Pferd herein.

Erst nach und nach legte sich das Misstrauen bei Linus und sie kamen ins Gespräch.

„In der Nähe von Basel habe ich mich mit ein paar Kaufleuten aus dem Süden getroffen. Sie wollen nämlich ihre Fracht nicht bis nach Strassburg liefern, wie sie es die ganzen Jahre getan haben", wusste der Fremde zu erzählen. „Es sieht nicht gut aus. Nicht nur in Schwaben, im Allgäu und am

Bodensee, sondern auch im Elsass schließen sich erneut immer größere Bauernhaufen zusammen und machen ihrem Unmut Luft. Wer geglaubt hatte, die Bauern hätten längst Klein beigegeben, der hat sich geirrt. Der Winter hat sie heimgetrieben. Jetzt, wo es milder wird, zeigen sie sich wieder. Im Elsass nimmt die Revolte so gefährliche Formen an, dass alle Katholiken und Großgrundbesitzer um ihr Leben bangen."

„Und wie steht es in Freiburg?", fragte Linus. „Gibt es dort auch Proteste oder traut sich niemand das Maul aufzumachen?"

„Wie meint Ihr das? Überall in den Straßen patrouillieren Wachen. Sie würden jede Revolte im Keim ersticken. Der Rat der Stadt lässt Getreide und Munition in seinen Speichern einlagern und schickt Truppen durchs Land, um seine Entschlossenheit zu bekunden, sich gegen jeden Aufruhr zur Wehr zu setzen."

„Ach deshalb die vielen Soldaten, denen wir heute in Vörstetten und Buchheim begegnet sind!", bemerkte Linus.

„Noch immer hoffe ich, man wird zu einer friedlichen Einigung kommen. Oder glauben die Bauern wirklich, sie können sich auf Dauer gegen ihre Herren durchsetzen? Bilden sie sich allen Ernstes ein, ihre überzogenen Forderungen zu verwirklichen?" Der Fremde schüttelte den Kopf.

„Stellt Euch vor, Ihr wäret ein Bauer oder ein Leibeigener!", entgegnete Linus vorwurfsvoll. „Würdet Ihr dann auch so reden?"

Das Regenguss war nahezu vorüber. Ohne eine Antwort zu geben stand der Kaufmann auf und hatte es plötzlich eilig.

„Ein Stück meines Heimwegs werde ich heute noch schaffen", sprach er nur, führte sein Pferd hinaus und ritt davon.

*

„Wir müssen uns gut überlegen, was wir tun!“, sprach Linus, als sie sich am nächsten Morgen startklar machten. „Du hast gehört, Lucas, dass es im Elsass recht unruhig zugeht und die Bauern sich zu neuen Aufständen zusammenfinden noch bevor der Winter sich endgültig verabschiedet hat. Vielleicht sollten wir die Rheinebene vorläufig doch meiden.“

„Aber, wo sollen hier denn hin? Gibt es überhaupt noch einen sicheren Ort?“ Lucas überlegte. „Wir sollten zu Martha, ja, wir sollten zu Martha gehen?“, schlug Lucas vor. „Von dort aus könnten wir auf den Markt nach Freiburg fahren, wenn es die Umstände zulassen. Kranke gibt es in schlechten Zeiten mehr als in guten. Martha würde sich freuen, wenn wir sie besuchen.“

„Nein, das möchte ich nicht! Wir werden direkt nach Freiburg fahren“, lehnte Linus den Vorschlag ab. „Sicherlich können wir wieder beim Gerber Claus in der Scheune unterschlüpfen.“

„Ist der in der Stadt?“

„Ja, ich weiß es sicher, Lucas.“

Linus hatte einen Entschluss gefasst und Lucas musste sich wohl oder übel fügen.

Je näher sie der Stadt kamen, desto mehr Bedenken stiegen allerdings in Lucas auf, ob Linus wirklich eine vernünftige Entscheidung getroffen hatte. Im Nachhinein sehnte sich der Junge zurück in dic Mühle bei St. Peter. Vielleicht waren sie zu übereilt aufgebrochen.

Die Wachen am Stadttor kannten keinerlei Nachsicht. Selbst vornehme Herrschaften mussten sich einer strengen Kontrolle unterziehen und wurden nicht so ohne weiteres in die Stadt eingelassen.

„Zum Glück haben sie nicht entdeckt, dass Linus einige Geheimnisse im Boden seiner Kisten versteckt hält“, sprach Lucas in Gedanken und atmete erleichtert auf, als sie sich hinter der Stadtmauer befanden und kurz darauf in die Gerbergasse einbogen.

Ohne Meister Rehar Bescheid zu geben, hielt Linus den Jungen an, das Hoftor zu öffnen und lenkte seinen Karren hinein.

Kein Geselle, kein Lehrjunge war wie sonst an den bauchigen Bottichen zu Gange.

Gerbermeister Rehar hatte das Poltern der Wagenräder vernommen und kam aus dem Haus.

„Bist du krank, Claus? Du siehst blass und hager aus!“, fragte Linus sofort, weil er tatsächlich angeschlagen wirkte.

„Kommt ins Haus, Linus! Es gibt viel zu erzählen.“

Linus und Lucas kamen seiner Aufforderung nach und betraten die Stube. Meister Claus musterte Lucas ausgiebig.

„Schick ihn hinaus!“, sprach er dann und drängte Lucas zur Tür. „Ich traue keinem mehr außer dir, Linus.“

„Du brauchst keine Bedenken zu haben, Claus. Ich kenne den Jungen jetzt lange genug und weiß, dass ich mich auf ihn verlassen kann. Erzähl mir lieber, wie es dir geht! Du scheinst Sorgen zu haben.“

„Als ich letztes Jahr abgehauen bin, habe ich es nicht sehr lange in der Ferne ausgehalten“, fing Meister Rehar zu reden an. „Ich hatte Sehnsucht nach meiner Familie und bin deshalb zurück nach Freiburg gegangen.“

„Richtig!“, warf Linus ein. „Das hat man mir erzählt.“

„Schon zwei Tage später haben sie mich verhaftet und ins Gefängnis geworfen. Unzählige Verhöre musste ich über mich ergehen lassen. Mit Stockhieben und anderen Schikanen haben sie mir zugesetzt. Es war furchtbar, Linus!

Außer den Sticheleien im Wirtshaus konnten sie mir nichts vorwerfen. Gott sei Dank wussten sie nicht, dass ich bei den Bauernhaufen war, sonst würde ich bestimmt nicht vor dir stehen.

Vor zwei Wochen wurde ich entlassen und musste dem Rat der Stadt schwören, keinerlei ketzerische Reden mehr zu führen, wie sie es nennen."

„Warst du tatsächlich bei den aufständischen Bauern?", fragte Meister Linus.

Claus nickte.

„Ja, ich war in Stühlingen und auch in Waldshut. Ich habe meine Überzeugung nicht geändert. Nachdem sie mich eingesperrt haben, hat sich mein Hass gegen die Willkür der Herren noch verstärkt. Sogar mein Leben würde ich für den Kampf um Gerechtigkeit aufs Spiel setzen."

„Du musst aber an deine Familie denken! Was soll aus deinem Weib und deinen zwei kleinen Söhnen werden, wenn sie dich verlieren?"

„Ich habe sie schon verloren", erwiderte Meister Claus mit gepresster Stimme. „Als ich im Kerker saß, ist mein Weib mit den beiden Buben zu ihrem Bruder nach Waldkirch gezogen. Sie will nichts mehr von mir wissen. Außerdem . . ." Der Gerber machte eine Pause und blickte Lucas erneut argwöhnisch an. „Es wäre mir lieber, der Junge verschwindet! Wenn er sein Maul nicht hält, kann ich mir einen Strick nehmen und mich aufhängen."

„Von ihm hast zu nichts zu befürchten", verteidigte Linus abermals den Jungen. „Er hat selbst Schlimmes durchgemacht und steht auf unserer Seite."

„Warum ich zurück nach Freiburg gekommen bin, hat seinen Grund. Ich habe hier eine wichtige Aufgabe übernommen", setzte Claus seine Rede im Flüsterton fort. „Ich halte die Verbindung zu den Bauern im Dreisamtal und berichte ihnen ab und an, was sich in der Stadt tut."

„Eine gefährliche, Aufgabe!" Linus legte die Stirn in Falten. „Sie machen kurzen Prozess mit dir, wenn sie dich dabei erwischen."

„Ich weiß, Linus! Das brauchst du mir nicht zu sagen! Wir

dürfen aber nicht klein bei geben, wenn wir etwas erreichen wollen, sondern müssen für unsere Sache einstehen, für sie kämpfen!"

„Und deine Gerberei? Ich sehe niemanden, der hier noch arbeitet."

„Nur mein Geselle Hans ist mir geblieben, Linus. Er hilft ab und zu aus, wenn ich jemanden brauche.

So, jetzt wisst ihr alles über mich und könnt entscheiden, ob ihr nicht schleunigst auf euren Karren steigt und das Weite sucht."

„Ganz im Gegenteil!", versicherte Linus. „Du hast mir immer geholfen, wenn ich dich gebraucht habe, deshalb werde ich dich jetzt nicht in Stich lassen. Wenn du nichts dagegen hast, werden wir uns wieder im Schuppen einrichten."

„Natürlich könnt ihr das!", freute sich Meister Claus geradezu. „Gott sei Dank habe ich in euch ein paar Verbündete gefunden."

*

„Ihr kennt Meister Claus schon lange, nicht wahr?", fragte Lucas, als sie sich in der Scheune ein Lager für die Nacht herrichteten."

„Das kann man wohl sagen! Ich kenne ihn eigentlich schon immer, weil meine Eltern hier in der Gerbergasse …"

„Martha hat früher hier in der Schneckenvorstadt gelebt? Davon habt Ihr mir nie erzählt, Meister Linus", erwiderte Lucas vorwurfsvoll.

Linus antwortete nicht. Er wollte offensichtlich keine weiteren Auskünfte geben, sondern hatte sich versehentlich verplappert.

Kapitel 42

Beim Morgenmahl wirkte der Gerbermeister wortkarg und nachdenklich. Erst als Lucas die Stube für einen Moment verließ, teilte er sich Linus mit:

„Gestern hat mich ein Mann auf der Straße unauffällig angesprochen. Ich soll mich in den nächsten Tagen nach einem Tuchhändler auf dem Markt umsehen. Er kommt aus der Gegend von Memmingen und will mir etwas sehr Wichtiges übergeben."

„Ein wildfremder Tuchhändler will dir etwas übergeben? Sei auf der Hut, Claus! Am Ende will man dir eine Falle stellen und wenn du hineintappst, stecken sie dich erneut ins Gefängnis. Dann aber für immer!"

„Du solltest nicht gleich so schwarz sehen, Linus! Ich kann mir schon denken, um was es sich handelt. Es geht sicherlich um die Forderungen, die sie in Memmingen gedruckt haben. Viele Bauerngruppen haben vor einigen Wochen heimlich Delegationen nach Memmingen gesandt, um gemeinsam all die Dinge zu Papier zu bringen, die sie durch ihren Kampf erreichen wollen. Auch aus verschiedenen Teilen des Schwarzwaldes sind Männer zu diesem Treffen geschickt worden.

„Und welche Rolle spielst du dabei?"

„Ich habe mich auf eine äußerst gefährliche Sache eingelassen!“ Meister Rehar legte die Stirn in Falten. „Und wenn sie mich erwischen, Linus, werde ich wieder im Kerker verschwinden. Diesmal werden sie jedoch kurzen Prozess mit mir machen und mich zum Tod verurteilen.“

„Was sollst du denn überhaupt tun, Claus?“

„Der Tuchhändler ist ein Verbindungsmann. Er will mir einen Stapel der Drucke übergeben und ich soll sie dann in Freiburg heimlich verteilen. Verstehst du, Linus?“

„Woran erkennst du den Tuchhändler aus Memmingen?“, versuchte Linus herauszufinden. „Du kannst doch nicht auf gut Glück alle Händler auf dem Markt ansprechen. Das wäre wirklich ein gefährliches, ein leichtfertiges Unterfangen.“

„’Habt Ihr auch feines, graues Tuch aus Villingen bei Euch?’ Das soll ich ihn fragen“, teilte Claus seinem Freund mit.

Linus schüttelte den Kopf.

„Nein, nein! Am besten du lässt dich nicht auf ein so waghalsiges Unternehmen ein, Claus, wo dich doch viele Leute in Freiburg kennen! Ich werde versuchen, den Händler für dich ausfindig zu machen.“

„Du bist ein wirklicher Freund, Linus, und lebst nicht nur von großen Worten!“

*

In den folgenden Tagen suchten Linus und Lucas nahezu täglich den Markt auf. Meister Linus vernachlässigte allerdings seine Geschäfte, er hielt stattdessen seine Ohren offen und versuchte alles aufzuschnappen, was die Marktbesucher und die von auswärts angereisten Kaufleute zu berichten wussten.

Natürlich galt das besondere Interesse von Linus den Tuchhändler, die er in unzählige Gespräche verwickelte. Lucas empfand das Verhalten des Meisters als äußerst merkwürdig, weil es eigentlich gar nicht die Art von Linus war, sich hundert Mal Stoffe anzuschauen und letztendlich keine einzige Elle davon zu kaufen.

„Na, seid Ihr mit Euren Geschäften zufrieden?“, fragte er beispielsweise einen der Tuchhändler, obwohl sich offensichtlich für dessen Waren an diesem Tag kaum jemand interessierte. „Es ist zur Zeit nicht einfach, nicht wahr?“

„Ihr sagt es! Ihr sagt es!“, erwiderte der Mann mit klagender Stimme. „Die Leute sind verunsichert und haben Angst. Deshalb halten sie ihr Geld lieber zusammen, anstatt es auf den Märkten für hochwertige Stoffe auszugeben. Die Zeiten für unsereins sind sehr schlecht!“

„Ihr habt nicht zufällig graues Tuch aus . . . Villingen bei Euch?“, wollte Linus dann wissen.

„Muss es unbedingt aus Villingen sein? Anderswo webt man auch feine Stoffe, mein Herr.“

„Wahrscheinlich ist es besser, ich frage erst noch einmal mein Weib!“, antwortete Linus und setzte seinen Rundgang fort.

„Hat sich Euer Weg hierher auf den Freiburger Markt denn gelohnt?“ Schon veranlasste Meister Linus einen anderen Tuchhändler zu einem belanglosen Schwätzchen. „Ich sehe nur selten einen Käufer an Euerem Stand.“

„Bei uns im Schwäbischen, wo ich für gewöhnlich zugange bin, ist es noch schlimmer“, wusste der Mann zu berichten. „Dort muss man sogar um sein Leben fürchten, wenn man auf den Landstraßen unterwegs ist. Und ich habe den Eindruck, auch bei Euch hier im Breisgau wird sich der Aufstand der Bauern zu einer bedrohlichen Krankheit auswachsen.“

„So, Ihr kommt also aus dem Schwäbischen?“, versuchte ihn Linus weiter auszufragen. „Dann gehören sicherlich auch die begehrten Stoffe aus den Webereien Memmingens und Villingens zu Eurem Angebot.“

Der Gesichtsausdruck des Händlers wurde nachdenklich, er ging aber vorläufig nicht auf die Bemerkung von Meister Linus ein.

„Es ist zur Zeit hart, sein Brot auf Märkten verdienen zu müssen“, erwiderte er stattdessen.

Unauffällig drehte sich Meister Linus um und sein Blick suchte aufmerksam die Umgebung ab.

„Seid Ihr der Mann, der einem Gerber eine Nachricht zukommen ließ?“, tuschelte er dem Händler dann urplötzlich zu. „Habt Ihr auch feines, graues Tuch aus Villingen bei Euch?“

Der Kaufmann blickte sich ebenfalls um und nickte anschließend flüchtig.

„Könnt Ihr mir diesen Stoff wirklich empfehlen?“, setzte Linus das Gespräch ganz normal fort und deutete auf einen der Tuchballen. „Dann gebt mir fünf Ellen davon!“

Der Mann rollte den Stoff mit zittrigen Händen auf, nahm mit seiner Elle Maß und trennte das Stück ab. Dann verschwand er unter der Plane seines Wagens und kramte einen Moment herum, bis er wieder auftauchte. Linus bezahlte und nahm das verschnürte Paket an sich. Von einem Augenblick zum anderen hatte er es sehr eilig.

„Du kommst sicherlich für eine Stunde ohne mich zurecht, Lucas“, teilte er dem Jungen mit, als er im Laufschritt am Kräuterstand vorüberhastete. „Ich muss dringend etwas erledigen.“

*

Umgehend suchte Linus Gerbermeister Claus in seiner Werkstatt auf und zog ihn am Ärmel hinter sich her in einen Nebenraum, obwohl sonst niemand zugegen war.

„Es hat geklappt! Heute hat es endlich geklappt, Claus! Er war auf dem Markt.“

Mit zittrigen Händen schnürte er das Bündel auf und schlug den Stoff zurück. Bedruckte Blätter tauchten im Inneren auf. Claus eilte zur Tür und schob den Riegel vor.

Schon beugten sie sich beide neugierig über den Tisch und lasen. Die Punkte, die Linus wichtig erschienen, murmelte er halblaut vor sich hin:

„. . . freie Wahl des Pfarrers . . . der Kornzehnt soll dem Unterhalt des Pfarrers und den Armen dienen . . . die Leibeigenschaft soll fallen . . . Freigabe von Jagd- und Fischfang . . . die Wälder, sie gehören allen . . . der Frondienst muss ein erträgliches Maß haben . . . zusätzliche Arbeiten müssen bezahlt werden . . . die Abgaben der Bauern sollen neu geregelt werden . . . Bestrafungen nach dem Gesetz und nicht nach der Willkür des Herrn . . . das Gemeindeland muss dem Dorf zurückgegeben werden . . . beim Tod des Bauern sollen von der Witwe und den Kindern keine Abgaben mehr geleistet werden . . . “

„Recht vernünftig, Linus, nicht wahr? Das klingt wirklich durchdacht!“

„Lest den letzten Artikel, dann werdet Ihr noch überzeugter sein!“, sprach Linus und deutete auf den Text. „Die Verfasser sagen darin, dass sie auf keiner ihrer Forderung bestehen, wenn sie ungerecht ist oder dem Wort Gottes nicht entspricht.“

Claus las und nickte dann übertrieben zustimmend.

„Die Bauernführer haben es tatsächlich geschafft und ihre Forderungen gemeinsam zu Papier gebracht“, äußerte Meister Rehar zufrieden. „Ab jetzt sprechen wir mit einer Stimme, unsere Vorstellungen liegen schwarz auf Weiß auf dem Tisch. Sie haben sich in Memmingen viel Mühe gegeben und keine überzogenen Dinge von den Herren verlangt. Oder, was meinst du, Linus?“

„Da stimme ich dir völlig zu. Ich verstehe es nicht, ich

kann es einfach nicht fassen, dass sich die Grundherren nicht darauf einlassen wollen oder wenigstens in einigen Punkten nachgeben."

„Die Antwort ist ganz einfach, Meister Linus: Die Herren wollen von ihrer uneingeschränkten Macht nichts einbüßen, sondern es den Bauern heimzahlen, dass sie es gewagt haben das Maul aufzumachen oder gar die Faust zu erheben."

Linus schlug die Blätter wieder im Stoff ein und reichte das Paket Claus.

„Versteck es hier in der Werkstatt! Ich muss schnell zurück zum Markt. Lucas wird sicherlich schon auf mich warten."

„Wenn es dir möglich ist, Linus, dann richte unserem Verbindungsmann einen Gruß aus", flüsterte Claus noch, als er den Riegel zur Seite zog. „Sage ihm, wir werden die Forderungen in ganz Freiburg verteilen!"

*

Schnell verließ Linus das Haus in der Gerberau und als er den Markt erreichte, sah er dem Gesicht von Lucas schon von weitem an, dass dieser recht wütend war.

„Ihr treibt Euch herum, Meister Linus, und überlasst mir alle Arbeit! Stadtwachen haben unsere ganzen Sachen durchwühlt und ich stand allein da und musste alles über mich ergehen lassen."

Am Stand des Tuchhändlers aus Memmingen wurde es mit einem Mal ungewöhnlich laut.

„Wenn Ihr Euch nicht an die Gesetze und Verordnungen haltet und heimlich ketzerische Schriften in unsere Stadt schmuggelt, dann müsst Ihr auch die harten Strafen in Kauf nehmen!", wies ein Stadtknecht den Händler zurecht und zwei seiner Kollegen führten den Mann ab.

„Ich habe damit nichts zu tun, ganz im Gegenteil!",

rechtfertigte sich der Händler. „Man hat das Flugblatt allem Anschein nach heimlich in meinen Wagen geworfen.“

„Halt's Maul!“, fuhr ihn ein Wachposten drohend an. „Das kannst du alles dem Richter erzählen, kurz bevor dir der Henker dann den Kopf abschlägt.“

Sie lachten so boshaft, dass es Lucas Angst wurde.

Als sie den Händler an Linus vorbeiführten, warf der Mann ihm einen kurzen aber vielsagenden Blick zu.

„Sie sind wie die Bestien!“, flüsterte Linus äußerst verhalten. Für eine laute Bemerkung fehlte ihm in diesem Moment der Mut.

Erst als die Wachen verschwunden waren, erregten sich einige Männer in der Nähe und machten ihrem Unmut Luft. Es gab sowieso kaum jemanden auf dem Marktplatz, der sich nicht empört zeigte über die ständigen Kontrollen und über die Willkür, der man sich immer häufiger ausgeliefert sah.

*

Nur wer eine Sondergenehmigung des Rates vorweisen konnte, durfte sich ab der zehnten Abendstunde noch außerhalb seines Hauses in den Straßen der Stadt aufhalten. Durch diese Ausgangssperre wollte man ganz gezielt die Leute in Schach halten, deren wahre Gesinnung man nur schwer ergründen konnte.

Die Stadtherren waren fest entschlossen, jegliche Art von heimlichen Treffen zu vereiteln und alle Proteste innerhalb der Stadtmauern im Keim zu ersticken. Man wusste schließlich durch Spione und Mittelsmänner, dass besonders die unzufriedenen Rebleute, die Knechte und Mägde, die einfachen Handwerker und Tagelöhner mit den Forderungen der aufständischen Bauern liebäugelten.

Die Zahl der Wachen und Spähtrupps, die in der ganzen

Stadt patrouillierten, wurden während der Nacht wesentlich verstärkt.

Meister Claus hatte inzwischen sein Misstrauen überwunden und Lucas in die bevorstehende Geheimaktion eingeweiht. Der Junge hatte sich daraufhin sogar angeboten, ihm dabei behilflich zu sein.

Es war allerdings nicht einfach und äußerst gefährlich, die bedruckten Blätter in der Stadt zu verteilen. Sie hatten sich dunkle Kleidung übergezogen, um sich unauffälliger in den Straßen und Gassen bewegen zu können.

Linus wollte nicht mitkommen und seine Begründung leuchtete den anderen ein.

„Ihr seid jünger und viel flinker als ich. Ich kann nicht mehr so einfach einem Wachmann entkommen wie früher. Deshalb ist es besser, ihr geht allein!"

*

Verstohlen schlichen sich Claus und Lucas davon. Immer wieder huschten sie in dunkle Hauseingänge oder suchten hinter Mauern Schutz. Erst wenn sie sich überzeugt hatten, dass keine Gefahr drohte, setzten sie ihren Weg fort. Sie mieden große Plätze und breite Straßen, sondern hielten sich stattdessen in den engen, unübersichtlichen Gassen auf.

Mit Eisenstiften, die Meister Rehar aus seiner Werkstatt mitgenommen hatte, hefteten sie ab und zu ein Plakat an Hoftore, Bäume oder Mauern. Sie drückten die Stifte mit der bloßen Hand in den Untergrund, um keinerlei Geräusch zu verursachen.

Plötzlich, und für Lucas und Meister Claus völlig überraschend, kamen zwei Männer um eine Ecke, blieben kurz stehen und leuchteten mit ihrer Laterne in die Gasse.

Lucas verschwand augenblicklich in einem Kellerabgang,

kauerte sich auf den Boden und zog seinen dunklen Umhang über sich.

Deutlich vernahm er die hallenden Schritte der Stadtwachen. Sein Herz schlug so schnell und so heftig, dass er es in diesem Moment wie das Schlagen einer Trommel spürte. In seiner Verzweiflung fing er zu beten an und warme Tränen rannen ihm über seine Backen. Bewegungslos blieb er liegen und sogar das Schnaufen stellte er für einen Augenblick ein.

„Halt!", hörte er eine Männerstimme und zuckte erneut zusammen. „Bleib sofort stehen!"

Ein Schuss wurde aus einem Vorderlader abgefeuert. Kurz darauf schallten Schritte durch die Gasse und brachen sich an den eng gegenüberliegenden Hauswänden. Für Lucas wurde es immer schwerer zu erkennen, aus welcher Richtung sie eigentlich kamen. Erst als endgültig absolute Ruhe einkehrte, kroch er vorsichtig aus seinem Versteck.

Ihm blieb keine Zeit lange zu überlegen. Alle Vorsichtsmaßnahmen, die ihm Claus und Linus mehrfach eingetrichtert hatten, vergaß er in diesem Augenblick. Er rannte los so schnell ihn seine Beine trugen, stürzte in die Gerbergasse und huschte in den Hof.

Mit rasendem Herzen und trotzdem erleichtert blieb er stehen und hechelte sich seinen Spurt aus der Lunge.

„Glück gehabt!", hauchte jemand hinter dem Torpfosten im Innern des Hofes und noch einmal durchzuckte Lucas ein schauderhafter Schreck.

Meister Claus tauchte aus dem Schatten auf, nahm den Jungen an der Hand und zog ihn hinter sich her ins Haus.

*

Man spürte am nächsten Morgen deutlich die Aufregung, die unter den Räten der Stadt und den Wachen herrschte, obwohl sie ihre Anspannung krampfhaft zu überspielen suchten. Alle Plakate waren inzwischen entfernt und man bemühte sich fieberhaft, die Verantwortlichen ausfindig zu machen, die die Hetzschriften in der Nacht verteilt hatten.

Gott sei Dank ohne Erfolg!

„Der arme Kerl!", sprach Linus mitfühlend. „Sicherlich wird man dem Tuchhändler die Hölle heiß machen! Hoffentlich bleibt er standhaft und verrät uns nicht!"

Kapitel 43

Es wurde immer schwieriger an Nachrichten über den Verlauf der Bauernaufstände zu kommen. Mit allen Mitteln versuchte der Rat der Stadt das zu unterbinden, um die Stadtbevölkerung ruhig zu halten.

Meister Claus brachte es trotzdem fertig, immer wieder Neuigkeiten in Erfahrung zu bringen. Des Öfteren war er unterwegs, teilte aber selbst Linus nicht mit, wo er hinging und wie er eine zuverlässige Verbindung zu den Bauernführern außerhalb der Stadt hielt.

„Du darfst nicht glauben, dass ich dir nicht vertraue!“, erklärte Claus einmal seinem Freund Linus. „Es ist aber besser, wenn du und dein junger Begleiter nichts davon wisst. Ich möchte nicht, dass ihr eines Tages den Kopf dafür hinhalten müsst. Verstehst du?“

Viele Nachrichten, die auf diese Weise durchsickerten, waren überaus besorgniserregend. Immer mehr Fürsten und freie Reichstädte hatten sich zu einer schlagkräftigen Vereinigung, dem Schwäbischen Bund, zusammengeschlossen und gingen gemeinsam gegen alle Unruheherde vor.

So hatte beispielsweise Anfang März der Truchseß von Waldburg, einer der Anführer des Schwäbischen Bundes, einen Schwarzwälder Bauernhaufen bei Rottweil aufgebracht und über die Hälfte niedergemetzelt oder schwer verletzt.

Ende März mussten auch die Baltringer Bauern eine vernichtende Niederlage einstecken. Sie hatten zuvor einen Herrensitz niedergebrannt, wurden dann bei Leipheim an der Donau von den Truppen des Schwäbischen Bundes gestellt und zogen sich kampflos zurück. Über tausend Bauern, die man erwischte, wurden auf der Stelle erstochen oder ertränkt und ihre Anführer zur Abschreckung öffentlich hingerichtet.

Die Nachricht, dass ein Mönch aus dem Kloster St. Peter sich auf die Seite der Bauern geschlagen hatte, wollte Linus anfänglich gar nicht glauben.

„Du tust so, als könntest du meinen Worten nicht trauen!", versuchte Meister Rehar die Zweifel seines Freundes auszuräumen. „Pater Michael Sattler ist tatsächlich zu den Bauern übergelaufen. Er war vom Kloster beauftragt, mit den Aufständischen zu verhandeln und blieb dann kurzerhand bei ihnen.

Auch für die Bauern im Raum Stuttgart besteht berechtigte Hoffnung, weil sich nämlich Herzog Ulrich mit ihnen verbündet hat.

Du siehst, trotz mancher Niederlage, die unsere Leute einstecken müssen, steht es um unsere Sache nicht schlecht."

*

Der Mai des Jahres 1525 brach an. Die wärmenden Strahlen der Frühlingssonne hatten selbst auf den hohen Gipfeln des Schwarzwaldes die Kälte des Winters längst in ihre Schranken verwiesen.

Immer mehr Adelige und Grundherren mit schwer beladenen Wagen trafen in Freiburg ein. Sie suchten hinter den dicken Stadtmauern Schutz, weil sie inzwischen um ihr Leben fürchten mussten.

Überall gärte es und es sah so aus, als würden die Unruhen in einem landesweiten Krieg enden. Hans Müller hatte neue Truppen in Bonndorf zusammengestellt und war mit ihnen nach Neustadt, Triberg und Vöhrenbach gezogen. Auch Villingen bedrohte er wieder.

Selbst die Klöster St. Georgen, St. Märgen und St. Peter wurden heimgesucht und paktierten unter dem Druck der Besatzer mit den aufständischen Bauern.

„Es ist nicht länger unser Kampf!“, betonte Linus eines Tages mit besorgter Miene. „Die Bauernhaufen hinterlassen eine Spur der Verwüstung, wo immer sie auftauchen. Sie brennen wahllos Burgen und Gehöfte nieder, berauben allerorts die Menschen und bringen ihnen nur Leid, anstatt die erhoffte Befreiung. Selbst Luther hat sich jetzt in einer Schrift gegen die mörderischen und räuberischen Bauern gestellt.“

„Ja, auch ich hatte ein anderes Ziel und kann eine gewisse Enttäuschung ebenfalls nicht verheimlichen“, stimmte Meister Claus zu. „Inzwischen müssen auch alle Bewohner Freiburgs Angst haben, weil die Bauern massenhaft im Dreisamtal zusammenlaufen. Wenn sie die Stadt erobern, dann genügen einige Hitzköpfe und ganz Freiburg steht in Flammen.“

*

Wie gewöhnlich suchten Linus und Lucas am folgenden Morgen den Markt auf. Diesen Tag sollten die beiden allerdings nicht so schnell vergessen.

Linus hatte bereits einige Patienten behandelt, als ein Mann an seinem Karren erschien.

„Könnt Ihr mir helfen?“, flehte er Linus an. „Ich glaube, ich bin schwer erkrankt.“

„Was tut Euch denn weh? Welches Leiden quält Euch?“ Linus suchte mit seinen Augen den Mann nach irgendwelchen Gebrechen ab. „Ihr bewegt Euch ganz normal und seht auch im Gesicht nicht krank aus.“

Der Fremde vergewisserte sich, dass ihn niemand beobachtete, und schob dann seinen Ärmel ein Stückchen nach oben.

„Hier, seht Ihr den Ausschlag?“ Der Mann sprach ganz leise und ungewöhnlich besorgt.

Meister Linus trat näher heran und besah sich die geröteten Stellen auf der Haut.

„Habt Ihr den Ausschlag auch am übrigen Körper?“

„Ja, meine Brust und mein Rücken sind übersät davon!“

Linus führte ihn hinter den Wagen. Konzentriert betastete er den gesamten Körper des Mannes und schenkte besonders den Achselhöhlen große Aufmerksamkeit.

„Haucht mich an, los!“, forderte Linus den Mann dann auf. „Noch mal!“

„Ihr habt Angst, nicht wahr?“, murmelte Meister Linus verständnisvoll. „Ihr habt Angst, Ihr könntet vom . . . Aussatz befallen sein?“

Der Mann nickte heftig und brach sogar in Tränen aus.

Linus öffnete ihm das Gewand und warf einen Blick auf die Brust. Auch hier konnte man handtellergroße Flecken sehen.

„Nein, ich denke Ihr braucht Euch keine Sorgen zu machen!“, erklärte Linus überraschenderweise. „Wäret Ihr vom Aussatz befallen, dann müssten auch die Drüsen unter dem Arm angeschwollen sein.“ Linus überlegte. „Habt Ihr etwas Außergewöhnliches gegessen, was Ihr ansonsten nicht zu Euch nehmt? Denkt bitte genau nach! Eure Antwort könnte uns nämlich zu dem Übeltäter führen!“

„Eigentlich nicht“, erwiderte der Mann. „Zur Zeit ernähren wir uns fast nur aus unserem kleinen Garten hinter dem Haus. Zum ersten Mal haben wir in diesem Jahr sogar Erdbeeren angebaut.“

„Na also! Möglicherweise haben wir den Grund schon gefunden“, stieß Linus laut hervor und freute sich. „Nicht alle Menschen vertragen Erdbeeren. Bei manchen rufen diese Früchte Hautausschläge hervor."

Aus heiterem Himmel fing eine Frau, die bereits einige Zeit vor dem Verkaufsstand geduldig gewartet hatte, lauthals zu schreien an:

„Seht Euch das an! Der Mann hat Aussatz und wagt sich auf den Markt!" Die aufgebrachte Frau wandte sich dem Patienten zu und keifte ihn an: „Habt Ihr denn gar kein Verantwortungsgefühl? Wollt Ihr die ganze Stadt mit Eurer Seuche anstecken?"

Schon kreuzte ein Marktaufseher neben Linus auf, weil der das aufgeregte Geschrei vernommen hatte. Er sah die roten Flecken und reagierte ähnlich wie die Frau.

„Ihr kennt die Siechenordnung von Freiburg, oder nicht?", herrschte er Linus streng an. „Es ist Eure verdammte Pflicht, den beiden geschworenen Wundärzten sofort Meldung zu machen!"

Der Aufseher winkte einen seiner Kollegen herbei.

„Hole sofort den Stadtarzt Johann Schiller! Allem Anschein nach ist der Mann hier vom Aussatz befallen und dieser skrupellose Scharlatan gibt sich auch noch mit ihm ab. Wir müssen dem Stadtphysicus umgehend Meldung machen!"

*

Unverzüglich stürzte der Wachmann davon und auch der Patient versuchte urplötzlich das Weite zu suchen, wurde jedoch vom Marktaufseher gestellt und festgehalten.

Schon kurz darauf tauchte Doktor Schiller auf.

„Man hat mich rufen lassen! Gibt es wieder einmal Streitigkeiten zwischen einem Patienten und dem behandelnden Bader oder Wundarzt?"

„Nein, viel schlimmer!", erwiderte der Aufseher. „Macht

Euch selbst ein Bild davon, ob der Mann ein Aussätziger ist oder nicht!“

Der vom Stadtrat vereidigte Physicus kam sogleich seiner Pflicht nach und untersuchte flüchtig den Patienten. Schon nach kurzem Betrachten der roten Flecken hatte er sich ein Urteil gebildet.

„Nach meinem Dafürhalten besteht kein Zweifel! Alle Anzeichen sprechen dafür, dass der Mann vom Aussatz befallen ist. Der Mann hat auf dem Markt und in der Stadt nichts mehr verloren, sondern wird in ein Siechenhaus vor der Stadt eingewiesen. Wir müssen sofort handeln!“

„Seid Ihr Euch da vollkommen sicher?“, mischte sich Linus fassungslos ein. „*Meine* Diagnose fällt anders aus! Der Mann hat weder Geschwüre am Körper noch sind irgendwelche Schwellungen von Drüsen festzustellen. Sein Atem riecht normal und seinen Urin, den konntet weder Ihr noch ich bisher untersuchen. Aufgrund welcher eindeutigen Merkmale kommt Ihr folglich zu Eurer Diagnose, Herr Stadtphysicus? Ihr wisst schließlich, was Ihr dem Mann damit antut, sollte Eure Vermutung nicht zutreffen.“

„Vermutung? Was fällt Euch eigentlich ein, Euch ein solches Urteil anzumaßen?“, brüllte Doktor Schiller und fügte geringschätzig hinzu: „Ihr seid ein gewöhnlicher Wundarzt und habt die Kunst des Heilens an keiner Universität studiert. Hättet Ihr Euch durch Euer Handwerk einen besonderen Ruf in der Stadt erworben, dann würde ich Euch schließlich kennen. Nein, ich weiß nicht einmal Euren Namen.“

„Ich bin Linus Cramer, ein fahrender Wundarzt!“ Die selbstsichere Stimme von Meister Linus verriet, dass er nicht gewillt war, diese herablassende Art des Stadtarztes so ohne weiteres hinzunehmen. „*Ich* hatte nicht das Glück an einer Universität zu studieren wie Ihr, sondern habe meinen Beruf drei Jahre lang bei dem damals in Freiburg allseits geschätzten Meister Hans Wyssrudi erlernt.

Selbst der Apothecarius Blasius Schröter, der als Angehöriger der Krämerzunft stets die höchsten Ansprüche an sich und seinen Berufsstand stellte, hat mir im Jahre 1482 schriftlich bestätigt, dass meine Kenntnisse über Heilkräuter vortrefflich und meine Arzneien von hoher Wirksamkeit seien." Linus zog ein vergilbtes Blatt Papier aus seinem Herbarium und hielt es dem Stadtarzt direkt vor die Nase. „Außerdem war ich fünf Jahre, so wie es die Verordnung vorschreibt, als Geselle unterwegs und habe auch in anderen Ländern eine Menge Erfahrung gesammelt. Meine Prüfung habe ich mit Erfolg vor den Professoren der Universität und dem Zunftmeister abgelegt. Was berechtigt Euch demnach, meinen Beruf so ins Lächerliche zu ziehen und so abzuwerten?"

„Cramer, Cramer?", überlegte der Stadtphysicus. „War Andres Cramer Euer Vater?"

„So ist es, Andres und Maria Cramer aus der Gerbergasse waren meine Eltern. Aber, was hat das mit dem Krankheitsbild des Mannes, der mich um Hilfe gebeten hat, zu tun?"

„Das hat sehr wohl etwas miteinander zu tun, weil ich mich nämlich beim Zunftmeister über Euch beschweren werde", kam scharf als Antwort. „Schließlich bin ich vom Rat der Stadt bestellt und vereidigt, für die Beschau von Pest und Aussatz bestens ausgebildet."

„Es wäre doch auch möglich, dass der Mann die Erdbeeren, die er in seinem Garten geerntet hat, nicht verträgt und einen Hautausschlag davon bekommen hat. Immer wieder stelle ich fest, dass manche Menschen auf bestimmte Nahrungsmittel mit Hautauschlägen reagieren." Linus gab nicht nach. „Ihr habt den Patienten bisher nicht einmal richtig untersucht."

„Eure vorlaute und besserwisserische Art wird Euch noch Leid tun!", zischte Doktor Schiller. „Was maßt Ihr Euch eigentlich an, Ihr . . ."

*

„Lasst meinen Sohn in Frieden, lasst ihn endlich in Ruhe, sonst bekommt Ihr es mit mir zu tun!“, war urplötzlich eine keifende und aufgebrachte Stimme aus der Menge zu hören. „Ich werde es nicht zulassen, dass Ihr ihn vor allen Leuten zum Gespött macht!“

Erstaunt blickte Doktor Schiller die alte Frau an, die sich so energisch für Linus Cramer stark machte.

„Seid Ihr Maria Cramer?“, sprach er dann. „Seine Mutter?“

„Maria, nein, ich bin Martha!“, kam umgehend als Antwort. „Und dieser Kerl mit den zotteligen Haaren ist mein Sohn Linus und das wird auch so bleiben. Er ist der beste Wundarzt, den ich kenne!“

„Könnt Ihr mir das erklären, Meister Cramer?“ Der Stadtphysicus schüttelte ungläubig den Kopf. „Allem Anschein nach liegt hier eine Verwechslung vor, oder?“

Auf einen Stock gestützt humpelte die Alte, der das Laufen sichtlich schwer fiel, auf Linus zu und strich ihm mit der Hand liebevoll über die Wange. Auch Lucas bedachte sie mit einem Lächeln.

„Wie kommst du denn hierher auf den Freiburger Markt, Martha?“ Linus wirkte mit einem Mal auffallend nervös und verunsichert.

„Ich habe dich gesucht, Linus! Überall habe ich dich gesucht, weil du, weil du dein Geschenk, na das Geschenk bei mir vergessen hast“, stieß sie mit freudiger Erregung hervor und reichte ihrem Sohn mit zittriger Hand ein Tuch. „Ich will das Geld nicht unter dem Strohsack verstecken! Es wird bald Krieg geben, verstehst du? Dann, dann . . .“

„Martha!“, fuhr Linus sie an. „Ich habe dir doch erklärt, dass du das Geld für dich behalten sollst!“

„Aber, aber wenn ich sterbe, dann nehmen es sich vielleicht andere! Das habe ich für meinen Sohn, das habe ich doch für dich aufgehoben, Linus."

*

In der Zwischenzeit hatte der Stadtphysicus den Zunftmeister zu sich bitten lassen.

„Allem Anschein nach gibt es bei Euch in der Zunft ganz ungewöhnliche Mitglieder, die zwei Mütter haben", äußerte Herr Schiller ironisch. „Diese Frau behauptet, die Mutter von Linus Cramer zu sein, er selbst gibt jedoch Andres und Maria Cramer als seine Eltern an."

„Meister Andres war mir ein guter Herr", mischte sich erneut die Alte ein. „Er hat mich stets wie eine . . ."

„Sei endlich still und halte dich heraus!", fiel ihr Linus ins Wort und blickte sie erzürnt an. „Lucas, bring sie zum Brunnen da vorne und warte dort mit ihr, bis ich komme!"

Als der Junge, der das ganze Geschehen mit großer Sorge verfolgt hatte, nicht auf der Stelle der Anordnung nachkam, verlor Linus die Fassung und brüllte ihn an:

„Du sollst die verwirrte Frau wegbringen!"

„Nein, nein, sie wird hier bleiben!", widersprach der Zunftmeister. „Außerdem werdet Ihr es gefälligst unterlassen, Linus Cramer, die Frau am Sprechen zu hindern!"

„So sag ihnen doch die Wahrheit!", flehte Martha Linus an. „Ich empfinde es nicht als Schande, nein, und auch Andres hat stets zu dir gestanden, was ich ihm noch immer hoch anrechne. Kurz vor seinem Tod hat er mir das Geld gegeben und mich gebeten, dir den Rest zu hinterlassen. Verstehst du jetzt, warum ich dich so verzweifelt gesucht habe?"

Linus gab sich geschlagen. Mit gesenktem Kopf starrte er eine Weile vor sich hin.

„Martha ist meine Mutter", gestand er kleinlaut. „Sie war

Magd bei Andres Cramer und . . . erwartete ein Kind von ihm."

„Und er hat sich zu dir bekannt, Linus, und dich in seine Familie aufgenommen", ergänzte Martha. „Das rechne ich ihm hoch an! Und sein Weib Maria hat sich ebenfalls um dich gekümmert als wärest du ihr Sohn, ihr eigen Fleisch und Blut. Eine christliche Einstellung, das muss man den beiden lassen!" Sie schlug ein Kreuzzeichen. „Gott möge sie dafür mit dem Himmelreich belohnen! Ja, mit dem ewigen Leben!"

„Ihr nennt es christlich, wenn ein verheirateter Mann mit einer Magd ein Verhältnis hat und mit ihr ein Kind zeugt?", erregte sich Doktor Schiller.

Martha zischte ihn an und drohte ihm mit ihrem Stock. „Wagt es nicht, Andres und Maria in den Dreck zu ziehen! Die meisten von Euch scheinheiligen Kerlen treiben es viel schlimmer. Sie machen sich aber schnell aus dem Staub, wenn sich ein Kind ankündigt. Warum braucht Freiburg denn ein Hurenhaus und so viele Badstuben, von denen man allerhand Anrüchiges hört. Ihr wisst genau, was ich meine!" Martha schaute ihm so direkt und unmissverständlich ins Gesicht, als würde sie mit einem Finger auf ihn zeigen. „Oder was glaubt Ihr, wo kommen die vielen Kinder her, die jedes Jahr vor dem Waisenhaus und den Frauenklöstern ausgesetzt werden? Sind sie vom Himmel gefallen?"

Martha blickte sich nach einer Sitzmöglichkeit um, und weil Lucas das bemerkte, schob er der alten Frau einen Schemel hin. Erschöpft, aber zufrieden ließ sie sich darauf nieder. Sie hatte sich anscheinend das, was sie ihr Leben lang bedrückt und was sie so lange mit sich herumgeschleppt hatte, von der Seele geredet.

„Ihr seid Euch wohl darüber im Klaren, Linus Cramer, dass Ihr wissentlich gegen die Zunftordnung verstoßen habt!", ergriff der Zunftmeister nach einem Räuspern das Wort.

„Auch wenn Eure Mutter sich mit allerlei Beleidigungen für Euch stark gemacht hat, so ist es nach den Gesetzen trotzdem verboten, dass ein uneheliches Kind den Beruf eines Wundarztes erlernen und ausüben darf. Eure raffinierte Täuschung wird Folgen haben, das wisst Ihr sehr wohl.

Verlasst auf der Stelle den Markt und findet Euch morgen Nachmittag um die fünfte Stunde in der Zunftstube ein! Solltet Ihr nicht erscheinen, dann werde ich Euch in Ketten legen und vorführen lassen."

Ohne einen Gruß liefen Stadtphysicus Schiller und der Zunftmeister über den Markt davon. Den Mann mit dem Hautausschlag zerrte eine Marktwache hinter ihnen her.

*

Geknickt stand Linus da und brachte im ersten Moment kein Wort heraus.

„Hab ich etwas falsch gemacht, mein Junge", fragte Martha besorgt, „oder etwas Falsches gesagt?"

Linus schüttelte den Kopf.

„Nein, Martha, vielleicht ist es tatsächlich besser, dass endlich die Wahrheit ans Licht gekommen ist und wir nicht länger mit dieser Lüge leben müssen." Von einem Augenblick zum anderen strahlte das Gesicht von Linus eine gewisse Erleichterung aus. „Ich bin nicht abhängig von der Willkür dieser Leute und ihre Gesetze dienen allem Anschein nach nur dazu, um andere unter ihrer Knute zu halten."

Linus warf Martha einen Blick zu.

„Was wird aus dir, Martha? Wo willst du denn jetzt hin?"

„Vielleicht, vielleicht nimmt mich wieder ein freundlicher Mann auf seinem Wagen mit. Wo soll ich altes Weib schon hin wollen? Ich werde in meiner Hütte bleiben und möchte dort auch sterben. Weißt du, Linus, äh . . . was wollte ich denn eigentlich noch sagen?"

Linus umarmte Martha und drückte sie lange an sich.

„Wahrscheinlich werden wir uns so schnell nicht wiedersehen, Mutter", sprach er dann. „Du hast gehört, dass ich mich morgen Nachmittag vor den Mitgliedern der Zunft und vor dem Stadtphysicus verantworten muss. Das bedeutet nichts Gutes!"

„Wie schön, dass du endlich Mutter zu mir sagst!", freute sich die Alte mit einem breiten Lächeln und redete dann im Flüsterton weiter. „Du wirst doch nicht wirklich in die Zunftstube zu diesen hochnäsigen Kerlen gehen?"

Das verschmitzte Lächeln von Linus sprach für sich. Lucas war sich sicher, dass er längst einen Plan gefasst hatte.

„Los, räum unsere Sachen zusammen!", ordnete Meister Linus an und Lucas kam sofort der Aufforderung nach.

Noch einmal schloss Linus seine Mutter in die Arme und flüsterte ihr etwas ins Ohr. Sie erwiderte seine Worte mit einem Lächeln.

„Gott segne dich, mein Sohn! Und jetzt sieh zu, dass du in die Gerbergasse kommst!"

Ohne dass es Linus überhaupt merkte, schob die Alte das Tuch mit dem Geld in eine der Kisten auf dem Wagen.

Kapitel 44

Linus und Lucas hatten es eilig.

„Ihr wollt die Stadt heimlich verlassen, stimmt's?", äußerte Lucas und Linus bestätigte die Vermutung mit einem flüchtigen Kopfnicken. „Keinen Moment habe ich daran geglaubt, dass Ihr morgen Nachmittag wirklich in die Zunftstube geht. Darf ich wenigstens erfahren, wo wir diesmal hin wollen?"

Weil Linus nur mit den Achseln zuckte und anscheinend noch keine Entscheidung getroffen hatte, machte Lucas einen Vorschlag:

„Was haltet Ihr davon, wenn wir . . . zur Mühle fahren und Diepold bitten, uns für ein paar Tage aufzunehmen?" Lucas bedachte Linus mit einem abwartenden Blick. „Wir können ja beide im Stall schlafen und um unsere Verpflegung braucht er sich auch nicht zu kümmern. Irgendwie werden wir uns schon durchschlagen. Ich werde Diepold helfen, wo immer ich kann."

„Sicherlich hat er sich inzwischen längst beruhigt und ist froh, wenn ihm wieder jemand zur Hand geht und die schweren Säcke für ihn schleppt. Ja, Lucas, die Mühle wäre ein idealer Unterschlupf. Sie liegt versteckt in einem tiefen Tal und nur selten verirrt sich ein Fremder dorthin. Warum wir wieder aufkreuzen, werden wir weder Agatha noch Diepold auf die Nase binden.

Du hast Recht, wir sollten es auf einen Versuch ankommen lassen und, ich werde jedem Streit mit Diepold aus dem Weg gehen, das verspreche ich!"

„Dann seid Ihr also einverstanden?", stellte Lucas begeistert fest und freute sich irgendwie, Agatha wiederzusehen, wo sie doch immer so freundlich und mütterlich zu ihm gewesen war.

„Bevor wir in der Mühle unterkriechen können, müssen wir allerdings erst ein riesiges Problem meistern, Lucas. Wie kommen wir morgen aus der Stadt?"

*

Sie hatten das Haus von Meister Rehar erreicht, stellten den Wagen vor der Scheune ab und liefen sofort zur Werkstatt. Linus stürzte hinein und schilderte Claus in aller Eile, was auf dem Markt vorgefallen war.

„Es ist tatsächlich besser, wenn ihr Freiburg umgehend verlasst, Linus und Lucas. Auch ich werde in den nächsten Tagen heimlich aus der Stadt verschwinden und mich hinaus ins Dreisamtal begeben. Ganze Heerscharen von Bauern lagern dort und rüsten sich für ihren Einsatz."

„Kann es sein, dass du mir etwas verschweigst, Claus? Versammeln sich die Bauern etwa, weil sie . . . Freiburg angreifen wollen?"

„Ja, ich bin davon überzeugt, dass sie in einigen Tagen losschlagen werden. Sie wollen nicht länger warten, sondern endlich eine Entscheidung herbeiführen."

Noch am Abend verluden Linus und Lucas ihre Sachen auf dem Wagen, um gleich am nächsten Morgen aufzubrechen. Als Tarnung wollten sie sich die Franziskanerkutten überziehen, um die Stadtwachen zu übertölpeln.

*

Es war noch dunkel. Linus und Lucas wurden aus dem Schlaf gerissen. Ungewöhnlicher Lärm tobte in den Straßen von Freiburg und die Glocken sämtlicher Kirchen läuteten unaufhörlich.

Linus und Lucas wussten, dass sich etwas Ungewöhnliches, etwas Schreckliches ereignet haben musste.

Nachdem sie auf die Straße gerannt waren, wurde aus ihrer Ahnung Gewissheit. Männer hasteten mit brennenden Fackeln durch die Gassen und entzündeten die Pechpfannen, die in der ganzen Stadt verteilt waren und nur bei besonderer Gefahr entfacht wurden.

Auch Meister Claus kam herbeigeeilt.

„Was gibt es denn? Was ist denn los?“, riefen sie einigen Stadtwachen zu, die an ihnen vorüberrannten und in Richtung Stadtmauer unterwegs waren.“

„Sie stehen vor der Stadt! Sie greifen an! Die Bauern haben sogar schon den Schlossberg erobert“, erwiderte einer der Männer außer Atem.

Bereits im nächsten Moment war lautes Donnern von Kanonen zu vernehmen und schnell richteten sich alle Blicke auf den Schlossberg direkt vor der Stadt. Deutlich war zu erkennen, wie von dort oben Geschütze auf die Stadt abgefeuert wurden, weil beim Zünden ein leuchtender Strahl wie ein Blitz aus den Rohren schoss.

Linus, Claus und Lucas hasteten zum Münsterplatz. In kürzester Zeit hatte das Chaos in der Stadt unvorstellbare Ausmaße erreicht und als eine Kugel in einen der beiden Münstertürme einschlug, war die Panik vollkommen.

Etliche Häuser waren inzwischen getroffen und manches dadurch völlig unbewohnbar geworden. Die Stadtbewohner verkrochen sich in ihren Kellern oder suchten innig betend in den Kirchen oder den Klöstern Schutz.

Gott sei Dank ließ der Anbruch des Tages nicht länger auf sich warten und die Belagerer stellten ihr Feuer ein. Die

Gebäude und die Klöster vor der Stadt standen teilweise in Flammen, die Mönche und Nonnen hatten sich allerdings größtenteils hinter die Stadtmauer in Sicherheit bringen können.

*

Auch der Konvent aus dem Kartäuserkloster hatte es glücklicherweise geschafft. Fassungslos über das nächtliche Geschehen standen die Mönche auf dem Münsterplatz beisammen.

„Pater Titus vermissen wir noch!“, rief einer der Kartäuser plötzlich aufgeregt seinen Mitbrüdern zu. „Hat jemand von Euch Pater Titus gesehen?“

„Er wollte nicht mitkommen und ist in die Bibliothek gelaufen!“, wusste jemand aus der Gruppe zu berichten. „Er bestand darauf im Kloster zurückzubleiben, weil er es nicht fertig brachte sein Lebenswerk, seine Bücher, zurückzulassen. Ich kann ihn verstehen!“

„Warum sagt Ihr das erst jetzt?“, erregte sich der Prior Gregor Reisch. „Wir hätten unseren Mitbruder zwingen müssen mitzukommen.“

Bedrückendes Schweigen herrschte einen Augenblick.

„Sollen wir nicht versuchen, Pater Titus noch zu holen?“, schlug ein junger Mönch dem Prior vor.

„Jegliche Hilfe kommt für ihn und unser Kloster zu spät!“, erwiderte der geknickt und fasste sich an die Brust. „Schaut dort hinten! Was haben wir den Bauern nur getan?“ Er deutete in die Richtung, wo sich das Kartäuserklosters befand. „Rauchwolken steigen über unserem Konvent auf und die Flammen spiegeln sich bereits am Himmel wider. Mein ganzes Leben habe ich . . .“

Gregor Reisch verzog sein Gesicht, als würde er urplötzlich starke Schmerzen verspüren, und sackte einen Augenblick später in sich zusammen. Zwei seiner Mitbrüder beugten sich sofort über ihn.

„Ein Arzt! Ist ein Medicus in der Nähe?“, riefen sie über den Münsterplatz.

Linus eilte herbei. „Ich bin Wundarzt! Bitte tretet einen Schritt zurück! Ich werde mich um ihn kümmern!“

Linus fühlte den Puls.

„Ihr habt Schmerzen in der Brust, nicht wahr? Euer Herz schlägt nicht richtig!“

„Vor Jahren hatte ich bereits einen Herzanfall“, antwortete Gregor Reisch mit schwacher Stimme und zog einige Male tief Luft in sich hinein. „Diese Barbaren haben alles kaputt gemacht! Sie haben alles zerstört, wofür ich gelebt habe. Wieso, wieso . . . ?“

Prior Reisch, der als gelehrter Mann weit über die Grenzen Freiburgs hinaus bekannt war, konnte seinen Gedanken nicht vollenden. Mit weit aufgerissenem Mund versuchte er ein letztes Mal verzweifelt nach Luft zu schnappen. Vergeblich!

Erschüttert stellten sich die Anwesenden um den Toten und falteten die Hände. Schweigend schickten sie ein Gebet zum Himmel für die Seele ihres Priors.

*

Viele Bewohner Freiburgs zogen sich nach dem ersten Schrecken wieder in ihre Häuser zurück, schleppten ihre kostbarsten Dinge zusammen und brachten sie in Kellern und anderen Orten in Sicherheit. Aus langer Erfahrung wusste man, wie schnell durch eine einzige Kanonenkugel ein verheerender Brand entstehen konnte und deshalb wollte man gewappnet sein.

Die Stadtherren dachten nicht daran, dem Druck der

Angreifer nachzugeben. Viele Männer wurden zu den Waffen gerufen, Geschütze in Stellung gebracht und auf die Belagerer abgefeuert. Gott sei Dank hatte man rechtzeitig ausreichend Nahrungsmittel, Munition und lebendes Vieh in der Stadt geschafft, so dass wenigstens in dieser Hinsicht vorläufig keine Probleme zu erwarten waren.

Von Tag zu Tag nahm die Leidensfähigkeit der eingeschlossenen Leute ab. Die Spitäler waren überfüllt von Kranken und Verletzten und die Stadt stellte sogar zusätzliche Räumlichkeiten zur Verfügung, um der Lage Herr zu werden.

Niemanden interessierte es plötzlich mehr, ob ein Heilkundiger tatsächlich allen Verordnungen der Stadt entsprach oder nicht, weil jede helfende Hand gebraucht wurde.

Der Schmutz auf den Straßen, der Geruch von Kot und Urin, nahm unvorstellbare Ausmaße an. Der Rat der Stadt schickte den Stadtschreiber Johannes Armbruster vor, um der Bevölkerung die zunehmend missliche Lage darzustellen.

„Unsere Brunnen versiegen und sicherlich habt ihr festgestellt, dass seit letzter Nacht kein Wasser mehr aus den Zapfstellen kommt“, wusste der alte Mann mit besorgter Miene zu berichten. „Die Bauern haben die Wasserleitung, die vom Burgberg her in die Stadt führt, unterbrochen.“

Was das bedeutete, musste er den Bewohnern Freiburgs, die man alle auf dem Münsterplatz zusammengerufen hatte, nicht näher erläutern.

„Wir sollten mit den Bauern verhandeln! Lange wird sich die Stadt sowieso nicht mehr halten können! Macht endlich die Tore auf und ergebt Euch, oder sollen wir alle jämmerlich verrecken?“

Die offenen Worte, die aus den Reihen der Versammelten kamen, wollten nicht enden. Selbst führende Leute der Stadt dachten inzwischen so und deshalb gab man dem Druck der Masse nach und stellte eine Delegation von zwölf Männern zusammen, die mit den Belagerern Verhandlungen aufnehmen sollten. Leider blieben sie, weil sich die entsandten Männer uneinig waren, erfolglos.

*

Bereits zwei Tage später blieb dem Rat keine andere Wahl. Die Tore wurden geöffnet. Zweihundertfünfzig Bauern kamen selbstbewusst und siegessicher in die Stadt, um Verhandlungen zu führen.

Zahlreiche Bewohner machten aus ihrer Gesinnung kein Geheimnis mehr und jubelten den Eroberern zu. Manche änderten auch schnell ihre Meinung, weil sie sich dadurch persönliche Vorteile versprachen.

Aufgrund der bedrückenden Lage trat Freiburg der Christlichen Vereinigung der Bauern bei. Dreitausend Gulden forderten die Besatzer, ließen einen Teil ihrer Truppen in der Stadt zurück und machten sich unter der Führung von Hans Müller auf den Weg nach Breisach, das bereits zwei Tage später in die Hände der Aufständischen fiel.

Das Leben in Freiburg wurde nicht einfacher. Schließlich befanden sich unter den neunen Machthabern auch etliche, die ihren ehemaligen Herren all die Demütigungen und Drangsalierungen heimzahlen wollten. Außerdem hatte sich bei manchen Männern, die seit Monaten in Bauernlagern zugebracht hatten, eine erschreckende Verrohung eingeschlichen.

Sie durchwühlten die Häuser der Stadtherren und der Patrizier, bereicherten sich, wenn sich ihnen die Möglichkeit dazu bot, und genossen Bier und Wein im Übermaß. Andere drangen in Klöster und Kirchen ein, legten sich Messgewänder um und verhöhnten Mönche und Priester.

„Ich stand immer auf der Seite der Unterdrückten“, bemerkte Linus am Abend nachdenklich und sichtlich enttäuscht. „Jetzt kann ich mich jedoch nicht länger für sie einsetzen, weil sie nicht besser sind als ihre Herren zuvor.

Ich werde die Stadt verlassen, mir irgendwo ein ruhiges Plätzchen suchen und mich meinen Forschungen widmen. Und du, Lucas, was hast du vor?"

„Ihr stellt mir seltsame Fragen, Meister Linus! Seit über einem Jahr sind wir nun zusammen und haben auch in schweren Zeiten zueinandergestanden. Wenn es mir nach geht, dann soll das auch in Zukunft so bleiben."

*

Kurz, aber herzlich verabschiedeten sie sich am nächsten Morgen von Meister Rehar und schon lenkte Linus das Gefährt in die Gerbergasse.

Das Franziskanergewand hatten sie natürlich nicht angelegt. Damit hätten sie womöglich den Hass einiger Bauernwachen geradezu auf sich gezogen, obwohl die meisten Menschen nach wie vor die Franziskaner respektierten.

Auf seine ihm gegebene, eigenwillige Art beschwatzte Linus die Wachen am Schneckentor. Allen Warnungen der Männer, dass das Reisen zur Zeit viele Gefahren mit sich bringe, begegnete Linus mit einer demütigen und überzeugenden Bemerkung:

„Ich bin Wundarzt. Steht es den einfachen Bauern in den abgelegenen Schwarzwaldtälern etwa nicht zu, sich behandeln zu lassen, wenn sie krank sind oder verletzt? Dieses Recht solltet Ihr Euren Forderungen noch beifügen, weil es ebenfalls von großer Wichtigkeit ist."

Sie durften ungehindert die Stadt verlassen. Linus brachte den Braunen in Trab und hetzte ihn den Weg entlang.

Sie versuchten zwar die Augen offen zu halten und konnten so einigen Bauerngruppen aus dem Weg gehen, bei Stegen gerieten sie jedoch in eine Kontrolle.

Die Einfälle und Ausreden, die Linus vorbrachte, wurden immer dreister, und so gelang es ihm auch hier, ohne Probleme eine Weiterfahrt zu ergaunern.

„Es ist besser, wir meiden Eschbach und nehmen einen kleinen Umweg zur Mühle in Kauf“, teilte Linus mit. „Nicht dass uns am Ende noch jemand erkennt und wir handeln uns erneut Schwierigkeiten ein. So mancher würde sich sicherlich auch gerne den Braunen unter den Nagel reißen.“

*

Als sie ihren Karren auf einem holprigen Weg um das Dorf herum lenkten und Linus das Pferd eine leichte Steigung hinauftrieb, kam ihnen eine alte, verhärmte Frau entgegen. Wie angewurzelt blieb sie plötzlich stehen und warf Linus einen hasserfüllten Blick zu.

„So ein verdammter Mist!“, bemerkte Lucas bestürzt. „Das ist Anna, die Mutter des Jungen, den Ihr vor einigen Monaten behandelt habt und der dann . . .“

Er verschluckte die letzten Worte, weil sich die Frau bückte, einen faustgroßen Stein in die Hand nahm und nach ihnen schleuderte.

„Bist du verfluchter Teufelskerl auch wieder im Land?“, keifte sie aufgebracht. „Du Mörder, du... Hexer! Irgendwann wird man auch dir endgültig das Handwerk legen!“

Linus brachte kein Wort heraus. Er schlug auf den Braunen ein und hetzte ihn im Galopp an der Frau vorbei.

„Sie hat das Schicksal, das sie getroffen hat, immer noch nicht überwunden“, murmelte Linus und schüttelte bedächtig den Kopf, als sie sich in Sicherheit gebracht hatten. „Sie wird sich scheinbar nie damit abfinden.“

„Hoffentlich taucht sie nicht wieder an der Mühle auf, Meister Linus, und macht Euch Vorwürfe. Ich muss Euch gestehen, ich habe große Angst vor dieser Frau.“

Kapitel 45

Als der Mühlhof endlich unten im Tal auftauchte, warfen sich Lucas und Linus gegenseitig einen erleichterten Blick zu, so, als hätten sie nach einer langen Reise wieder ihr Zuhause erreicht.

Je näher sie jedoch kamen, desto mehr schwand ihre Vorfreude, denn sie mussten feststellen, dass das Mühlengebäude Schaden genommen hatte. Das Tor zum Schuppen stand offen, der Stall war völlig leer und das Mühlrad zertrümmert.

„Agatha! Diepold!", rief Lucas und sprang vom Wagen. Niemand antwortete, keiner schien ihre Ankunft bemerkt zu haben.

Lucas lief mit einem mulmigen Gefühl im Bauch die Treppe nach oben und klopfte vorsichtig an die aufgebrochene Tür, doch auch jetzt rührte sich nichts im Innern, kein Laut war zu vernehmen. Linus war inzwischen ebenfalls die Treppe heraufgestiegen und trat in den Flur.

„Ist jemand daheim?"

Wieder kam keine Antwort.

Ein schreckliches Bild bot sich den beiden, als sie einen Blick in die Stube und in die anderen Räume warfen. Sämtliche Möbel waren zerschlagen und die wenigen Habseligkeiten von Agatha und Diepold auf dem Boden verstreut.

Angekohlte Holzteile lagen in einer Ecke herum und die verrußten Wände deuteten darauf hin, dass hier jemand ein Feuer entfacht hatte.

„Sie haben die Mühle geplündert und beinahe in Schutt und Asche gelegt“, bemerkte Linus bestürzt. „Was wohl aus Agatha und Diepold geworden ist?“

„Wir sollten nicht hier bleiben! Weiß Gott, ob nicht erneut Plünderer kommen. Bitte, Meister Linus, lasst uns auf der Stelle von hier verschwinden!“

„Nur bis morgen, Lucas, nur bis morgen werden wir diesen Unterschlupf benutzen. Dann können wir überlegen, wo wir hingehen sollen. Ich weiß allerdings nicht, wo man sich in diesen schrecklichen Zeiten überhaupt noch sicher fühlen kann.“

Sie brachten die Stube behelfsmäßig in Ordnung, schafften die zertrümmerten Möbel hinaus und trugen die Kisten vom Wagen in die Kammer von Linus.

Glücklicherweise hatte sie Meister Rehar großzügig mit Lebensmitteln eingedeckt, so dass sie wenigstens in dieser Hinsicht in den nächsten Tagen keine Probleme zu befürchten hatten.

Als sie in den Stall kamen, erwartete sie eine neue Überraschung. Ein toter Mann lag auf dem Boden. Sein Gesicht war blutüberströmt und nahezu unkenntlich.

„Das ist Diepold! Das ist bestimmt Diepold!“, schrie Lucas mit zittriger und äußerst erregter Stimme.

Linus beugte sich über den Mann und fasste ihn sogar an.

„Nein, Gott sei Dank nicht!“, nahm er dem Jungen seine Befürchtung und deckte den Toten mit einem Tuch zu.

*

Am nächsten Morgen hatte Linus allem Anschein nach seine Meinung vom Vortag völlig geändert. Er machte keinerlei Anstalten, die Mühle zu verlassen.

„Ich werde den Toten in den Wald bringen und ihn dort begraben. Er hat ein Anrecht darauf!“

Als sich Lucas anbot, ihn zu begleiten, wehrte Linus entschlossen ab:

„Einer von uns muss hier bleiben! Oder willst du, dass sie auch uns beklauen?“

„Seid aber vorsichtig, Meister Linus!“

Der nickte nur und legte dann den Leichnam über den Rücken des Pferdes. Danach suchte er sich eine Schaufel und machte sich auf den Weg.

Stundenlang war Linus weg und als er endlich zurückkam, wirkte er ungewöhnlich nervös und verstört. Irgendetwas schien nicht in Ordnung zu sein, das spürte Lucas ganz deutlich.

„Was ist los mit Euch, Linus? Wurdet Ihr von jemandem beobachtet?“

Linus gab dem Jungen keine richtige Antwort. Während des ganzen Nachmittags zog er sich in seine alte Kammer zurück und zeigte sich kein einziges Mal.

Ohne anzuklopfen betrat Lucas das Zimmer.

„Was ist denn mit Euch los? Habt Ihr wieder mit irgendwelchen geheimnisvollen Untersuchungen begonnen, Meister Linus? Ihr schreibt und kritzelt auf dem Papier herum, als wäre der Leibhaftige hinter Euch her.“

„Lass mich bitte in Ruhe arbeiten!“, fuhr Linus den Jungen gereizt an, schob ihn aus der Kammer und warf die Tür hinter sich zu.

Lucas konnte diesen plötzlichen Sinneswandel nicht begreifen. Warum war Linus ihm gegenüber erneut so seltsam und so abweisend wie zu der Zeit, als er sich ihm in Staufen angeschlossen hatte? Richtig wütend war Lucas darüber. Und als Linus gegen Abend noch einmal, ohne dem Jungen ein einziges Wort zu sagen, das Tal hinauf in den Wald lief, schlich ihm Lucas hinterher.

„Was fällt dir eigentlich ein?“ Linus trat hinter einem Baum hervor und stürzte auf Lucas zu. „Seit wann nimmst du dir das Recht heraus mir nachzuspionieren?“

„Ich mache mir Sorgen, Meister Linus, weil Ihr seit unserer Ankunft in der Mühle so seltsam seid.“ Lucas wich einige Schritte zurück, um einer Ohrfeige vorzubeugen.

„Das brauchst du nicht!“ Meister Linus schüttelte ratlos den Kopf. „Du dummer Kerl hast nichts verstanden.“

Er nahm Lucas am Arm und lief mit ihm das Tal hinunter zurück zum Mühlhof ohne noch ein Wort über den Vorfall zu verlieren.

*

Linus und Lucas waren völlig überrascht, als sie Agatha vor dem Mühlhaus erblickten.

„Gott sei Dank ist dir nichts passiert, Agatha!“, rief Linus ihr erleichtert zu. „Ehrlich gesagt habe ich schon das Schlimmste befürchtet, als wir Diepold und dich nicht angetroffen haben. Sicherlich hat es euch das Herz gebrochen, als euer Zuhause geplündert wurde. Wie schrecklich!“

Sie umarmte Linus flüchtig und schloss dann Lucas für einen Moment in ihre Arme.

„Nein, wie du siehst, lebe ich noch.“ Sie zwang sich zu einem Lächeln. „Glücklicherweise konnte ich den Mühlhof rechtzeitig verlassen und mich bei meiner Schwester in Sicherheit bringen.

Wie tollwütige Hunde ist eine Horde Männer über die Mühle hergefallen, hat das Vieh geraubt, alles durchwühlt und ein Feuer in der Stube entzündet. Hätte ich es nicht mit eigenen Augen vom Waldrand aus beobachtet, ich würde es mein Lebtag nicht glauben, welche Bestien der Krieg aus Menschen machen kann.“

„Und Diepold, was ist mit Diepold? Wo ist dein Mann?“, fragte Linus, da Agatha nur von sich gesprochen hatte.

„Diepold hat sich den Bauern angeschlossen. Er wollte eigentlich nicht, wirklich nicht, doch er hatte keine andere Wahl. Die Bauern haben das Kloster St. Peter gestürmt und in ihre Gewalt gebracht. Anschließend sind sie durch die Gegend gezogen und haben die Männer von den Höfen geholt. Viele von ihnen haben sich den Bauernhaufen freiwillig angeschlossen, andere, wie Diepold, die sich heraushalten wollten, wurden mehr oder minder gezwungen, mitzukommen. Ich habe es selbst erlebt, wie man Diepold bedroht und als Verräter beschimpft hat. Er musste sich dem Druck der Masse beugen.“

„Hast du wenigstens eine Nachricht von ihm? Hat er sich mal bei dir gemeldet?“

„Nein, Linus, ich habe seit Wochen nichts mehr von meinem Mann gehört. Weiß Gott, wie es ihm in der Zwischenzeit ergangen und ob er überhaupt noch am Leben ist.“

Ausführlich erzählte Linus, was Lucas und er in Freiburg alles erlebt hatten und wie die Bauern die Stadt in ihre Gewalt gebracht hatten.

„Es besteht sowieso wenig Hoffnung, dass mein Mann irgendwann wieder nach Hause kommt, weil die Bauern nach meiner Einschätzung auf Dauer unterliegen werden. Aus ihnen ist ein wilder und zügelloser Haufen geworden.

Und was habt ihr jetzt vor? Was wird aus euch?“

Linus zuckte mit den Schultern.

„Ihr könnt unmöglich hier bleiben!“, beschwor Agatha sie. „Du kannst von Glück reden, Linus, dass du im Februar abgehauen bist. Der Vogt und einige andere Männer waren im Auftrag des Abtes hier und haben nach dir gesucht.

Wenn ich dir einen guten Rat geben darf, dann sieh zu, dass du aus der Gegend verschwindest! Wenn man dich erwischt, wird man dich vor Gericht stellen und dir einen Prozess machen. Im Gasthaus in Eschbach sollst du die Leute aufgewiegelt haben und man wirft dir sogar vor, dass du . . ."

Sie schluckte und bedachte Linus mit einem verzweifelten Blick, bevor sie ihre Rede fortsetzte:

„. . . mit dem Teufel im Bunde stehst. Versprich mir, dass du gleich morgen von hier weggehst, sonst werden sie dich am nächstbesten Baum aufhängen."

„Ja, ich weiß, dass ich in großer Gefahr schwebe. Gleich morgen in der Frühe werden Lucas und ich aufbrechen. Wohin, das wird sich noch zeigen."

Kapitel 46

Kaum hatte sich Agatha verabschiedet und den Mühlhof in Richtung St. Peter verlassen, als Stimmen in der Nähe zu vernehmen waren. Zwei Männer kamen in forschem Schritt am Bach entlang.

Noch bevor sie im Hof auftauchten, rettete sich Lucas aus Angst in die Scheune, zog das Tor hinter sich zu und versteckte sich. Linus zögerte einen Moment und das wurde ihm zum Verhängnis. Kurz darauf standen die beiden Männer schon vor ihm.

„Ist es also tatsächlich wahr, Meister Cramer!“, sprach einer der Männer spöttisch lächelnd und hielt Linus sein Messer an den Hals. Der Zweite durchsuchte ihn.

„Ihr seid wieder hier untergekrochen. Endlich bekommen wir Euch zu fassen. Ich habe nicht damit gerechnet, dass Ihr Euch freiwillig stellt. Anscheinend hat es Euch an den Ort Eurer Verbrechen zurückgezogen, wie? Was für ein Glück, dass Euch Anna in Eschbach heute gesehen hat.“

„Was wollt Ihr denn von mir?“ Linus gab sich völlig ahnungslos. „Und warum sollte ich mich stellen? Ich habe mir nichts vorzuwerfen.“

„Ihr seid wirklich ein hervorragender Schauspieler!“, lachte einer der Männer. „Ihr wisst genau, warum wir Euch suchen. Ihr habt Annas Sohn Claus mit Euren verwunschenen und verhexten Salben umgebracht und meiner Schwester sogar das Beten untersagt. Außerdem habt Ihr im Wald einen Mann umgebracht und auf unerklärliche Weise verschwinden lassen. Ja, ich wage es kaum zu sagen, der . . . Teufel selbst soll hier bei Euch gehaust haben und man erzählte mir sogar, dass Ihr ihn aufgehängt habt, Euch aber trotzdem nicht aus seinem Bann befreien konntet."

„Anna ist also Eure Schwester? Jetzt wundert mich nichts mehr! Sie hat auch Euch mit ihren Lügen auf ihre Seite gezogen."

Vehement und verzweifelt versuchte Linus die Anschuldigungen zu entkräften, doch der Fremde war dermaßen aufgebracht und ließ ihn kaum zu Wort kommen.

„Lass dein falsches Geschwätz, Linus! Wir Bauern haben jetzt die Macht im Land und ich werde dafür sorgen, dass du für dein Verbrechen gehängt wirst", drohte der Mann und wandte sich dann an seinen Begleiter, der noch kein Wort gesagt hatte: „Wie schön, dass Linus ein Pferd und einen Karren besitzt. Wir fesseln ihn und bringen ihn nach Eschbach. Wir müssen uns allerdings beeilen, weil es schon dunkel wird!"

*

„Was soll ich allein gegen zwei bewaffnete Männer ausrichten?", fragte sich Lucas und hatte in diesem Moment schlimme Vorstellungen von einem qualvollen Ende seines Freundes Linus vor Augen. „Ich muss mir etwas einfallen lassen und den Wagen unbrauchbar machen! Vielleicht kann ich so verhindern, dass sie damit die Mühle verlassen können."

Auf Zehenspitzen schlich sich Lucas zum Wagen, als ihm plötzlich eine völlig neue, viel bessere Idee in den Kopf schoss. Auf dem Boden suchte er sich einen spitzen Holzspreißel. Dann band er das Pferd los, führte es vorsichtig zum Tor und schob es ein kleines Stückchen auf. Es tat Lucas richtig weh, als er dem Braunen den Spreißel in eine Hinterbacke bohrte. Das Ross bäumte sich erschrocken auf, schlug mit den Hufen das Tor auf und galoppierte quer über den Hof davon.

Lucas konnte die verdutzten Gesichter der Männer im Hof durch die Ritzen beobachten, versteckte sich dann aber schnell wieder hinter dem Heuhaufen.

„Ist Euer Pferd etwa auch vom Teufel besessen?“, entfuhr es dem Bauern. Sie schupsten Linus vor sich her in den Schuppen und schauten sich um.

„Was nützt uns der Wagen, wenn das Pferd dazu fehlt?“, sprach der Begleiter des Bauern. „Außerdem bricht die Nacht bereits an. Ich habe keine Lust durch die Dunkelheit zu laufen, das kannst du von mir nicht verlangen!“

„Wenn du darauf bestehst, binden wir Linus drüben im Mahlraum an einen Balken und warten den Morgen ab“, schlug der Bauer vor. „Bei Tagesanbruch bringen wir ihn dann weg. Bist du jetzt beruhigt?“

Mit groben Stößen trieben sie Linus wie ein Stück Vieh zum Mahlraum und verschwanden darin.

*

Der Junge muckste sich nicht, sondern wartete ab, bis es völlig dunkel war. Erst dann schlich er völlig geräuschlos zur Kammer von Linus. Lucas wusste, dass er sich in große Gefahr begab, er musste seinem Freund aber helfen, das war er ihm schuldig.

Die Gespräche von nebenan konnte Lucas deutlich mithören, als er sein Ohr an die Holzwand legte.

„Damit haben wir natürlich nicht gerechnet, dass wir die Nacht hier verbringen müssen, sonst hätte uns Anna eine Stärkung eingepackt. Alter, hast du nicht irgendwo was zum

Beißen versteckt?“ Kurz darauf vernahm der Junge einen kurzen Aufschrei von Linus. „Mach dein Maul auf! Du brauchst nichts mehr zu fressen, weil du in Kürze sowieso einen Kopf kürzer bist.“

„Ihr feigen Hunde könnt mich leicht schlagen, wo mir Arme und Beine gebunden sind!“, erwiderte Linus mit verächtlicher Stimme.

Eine rettende Idee kam Lucas. Er nahm sein Mönchsgewand aus einer der Kisten und streifte es sich über.

„Wo ist das rote Pulver, das Schlafmittel, das Linus bei dem Jungen in Villingen verwendet hat? Ich muss es finden! Ich muss das Wundermittel aus dem Orient finden!“

Er durchwühlte die Kisten und wurde glücklicherweise fündig. Er hielt das Glasfläschchen in der Hand und schon schmiedete er einen Plan, wie er das betäubende Mittel einsetzen wollte.

Er nahm die geräucherte Blutwurst, die ihnen Meister Rehar mitgegeben hatte, bohrte mit dem Zeigefinger längs ein Loch hinein und füllte dann das rötliche Pulver ein. Er rollte die Wurst zwischen seinen Handflächen, bis sich die Masse vermengt hatte und kaum mehr auffiel. Auch einen Krusten Brot steckte er in einen Leinensack.

Lucas wartete noch einen Moment und schnaufte tief durch, um seine innere Unruhe zu bekämpfen, dann trat er hinaus auf den Hof.

„Ich komme in friedlicher Absicht“, rief er laut. „Wohnt hier jemand und kann einem gottesfürchtigen Novizen für eine Nacht Unterkunft gewähren?“

Die Tür zum Mahlraum bewegte sich fast unmerklich. Die innere Anspannung in Lucas war kaum mehr zu ertragen. Trotzdem wiederholte er noch einmal sein Anliegen:

„Im Namen unseres Herrn Jesus Christus, nehmt mich für eine Nacht auf!“

Jetzt wurde die Tür ganz aufgeschoben und die beiden

Männer stürzten heraus. Schon packten sie Lucas an den Armen und hielten ihn fest.

„Was treibt dich denn in diese Gegend, du Pfaffe?“, fuhr ihn der Bruder von Anna an. „Du hast sicherlich die Hosen voll und willst dich vor den Bauern in Sicherheit bringen.“

„Gott sei mit Euch!“, sprach Lucas möglichst demütig. „Ich bin Novize bei den Franziskanern, wie Ihr an meiner Kutte erkennen könnt. Uns kann man keine Vorwürfe machen. Wir sind ein Bettelorden und besitzen keine Ländereien, sondern opfern unser Leben . . .“

„Lass dein dummes Geschwätz!“, unterbrach ihn der Bauer. „Niemand will das wissen!“

Da der angebliche Mönch keinerlei Gegenwehr leistete und auch völlig friedlich wirkte, ließen ihn die Männer los.

„Hier kannst du nicht bleiben! Sieh zu, dass du verschwindest! Wir haben einen wichtigen Auftrag zu erfüllen und dürfen niemanden in die Mühle lassen. Such dir einen anderen Platz zum Schlafen!“

„Gestattet mir wenigstens, mich hier im Hof einen Augenblick auszuruhen und eine kleine Stärkung zu mir zu nehmen, dann werde ich meinen Weg wohl oder übel fortsetzen.“

„Du hast etwas zu essen?“, bemerkte der Bauer gierig. „Als gottesfürchtiger Mönch wirst du deine Leckerbissen sicherlich mit uns teilen, oder?“

Die versteckte Häme, die in den Worten mitklang, entging Lucas nicht und sie freute ihn geradezu.

„Meinetwegen könnt Ihr alles haben, weil das Fasten meiner sündigen Seele gut tut und ich mein letztes Brot gerne mit Hungrigen teile.“

„Gib schon her, du Schwätzer!“, fauchte der Bauer.

Auf der Stelle nahm Lucas das Brot und die Wurst aus seinem Beutel und reichte beides mit einem warmherzigen Lächeln den Männern.

„Und jetzt sieh zu, dass du abhaust!"

Lucas verneigte sich und lief davon. Die Männer verschwanden wieder im Innern der Mühle.

Erneut verkroch sich der Junge im Schuppen und die Zeit erschien ihm endlos lange.

Er hatte keine Ahnung, wie schnell das Pulver wirken würde. Vielleicht hatte ja auch einer der Männer nur das Brot, der andere dagegen die ganze Wurst gegessen?

*

Plötzlich vernahm Lucas ein gedämpftes Rufen und als er aus seinem Versteck kroch und aufmerksam in die Dunkelheit lauschte, erkannte er die Stimme von Meister Linus. Er huschte über den Mühlhof und blieb wie angewurzelt vor der Tür zum Mahlraum stehen.

„Lucas, verdammt noch mal! Lucas, wo bist du denn? Sie sind eingeschlafen", hörte er ganz deutlich.

Der Junge rannte in die Kammer und holte zwei Messer, die er dort bereit gelegt hatte. Erst dann schob er die Tür zum Mahlraum behutsam auf.

„Gott sei Dank, dass du endlich da bist! Beeil dich, Lucas! Sie schlafen." Sie hatten Linus Arme und Beine gefesselt und ihn an einen Pfosten gebunden.

Lucas durchtrennte das Seil und reichte Linus ein Messer.

„Ich habe ihnen die Wurst gegeben und vorher etwas von dem kostbaren Schlafpulver aus dem Orient hineingefüllt. Macht schnell, Meister Linus, bevor sie wieder aufwachen!"

„Jetzt geht mir ein Licht auf, Lucas! Nachdem sie die Blutwurst gierig verschlungen hatten, wurden sie von einem Augenblick zum anderen völlig schläfrig und haben sich auf den Boden gelegt. Eigentlich wollten sie sich nur etwas ausruhen, schliefen dann aber überraschend schnell ein. Das Mittel wird noch einige Zeit wirken."

Lucas zog sein Mönchsgewand aus und rannte hastig am Mühlbach entlang hinauf ins Tal, um sich auf die Suche nach dem Pferd zu machen. Gott sei Dank stand es friedlich auf einer Wiese. Schnell brachte er das Pferd zurück in den Mühlhof und spannte es vor den Wagen.

Linus hatte in der Zwischenzeit die Kisten aus der Kammer geholt und sie verladen. Schon kurz darauf lenkte er das Gespann an der Glotter entlang hinauf zum Kandel.

„Wir werden einige Umwege in Kauf nehmen müssen, weil ich zur Zeit wenig befahrene Wege bevorzuge“, erklärte er dem Jungen und lächelte. „Sag mal, wie hast du es eigentlich fertiggebracht, dass der Braune Hals über Kopf davongerast ist?“

Als Lucas seine Geschichte erzählt hatte, brach Linus in gedämpftes Lachen aus.

„Du hast meinem Pferd in den Hintern gestochen? Du bist ja noch raffinierter und durchtriebener als ich!“

Kapitel 47

Lucas wurde es unheimlich. Ohne eine Fackel zu entzünden fuhren sie in der Dunkelheit hinauf zum Schönhof und dann weiter in den Hornwald.

Die Wege wurden immer unebener und an manchen Stellen so abschüssig, dass sie beide absteigen mussten. Während der Junge dann das Pferd führte, klemmte Linus einen armdicken Ast unter den Wagenboden und drückte ihn wie eine Bremse an das Speichenrad.

„Wenn die Zeiten besser sind, werde ich mir auch eine dieser modernen Kutschen anschaffen, bei denen man durch einen Hebel eine Bremse auslösen kann“, bemerkte Linus, nachdem ihm der Ast einige Male aus den Händen geglitten war.

An anderen Stellen ging es wiederum so steil bergauf, dass sie beide schieben mussten.

„Ein zweites Pferd wäre auch nicht schlecht!“, kommentierte Lucas die Schufterei.

„Du hast nur Flausen im Kopf! Sei froh, dass wir nicht laufen müssen und, dass wir mit viel Glück noch am Leben sind! Wir haben allen Grund, unserem Herrgott dankbar zu sein, Lucas!“

„Ich weiß, Meister Linus! Trotzdem, wir sind nur noch auf der Flucht und am Davonlaufen. Könnt Ihr mir vielleicht verraten, wo wir diesmal hin wollen? Sicherlich habt Ihr wie immer bereits einen Plan."

„Hm, das ist schwer zu sagen! Wenn sich die Lage hier im Schwarzwald nicht beruhigt, dann sollten wir uns bis zur Donau durchschlagen. Ich habe mich in Freiburg erkundigt. Angeblich gibt es dort keine Aufstände."

„Ihr habt inzwischen von den Unruhen der Bauern die Nase voll, nicht wahr? Habt Ihr Eure Meinung tatsächlich geändert oder habt Ihr das neulich nur leichtfertig dahergesagt?"

„Was zur Zeit geschieht, lässt Zweifel in mir aufkommen", bestätigte Meister Linus. „Die Bauern vergelten das Unrecht, das ihnen ihre Herren angetan haben, mit neuem Unrecht. Sie spielen sich zu Richtern auf, so wie wir es gestern Abend erlebt haben. Sie brennen wahllos Häuser und Höfe, Kirchen und Klöster nieder. Viele alte Schriften, unschätzbare Werte für uns und unsere Nachkommen, werden unwiederbringlich und völlig sinnlos vernichtet. Kann das die Befreiung sein, von der sie so lange geträumt haben?"

„Und die Befreiung des Geistes, von der Ihr immer wieder gesprochen habt, Meister Linus, hat auch keine Fortschritte gemacht. Ihr seid der beste Beweis dafür."

Noch einige Zeit unterhielten sie sich über derartige Probleme. Erst als die Dämmerung anbrach, schlugen sie sich in die Büsche, nahmen eine Stärkung zu sich und schliefen einige Zeit.

*

Unglücklicherweise hatte es erneut zu regnen begonnen. Das Vorwärtskommen war an manchen Stellen unmöglich geworden, weil sowohl der Braune als auch seine beiden Helfer den Karren auf dem klitschigen Waldboden nicht mehr weiter brachten.

Lucas blickte seinen Meister entnervt an.

„Ich weiß, was du gerne sagen möchtest", kam Linus der Maulerei zuvor. „Wir quälen uns ab wie ein paar Ochsen. Du hast nicht Unrecht!

Ganz in der Nähe gibt es eine Schlucht, in die sich kaum jemand hineintraut. Viele Leute in der Umgebung glauben allen Ernstes, dass dort Geister und Hexen ihr Unwesen treiben, nur weil das Tal so tief und abgelegen ist, ja sogar etwas unheimlich wirkt. Deshalb nennt man die Schlucht auch Hexenloch."

„Nein, nein, Meister Linus, da werdet Ihr mich nicht hinbringen! Lieber schiebe ich den Wagen weiter durch dieses unwegsame Gelände."

„Ich mache dir einen Vorschlag, Lucas. Wir fahren in diese Schlucht, und wenn du auch nur *einen* Geist dort entdeckst, dann werden wir sie auf der Stelle wieder verlassen. Ich verspreche es! Bist du damit einverstanden?"

Weil Lucas nicht gleich antwortete, fügte Linus gereizt hinzu: „Oder du musst sehen, wo du bleibst, und deinen eigenen Weg gehen!"

Wohl oder übel ließ sich Lucas auf den ersten Vorschlag ein, was wäre ihm auch anderes übrig geblieben.

Schon kurz darauf führte ein abschüssiger Weg bergab, immer an einem Bach entlang. Lucas sprach kaum ein Wort, und weil die Ruhe Linus anscheinend störte, erklärte er dem Jungen ab und an etwas:

„Den Bach nennt man den Glaserbach. Seit weit über hundert Jahren betreibt das Kloster St. Peter eine Glashütte in der Nähe. Deshalb sind hier in der Schlucht auch so viele Bäume gefällt. Unmengen Holzkohle sind nötig, um das Gemisch aus Quarzsand und einigen anderen Bestandteilen zum Schmelzen zu bringen. Der Glashof bei Waldau . . ."

Lucas interessierte das zur Zeit nicht.

„Sind wir jetzt schon im Hexenloch?“, fragte er stattdessen. „Wenn wir . . .“

„Wenn du eine Hexe zu Gesicht bekommst, dann sag Bescheid!“, brachte Linus ihn zum Schweigen und für ihn war damit alles gesagt.

Einige Hütten tauchten vor ihnen auf. Sie waren verlassen. Meister Linus stieg ab und schaute sich um.

„Anscheinend verlieren zur Zeit nahezu alle Menschen völlig den Verstand!“, wetterte er und trat voller Zorn gegen die offen stehende Tür. „Wahrscheinlich haben sich die Glaser auch den Bauern angeschlossen und ziehen randalierend durch die Gegend, anstatt sich um ihre Arbeit zu kümmern. Gerne hätte ich ihnen einige Fläschchen abgekauft, weil ich sie für meine Medizin gut brauchen könnte.“

*

Weiter führte sie der Weg. Plötzlich lenkte Linus das Gefährt in einen Seitenweg und schon nach der nächsten Biegung kamen sie auf eine Lichtung.

Die Giebel zweier einfacher Hütten ragten hinter dichtem Gebüsch hervor. Mit Sicherheit hatte sie schon lange niemand mehr benutzt, weil das Stroh auf dem Dach teilweise heruntergerutscht war und Gestrüpp alles überwuchert hatte.

„Irgendwann haben sich hier einmal Menschen niedergelassen“, erklärte Linus. „Sie haben sich abgerackert und dem Wald ein Stückchen Land abgerungen. Wahrscheinlich hat die Pest ihrem Traum ein Ende gesetzt.“

„Die Pest! Die Leute wurden von der Pest dahingerafft?“

„Hier werden wir vorläufig bleiben!“, teilte Linus mit fester Stimme mit und ging mit keinem weiteren Wort auf die Bemerkung von Lucas ein.

Linus stieg vom Wagen und schleppte gleich einige Dinge

in die Hütte. Dann trat er das Gestrüpp und das hohe Gras am Eingangsbereich nieder und setzte sich hin. Er packte Brot und Schinken aus und fing genüsslich zu essen an. Mürrisch folgte ihm Lucas und hockte sich, vom Hunger getrieben, daneben.

„Und, hast du schon Bekanntschaft mit einem Geist oder einer Hexe gemacht?“, spottete Linus und setzte Lucas so lange zu, bis dieser wutentbrannt aufsprang und ein Stück durch den Wald zum Bach rannte. Erst bei Einbruch der Dämmerung kehrte Lucas zurück.

Mit einem Schlag war aller Zwist vergessen, denn Linus lag mit blassem Gesicht am Boden und schnaufte schwer.

„Was ist mit Euch los, Meister Linus?“, vergewisserte sich Lucas. „Geht es Euch nicht gut? Ihr seht krank aus.“

„Ich spürte plötzlich einen Schwindel im Kopf und irgendwie hat sich alles in meinem Kopf gedreht. Aber ich glaube, es geht schon wieder.“

Lucas lief trotz der einsetzenden Dunkelheit noch einmal zum Bach und holte einen Bottich voll Wasser. Er legte Linus feuchte Tücher auf die Stirn und tastete mit den Fingern seinen Pulsschlag am Hals.

„Du hast gut aufgepasst!“, lobte ihn der Meister. „Irgendwann wirst du meine Stelle einnehmen, Lucas, das weiß ich sicher. Du würdest einen hervorragenden Wundarzt abgeben.“

*

Einige Tage hielten sie sich nun schon in der Hexenschlucht auf. Linus ging es Gott sei Dank wieder gut. Er ritt einmal sogar nach Waldau und besuchte Michel, einen Patienten, dem er im vergangenen Jahr eine tiefe Wunde am Bein genäht hatte.

Die restliche Zeit hockte er über seinen Blättern und kritzelte darauf herum. Ab und zu suchte er auch Pflanzen im

Wald und schmökerte anschließend in seinem dicken Herbarium herum.

„Sogar einen kühlen Keller haben sich die einstigen Bewohner der Hütten in den Hang gegraben“, wusste Linus nach einem seiner Streifzüge zu berichten. „Obwohl ich schon etliche Male hier war, habe ich ihn erst heute entdeckt.

Erschrick nicht, wenn du in den Keller gehst! Durch Zufall habe ich eine verendete Ziege im Wald gefunden. Ich will sie untersuchen.“

Lucas reagierte nicht. Er hatte sich daran gewöhnt, dass Linus seinen Wissensdurst mit derlei Dingen befriedigte.

*

Weil die Nahrungsmittel ausgingen und es sowohl Linus als auch Lucas mit der Zeit langweilig in der Hexenschlucht wurde, brachen sie kurzerhand auf.

„Wir können uns auf Dauer nicht verstecken und uns wie verängstigte Tiere verkriechen“, äußerte Linus und Lucas vertrat dieselbe Meinung.

Wie geplant, zogen sie westwärts.

Die Nachrichten, die sie hin und wieder über den Krieg der Bauern aufschnappten, waren wenig ermutigend. Im Elsass hatten inzwischen an die zwanzigtausend Bauern ihr Leben verloren. Mit äußerster Strenge und unerbittlich hatte Markgraf Kasimir durchgegriffen, die Gefangenen kurzerhand enthaupten oder aufhängen lassen. Andere wurden zur Strafe geblendet oder man hackte ihnen zur Abschreckung die Hände ab.

Auch aus Franken, aus Thüringen, aus Schwaben und dem Nordschwarzwald waren die Neuigkeiten nicht besser. Auf seinem Kriegszug nach Norden ließ der Truchsess von Waldburg keine Zweifel aufkommen, dass er zusammen mit dem Schwäbischen Bund das alte Recht und die überkommene

Ordnung wieder herzustellen gedachte. Zahllose Fürsten schlossen sich ihm an oder stellten ihm zumindest Truppen und Waffen zur Verfügung.

Freiburg hingegen befand sich nach wie vor in der Hand der aufständischen Bauern und die Besatzer waren zuversichtlich, wenigstens hier ihre Ziele auf Dauer durchzusetzen.

Ihr Anführer, Hans Müller, war bereits vom Breisgau auf dem Weg nach Villingen. Dieser Stadt, die sich den Bauern absolut nicht anschließen wollte und ihnen bisher so erbitterten und erfolgreichen Widerstand geleistet hatte, wollte er es endlich zeigen. Jetzt sollte sie unter allen Umständen eingenommen werden.

Doch auch den Bauern blieben die Niederlagen, die ihre Verbündeten anderenorts einstecken mussten, nicht verborgen. Immer mehr Männer machten sich heimlich aus dem Staub und schlichen zurück in ihre Dörfer, weil es höchste Zeit für die Heuernte war.

„Daran kannst du deutlich erkennen, dass sie sich ihrer Sache nicht mehr sicher sind", meinte Linus. „Die Bauern legen, so wie sie es von Alters her gewohnt sind, Vorräte für das Vieh an. Manche von ihnen scheinen es zu spüren, dass sie im nächsten Winter darauf angewiesen sind."

Die verbliebenen Männer reichten bei weitem nicht aus, um die wehrhafte Stadt Villingen ernsthaft in Gefahr zu bringen. Ein Angriff wäre einem Selbstmord gleich gekommen.

Diejenigen Bauern des Brigachtales, die noch immer daran glaubten, sie würden sich gegen ihre Herren letztendlich durchsetzen, griffen zu immer abscheulicheren Mitteln, um ihre Entschlossenheit zu bekunden.

Alle Besitzungen der Villinger außerhalb der Stadtmauer wurden von ihnen überfallen, niedergebrannt und zerstört.

Das Entsetzen und die Empörung darüber war bei den Villingern unbeschreiblich groß.

Kapitel 48

Auf ihrem Weg nach Westen versuchten Linus und Lucas den Gefahren möglichst aus dem Weg zu gehen. Trotzdem wurden sie ab und an von Bauernhaufen aufgebracht. Sie hatten es dem Zufall zu verdanken, dass sie noch am Leben waren.

Immer wieder bot sich Meister Linus an, verletzte Bauern zu behandeln. Er tat sogar so, als wäre er extra deswegen angereist. Aus dem Stegreif erfand er allerlei Geschichten, um Lucas und sich nicht in Gefahr zu bringen.

Als die Lage jedoch zunehmend bedrohlicher wurde und einzelne Bauernkohorten erneut plündernd und brandschatzend alles niedermachten, was sich ihnen in den Weg stellte, beschlossen Linus und Lucas Unterschlupf in Villingen zu suchen. Diese Stadt, die sich nach wie vor gegen alle Anfeindungen behauptet hatte, war der einzige Platz, an dem man sich einigermaßen sicher fühlen konnte.

„Glaubt Ihr nicht, man wird uns in Villingen erkennen und uns womöglich in Haft nehmen, Meister Linus?“ Lucas machte sich ernsthafte Gedanken darüber. All die Ereignisse des vergangenen Herbstes tauchten wieder in ihm auf.

„Das hat man längst vergessen, Lucas, da bin ich mir sicher! Außerdem haben die Villinger zur Zeit ganz andere

Probleme zu meistern. Wir werden so tun, als würden wir die Stadt das erste Mal betreten."

*

Als sie auf Schwenningen zusteuerten, glaubten sie ihren Augen nicht trauen zu können. Von der Ferne sahen sie schwarze Rauchwolken aufsteigen. Wie Blitze zuckten an manchen Stellen riesige Flammen in den Himmel. Etwas Schreckliches musste geschehen sein.

Linus wollte auf der Stelle kehrt machen, doch Lucas lief es bei der Vorstellung, womöglich könne sich Barbara in dieser verheerenden Feuerhölle aufhalten, eiskalt den Rücken herunter.

„Barbara!", raunte er voller Entsetzen. „Barbara wohnt in Schwenningen! Vielleicht braucht sie meine Hilfe! Mit Sicherheit!"

„Bist du verrückt geworden, Lucas? Du siehst doch, dass das ganze Dorf in Flammen steht. Ein Mensch, der nicht alle Sinne verloren hat, flieht vor dem Feuer und rennt nicht hinein. Wenn du allerdings glaubst, es nicht lassen zu können, dann geh! Mich kannst du zu einem solchen lebensgefährlichen Abenteuer nicht überreden."

„Ihr seid ein Wundarzt und habt immer wieder betont, dass Ihr Euch für Menschen in Not einsetzt. Ich bin enttäuscht von Euch, Meister Linus, unglaublich enttäuscht!" Lucas kannte in diesem Moment keine Rücksicht, sondern machte seinem Unmut Luft. „Wenn Ihr nicht mitkommt, dann gehe ich eben allein!"

„Sei vernünftig!", mahnte Linus seinen Begleiter eindringlich. „Der Braune wird scheuen, weil er ein solches Chaos, weil er die Flammen und den Rauch nicht gewöhnt ist. Und du, willst du dein Leben allen Ernstes aufs Spiel setzen?"

Ohne weitere Zeit zu vertun, rannte Lucas davon.

*

Es war wirklich schrecklich, was sich im Vorübereilen vor seinen Augen abspielte, als Lucas diese Hölle erreicht hatte. Eine junge Frau stürzte aus einem Haus, ihre Kleider hatten längst Feuer gefangen. Ihr Schreien konnte man nur am geöffneten Mund erkennen, da es im Lärm der Umgebung und im Tosen und Zischen der Flammen unterging.

Andere Gestalten, die man wegen der starken Rauchentwicklung kaum ausmachen konnte, winkten mit beiden Armen verzweifelt aus dem Fenster im Dachgeschoss. Doch was sollte der Mann tun, der unten stand, die Hände trichterförmig vor den Mund legte und ihnen etwas zubrüllte.

Kinder, Alte, Frauen und Männer schleppten hektisch Wasser herbei und schleuderten es mit letzter Kraft in die Flammen. Diese ließen sich jedoch in ihrer Gier kaum beeinträchtigen und verschlangen Balken um Balken der aus Holz erbauten Häuser.

Überall lag verendetes Vieh herum, das Fell übersät mit Brandflecken und gezeichnet von tiefen, rot-schwarzen Wunden. Ein Kalb am Boden rang mit dem Leben und zuckte unaufhörlich mit den Beinen. Sein Anblick tat dem Jungen weh.

Inzwischen hatte Lucas den Kirchplatz erreicht, der überfüllt war von Menschen. Einige schleppten ihr Hab und Gut aus ihren Behausungen, um es vor dem Zugriff der Flammen zu retten. Wieder andere standen fassungslos da, stierten versteinert vor sich hin oder weinten bitterlich.

Rauchschwaden hingen in der Luft und vernebelten zunehmend den Blick. Lucas hob einen Stock vom Boden auf. Er umklammerte ihn entschlossen, so als könne er sich damit gegen das Feuer wie gegen einen Feind behaupten. Hustend hastete er weiter.

*

„Da vorne, da muss es gewesen sein!“, schrie er und trieb sich dadurch selbst an, als er glaubte das Gebäude erkannt zu haben, in das man Linus damals gerufen hatte.

Auch hier hatten die Flammen inzwischen längst die Oberhand gewonnen. Seltsamerweise war niemand zu sehen, der auch nur den Versuch machte, etwas zu retten. Das Hoftor war bereits zu einem Aschenhaufen zusammengesunken und nur einzelne verkohlte Bretter stellten sich brandig schmauchend dem Jungen in den Weg. Lucas schlug sie mit dem Stock beiseite und sprang durch den aufsteigenden Vorhang aus Rauch in den Hof.

„Barbara! Barbara, bist du da?“, schrie er einige Male, wartete aber danach jeweils vergeblich auf eine Antwort.

Er raste zum Wasserfass, hielt die Luft an und tauchte kopfüber seinen Oberkörper hinein. Mit den Händen schöpfte er dann Wasser heraus und benetzte auch seine Beine.

Ihm blieb keine Zeit, lange zu überlegen und Argumente abzuwägen. Er verspürte eine unbändige Kraft in sich aufsteigen und klammerte sich wieder an seinem Stock fest. Er rannte auf die Haustür zu und stürzte sich durch die Flammen.

Völlig geschockt erkannte Lucas, dass jemand unter lautem Getöse die Truhen auskippte und die Sachen durchwühlte. Ohne auch nur einen Augenblick zu zögern, schlich sich der Junge, durch das Rauschen der Flammen unbemerkt, von hinten an den Mann heran. War es womöglich Clemens, der Bruder von Barbara, der noch einiges zu retten suchte?

„Clemens!“, rief Lucas deshalb und in diesem Moment fuhr der Mann schon herum und versuchte dem Jungen einen kräftigen Fausthieb zu versetzen.

Lucas wich nach hinten aus und schlug so fest er konnte

zu. Der Plünderer schrie vor Schmerz laut auf, konnte sich aber Hals über Kopf in den Hof retten und dort das Weite suchen.

Verzweifelt brüllte Lucas mehrmals „Barbara, Barbara!“ in den Raum, wartete dann aber vergeblich auf ein Lebenszeichen des Mädchens.

Seine Augen tränten inzwischen so sehr, seine Kehle war vom beißenden Rauch so kratzig geworden, dass ein Hustenanfall dem nächsten folgte. Auf der Stelle musste er ins Freie eilen, wollte er sein Leben nicht aufs Spiel setzen.

Hinter ihm krachten einige Balken zu Boden und Tausende von Funken durchstreiften wie Kometen die rauchgeschwängerte Luft.

*

Durch die Hitze, die inzwischen ringsumher herrschte, war ein heftiger Luftzug aufgekommen und fachte das prasselnde Feuer zusätzlich an.

Eigentlich hatte Lucas bereits den Entschluss zur Aufgabe gefasst, doch dann lief er wie von einer fremden Hand geführt auf die Scheune zu. Er verspürte einen inneren Drang, jeden Winkel des Gehöfts nach Barbara absuchen.

Weil auch die Scheune längst in Flammen stand, machte er kurz Halt.

„Soll ich wirklich hinein gehen, nachdem ich soeben aus purem Zufall dem Tod entronnen bin?“

Lucas hatte mit den aufkeimenden Zweifeln zu kämpfen, setzte dann aber doch seinen Weg fort.

Als er ins Innere der Scheune trat, sah er im Schein der Flammen, die den Dachstuhl schon völlig vereinnahmt hatten, dass jemand zusammengekauert auf dem Boden saß. Er näherte sich vorsichtig und hielt seinen Knüppel mit beiden Händen zur Verteidigung bereit.

„Barbara!“, entfuhr es dem Jungen. „Barbara, warum sitzt du hier in der Scheune? Bist du verletzt?“

Nur flüchtig warf sie Lucas einen Blick zu und starrte dann erneut mit versteinerter Miene vor sich hin. Er nahm sie auf seine Arme und trug sie auf der Stelle nach draußen.

Erst jetzt konnte er das wahre Leid, das sich in ihrem aschebestäubten Gesicht widerspiegelte, erfassen. Ihre Kleider waren schmutzig und versengt, ihre Haare teilweise ein Raub der Flammen geworden.

„Die Villinger, das waren die Villinger!“, war alles, was sie über ihre Lippen brachte.

„Wo ist dein Bruder, oder bist du allein? Sprich mit mir, Barbara, ich will dir doch helfen!“

Der starre Blick wollte aus ihrem Gesicht nicht weichen. Sie wirkte, als hätte sie Lucas noch gar nicht wahrgenommen. Deshalb geriet er so in Panik, dass er Barbara an den Armen fasste und sie anbrüllte:

„Komm zu dir! Ich bin es, Lucas! Kennt du mich nicht mehr?“

Ein kurzes Lächeln huschte über ihr Gesicht und sie hauchte „Lucas“, schaute ihn dabei aber nicht an. Noch einmal plapperte sie, einem kleinen Kind gleich, seinen Namen und brach dann in Schluchzen aus.

Sie ließ sich in die Arme von Lucas fallen und drückte sich fest an ihn. Noch intensiver als damals im Haus des Tuchhändlers Jacobus in Villingen empfand Lucas in diesem Moment das beglückende Gefühl ihrer Nähe. Wie oft hatte er sich diesen Moment in den letzten Monaten erneut herbeigesehnt. Er küsste sie auf den Mund und Barbara ließ es geschehen.

Bei allem Glück jedoch, das er für einen Augenblick verspürte, meldete sich die Hölle, die um sie herum herrschte, mit lautem Getöse zurück. Die Scheune stürzte teilweise in sich zusammen.

„Komm, wir müssen gehen!“, forderte Lucas das Mädchen an seiner Hand auf und zog sie hinter sich her auf die Straße.

An manchen Stellen hatte sich das Feuer inzwischen beruhigt, da es alles verschlungen hatte, was brennbar war. An anderen Stellen hatte es erst richtig zu toben begonnen. Niemand versuchte mehr zu löschen. In panischer Angst suchten sich die verbliebenen Bewohner vor den Männern aus Villingen in Sicherheit zu bringen, weil sie die Straßen nach Beute durchkämmten und das Vieh, das die Feuersbrunst überlebt hatte, vor das Dorf trieben.

Auch für Lucas und Barbara galt es jetzt, möglichst schnell zurück zu Linus zu gelangen. Sie rannten und rannten und nahmen das, was um sie herum geschah, kaum mehr wahr.

*

Linus hatte sich im nahen Wald versteckt. Da etliche Leute aus Schwenningen ebenfalls hier Zuflucht gesucht hatten und teilweise verletzt waren, hatte er sich gleich an die Arbeit gemacht und ihre Wunden versorgt.

Einige Kinder, die Brandwunden an ihren Beinen, an den Händen und sogar im Gesicht hatten, schrieen laut und ihre Mütter versuchten sie zu beruhigen. Manche der Kleinen waren den anderen Flüchtlingen einfach hinterhergelaufen und standen jetzt mutterseelenallein herum.

„Das ist das Ende!“, stöhnte eine Frau fassungslos. „Große Schuld daran trifft auch unsere Männer. Sie haben durch ihre Zerstörungen und Plünderungen die Villinger so lange gereizt, bis deren Wut am Kochen war. Jetzt haben wir alles, wirklich alles verloren!“

Die Frau sollte Recht behalten. Alle Ochsen, die nicht ein Raub der Flammen geworden war, trieben die Villinger in die Stadt. Selbst die Ziegen, die Schafe und die Schweine wurden von den Weiden geholt.

„Warum warst du ganz allein?", wollte Lucas von Barbara wissen. „Wo ist dein Bruder?"

„Wie mein Vater, so ist auch mein Bruder Clemens für eine Sache gestorben, die von Anfang an zum Scheitern bestimmt war." Barbara bemühte sich um Fassung. „Am Anfang stand ich voll auf ihrer Seite. Ihre Vorstellungen von einer anderen, einer besseren Welt hatten mich überzeugt. Wäre ich kein Weib, ich wäre damals bestimmt mit ihnen gezogen.

Heute denke ich anders. Sie haben gar nichts erreicht, nichts, sondern nur Leid und noch größere Armut als zuvor hinterlassen."

Lucas überlegte lange, bevor er ihr eine Antwort gab.

„Ist es Unrecht, wenn man von einer Sache überzeugt ist, auch dafür zu kämpfen?"

„Mit Waffen, mit Zerstörung und Gewalt ändern wir nichts in der Welt!", erwiderte sie. „Selbst wenn die Bauern Villingen eingenommen und für immer unter ihre Gewalt gebracht hätten, dann wäre nichts anders geworden. Die Aufständischen, es fällt mir schwer das zu sagen, haben sich meist als Sieger nicht besser verhalten als die jetzigen Herren."

„Vielleicht hätten sich die Bauern tatsächlich mit ihren Forderungen durchgesetzt", mischte sich Linus ein. „Am Anfang sah es wirklich vielversprechend aus. Erst als sie das Kloster St. Trudpert plünderten und niederbrannten, als sie, wie in Weinsberg geschehen, Adelige auf grausame und unmenschliche Art und Weise demütigten und zu Tode quälten, wendete sich das Blatt."

„Weil sie damit ihr Vertrauen verspielt hatten und zu gewöhnlichen Verbrechern geworden sind, stimmt's?", vergewisserte sich Lucas.

Linus nickte.

Kapitel 49

Unter allen Umständen wollte Lucas, dass Barbara bei ihm blieb. Sie fühlten sich nicht nur durch die schrecklichen Ereignisse des Krieges miteinander verbunden, sondern sie mochten sich.

„Ihr habt doch nichts dagegen, dass Barbara mitkommt?", fragte Lucas stockend, als sich das Mädchen an den nahen Bach begeben hatte, um ihr Äußeres etwas in Ordnung zu bringen.

„Was soll ich dir antworten?" Linus bedachte seine Worte genau. „Wir haben zu tun, dass wir beide uns durchkämpfen. Und jetzt auch noch eine junge Frau bei uns!"

„Bitte, Meister Linus, lasst sie mitkommen! Sie hat sonst niemanden mehr!"

„Na gut, ich weiß, dass du sie magst, Lucas, und vielleicht ist das wenigstens ein kleiner Trost in diesen traurigen und furchtbaren Zeiten."

Noch am Nachmittag verließen sie gemeinsam die Gegend von Schwenningen.

„Eigentlich wollten Lucas und ich ganz weg aus dem Schwarzwald", erklärte Linus dem Mädchen, „aber es ist zur Zeit wahrscheinlich nicht ratsam sich auf eine längere Reise zu begeben. Irgendwo in den Bergen werden wir uns vorläufig einen Unterschlupf suchen und einfach abwarten, was weiter geschieht."

„Wir könnten wieder in die Schlucht bei Waldau fahren, Meister Linus. Die beiden Hütten waren doch nicht schlecht, oder?"

„Als ich dich das erste Mal mit dorthin nahm, warst du ganz anderer Meinung", grinste Linus, wollte aber keine weiteren Bemerkungen machen, weil dann vielleicht Barbara Bedenken geäußert hätte.

Der Entschluss war gefasst.

*

Als hätte er niemals in seinem Leben Leid und Not kennen gelernt, so glücklich verbrachte Lucas die nächsten Tage in der Schlucht. Zusammen mit Barbara kümmerte er sich um die alltäglichen Dinge. Sie sammelten das nötige Feuerholz, schleppten Wasser vom Bach herbei und durchstreiften den Wald nach Beeren.

Zusammen mit Linus legte der Junge ab und zu auch Schlingen im Wald aus. Einmal verfing sich ein Hase darin, ein zweites Mal ein Igel.

Linus machte sich sogar hin und wieder zu Fuß auf den Weg in entlegene Höfe und brachte meistens etwas Essbares von dort mit. Auf dem Rücken seines Braunen wollte er sich nicht aus der Hexenschlucht wagen, weil man ihn womöglich überfallen und ihm das Pferd weggenommen hätte.

Trotzdem warf er seinem Braunen eines Abends, es dunkelte bereits, eine Decke über den Rücken und legte ihm das Zaumzeug an.

„Ich reite nach Gütenbach", teilte er Barbara und Lucas mit. „Zum Glück habe ich dort jemanden getroffen, der dringend ein Pferd sucht. Er will seine Heimat für immer verlassen. Ich muss mich, so schwer es mir auch fällt, von meinem Braunen trennen, wenn wir überleben wollen."

Er ritt davon.

*

Lucas und Barbara hatten bis in die tiefe Nacht ungeduldig auf Linus gewartet. Weil der aber nicht auftauchte, zogen sie sich in die Hütte zurück.

Weder Barbara noch Lucas konnten ein Auge schließen. Zu groß waren die Sorgen, die sie sich um Linus machten. Immer wieder erhob sich Lucas und lief nach draußen, um zu lauschen, ob Linus nicht endlich aus Gütenbach zurückkehrte.

Als er aus der Hütte ein jämmerliches Weinen vernahm, eilte er hinein.

„Was hast du denn, Barbara? Machst du dir Gedanken wegen Linus?"

„Nein, das ist es nicht, was mich quält, Lucas. Es ist viel schlimmer! Ich kann es dir aber nicht sagen. Linus und du, ihr würdet mich sicherlich wegsschicken."

„Sag es mir doch!", beschwor Lucas das Mädchen, doch Barbara brachte es nicht übers Herz, ihm ihren Kummer anzuvertrauen.

„Sie hat ihre ganze Familie verloren", suchte sich der Junge in Gedanken selbst eine Erklärung. „Das wird ihr noch einige Zeit nachgehen. Ich habe es damals am eigenen Leib auch so erlebt."

*

Wie eine Erlösung kam es Barbara und Lucas vor, als sie draußen ein Geräusch vernahmen. Meister Linus war zurück. Das, was er für seinen Braunen eingetauscht hatte, entsprach bei weitem nicht dem Wert des Rosses, doch es sicherte das Überleben für die nächsten Tage.

Die Nachrichten, die Linus zu vermelden hatte, waren erschütternd:

„Die Rache der Villinger kennt keine Grenzen. Sie haben auch Wolterdingen eingeäschert und einen Bauernhaufen in Donaueschingen niedergemacht. Zahlreiche Höfe in der Gegend von St. Georgen wurden ebenfalls ein Raub der Flammen. Sie plündern und machen Beute, wo immer sich ihnen Gelegenheit dazu bietet. Ihre Rachezüge in den Schwarzwald würden sie so lange fortführen, bis sie die letzten Bauern besiegt hätten, drohten sie an."

„Folglich sind auch wir nicht mehr sicher, oder?", murmelte Barbara mit zittriger Stimme.

„Zumindest sollten wir auf der Hut und jeder Zeit zum Aufbruch bereit sein!", bestätigte Linus. „Viele Bauern sind nämlich auf der Flucht und ziehen sich wie wir in abgelegene Gebiete des Schwarzwaldes zurück."

Um vor allen Überraschungen gefeit zu sein, verabredeten Linus und Lucas, nachts abwechselnd Wache zu halten.

Auch während des Tages hielten sie Augen und Ohren offen. In regelmäßigen Abständen durchstreiften die beiden Männer das Gelände in der Nähe der Hütte.

„Da vorne!", flüsterte Lucas plötzlich. „Da vorne hinter dem Gebüsch hat sich etwas bewegt."

Sofort verbargen sie sich hinter zwei Bäumen und starrten gebannt in die Richtung, wo Lucas etwas Verdächtiges ausgemacht zu haben schien. Tatsächlich, man konnte deutlich erkennen, wie sich jemand auf allen Vieren von Busch zu Busch schleppte.

„Du hast Recht, Lucas! Da ist ein Mann! Warum er auf dem Boden herumkriecht, ist allerdings seltsam! Ob er irgendetwas sucht?"

„Vielleicht ist er ja krank oder verletzt", entgegnete Lucas.

„Kommt mit, wir werden uns den Kerl mal vorknöpfen, bevor er uns entdeckt hat!“

*

Vorsichtig schlichen sie anfangs von Baum zu Baum, liefen dann aber ganz normal weiter, weil sie bemerkten, dass der Fremde inzwischen regungslos am Boden lag.

Sie näherten sich dem Mann bis auf wenige Schritte und hielten ihre Messer bereit, um sich im Ernstfall verteidigen zu können.

„He, du, steh auf!“, brummte Lucas mit betont männlicher Stimme, doch nichts tat sich.

Linus wagte es als Erster direkt neben den Mann zu treten und ihm die Hand an den Hals zu legen. Erschrocken zuckte der Geschwächte zusammen und warf Linus einen verzweifelten Blick zu.

„Ihr müsst keine Angst haben!“, beruhigte ihn Meister Linus und wandte sich dann an Lucas. „Sein Puls ist sehr schwach. Wir wollen versuchen, ihm zu helfen.“

Linus stellte dem Fremden einige Fragen, doch mehr als undeutliches Gelalle kam nicht über seine Lippen. Mit letzter Kraft deutete er sich an die Brust.

„Hier hat er eine Stichwunde“, sprach Linus, zog das zerrissene Gewand beiseite und war schon dabei, sich ein genaueres Bild von der Verletzung zu machen.

Gemeinsam hievten sie den Fremden, der inzwischen in Ohnmacht gefallen war, hoch, legten seine Arme um ihre Schulter und schleppten ihn zur Hütte.

Bis zur Erschöpfung kämpfte Linus um das Leben des Mannes, seine Bemühungen waren aber erfolglos. Der Verwundete erlag seiner schweren Verletzung.

Gemeinsam knieten sie um den Toten und sprachen einige Gebete für sein Seelenheil.

„Wir tragen ihn hinüber in den Keller, Lucas“, raunte Linus, der sichtlich enttäuscht war, weil er den Kampf gegen den Tod nicht gewonnen hatte.

Sie brachten die Leiche weg.

*

Die Stimmung war für den restlichen Tag gedrückt. Nur das Nötigste redeten sie miteinander.

„Ich kann sowieso nicht schlafen“, teilte Linus dem Jungen am Abend mit. „Ich werde heute Nacht alleine Wache halten. Du kannst schlafen.“

Lucas widersprach nicht, obwohl Meister Linus müde wirkte und zuvor etliche Male gegähnt hatte.

Auch Lucas schlief sehr unruhig. Immer wieder wachte er auf und wälzte sich von einer Seite auf die andere. Als er den ersehnten Schlaf nicht finden konnte, lief er vor die Hütte, um nach Linus zu schauen und ihm etwas Gesellschaft zu leisten.

Nirgends in der Nähe der Hütte konnte er jedoch Meister Linus entdecken. Aufgeregt suchte er gerade den Waldrand ab, als sein Blick plötzlich auf den Keller fiel. Lucas war sich sicher, durch die Ritzen der Tür das Flackern eines Lichtes wahrgenommen zu haben. Vorsichtig näherte er sich dem Eingang und zog die Tür lautlos einen Spalt auf.

Ein Schauer durchfuhr Lucas bei dem Anblick. Linus hatte dem Toten den Oberkörper entblößt und betrachtete im Schein einer Fackel die Wunde.

Mit einem Mal begriff Lucas, warum sich Linus bereitwillig angeboten hatte, die Nachtwache ganz alleine zu übernehmen. Wie magisch hatte es ihn sicherlich hierher gezogen, weil er den Verstorbenen noch einmal heimlich untersuchen wollte.

Eine schier unglaubliche Vermutung ließ Lucas erschaudern. Er drehte sich um und lief auf Zehenspitzen zurück zur Hütte. Lautlos befühlten seine Finger den Inhalt der Holzkisten. Als er die Richtige erspürt hatte, vergewisserte er sich, ob Barbara noch fest schlief, und trug die Kiste vor die Tür.

Hinter der Hütte räumte er den Inhalt heraus, entfernte behutsam den doppelten Boden und nahm das Leinenbündel, in dem die geheimnisvollen Blätter von Linus verborgen waren, heraus. Eine ganze Weile hielt er das Paket unentschlossen in seinen Händen.

„Ich muss es endlich wissen! Ich kann mein Versprechen, das ich Linus einmal gegeben habe, nicht länger halten", flüsterte er, löste den Knoten und nahm einige Blätter in die Hand.

Lucas war entsetzt über das, was er trotz des schwachen Mondlichts deutlich auf ihnen sehen musste. Nackte Frauen und Männer waren dargestellt, teilweise mit offenem Körper. Man konnte ins Innere schauen und die verschiedenen Organe erkennen.

Zwischen den Bildern war immer wieder Text eingefügt. Totenköpfe mit gespenstischen Augenhöhlen blickten ihn an und machten ihm geradezu Angst. Zahllose Darstellungen des Herzens waren zu finden. An anderer Stelle sogar eine Frau, die ein Kind in ihrem Bauch hatte.

Lucas wusste in diesem Moment, dass sich seine Vermutung bestätigt und Linus seit langem nicht nur Tiere untersucht hatte, sondern auch Menschen.

Er klemmte sich das Bündel unter den Arm und eilte zurück zum Keller.

*

Wieder warf er einen ängstlichen Blick ins Innere. Linus kniete inzwischen neben dem Toten und nahm gerade ein kleines Messer zur Hand, das er auch immer verwendete, wenn er Tiere zerlegte und untersuchte. Es bestanden bei Lucas keinerlei Zweifel mehr. Er zog die Tür ruckartig auf.

„Linus, was, was macht Ihr denn da?“, entfuhr es dem Jungen mit bebender Stimme. „Ist Euch denn nichts, ist Euch gar nichts heilig?“

Erschrocken und verstört sprang Meister Linus auf die Beine und versuchte hastig das Messer unter sein Gewand zu stecken. Es rutschte jedoch wieder heraus und fiel ihm direkt vor die Füße.

„Was . . . hast du denn hier zu suchen? Schleichst du mir etwa wieder einmal heimlich nach?“, stammelte Linus sichtlich überrumpelt. „Halte dich da bitte raus, Lucas, und sieh zu, dass du zurück in die Hütte gehst!“

„Aber, Ihr dürft nicht, nein! Das dürft Ihr nicht, Linus!“, setzte Lucas von Neuem an. „Eure Blätter, ich habe mir die Blätter aus dem Versteck genommen und sie betrachtet. Ihr habt auch die . . . Leiche des Einbrechers damals verschwinden lassen, nicht wahr? Und der Tote, den wir im Schuppen der Mühle gefunden haben, auch den habt Ihr heimlich im Wald untersucht und ihn aufgeschn . . .“

„Ich tue den Menschen einen Gefallen, auch wenn sie es jetzt noch nicht begreifen“, rechtfertigte Linus entschlossen sein Tun. „Nur wenn wir Tote untersuchen, können wir Fortschritte machen und neue Erkenntnisse gewinnen! Meine Neugierde dient einzig und allein dem Wohl der Kranken. Du bist noch zu jung, um meine Beweggründe zu verstehen!“

Als Lucas sich nicht von der Stelle rührte, sondern wie erstarrt dastand, kam Linus auf ihn zu und legte ihm die Hand auf die Schulter.

„Ich möchte nach Basel zu Adam Petri. Ich hoffe, dass er mein Lebenswerk drucken wird. Verstehst du mich?“

„Ihr wollt Eure Aufzeichnungen drucken lassen?“

„Jawohl, das will ich, Lucas! Ein Buch in deutscher

Sprache soll entstehen, in dem jeder nachlesen kann, was in seinem Körper vorgeht und wie er ihn gesund erhalten kann. Meine Skizzen und Bilder sind nicht schmutzig und verwerflich, sondern zeigen unseren Körper so schön wie ihn unser Herrgott erschaffen hat. Du darfst nicht einfach nachplappern, was andere in ihrer Verbohrtheit daherreden, sonst wirst auch du niemals frei sein in deinem Kopf!

Ich möchte es wagen und den Menschen die Wahrheit über ein vollkommenes Wunderwerk Gottes verkünden, über den menschlichen Körper.

Vielen Kranken und Leidenden könnte geholfen werden, wenn man falschen Aberglauben und blödsinnigen Hokuspokus aus den Köpfen der Leute verbannen könnte. Du hast es bei der Bäuerin aus Eschbach erlebt. Ihr Sohn könnte noch leben, wenn sie nicht ausschließlich auf das Gebet vertraut hätte." Linus machte eine kurze Pause, so als wolle er seinen Worten noch mehr Wirkung verleihen. „Der Aufstand der Bauern ist gescheitert, er ist endgültig gescheitert. Vielleicht haben wir mit einem Aufstand des Geistes, mit der Befreiung von überkommenen Lügen mehr Erfolg. Mein Buch soll ein Beitrag dazu sein."

Meister Linus und Lucas standen sich gegenüber und blickten sich lange und tief in die Augen.

„Wenn nur ein Menschenleben, ein einziges Menschenleben durch meine Forschungen gerettet werden kann, hat sich all meine Arbeit gelohnt. Verstehst du, Lucas? Verstehst du mich endlich?"

Lucas schwieg eine Weile, dann nickte er zaghaft. Er hatte Linus verstanden, ja, endlich hatte er ihn verstanden und wie aus heiterem Himmel eine Barriere in seinem Kopf überwunden.

*

Gleich am nächsten Morgen wurde der Tote im Wald beerdigt. Kein Wort verloren Linus und Lucas über das, was sich in der Nacht ereignet hatte.

Nach der schweren körperlichen Arbeit legte sich Linus erschöpft auf sein Lager.

„Ich bin alt und darf mir so kräftezehrende Arbeiten nicht mehr zumuten", sprach er.

„Ihr seid blass und seht nicht gesund aus", stellte Barbara fest. „Ich werde mit Lucas nach Waldau gehen. Vielleicht können wir einen Laib Brot und einen Krug Milch auftreiben, damit Ihr wieder zu Kräften kommt. Wir werden uns beeilen."

Linus war einverstanden und strich beiden lächelnd und besonders liebevoll über die Wangen, als sie sich auf den Weg machten.

*

Erst am Nachmittag kehrten Barbara und Lucas zurück und ihr Entsetzen war groß. Linus war spurlos verschwunden. Außer dem Leinenbündel mit den Blättern und ein paar Lebensmitteln hatte er nichts von seinen Sachen mitgenommen. Lange suchten Lucas und Barbara die Umgebung ab, konnten Meister Linus aber nirgends finden.

In der Hütte durchstöberte Lucas noch einmal die Kisten und entdeckte tatsächlich ein Blatt Papier, das eindeutig von Linus beschrieben war.

„Ich bin auf dem Weg nach Basel, weil ich spüre, dass mir nicht mehr viel Zeit bleibt, um mein Lebenswerk, na du weißt schon, zu vollenden.

Lucas, kümmere dich um Barbara! Sie braucht dich in den nächsten Monaten mehr als je zuvor! Gott möge euch schützen und vor allem Barbara beistehen!", las Lucas gebrochen vor.

„Meister Linus war manchmal ein grober Klotz!", sprach Barbara. „Und trotzdem mochte ich ihn so wie er war."

Lucas nickte. Er konnte diese zutreffende Einschätzung voll und ganz teilen. Mehr als ein Jahr hatte er schließlich mit diesem ungewöhnlichen Mann verbracht.

„Auch wir sollten von hier weggehen, Barbara, für immer! Irgendwo wird sich auch für uns beide ein Plätzchen finden lassen."

„Das geht nicht, Lucas!", erwiderte Barbara mit gepresster Stimme und von einem Augenblick zum anderen zeigten sich Tränen in ihren Augen. „Bei dem Überfall auf Schwenningen wurde ich von dem Mann . . ."

Lucas schluckte und seine Betroffenheit war ihm deutlich aus dem Gesicht zu lesen.

„Warst du deswegen so verstört, als ich dich in der Scheune gefunden habe? War es das, was dich die ganze Zeit so sehr bedrückt hat, Barbara?"

„Ja, der Mann, der unser Haus durchwühlte, hat sich vorher wie ein Bestie auf mich gestürzt und mich . . .

Ich trage ein Kind unter meinem Herzen, Lucas!"

Barbara verstummte und in ihrem Gesicht spiegelte sich dieselbe Fassungslosigkeit wider, wie damals in der Scheune von Schwenningen.

„Lucas, kümmere dich um Barbara! Sie braucht dich in den nächsten Monaten mehr als je zuvor! Gott möge euch schützen und vor allem Barbara beistehen!", las Lucas noch einmal leise und strich sich bedächtig über seine Bartstoppeln am Kinn.

„Es dauert bei mir anscheinend immer etwas länger, bis ich endlich verstehe, Meister Linus!", murmelte er dann und nahm Barbara in den Arm.

Kapitel 50

Drei Monate waren inzwischen vergangen, seit Lucas und Barbara die Hütte im Hexenloch verlassen hatten.

Zu ihrem Bedauern hatten sie von Linus nie mehr etwas gehört, obwohl sie bei jeder sich bietenden Gelegenheit immer wieder nach ihm gefragt hatten.

Unglaublichem Leid und bedrückender Armut begegneten die beiden auf ihrem Weg. Die letzten Aufstände der Bauern hatte man längst im Keim erstickt.

Da die Nächte bereits kalt wurden, suchten Barbara und Lucas Zuflucht in Freiburg. Seit Mitte Juli befand sich die Stadt wieder in der Hand der ehemaligen Stadtherren. In einer Strafaktion hatten sie zahllose Hofstätten im Dreisamtal niedergebrannt.

Die Rädelsführer des Bauernaufstandes wurden mit unnachgiebiger Härte verfolgt und selbst in abgelegenen Verstecken aufgestöbert. Mit den meisten von ihnen machte man kurzen Prozess und urteilte sie an Ort und Stelle ab. Die Henker hatten alle Hände voll zu tun.

Die Bevölkerung, ja sogar die halbwüchsigen Kinder, mussten den Hinrichtungen beiwohnen. Alle Waffen, Briefe und Wertsachen wurden eingezogen. Für die entstandenen Schäden in der Stadt, an Burgen, Schlössern und Klöstern sollten die Verlierer aufkommen.

Ein schweres Los kam auf die Bauern zu und so mancher, der sich einst voller Begeisterung den Aufständischen angeschlossen hatte, war jetzt schon zufrieden, wenn er mit dem nackten Leben davonkam. Andere nahmen sich in ihrer Hoffnungslosigkeit sogar selbst das Leben.

*

Erschöpft und hungrig ließen sich Barbara und Lucas vor dem Hauptportal des Münsters nieder und erbettelten von den Kirchenbesuchern ein Almosen.

Sprunghaft war die Zahl der Menschen, die alles verloren hatten und auf der Straße lebten, in den letzten Wochen gestiegen. Gott sei Dank fanden sich aber auch viele Bürger, die sich der Bettler und Obdachlosen aus christlicher Gesinnung annahmen.

Demütig und voller Dankbarkeit nahmen Barbara und Lucas ein Stück Brot von einem Mann entgegen. Sie schauten ihn nicht an, weil sie sich beide in diesem Moment zu sehr schämten. Erst als dieser mit fragendem Unterton ihre Name nannte, hoben sie erstaunt ihren Blick.

„Meister Jacobus!", stammelte Barbara und wäre am liebsten aufgesprungen und davongerannt, doch ihr fehlte die Kraft dazu.

„Meister Jacobus! Meister . . . Jacobus!", wiederholte Lucas fassungslos und fing bitterlich zu weinen an.

Ob aus Verzweiflung, weil ihm das Leben zur Qual geworden war, oder aus Freude, den Tuchhändler aus Villingen vor sich zu sehen, . . .

. . . Lucas wusste es in diesem Augenblick selbst nicht.

Nachwort

Liebe Leserinnen, liebe Leser,

meine beiden Romanhelden, Linus und Lucas, sind zugegeben erfundene Figuren. Und trotzdem würde ich sie in gewissem Sinn historisch nennen, weil sie zwei Menschen aus der damaligen Zeit verkörpern, die all das erleben, was sich tatsächlich in den Jahren 1524 und 1525 im Südwesten Deutschland abgespielt hat.

Die geschichtlichen Ereignisse des Bauernkriegs wurden sorgfältig zusammengetragen. Unzählige Quellen habe ich durchforstet und die Orte des Geschehens aufgesucht.

Wesentlich wichtiger ist mir jedoch ein anderes Anliegen: Ich will dem Leser ein Bild der damaligen Zeit über Einstellungen, Religion, Aberglauben und Medizin vermitteln.

Etliches ist aus unserer aufgeklärten und nüchternen Sicht allerdings nur schwer nachvollziehbar. Wir können uns dem Denken, Fühlen und Handeln von Menschen, die vor fünfhundert Jahren lebten, nur annähern. Manche Beweggründe werden uns für immer verborgen bleiben.

Und trotzdem kann die Auseinandersetzung mit längst vergangenen Zeiten zu einer wertvollen Bereicherung unseres eigenen Lebens führen: Wir lernen unsere Wurzeln kennen und begreifen, dass auch unser Denken und Handeln nur ein Spiegel unseres Zeitgeistes ist.

Mit Sicherheit wird so mancher irgendwann auch über uns und unsere Zeit den Kopf schütteln!

Quellenverzeichnis

Heiko Haumann und Hans Schadek (Herausgegeben im Auftrag der Stadt Freiburg im Breisgau): ***Geschichte der Stadt Freiburg,*** 3 Bände, Konrad Theiss Verlag GmbH, Stuttgart

*

Dieter Speck: ***Die (alt-) vorderösterreichischen Lande Elsaß, Sundgau, Breisgau und Schwarzwald,*** aus: Badische Heimat, Heft 4, Dezember 1999/79. Jahrgang

*

Hermann Nehlsen: ***Die Freiburger Patrizier-Familie Snewlin, rechts- und sozialgeschichtliche Studien zur Entwicklung des mittelalterlichen Bürgertums,*** Otto Kehrer KG, Freiburg i. Br. 1967

*

Theo Ueberdick: ***Wie Freiburg Freiburg wurde,*** Schillinger Verlag GmbH, Freiburg i. Br. 1985

*

Will und Ariel Durant: ***Kulturgeschichte der Menschheit***
Band 7: ***Das hohe Mittelalter und die Frührenaissance,***
Band 9: ***Das Zeitalter der Reformation,***
Naumann & Göbel Verlagsgesellschaft 1985

*

Die deutsche Geschichte 1348-1765, Lingen Verlag, Köln 1992

*

Heinz Schilling aus: ***Siedler Deutsche Geschichte, Aufbruch und Krise 1517-1648,*** Siedler Verlag GmbH, Berlin 1994

*

Redaktion Time-Life-Bücher: ***Wie sie damals lebten im Zeitalter der Reformation,*** Time-Life-Bücher, Amsterdam 1998

*

Bernd Roeck: ***Leben in süddeutschen Städten im 16. Jahrhundert,*** Haus der Bayerischen Geschichte (Hrsg.): Hefte zur Bayerischen Geschichte und Kultur, Band 25; Augsburg 2000

*

Zeit Bild: ***Das historische Nachrichtenmagazin, Die Reformation,*** Verlag Carl Ueberreuter, Wien-Heidelberg 1980

*

Hans-Otto Mühleisen: ***St. Peter im Schwarzwald,*** Verlag Schnell & Steiner, Regensburg 1995

*

Museumsführer des Schwarzwälder Freilichtmuseums Vogtsbauernhof, Gutach, Kunstverlag Josef Fink, Lindenberg 2000

*

Marianne Mehling (Hrsg.): ***Knaurs Kulturführer in Farbe Schwarzwald,*** Droemer Knaur, München 1989

*

Atlasco Karten: ***Blatt Nr. 209 und Blatt Nr. 216,*** Atlasco, Haupka & Co., Bad Soden/Taunus

*

Klaus Weber: ***Höfechronik von St. Peter,*** Band 1 und 2, Rombach Verlag GmbH, Freiburg im Breisgau 1997

*

Carlheinz Gräter: ***Der Bauernkrieg in Franken,*** Stürtz Verlag, Würzburg 1975

*

Peter Kolb/Ernst-Günter Krenig (Hrsg.): ***Unterfränkische Geschichte - Band 2 und Band 3,*** Echter Verlag, Würzburg 1995

*

Dieter Göpfert: ***Bauernkrieg am Bodensee und Oberrhein 1524/1525,*** Rombach Verlag 1980

*

Kriminalmuseum Rothenburg o. d. T.: *Justiz in alter Zeit;* **1989**

*

Paul Revellio: ***Beiträge zur Geschichte der Stadt Villingen,*** Ring-Verlag, Villingen im Schwarzwald

*

Villingen Schwarzwald, Bilder einer tausendjährigen Stadt, Ring-Verlag, Villingen im Schwarzwald 1959

*

Villingen-Schwenningen, Stadtführer in Farbe, Schnurr Druck GmbH, Villingen-Schwenningen

*

Stadt Villingen-Schwenningen (Hrsg.): ***Villingen und Schwenningen, Geschichte und Kultur,*** Hermann Kuhn Verlag, 1999

*

Günter Boll: ***Dokumente der Geschichte der Juden in Vorderösterreich und im Fürstbistum Basel (1526-1578),*** aus: Zeitschrift des Breisgau-Geschichtsvereins „Schau ins Land", 115. Jahresheft 1996

*

Stadt Villingen-Schwenningen (Hrsg.): ***Das Franziskanerkloster in Villingen, Geschichte und Gegenwart,*** Todt-Druck GmbH, Villingen-Schwenningen 1988

*

Dieter Göpfert: ***Orden und Klöster im Schwarzwald und am Bodensee,*** Rombach Verlag 1980

*

Ursula Schwitalla und Winfried Setzler in Zusammenarbeit mit Christopher Blum (Hrsg.): ***Die Zisterzienser in Bebenhausen,*** Karl Weinbrenner & Söhne GmbH, Leinfelden-Echterdingen 1998

*

Ulrich Knefelkamp: ***Das Gesundheits- und Fürsorgewesen der Stadt Freiburg im Breisgau im Mittelalter,*** Karl Schillinger Verlag, Freiburg i. Br. 1981

*

Thomas Wetzstein: ***Die Pest im Freiburg des 14. und 15. Jahrhunderts – eine kritische Revision,*** aus: Zeitschrift des Breisgau-Geschichtsvereins „Schau ins Land", 115. Jahresheft 1996

*

Elke Haase-Hauptmann, Dr. med.: ***Die Heilkräuter der Hildegard von Bingen,*** Mosaik Verlag GmbH, München 1997

*

Richard Toellner Prof. Dr. med.: ***Illustrierte Geschichte der Medizin, Band 1 und 2,*** Karl Müller Verlag, Erlangen 1992

*

Frank Hieronymus: ***1488 Petri/Schwabe 1988, Eine traditionsreiche Basler Offizin im Spiegel ihrer frühen Drucke,*** Schwabe & CO AG Verlag, Basel 1997

*

Encarta, Enzyklopädie Standard 2003, Microsoft

*

Meyers großes Taschenbuchlexikon: 24 Bände, Mannheim

Und die Kinder?

[illegible]
Hans-Joachim Hartmann
[illegible]

Das Geheimnis von Dunrose Castle

[illegible]

ISBN 3-[illegible]

Fragen Sie in Ihrer Buchhandlung nach!

Schillinger Verlag Freiburg